契诃夫短篇小说集

The Collected Short Stories Of Chekhov

[俄罗斯] 契诃夫◎著　羊清露◎译

天津出版传媒集团
天津人民出版社

图书在版编目（CIP）数据

契诃夫短篇小说集 / （俄罗斯）契诃夫著 ；羊清露译. -- 天津 :天津人民出版社 ，2017.7（2018.9 重印）
ISBN 978-7-201-11325-8

Ⅰ. ①契… Ⅱ. ①契… ②羊… Ⅲ. ①短篇小说—小说集－俄罗斯－近代 Ⅳ. ①I512.44

中国版本图书馆CIP数据核字（2017）第012693号

契诃夫短篇小说集

QI HE FU DUAN PIAN XIAO SHUO JI

出　　版　天津人民出版社
出 版 人　黄　沛
地　　址　天津市和平区西康路35号康岳大厦
邮政编码　300051
邮购电话　（022）23332469
网　　址　http：//www.tjrmcbs.com
电子信箱　tjrmcbs@126.com
责任编辑　刘子伯
印　　刷　三河市京兰印务有限公司
经　　销　新华书店
开　　本　880×1230　1/32
印　　张　12.5
字　　数　400千字
版次印次　2017年7月第1版　2018年9月第2次印刷
定　　价　38.00元

前　言

《契诃夫短篇小说集》所选作品的作者是契诃夫（1860—1904）。其中的《变色龙》《套中人》最为著名。契诃夫是俄罗斯短篇小说大师、剧作家、现实主义文学的杰出代表。

契诃夫的短篇小说，再现了小市民的怯懦与庸俗，劳动者的艰辛与悲惨，以及官场人物的丑恶、猥琐。《一个文官的死》展示了沙皇俄国官场的黑暗腐朽。强者居高临下，恃强凌弱，弱者唯唯诺诺，无力反抗。切尔维亚科夫蛆虫般的生活及其奴才心理，正是这种官场制度的产物。读了《变色龙》，读者不难在一些“现代人”身上看到它的身影。契诃夫的本意，就是让我们从中照出自己。《套中人》这篇小说令人读来颇感沉重、压抑，它是对俄国社会僵化、无聊的精神状态的嘲讽。在《嫁妆》中，玛涅奇卡即将出嫁，她和母亲一起缝制了许多衣服，但不幸的是，玛涅奇卡很快离开了人世，她的身穿丧服的老母亲，尽管孤苦伶仃，却仍在双手不停地缝制“嫁妆”。俄国社会劳动人民的贫乏生活、空虚心灵，被充分揭示了出来。

本书所选的短篇小说，有的格调轻快，幽默风趣，令人忍俊不禁，回味不已；有的则深沉凝重，久久震颤着人的心灵；有的热情奔放，令人难以释怀……

契诃夫的小说善于营造抒情氛围，能把贬抑和褒扬、喜悦和痛苦融入其中，抒发他对社会丑恶现象的不满和对美好未来的衷心向往，读后令人感同身受，震颤不已。

契诃夫写作风格独特，他下笔极其简洁，从不炫耀文学技巧。经过多年的尝试与练习，他创造出了“言简意赅”的文风。他的小说语言精练，结构紧凑，笔法幽默。

他一生创作了七八百篇短篇小说。他的小说题材广泛，大都取材于现实，他善于选取日常生活中具有典型意义的素材，凭借精巧的技艺塑造具有鲜明性格的小人物，制造幽默可笑的情节，透析生活的表层，从而揭示出人物的隐蔽心理，揭露出社会的丑恶现象。他善于针砭时弊，无情揭露，同时又深切地向往光明未来，从而使读者产生共鸣，久久难忘，深受启迪。

目录 Contents

※ 套中人……1
※ 胖子和瘦子……18
※ 站　长……21
※ 哀　伤……26
※ 一件艺术品……34
※ 村　长……40
※ 未婚妻……48
※ 农　民……74
※ 睡意蒙眬……114
※ 瞎琢磨……120
※ 醋　栗……125
※ 猎　手……139
※ 带阁楼的房子……146

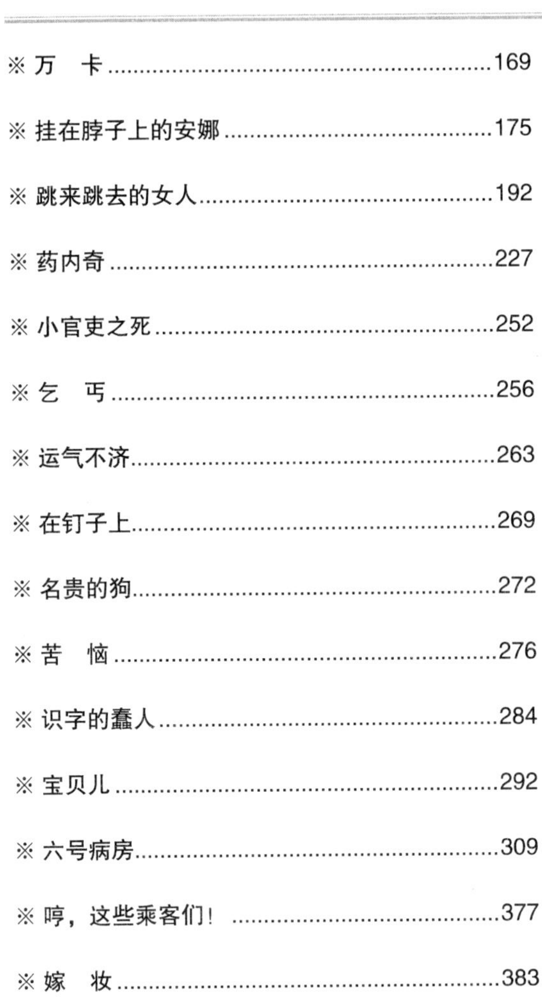
※ 万　卡……169
※ 挂在脖子上的安娜……175
※ 跳来跳去的女人……192
※ 药内奇……227
※ 小官吏之死……252
※ 乞　丐……256
※ 运气不济……263
※ 在钉子上……269
※ 名贵的狗……272
※ 苦　恼……276
※ 识字的蠢人……284
※ 宝贝儿……292
※ 六号病房……309
※ 哼，这些乘客们！……377
※ 嫁　妆……383
※ 变色龙……390

套中人

兽医伊万·伊万内奇和中学教师布尔金由于耽误了时间，所以只得在村长普罗科菲的堆房里过夜了，村长的堆房在米罗诺西茨科耶村边上。伊万·伊万内奇是一个又高又瘦的老人，留着长长的唇髭，他的姓是一个相当古怪的双姓，即奇姆沙·吉马莱斯基，他与这个姓一点也不相称①，所以全省的人只叫他的本名和父名，也就是伊万·伊万内奇。伊万·伊万内奇一直住在城郊一个养马场里，为了呼吸一点新鲜空气，他才有了这次打猎行动。而猎人中的另一位，也就是中学教师布尔金，倒对这个地区特别熟悉，因为他每年夏天都来伯爵家里做客。

两个猎人谁都没有睡觉，伊万·伊万内奇坐在门口，吸着烟斗看着外面，明亮的月光照在他身上。布尔金则躺在房间里的干草上，谁也看不见黑暗中的他。两个人讲起了故事，还说起了村长的妻子玛芙拉。玛芙拉是一个健康、聪明的女人，可是这个可怜的女人却一辈子也没有走出过村子，也从没有看见过城市和火车，她只是十年如一日地守着炉灶，偶尔在夜间才出去走走。

① 因旧俄用复姓者多为名人、望族，而伊万·伊万内奇只是个普通的兽医。

“这有什么大惊小怪的！”布尔金说，“在这个世界上，性情内向、整天像蜗牛一样缩进自己的硬壳里的大有人在，也许这也有隔代遗传的原因吧，也许这也可能是人类的退化现象吧，也许这只不过是人类中的一种性格类型吧，谁又明白呢？我又不是生物学家，也没有能力探讨这一类的问题。我只是认为玛芙拉这样的人并不稀奇，你就看一看别里科夫吧，这可是一个想不到的例子吧！

“我的同事别里科夫是一位希腊语教师，两个多月以前就去世了。他的名气可大啦，您可能也听说过他。他之所以出名，就是因为他在太阳高照的天气里也会穿上套鞋，带着雨伞出门，而且一定会穿上暖和的棉大衣。他总是把一切物件都装在套子里，雨伞装在伞套子里，怀表装在麂皮套子里，就连削铅笔的那把小折刀也是装在一个小小的套子里的。让人觉得好笑的是，他的脸也好像装在一个套子里，因为他的脸老是藏在竖起的高高的衣领里面。他常常戴着黑眼镜，穿着绒衣，耳朵还用棉花堵着，他坐出租马车时，也喜欢让马车夫把车篷支起来。总而言之，别里科夫总是想把自己包裹起来，好像要与世隔绝一样，他不影响外界，外界也别想影响他。现实的生活让他坐立不安，时时处处刺激着他，惊吓着他。他总是能为自己的做法找到理由，说现在的生活怎么怎么不好，老是称赞过去的事物，甚至称赞那些根本就不存在的东西。别里科夫的种种行为也与他所教的古代语言不无关系，这也使他容易远离现实的生活。‘啊，希腊语是多么响亮，多么美妙啊！’他总是一副美滋滋的表情。为了证明这句话的深刻含义，他也总是眯着眼睛，竖起一根手指头，念道：‘Anthropos！’①

① 希腊文：人。

“别里科夫总是极力把自己的思想藏在套子里，只要政府的告示和报纸上的文章写着禁止做什么事情，他就会记得一清二楚。如果有告示公布中学生晚上九点钟以后不许到街上去，或者一篇文章提倡禁止性爱，他的心里就会像明镜一样：这种事是被禁止的。而且每当官方批准或者允许什么事情时，他又总是觉得其中包含着某种隐隐约约、还没说透的成分，甚至包含着让人起疑的成分。每当政府批准在城里成立或者一个戏剧小组，或者一个茶馆，或者一个阅览室时，他又总是摇着头、叹着气说：‘这个主意好倒是好，只是千万别闹出什么乱子来啊。’

“虽然好多事看起来都与他毫不相干，他却总觉得违背了法令、脱离了常规、不合规矩，这使得他总是垂头丧气。还有如果一个同事参加祈祷式去迟了，或者听说一些顽皮的中学生闹事，再或者看见一个女校的女学监很晚了还在陪着军官玩，他也会觉得心慌意乱，一个劲儿地说：‘千万别闹出什么乱子来呀！’他在教务会议上的那种慎重、那种多疑、那种套子式的论调，把我们压得都透不出气来。他总是数落青年人的种种恶劣的行径，说他们在教室里吵吵闹闹，不管是女生还是男生都是这样。哎呀，只求别把这种事传到上司的耳朵里去才好啊！哎呀，也可千万别闹出什么乱子来啊！他还要求开除二年级的彼得罗夫和四年级的叶果罗夫，后来其他的老师不得已之下，只得向他那唉声叹气、他那垂头丧气、他那苍白小脸蛋上的黑眼镜（他那张小脸活像黄鼠狼的脸）让步，降低了彼得罗夫和叶果罗夫的品行分数，关了他们的禁闭，最后终于开除了他们。他还有一种古怪的习惯：常常访问我们的住处。他在同事的家里，坐下来之后就一声不响了，仿佛领导考察似的，有时他可以一言不发地坐上一两个小时，然后才走，还把这美其名曰‘保持良好的同事关系’。当然，这类呆坐着的拜访，对别里科夫来说是很难受的，但是他不得不来看我们，他认为这是他对同事们应尽的责任。我们学校里的同事都怕他，就连校长也怕得不行，您瞧，我们这些教师都是有头脑的、极其正统的人，而且还受过屠格涅夫和谢德林的教育，然而这个老是穿着套鞋、拿着雨伞的别里科夫却整整辖制了中学足足十五年！

“可是，仅仅辖制中学还不算什么，令人震惊的是，全城的人都在他的辖制之下。我们城里的太太们在星期六也不敢办家庭戏剧晚会，因为怕他知道；到了斋期教士们也不敢吃荤，不敢打牌，也是因为怕他知道。在别里科夫之流的影响下，在最近十年到十五年期间，我们全城的人已经变得什么都怕了，他们不敢发信，不敢高声说话，不敢有亲密的朋友，不敢周济穷人，也不敢看书，不敢教人读书写字……”

听了布尔金的讲述，伊万·伊万内奇咳嗽了两声，似乎想说点什么，可是他却先点着了烟斗，然后又瞧了瞧月亮，接着才一板一眼地说道：“是啊，为什么受过屠格涅夫和谢德林教育的正派人还会向他屈服，容忍他的种种做法……问题在哪儿呢？”

“我和别里科夫住在同一幢楼里，而且他还和我是对门邻居，所以我们常常在碰面，我自然也就对他的生活习惯特别熟悉。”布尔金接着说，“他在家里也是如此一套：睡衣、睡帽、护窗板、门闩，把自己包裹得严严实实，还有一整套名目繁多的禁条和忌讳，‘哎呀，千万别闹出什么乱子来啊！’更是挂在嘴边！他还认为吃素有害于健康，可又怕别人说自己吃荤不持斋，所以他就吃用奶油煎的鲈鱼，固然这东西不是素食，可也不能称得上是斋期禁忌的菜吧。他也不用女仆，因为怕人家说他打女仆的主意，于是就雇了一个六十多岁的老头子做厨子。

“这个老头子名叫阿法纳西，他从前做过勤务兵，好歹会烧一点菜，但却是一个酒鬼，老是醉醺醺的，神志也不清。他还经常把两只胳膊交叉在胸前，站在门口长叹一声，接着嘟哝那么一句话：‘现在啊，和他一样的人可真是不少啊！’

“别里科夫的卧室小得就像一口箱子，床上挂着一个帐子。只要他一上床，不管房间里多么闷热，炉子里多响，厨房里的叹息声多大……他都会用被子蒙上脑袋。躺在被子底下的别里科夫战战兢兢，生怕小偷溜进来，生怕阿法纳西来杀他，生怕会出什么事。睡着了的他也不得安生，通宵的噩梦纠缠着他，早晨醒来他还是闷闷不乐，脸色苍白，他满心地害怕和厌恶学校里的人。跟他这样一个性情孤僻的人并排走，显然也是一件痛苦的事。

“‘教室里怎么吵得这么凶，’他说，好像极力要找一个理由来摆脱自己的愁闷似的，‘简直太不像话了。’

“让人想不到的是，这位希腊语教师，这个套中人，差一点还真结了婚。”

伊万·伊万内奇快速地回头瞟一眼堆房，说：“您真会开玩笑啊！”

“我没有开玩笑，尽管听起来有些奇怪，可是他的确差点就结了婚。我们学校被派来了一位新的史地教师，他叫米哈伊尔·萨维奇·科瓦连科，原籍是乌克兰。他有着高高的个子、黝黑的皮肤，手也挺大的，他的嗓音极好，是那种男低音，就像是从桶子里发出

来的一样：嘭，嘭，嘭……

“但是，米哈伊尔·萨维奇·科瓦连科并不是一个人来的，他还带来了他的姐姐瓦连卡。瓦连卡三十岁上下，已经不算年轻了，可是她却长得高挑，身材匀称，弯弯的眉毛，红红的脸蛋，简直就是一枚蜜饯水果，处处招人喜爱。她的性格活泼，做事时谈笑风生，高兴时哈哈大笑，还喜欢唱小俄罗斯的抒情歌曲。

“我记得那还是在校长的命名日宴会上，我们初次了解了科瓦连科姐弟，那些死气沉沉的、不苟言笑的、甚至把这次赴宴看作应付公差的教师和瓦连卡形成了一个鲜明的对比，她就像从浪花里钻出来的阿拂洛狄忒[①]，双手叉着腰，来回走动，笑着唱着，翩翩起舞……她饱含感情唱了一首《风在吹》，接着又唱一支抒情歌曲，随后她又唱一支。当时的我们，就连别里科夫，都被她迷住了。别里科夫竟然还挨着她坐了下来，并且露出了难得一见的笑容，说：

“‘这柔和清脆的小俄罗斯语言使人想到了古希腊语言。’

“别里科夫的话让瓦连卡特别受用，于是，她就热情而恳切地向别里科夫讲起了她在加佳奇县的庄园，那里有她慈祥的妈妈，有蜜甜的甜瓜，有多汁的梨，还有那么好的卡巴克[②]！卡巴克就是乌克兰人对南瓜的称呼，他们还把酒馆叫作希诺克。瓦连卡突然想起了他们用红甜菜和白菜熬的红甜菜汤，就手舞足蹈地说：‘太好吃了，太好吃了，简直好吃得要命！’

“大家听到瓦连卡的欢呼，忽然灵机一动，心有灵犀地生出了

---

① 阿佛洛狄忒，希腊神话中爱与美的女神，即罗马神话中的维纳斯。传说她在大海的泡沫中诞生。

② 俄语中意为“酒馆”，乌克兰语中意为“南瓜”。

同一个想法。‘如果他们两个能结婚，这倒是个不错的主意。校长太太悄悄地对我说。

“不知为什么，这时的我们才想起来我们身边的别里科夫到现在还没有结婚。这也是让我们感觉到奇怪的，为什么他生活中这么大的一件事，为什么一直被我们完全忽略了呢？我们以前可是从没有关心过他对女人持什么态度啊！甚至我们还认为他这样一个整天把自己包裹得严严实实、睡觉还要挂上帐子的人是不会喜欢什么女人的。

“‘别里科夫也已经四十多岁了吧，瓦连卡呢，也有三十了……’校长太太企图表明自己的想法，‘我看他们能成。’

“我们内地的人，平时都闲得无聊，什么不必要的蠢事都是可以做出来的！而那些有必要去做的事，大家反而不去做了。就拿这个别里科夫来说吧，既然大家都不认为他是一个可以结婚的人，那我们又何必突然要给他撮合婚事呢？但是，学监太太啦，校长太太啦，甚至我们中学里的所有太太们，都变得活跃起来，甚至因此而变得好看多了，仿佛忽然找到了生活的目标似的。校长太太在剧院里订下了一个包厢，当然别里科夫和瓦连卡都被邀请来了，坐在包厢里面的瓦连卡扇着扇子，满脸红光，一副幸福的样子。她的身旁坐着别里科夫，他却显得身材矮小，拱起的背脊看上去就好像刚被一把钳子从家里夹来的一样。就连我在家里办了个小型的晚会，太太们也要求我一定要邀请别里科夫和瓦连卡同时来参加。总之，所有的人都在撮合两个人，看起来瓦连卡也并不反对大家的好意。因为她在弟弟那儿生活得也并不快活，他们还会经常因为一些小事而吵架。

“比如说，有一次，又高又壮的科瓦连科顺着大街大踏步地走着，他上身穿着一件绣花衬衫，一绺头发从帽子底下钻了出来，盖住了他的额头。他左手提着一捆书，右手拿着一根有节疤的粗手杖。跟在他身后的姐姐瓦连卡也拿着书。

“‘可是你啊，米哈依里克[1]，你绝没有看过这本书！’她大声地争辩着，‘我敢跟你打赌：你根本就没有看过！’

“‘我告诉你，我绝对看过的！’科瓦连科叫喊着，手杖把人行道敲得咚咚直响。

“‘唉，上帝呀，米哈依里克！你发脾气有什么用啊？你要知道，我们谈的可是原则问题啊。’

“‘我说看过就是看过吗！’科瓦连科大嚷道，声音更加响亮了。

“他们姐弟俩就是这样，无论在家里，还是在外面，都会一个劲儿地争吵。瓦连卡已经厌烦了这样的生活，急切地盼望着能有自己的一个小家。况且，她的年龄也不小了，已经没有挑来挑去的资本了，她认为现在跟什么样的人结婚都无所谓了，即使是希腊语教师别里科夫，她也能将就，因此，瓦连卡对我们的别里科夫表现出无比的热情。而别里科夫呢？他也常借机去拜访科瓦连卡，但是，也跟他常来拜访我们一样：走到就坐下，一句话也不说。他一直沉默着，瓦连卡就给他唱《风在吹》，或者用她那双黑眼睛充满爱意地看着他，再不然就突然扬声大笑：‘哈哈哈！’

“在恋爱方面，尤其是在婚姻方面，外人的怂恿有时会起到关键作用。所有的人，包括他的同事们以及他们的太太们，都开始向别里科夫游说：你到了应该结婚的时候了，你的生活里已没有别的

① 米哈伊尔的小名。

缺憾，只差结婚了。我们趁机向他道喜，还一本正经地列出了各种俗套，比如‘婚姻是终身大事’之类的话。况且，瓦连卡长得也挺漂亮，还蛮招人喜爱，她还是五等文官的女儿，家里拥有自己的田庄，尤为重要的是，她还是头一个待你这么诚恳而亲热的女人。

“于是他被大家游说得昏了头，认为自己真的该结婚了。”

“哦，到了这种地步，他的套鞋和雨伞就应该拿掉了吧？”伊万·伊万内奇好奇地问。

“您仔细地想一想这种人会改变自己的生活方式吗？这是根本办不到的。虽然他的桌子上放着瓦连卡的照片，还不断地和我谈瓦连卡、谈家庭生活，谈婚姻这样的终身大事，他也常常到科瓦连科的家里去，可是他的生活方式却一点也没有改变。甚至还有些相反，他决定了结婚之后，却像害了一场病一样，变得更瘦更白，好像比以前缩得更深了。

“‘我倒是喜欢瓦连卡的，’他露出一副无可奈何地苦笑说，‘人人都应该结婚，这我是知道的，可是……您应该清楚，这件事发生得真是有点突然……我总得好好考虑考虑吧。’‘都这把年纪了，还有什么可考虑的啊？’我说，‘一结完婚，什么事情都顺理成章了。’

“‘那可不行，毕竟婚姻是一个人的终身大事，我总得做好充分的心理准备吧……万一以后再闹出什么乱子，那怎么收拾啊？况且现在我就有些六神不安了，夜里还老是失眠。我给你说老实话，我感觉瓦连卡和她弟弟都是思想古怪的人，他们相处的方式都是古怪的，这你也是知道的。可瓦连卡的性情又很活泼，结婚倒是不怕的，就怕结婚后惹出什么麻烦来。’

“于是，别里科夫就一个劲儿地拖着，也没有要求婚的迹象，他的这种做法让校长太太和所有的太太都不耐烦了。别里科夫一直在估量着将来自己是否能担负起义务和责任，同时他又几乎天天跟瓦连卡出去散步，可能这就是他现在应该做的事情吧。

“别里科夫常和我谈起家庭生活中的事，如果不是出现了一场KolossalischeScandal①的闹剧，他大概已经求婚了，从而也就促成了一桩不必要的、愚蠢的婚事。他也会像我们这儿的其他人一样，因为闲得无聊、无事可做而结婚的，这里已经有了成千上万的先例呢。

“在这里我应该补充一下：从认识别里科夫的第一天起，科瓦连科就从骨子里痛恨他，无法接受他。‘我真不明白，’他常常耸着肩膀对我们说，‘真不明白你们怎么能够和这个喜欢告密的家伙相处得下去，看见他那副嘴脸就觉得恶心。唉！诸位先生，我真可怜你们啊，你们怎么能生活在这种环境下呢？这里的空气让人喘不过气来，简直是糟透了！你们仔细看一看，你们还能称得上是教师吗？这里还能被叫作学府吗？你们简直就是官僚，而这里也就可以被称作城市警察局，到处弥漫着警察岗亭中的那种酸臭气味。诸位老兄，我是不能长期待在这里的，否则我会发疯的，再过一段时间我就要回到我的田庄去，我会在小河里捉捉虾，还可以教乌克兰的小孩子读读书。我一定是要走的，而你们呢，最好还是跟你们的犹大待在一起，和他一起遭了瘟才好！’

“有时候他也会哈哈大笑，笑得眼泪都流出来了，有时候他还会时而用男低音，时而用尖细的嗓音问我：‘你知道他为什么来我

① 意即：荒唐的。

这里吗？他也没什么事啊？只是在这里呆坐着。’他甚至还给别里科夫起了一个‘蜘蛛’的外号。

“当然，我们是绝口不谈他姐姐瓦连卡想嫁给‘蜘蛛’的事的。有一次，校长太太曾暗示他，说他的姐姐如果能嫁给像别里科夫这样一位稳重的、为大家所尊敬的人，倒是一件不错的事。听了这话的科瓦连科皱起眉头，嘟哝着说：‘这和我有关系吗？我是不喜欢干涉别人的事的，哪怕她跟毒蛇结婚，这也是她的自由。’

“还有一件好笑的事，有一个促狭鬼画了一张关于别里科夫和瓦连卡的漫画，画中的别里科夫打着雨伞，卷起裤腿，穿着套鞋，瓦连卡被他挽着正在走路，画面的下方缀着题名：‘恋爱中的anthropos’。这位画家画得简直像极了，那神态、那动作，而且他一定画了不止一个晚上，因为所有男子中学和女子中学里的老师们、宗教学校的老师们、衙门里的当官儿的，人人都收到了一份这样的画。当然，别里科夫也和其他人一样，他也收到了一份这样的漫画，这让他觉得十分难堪。

“那天是五月一日，正好是一个星期日，学校里约定当天在学校里集合，然后一起步行到城郊的一个小树林去郊游。我和别里科夫一起走出了楼房，当时他的脸色发青，就像乌云一样阴沉。他的嘴唇发抖，恶狠狠地说：‘天下竟然有这么歹毒的坏人！’

现在的我都有些可怜他了，一直陪着他走着。您猜怎么着，突然间，骑着自行车的科瓦连科过来了，他的身后是也骑着自行车的瓦连卡，她有些累，脸蛋红红的，可是却充满了快活，一副兴高采烈的样子。

“‘两位好啊，我们先走一步啦！’她嚷道，‘天气真好啊！

简直好得要命！’

“不一会儿，两人就没了踪影。这时的别里科夫，脸色一会儿青，一会儿白，只是呆呆地站在那里瞧着我……停了好长时间，他才问我：‘我真不敢相信我的眼睛，难道中学教师和女人也能骑自行车吗？这成什么体统了啊！’

“‘这怎么就不成体统了？’我说，‘骑自行车是一件很快乐的事啊！’

“‘这怎么能行啊？’他对我平静的心态感觉很惊讶，大叫起来，‘您这是在说什么呀？’

“他对我所说的话大为震动，不愿再和我走下去了，独自一人回家去了。

“第二天，别里科夫一副心神不宁的样子，老是搓着手，还有些哆嗦，他的脸色说明他极为不舒服，不到放学的时间他就走了，这可是他生平第一回早退啊！回去以后，他连午饭也没有吃。虽然当时已经是夏天了，天气也非常暖和，可是他却穿着很厚的衣服。傍晚时分，他慢腾腾地来到科瓦连科的家里，当时瓦连卡不在家，他只见到了科瓦连科。

“‘你请坐吧，’科瓦连科的脸上带着一副睡意，他皱着眉头冷冷地说。这时的科瓦连科刚刚醒来，他习惯在饭后打个盹儿，所以情绪也并不怎么好。

“别里科夫默默地坐了大约十分钟，这才开口说：‘我现在的心里沉重得很，沉重得很哪。我到你这儿来的目的就是为了减轻我的心理负担。事情是这样的：有一个不怀好意的家伙送给了我一张漫画，漫画里的人物是我和一个跟你与我关系密切的人，漫画是十分可笑的。但是我要向你保证这事跟我一点关系也没有……我为什么该让他这样讥诮呢？我一向认为我在各方面的举动都称得上是正人君子的。’

“科瓦连科一句话也没说，只是坐在那里生闷气。看到科瓦连科不说话，别里科夫就压低喉咙，用悲凉的声调说道：‘我还有一件事情想跟你谈一谈，毕竟你才刚开始工作，而我已经教书多年了。作为一名比你年纪大的同事，我认为我有责任向你提出这个忠告：你作为一名青年的教育工作者，骑自行车这件事是完全不成体统的。’

“‘这怎么见得？愿听高见！’科瓦连科用男低音问道。

“‘米哈伊尔·萨维奇，难道这事情还用我来解释吗？难道你觉得你所做的都是理所当然的吗？要是连教师都骑自行车，那你还能希望学生能做出什么好事来呢？难道让他们都头朝下，拿大顶走路吗？既然政府还没有发出允许做这种事的通告，那我们就做不得。昨天你们姐弟俩真把我吓了一大跳！一看见你的姐姐，我的眼前就变得一片漆黑。一个女人或者一个姑娘竟然在大街上骑自行车，这简直太可怕了！’

“‘说实在的，别里科夫，你认为我们应该怎样做呢？’

“‘忠告正是我所要做的，米哈伊尔·萨维奇，你还年轻，将会有远大的前途，你的一举一动都得十分小心才行啊，你不该马马虎虎地生活的。你以前就穿着绣花衬衫出门，还经常拿着些书在大街上走来走去，现在又骑什么自行车，这一切都是不合传统的。你和你姐姐骑自行车的事总有一天会传到校长，甚至督学的耳朵里的……这样你还会有什么好下场呢？’

“‘我姐姐和我骑自行车，这是我们自己的事，这又关其他人

什么事呢？’科瓦连科满脸通红地说，‘谁爱管我的家事和私事，我就叫谁滚蛋！’

“听到这里，别里科夫的脸色苍白，然后他站起身说：‘如果你用这种口吻跟我讲话，那我就无话可说了，但是，我请求你在我面前谈到上司的时候永远不要用这种口气说话，因为你应当尊敬当局才对。’

“‘难道我不尊敬当局了吗？难道我说当局的什么坏话了吗？’科瓦连科接连逼问，‘请您躲开我，我是一个正直的人，我也不喜欢告密的人，更不愿意跟您这样的先生讲话。’

“别里科夫一阵心慌意乱，他匆忙穿上大衣，脸上一副恐怖的表情，这可是他生来第一回听到这么不客气的话。他已经走出了前堂，来到了楼梯口，又转过身说：‘你想怎么说就怎么说吧，我只是得先跟你声明一下：也许有人偷听了我们的话，所以为了避免别人误解我们的谈话，以致闹出什么乱子，我必须把我们的谈话内容向校长先生报告……我要解释一下，我必须这样去做。’

“‘什么，你还要向校长报告？那你就去吧，报告去吧！’

“科瓦连科一把抓住他的衣领，猛地一推，别里科夫滚下了楼，发出一阵乒乒乓乓的声响。虽然楼梯又高又陡，不过滚到楼下的别里科夫却丝毫没有损伤。他站起身来，摸摸鼻子上的眼镜，看它碎了没有。可是，在他滚下楼的时候，正好瓦连卡回来了，她还带着两位太太。站在楼下的她们呆呆地瞧着这一幕。这简直是太可怕了，对别里科夫而言，他宁愿自己摔断了脖子，或者是摔断了两条腿，他也不愿让人看到他的惨相，更不愿成为别人取笑的对象。这样一来，全城的人都一定会听说这件事的，还可能会传到校长的耳朵里，传到督学的耳朵里，哎呀，可千万别闹出什么乱子来呀！别人可能又会画一张漫画，到头来自己就只能奉命辞职了……

“好不容易别里科夫才站了起来，这时瓦连卡才认出了他。瓦连卡瞧着他那揉皱的大衣、他那套鞋、还有他那滑稽的脸，不明白到底发生了什么事，还以为他是自己不小心摔下来的，于是就忍不住哈哈大笑，她的笑声回响在整个房子里：‘哈哈哈！’

“这一串响亮而清脆的‘哈哈哈’大笑声从此就结束了一切：结束了别里科夫和瓦连卡的婚事，更结束了别里科夫的人间生活。他没有看见瓦连卡做了什么，也没有听见瓦连卡说了什么，他径直回到家，然后第一件事就是撤去了桌子上瓦连卡的照片，然后躺在了床上，从此就再也没有起来。

“大约三天以后，阿法纳西来对我说他的主人不大对头，是否要派人去请医生。我来到别里科夫的房间，他正躺在帐子里，身上盖着被子，一句话也不说。在我的逼问下，他也只是回答一声‘是’或者‘不’，然后就一声不响了。阿法纳西满脸愁容地在他的旁边走来走去，深深叹出来的气就像酒馆里冒出的白酒的气味。

“一个月以后，别里科夫离开了人世。我们都参加了他的送葬仪式，两个中学校和宗教学校的教师也都去了。这时候的他躺在棺材里，神情温和、安详、甚至也还有一丝的喜悦，好像暗自庆幸终于被装进了一个套子里，从此再也不必出来了似的。真的，他实现了自己的理想！老天爷也仿佛不愿他离去一样，他出殡的那天，天空一片阴沉，下着毛毛细雨。我们大家都穿上了套鞋，打着雨伞。瓦连卡也来送葬了，棺材下到墓穴的时候，她还痛哭了好大一阵。由此我也发现乌克兰的女人不是笑就是哭，不哭不笑的时候是没有的。

“说句实在话，埋葬别里科夫这样的人，对大家来说是一件大快人心的事。当我们从墓园回来时，大家都露出忧郁谦虚的表情，其实大家的内心都是快活的。就像我们还是小孩子的时候，碰到大人不在家，我们就会到花园里去跑上一两个钟头。这就是自由的时刻！啊，自由啊，自由！

“从墓园回来后，我们的心情好极了。可是，一个礼拜还没过完，生活又回到了从前的样子，和先前一样无聊、杂乱、严峻，局面并没有一点的好转。虽然别里科夫被我们埋葬了，可是，像他这样活在套中的人还有千千万万，不知道将来还会有多少这样的人呢！”

“是啊，问题就在这里。”伊万·伊万内奇说着点上了自己的烟斗。

“像别里科夫这样的人，不知道将来还会有多少呢！”布尔金又重复了一遍。

这个头顶已经全秃了的又矮又胖的中学教师走出了堆房，他留着一把黑胡子，几乎和腰一样齐了。跟他出来的还有两条狗。布尔金抬起头，由衷地赞美道：“多美的月色，多美的月色啊！”

已经是午夜了，右边的村子中有一条长街，它远远地延伸了出去，大约有五俄里长。一切事物都已经沉浸在深沉而静寂的梦乡里了，没有丝毫的动静，大自然怎么能这么静呢？月夜中宽阔的街道、茅屋、干草垛和杨柳，都让人感觉一片恬静。这时的村子被夜色包得严严实实，没有了劳动、没有了烦恼和忧愁，只是安心的休息，这让大地显得那么温和、那么美丽，一切坏人坏事都消失了，一切都让人满意。左边村子的尽头处便是田野，田野好像要一直伸展到天边似的，这片田野被蒙眬的月光笼罩着。

“是啊，问题就在这里，”伊万·伊万内奇又重复了一遍，“我们住在空气污浊的城市里，交通十分拥挤，拼凑些无聊的文章，难道这一切不就像套子一样吗？我们的一生都消磨在懒汉、无所事事的蠢女人和爱打官司的人身上，说着各种各样言不由衷的话，难道这不就是生活在套子中吗？嗯，如果您还乐意听，那我就再给您讲一个很有意义的故事。”

“不要讲啦，时间不早了，也该睡觉了，”布尔金说，“还是留到明天再讲吧。”

两个人走进堆房，盖好被子，睡在干草上。他俩刚要睡着的时候，忽然传来一阵轻轻的脚步声：吧嗒，吧嗒……好像有人在堆房附近来回地徘徊着，走一会儿停一会儿，过了一分钟，又是一阵吧嗒，吧嗒……村里的狗大叫起来。布尔金说：“这肯定是玛芙拉。”

脚步声渐渐远了，最后听不见了。

“你看这个世道，人们睁着眼睛做假，支楞着耳朵说假话，”伊万·伊万内奇翻了个身说，“如果你大肚地包容了他们的虚伪，他们就会骂你傻瓜。你忍受委屈和侮辱，却不敢公开说一些正直的话，还不得不微笑着敷衍着别人，这样做的目的无非是为了能混口饭，住一个角落，做个不值钱的小官儿罢了。不行，我不能再这样生活下去了！”

“算了吧，您，您还是别乱扯了，伊万·伊万内奇，”布尔金说，“还是让我们早点睡吧！”十分钟后，布尔金已经睡着了，可是伊万·伊万内奇还在不停地翻身、叹气，后来他干脆起来走出堆房，坐在门边，吸起了烟斗。

胖子和瘦子

一个胖子和一个瘦子在尼古拉铁路[①]的一个车站上相遇了，他们二人是朋友。刚刚在车站上吃过午餐的胖子嘴唇上还沾着油星子，油亮油亮的，就像熟透了的红樱桃，他的身上散发出一阵核烈斯[②]葡萄酒和新娘头上戴的香橙花的气味。瘦子则刚走出车厢，他的肩上背的和手里提的是一个大包裹和一大堆硬纸盒，一股火腿肠和咖啡渣的气味从他身上飘散开来。他身后跟着一个尖下巴的瘦女人——他的妻子，还跟着一个眯着一只眼睛的高个子男孩子——他的儿子。

“波尔菲里！”胖子一眼便看见了瘦子，他激动地高声喊道，“真的是你吗？亲爱的！我们已经好久没见面了！都不知有多少个冬天，多少个夏天了？”

“我的上帝！”瘦子也惊讶地说，“你是米沙！我小时候的朋友！你这是去做什么呀？”

两位朋友紧紧地拥抱在一起，然后神情专注地凝视着对方那噙着泪花的眼睛。“亲爱的！”瘦子首先开口说，“这太出乎意料了！我真是没想到呀！我的朋友，让我好好看看你呀！你依旧是那

① 斯科至彼得堡的铁路，以沙皇尼古拉一世命名。

② 一种烈性白葡萄酒。

么漂亮，就跟年轻时一样！也还是那么气派，那么讲究穿着！这么多年来，你过得怎么样啊？一定发了不少财吧？对了，你结婚了吗？你看，我已经结婚了……路易莎，这就是我的妻子，她的娘家姓汪岑巴赫……她是一个路德派新教徒……纳法奈尔，我的儿子，他已经是中学三年级的学生了。纳法奈尔，我给你介绍一下，这是我的……”纳法奈尔迟疑了片刻，然后摘下帽子。“中学同班同学，”瘦子接着说，“我还记得同学们当时都叫你赫洛斯特拉特①，因为你曾把公家的一本图书用香烟烧了个洞，而同学们则叫我厄菲阿尔特②，因为我喜欢告密。哈哈……不说这些了，当时我们还都是小孩子呢！不要怕，纳法奈尔，再往前走近一点……”纳法奈尔还是稍微迟疑地躲在了父亲的背后。

“没关系的，孩子，不用害怕。我的朋友，你的日子过得如何啊？”胖子神采飞扬地问道，“你在哪儿高就啊？肯定升官了吧？”

“你说得很对，亲爱的！我已经当了一年多的八品文官了，还获得过一枚斯坦尼斯拉夫奖章。但薪水却不是很高……哼，不管这些了！我的妻子可以教些音乐课，在工作之余我也可以用木头雕刻一些烟盒，我雕的这些烟盒可精致啦！一个烟盒就能卖一卢布。如果有人买的多，十个或十个以上，我就可以降点价，这样的利润也很可观的，日子还过得马马虎虎。我以前只是一个厅里的科员，现在才调到这个地方来当科长，不过还是原先的那个部门……从今以后我就要在这片土地上工作了。喂，你怎么样啊？应该已经升到五品了，对不对？”

① 古代希腊人，他为了扬名于世，在公元前356年焚烧了世界七大奇观之一的阿泰密斯神庙。

② 古代希腊人，曾引波兰军队入境。

“比这还要高，亲爱的，”胖子得意地说，“我已经是三品文官了……还获得了两枚星章。”

听到这话，瘦子的脸色一阵白一阵紫的，目瞪口呆，但是他很快就调整好了自己，露出一副笑容可掬的样子，脸上和眼睛里好像闪耀着火花般的光芒，而且他的身子已经蜷缩成一团，弓腰曲背的样子似乎比别人矮了大半截……他的那些箱子、包裹之类的东西似乎也都变小了……他妻子的下巴变得更长了，纳法奈尔则以立正的姿势站好，大衣上所有的纽扣也都扣上了……“啊呀，我的大人……见到您真是不胜荣幸！虽说咱们是从小一起玩的朋友，但是现在的您却变成了如此显赫的达官贵人！嘿嘿嘿……”

“得了啊，千万不要这样说！”胖子皱起眉头，“干吗要用这种口气说话呢！咱们都是从小一起长大的朋友——何必把官场上的那一套搬出来呢！”

“我的大人……您可千万不要这么说，大人……”瘦子嘿嘿地笑着说，身子蜷缩得更加弯曲了，“得到大人的恩典和关注……就如同得到使人再生的甘露……大人，这是我的儿子纳法奈尔……这是我的妻子路易莎，她是一位路德派新教徒，在某种意义上……”

胖子听得不耐烦了，本想反驳他几句的，可一看到瘦子脸上流露出的那种阿谀奉承、毕恭毕敬、低三下四的表情，这位三品文官都快要呕吐了。他不得不赶快转过脸去，并伸出手跟他告别。

瘦子握住胖子的三个手指头，然后深深地鞠了一躬，他的整个身子都弯下去了。他妻子也赔着笑脸告别，纳法奈尔则像军人那样碰响两脚向胖子行礼，帽子掉在了地上。在这里偶然遇到了胖子，这位三品文官，一家三口人感到又惊又喜。

站　长

斯捷潘·斯捷潘内奇是德列别兹基火车站的站长，他姓舍普图诺夫。在去年的夏天，斯捷潘·斯捷潘内奇出了一件微不足道的丑闻，但是他却为此付出了高昂的代价，他不仅失去了那顶崭新的制帽，同时也失去了人们对他的信心。

每年的夏天，第八次列车就会在夜间两点四十分通过他所在的车站。斯捷潘·斯捷潘内奇非常不喜欢这个时间，因为他根本就没法睡觉，不得不在站台上溜达，或者和女电报员闲聊。

斯捷潘·斯捷潘内奇本来是有个助手的，他叫阿列乌托夫，但是每年夏天来临时，他都说要去结婚，只好剩下可怜的舍普图诺夫独自一人值班。命运之神对人真是太不公平啦！但是斯捷潘·斯捷潘内奇也并非每天夜里都感到孤独寂寞。车站的附近有一处公爵的庄园，纳扎尔·库兹米奇·库查佩托夫是庄园的总管，他的妻子叫作玛丽娅·伊利尼奇娜。这位并不年轻，也不特别漂亮的太太常在深夜里到来找舍普图诺夫。在黑咕隆咚的深夜里，伸手不见五指，有时还会把一根电线杆子当成警察，这样的夜晚是寂寞的，就像饥

饿一样冷酷无情地折磨着斯捷潘·斯捷潘内奇。但是玛丽娅·伊利尼奇娜的到来却改变了他的状态。舍普图诺夫会挽起玛丽娅·伊利尼奇娜的胳膊，和她从站台上一直走到货车的旁边，在那里一边等候第八次列车，一边海誓山盟似的谈情说爱，一直谈到列车的鸣笛响起。

在一个满月的夜晚，他和玛丽娅·伊利尼奇娜肩并肩地站在货车旁，等候着第八次列车的到来。一轮皎洁的明月挂在万里晴空之中，显得十分静谧、安详。月光洒满了整个车站和一望无垠的田野……四周万籁俱寂……舍普图诺夫紧紧地搂住玛丽娅·伊利尼奇娜的腰，两个人都默默无语，陶醉在甜蜜的月光之中……

“月光真明亮啊！”舍普图诺夫叹息着说，“你冷吗？”

玛丽娅·伊利尼奇娜没有回答，只是把身子紧贴在他那件制服大衣上。

两点二十分时，舍普图诺夫看了看怀表说：“列车快到了……亲爱的玛丽娅，让我们看着铁道吧……先看到列车的灯光的那个人会爱对方更深的……咱们还是看着铁道吧……”

两个人目不转睛地凝视着渺茫的远方，无限延伸的铁道上到处闪烁着点点灯光，让人感到有些亲切。仍然还没有看到第八次列车……舍普图诺夫凝视着远方，突然另一样东西映入他的眼帘……两个很长的黑影正越过枕木……径直向他们这边移动，黑影越来越大，越来越宽……其中一个黑影逐渐显出人形的样子，另一个黑影——大概是那人手里握着的一根又粗又长的木棒的影子……黑影越来越近了，很快就听见有人低声哼唱着《安果夫人的女儿》中的曲调。

“不要在铁轨上行走！赶快从铁轨上下来……”舍普图诺夫大声喊道，“火车就要开过来了！”

“还用你来发号命令吗，你这个浑蛋！”远方传来一声辱骂声。

被臭骂了一顿的舍普图诺夫急欲冲向前去，可却被玛丽娅·伊利尼奇娜拽住了衣襟。“看在上帝的份上，斯捷潘，请你千万不要过去！”她哀求着说，“他是我的丈夫，是纳扎尔来了！”

她的话音刚落，库查佩托夫已经来到了站长面前。受辱的舍普图诺夫的头部好像撞在了一个什么铁东西上，他突然大叫一声就钻到车厢底下去了。他的肚子紧贴地面，爬过车厢，顺着路基逃跑了。在他跳过枕木时，被钢轨绊了一下，然后就像个疯子似的，也可以说像条尾巴上拴着狼牙棒的狗似的，飞快地跑向水塔……

“天啊，他手里的那根木棒真是粗啊！”他一边逃跑，一边暗自想。

舍普图诺夫来到水塔跟前才停下了脚步，借机喘口气，可这时他又听见了一阵脚步声。回头一看，只见一个人影正飞快地向自己移动，他手里还拿着一根木棒。舍普图诺夫吓得魂飞魄散，拔腿便跑。

“快点站住！请等一等！”库查佩托夫在他的身后喊道，“站住！千万要当心啊！列车已经开过来了！”

舍普图诺夫抬头间只见迎面驶来一列火车，列车闪着两只可怕的火眼……舍普图诺夫被吓得头发根子都竖起来了……心脏嘣嘣跳个不停，他忽然停住脚步……拼足全身的力气，纵身向前跳去……大约在空中飞行了四秒钟后，他落在了坚硬的斜坡上，滚了下去，

手里还抓了一棵牛蒡草。

“这只是路基的斜坡，”他心里想着，“哼，这没什么要紧的。自己宁可从路基上滚下去，也不能像贵族老爷挨下等人的毒打。”

一分钟后，他的右耳旁传来沉重大皮靴踩水的声音，来人还用手在他的背上摸来摸去……

“真的是您吗？”他听到的是库查佩托夫的声音，“您是斯捷潘·斯捷潘内奇吧？”

“请您饶了我吧！”舍普图诺夫不住地哀求道。

“您这是怎么啦，亲爱的舍普图诺夫？你为什么要这样害怕？我是库查佩托夫啊！难道您不认识我了吗？是我在您身后追呀追的……我边跑边喊……差一点被火车给轧死，亲爱的……看见您跑了，玛丽娅也吓坏了，她现在已经昏厥在站台上了，过去……您是不是因为我骂了您一句浑蛋，才吓成这个样子的？请您千万不要生我的气……我还以为您是扳道工呢……”

“哎呀，您就不要挖苦我了……您如果想报复，就赶快报复吧……反正我已经在您的手掌心里了……”舍普图诺夫苦苦哀求道，“您就打吧……把我打成残废算了……”

“唉……您这可是怎么啦，我的老弟？我是有事问你才追你的，我的大恩人呀！我有一件事要跟你谈谈……”沉默了片刻，库查佩托夫接着说道，“这件事对你、对我都很重要……我的玛丽娅已经告诉我你和她已不是普通的关系了，可是这件事对我来说其实也无所谓，因为玛丽娅·伊利尼奇娜在那件与我、与她都有关的事情上，总是让我不如意。但是我毕竟是她的丈夫，是一家之主，为了公平起见，就劳驾您跟我签订个协议吧……就像《圣经》上米哈伊尔所说的，德米特里公爵跟她发生关系时，每月都要付两张面值二十五卢布的票子。那么，您愿意出多少呢？俗话说得好：协议胜过金钱。您赶快站起来呀……”

舍普图诺夫勉强站了起来，但他却感到自己好像摔断了筋骨一样，便拖着沉重的脚步向路基走去……

“您到底愿意出多少啊？”库查佩托夫追问道，“我只要您一张面值二十五卢布的票子……但是还有一件事想求求您，您能否在您的车站上为我侄子找份小差事做做……”

虽然库查佩托夫的声音很大，但是舍普图诺夫却什么也没听见，什么也没看见，勉勉强强地走进值班室，一头倒在了床上。第二天早晨，他却丢失了他那顶制帽和一块肩章。

他至今仍羞愧得抬不起头来。

哀 伤

格里戈里·彼得罗夫是一位优秀的旋匠，他在当年的加尔钦乡里可谓是无人不知，无人不晓，同时他的糊涂也是出名已久的了。此刻的他正赶着一辆雪橇送生病的老伴去地方上的自治局医院，这段路大概有三十多俄里，而且路面也糟透了，就连公家的邮差都很头痛走这样的路，这样的路让像旋匠格里戈里这样的懒人来走，可真是举步维艰了。迎面吹来一股刺骨的寒风，密密的飞旋着的雪花落在脸上，好像刀割一样。雪越下越大，已经分不清是从天上落下来的，还是从地上刮起来的了。眼前除了茫茫大雪，还是茫茫的大雪，田野、树林，就连电线杆也都被雪覆盖了。强劲的寒风袭来，格里戈里的车轮被深深地埋在了大雪之中，那匹瘦弱的老马艰难地向前移动着，拔出深雪里的腿，走上一步，再拔出深雪里的腿，再走上一步，吃力极了。旋匠急着给老伴看病，他焦急地挥打着鞭子，狠狠地抽打在马背上。

“玛特廖娜呀，你就别哭了，我已经很卖力了……”他小声嘟哝着，“你就再忍耐一下，上帝会保佑我们及时赶到医院的。到了医院用不了一会儿工夫，你那个病……巴维尔·伊凡内奇或许就会给你喝一些药水，也可能让人给你放点血，或者他会大发善心，派人给你用酒精擦身体，这样你那个腰痛的毛病就会好了。巴维尔·伊凡内奇肯定会尽力的……虽然他可能会责骂一通，或者跺跺脚，但他肯定会尽力帮你治病的……他是一位多么好的老爷啊，待人又宽容又和气……等我们一到，他肯定会立即从他的诊室里跳出来的，接着就会数落个没完没了：‘你怎么回事啊？’他也许会嚷嚷道：‘为什么你们现在才来啊？为什么不早点来？难道你们认为我是一条狗，就该成天团团围着你们这些鬼东西转吗？为什么不上午来？滚，快点给我滚回去！明天再来吧！’那我就会求他：‘医生老爷！巴维尔·伊凡内奇！我尊贵的好老爷！’哎，你倒是快走呀，我让你发呆，真是见鬼！驾！”旋匠甩开鞭子，狠抽在他的瘦马身上，看都没看他老伴一眼，继续低声地自言自语：“‘我的老爷！我说的可都是实话啊，我敢向上帝……还是凭我的十字架起誓：天还没有亮，我们就起程了，可那么远的路怎么能说到就到呢？而且老天爷……或者是圣母娘娘……发了火，给我们送来了这么一场大暴风雪。您老人家也是看见的，即便是一匹骏马也不一定能按时赶来，何况我那匹又瘦又老的马呀。’可能巴维尔·伊凡内奇照样会皱起眉头，大声嚷嚷道：‘我是清楚你们这些人的，你们总是能找出理由为自己辩护！特别是你，格里什卡[①]！我早了解你的为人了！恐怕你一路上进了五、六家小酒馆吧！’我就会反驳他说：‘难道你认为我是恶棍，还是认为我是一个异教徒？自己的老太婆都快要归天、咽气了，我怎么会有心思去小酒馆

① 格里戈里的昵称。

喝酒呢！您就饶恕我吧！快点给我老伴看病吧，叫那些小酒馆见鬼去吧！’接下来，巴维尔·伊凡内奇就会吩咐人把你抬进医院，我当然会给他跪下……并说：‘巴维尔·伊凡内奇！我的老爷！我们千恩万谢也难以报答您的恩情啊！请您就可怜可怜我们这些庄稼人吧，我们惹你生了这么多气，按理您是应该把我们连打带骂地轰出去的，可您老人家却还是为我们看病，瞧，您的脚上都沾上雪了！’

“巴维尔·伊凡内奇肯定会瞪着大眼，像想要揍我一顿的样子说：‘傻瓜，你与其给我跪着，还不如平时少灌自己几杯白酒呢。再看看你可怜可怜的老太婆，我真想揍你一顿！’‘您说得太对了，我是真该揍，巴维尔·伊凡内奇，您就狠狠地揍我一顿吧！既然您是我们的救命恩人，叫您亲爹我都乐意，更不用说给您下跪了？老爷，我说的可都是老实话……如同站在上帝的面前一样……如果我撒谎了，您就戳瞎我的眼睛。只要我的玛特廖娜——也就是我的老伴，能够治好病，还能和以前一样操持家务，那时您老人家吩咐我做什么，我都会替您做好的！像小烟盒、糙球，还有什么九柱戏的木柱，我都会精心为您做的，我可以旋得跟外国人的一样好……而且我一分钱也不会收您的！如果是在莫斯科，这种小烟盒可以卖四个卢布的，可我一分钱也不会收您的。’巴维尔·伊凡内奇就会笑着说：‘好，好啊……你的心意我心领了！只可惜你是个酒鬼……’

“我的老伴儿，你看我跟那些老爷们说得多好啊，我知道怎样跟他们打交道的，没有我搭不上话的老爷。现在我只求上帝保佑，千万不要让我们迷路才好。你瞧这暴风雪刮的，我的眼睛都快睁不开了。”

旋匠的嘴里一直嘟哝着，一刻也没有停下过。他随便东拉西扯，只求自己那沉重的心情能放松一些。虽然他嘴上的话很多，可是脑子里的想法和疑问却比嘴上的还多。哀伤不断地侵袭着旋匠，完全出乎他自己的意料，弄得他现在怎么也无法清醒过来，无法平静下来，无法认真地想一想。在此之前的他一直过着无忧无虑的生活，昏昏沉沉，无所事事，既不知道欢乐，也不知道哀伤，可是现在的他却突然心情沉重起来，内心十分痛苦。这个一直无忧无虑的懒汉和酒鬼好像突然变了一个人似的，他竟然也忙碌起来，凡事都要操心，看到老伴生病了，他心急火燎的，也不怕这么大的暴风雪了。

旋匠记得非常清楚，他的哀伤是从昨天傍晚才开始的。昨晚他像往常一样喝得醉醺醺地回到了家，接着就开始骂人，还挥舞着拳头。老太婆瞧了一眼自己的丈夫，眼神里充满了严厉和呆滞，就像圣像上的圣徒或者快要死的人一样，已经完全没有了往日的温顺。旋匠的哀伤正是从她那奇怪的、不祥的眼神里开始的。旋匠吓得不行，赶紧向邻居借了一匹老马，拉着老太婆就往医院里送，希望巴维尔·伊凡内奇能用神奇的药粉或者油膏恢复老太婆从前的眼神。

“你呀，玛特廖娜，如果……”他又小声地嘟哝起来，“如果巴维尔·伊凡内奇问起我有没有打你，你就对他说：‘没有，绝对没有的事！’我也会记住的！从今往后再也不打你了。我凭着十字架向上帝发誓！再说了，我以前也不是故意打你的，没有什么来意！我只是不假思索就随手打了你。其实我可心疼你呢，你看我不是正急着送你医院看病吗……瞧，好大的风雪啊！上帝啊，你是在发怒吗？求你一定保佑我们不要迷路……

“怎么样了，你的腰还痛吗？玛特廖娜，你为什么一句话也不说呢？我问你呢，你的腰还痛吗？”

旋匠感到非常奇怪，为什么老太婆脸上的雪老是不融化呢？那张脸为什么显得这么消瘦，灰白里还透着蜡黄，面容庄重而又严肃。“唉，蠢婆娘！”旋匠大喝道，“我跟你说真心话呢，上帝可以作证……可是你，那个……咳，你真是个蠢婆娘！你如果再这样，我索性就不送你去医院了！”

旋匠放下了缰绳，犹豫不决，他不敢回头看老伴，因为他害怕！自己所问的话得不到回答，同样让他感到害怕。最后，为了探个明白，他狠了狠心，试着用手去摸了一下她的手，手是冰凉的，被抬起的手直直地垂了下来，“你不会就这么死了吧，这下麻烦可大啦！”

于是，旋匠大哭起来，他不仅是可怜老伴，更是感到懊丧。他认为这世上的一切事都变得太快了，他的哀伤才刚刚开始，不应该这么快就收场的，他还没来得及让老太婆过上好日子呢，没来得及对她表示疼爱，她怎么就死了呢？他们可是共同生活了四十年啊，但这四十年却像一场噩梦一样：受穷、酗酒打架，还没过一天好日子呢。况且，当他正要痛改前非，正要疼爱老太婆时，正要向她说对不起时，她却死了。“老天爷啊，你这样做分明是在跟我作对啊！”旋匠大声喊道。

旋匠回想起往事，说道：“我做的真是不好啊！时常打发她出去向人家讨饭。要是她再活上十年，我会让她过上好日子的。否则，她还真以为我是那种人呢。圣母娘娘啊，我还往什么鬼地方赶呀？现在不应该再去看病了，而应该把她安葬了。那就掉头吧！”

旋匠使出全身的力气抽打着他的马，让它掉转过头来，回去的道路更难走了，一点车轭也看不见了。雪橇有时还会撞到小杉树上，一个黑乎乎的东西在他的眼前一闪而过，但却擦伤了他的手。

接着视野之内又变得白茫茫一片了，风雪飞旋着。“如果能从头再活一次，那就好了……”旋匠想着。

于是，他又回忆起四十年前的玛特廖娜，那时她还年轻，是一个漂亮、快活的姑娘，而且出身于富裕人家。她的父母把女儿嫁给了自己，仅仅是因为他们喜欢自己那一手的好手艺。凭借自己的能力，旋匠本来完全可以过上好日子的，但是不幸的是，婚后的自己开始酗酒，整天烂醉如泥，一头倒在炕上就会睡到大天亮。婚礼上的事情他倒还记得，可是婚礼之后日子他却一丁点儿印象也没有的——哪怕他被人打死，他也就记得自己做过的仅有的三件事：喝酒、睡觉、打老婆。此外就什么也不记得了，一晃四十个年头就这样过去了。

黄昏来临了，鹅毛似的大雪使天空也变得灰暗了。

“我这是往哪里赶车呀？”旋匠猛地清醒过来，“应该去墓场的呀，我却怎么还是朝着医院的方向赶呢……我真是变傻了！”

旋匠掉转雪橇，朝着老马的背上又是一记鞭子。老马鼓足全身的力气，打着响鼻，一路小跑起来。旋匠接二连三地抽打着老马的背……

身后传来一阵阵东西撞击的声音，他头也不回一下，以为那是故去的老太婆的头撞击雪橇而发出的声音。天色变得越来越暗了，风也变得越来越冷，越来越刺骨了……

“如果能再从头活一次，那就好了……”旋匠想道，“我会添置一套新的工具，接受大批的订单……把钱都交到老太婆的手上……嗯，就这样办！”

后来，他一不小心弄脱了缰绳，可怎么也不能把缰绳捡起来，他的手已经不听使唤了……

“既然这样，那就算了……”他心里想道，“反正老马识途，它会把我拉回家的。这会儿我要小睡一会儿……趁着下葬、安魂祭以前，我最好能歇一歇。”

旋匠闭上眼睛，打起盹来。不久，他感觉到马停了下来，睁开眼却看到自己面前有一堆黑乎乎的东西，像是大草垛，又像小木屋……

这时，他真想从雪橇上爬下来，弄清楚到底发生了什么事，可是现在的他全身懒得什么也不想干，他甚至宁愿冻死，也不想动弹一下……接着，他就安静地睡着了。

等他再次醒来时，发现自己躺在一间明净的大房间里，温暖的阳光从窗外射进来。旋匠看到面前站着有好些人，他首先要做的就是想表明自己是个既稳重又懂事的人。

“请你们都来参加老太婆的安魂祭吧，乡亲们！”他说，“还要告诉东家一下……”

“唉，算了，算了！你还是只管躺着吧！”有人打断了他的话。

“天哪，你是巴维尔·伊凡内奇！”旋匠看到身边的医生，惊叫起来，“老爷哪！恩人哪！”

他从内心里都想跳下床，扑通一声跪在医生的脚下，但是他却感到自己的手脚已经都不听自己的使唤了。

“我的老爷！我的胳膊哪儿去了？我的腿呢？”

“你只有跟自己的胳膊和腿告别了……因为你把它们冻坏了！好了，好了，你就不要哭了呀，你还是感谢上帝让你活了六十年吧，你活的时间也够长的了！”

“亲爱的老爷，我伤心呀！请您宽宏大量饶恕我！就是再让我活上那么五六年也好啊……”

“马是借来的啊，还得还给人家……要给老太婆下葬了……这世上的事情怎么变得这么快啊！我的老爷！巴维尔·伊凡内奇！卡累利阿榨木[①]烟盒我还没有做好呢，棒球也还没有做出来……”

医生只是摆了摆手，就走出了病房，这个旋匠——算是彻底完了。

① 一种花纹极美的名贵桦木。

一件艺术品

萨沙·斯米尔诺夫是一位独生子，他的脸上露出一副酸溜溜的表情，腋下夹着一件用二二三期《市场报》包裹着的东西，进入了科舍利科夫医生的诊室。

“啊，亲爱的小伙子！”医生热情地说，“您现在的感觉如何啊？是不是要告诉我一个好消息啊？”

萨沙眨了眨眼睛，用一只手摸着胸口激动地说：“伊万·尼古拉耶维奇，我的母亲让我代她向您致敬问好，并嘱咐我向您表示感谢……我可是母亲的独生子啊，是您救了我的命……把我从危难之中解救了出来，所以……我们该如何感谢您才好呢？”

“千万不要这样说，年轻人！”医生打断他的话，脸因为高兴而涨得通红，“这都是我应该做的事啊，换成其他人也会这样做的。”

“母亲可只有我一个儿子……而且我们也很穷，您那昂贵的出诊费我们理所当然是付不起的，所以……这让我们太不好意思了，好大夫，你可千万要收下这件东西，这是母亲和我的一片心意……

这代表着我们的谢意，也是一件……非常珍贵的物品，它是一件古代的青铜器……一件少有的艺术品。”

“你不必这样做的！”医生为难地说，“嗯，你刚才说这是一件什么东西？”

“不，请您一定不要拒绝，”萨沙一边打开纸包，一边唠叨着，“您如果拒绝了，我和我的母亲都会生气的……这件艺术品是先父遗留给我们母子的，我们一直把它当作珍贵的纪念品珍藏着……我父亲生前喜欢收购古铜器，然后再把收到的卖给古铜器爱好者……母亲和我现在仍干这个行当……”

纸包被萨沙打开了，他细心地把那件物品放在桌子上，这是一座古老的青铜烛台，体形不太高，两位女子的雕像耸立在台座上，她们的姿势就像夏娃一样，全身赤裸，一丝不挂。我没有勇气，也没有描写的天赋，因此也就无法详细地描写她们那遮私处的无花果叶和整个体态。娇媚的微笑显现在两位女子的脸上，似乎她们要从烛台上跳下来一样，然后会在房间里……这让读者看了会感到有伤大雅的。

医生仔细地打量着这件礼品，轻轻用手指搔着耳根，干咳了一声，擤了一下鼻涕，表现出犹豫不决的样子。“真的，这的确是件精美的艺术品，”他含糊其辞地说，“不过，我怎么说好呢，它看上去毕竟有点……有点不太雅观……她们并不仅仅是袒胸露背，鬼才晓得她们在做什么……”

“您的意思是说她们为什么不穿衣服吗？”

“就连那个偷吃禁果的夏娃也没法和她们俩相提并论，如果把这个物件摆在桌子上，那是不是显得主人太庸俗了？”

“大夫，您怎么能这样想呢！”萨沙生气地说，“您要知道，这可是一件艺术品呀，您再仔细地瞧瞧！您瞧，她们的身姿雕刻得多么优美高雅啊，看到的人都会禁不住对她们充满崇敬之情的，甚至会流出感动的热泪来！看到如此优美的体态以后，您就会忘掉尘世上的一切烦恼的……您再仔细瞧瞧，她们的内在感情也是非常丰富的，一举一动是多么轻盈、多么富有艺术表现力啊……”

“这一切我都明白，我亲爱的朋友，”医生打断了萨沙的话，“可是，你是知道的，我已经成家了，我的孩子们也常常会跑到这里来，常来这里的还有一些女士们。”

“这是当然的啦，普通人是会用你所想象的那种眼光去看它的，”萨沙说，“但是，具有这么高度艺术欣赏性的物品自然不能用普通人的眼光看了……您是谁啊，您是赫赫有名的大夫，您应该比普通人站得更高些，应该从更高的角度去看待它。况且，如果您拒绝接受它，那么您拒绝的就不仅仅是一件艺术品了，而是拒绝的我和母亲的一片诚心。我可是我母亲的独生子啊……是您拯救了她儿子的生命……把我们极为珍视的东西送给您，这是理所当然的事情……”

“谢谢您，我亲爱的朋友，我非常感谢你和你母亲的一片诚意……请代我向您母亲表示感谢。不过，说句心里话，您自己想想看，我那三个孩子如果看到了，还有那些常来看病的女士们……还是这样吧，你就先把这件东西留在这里吧！反正你是不会明白我的想法的。”

“您用不着解释什么，”萨沙高兴地说，“您就把这个烛台放在花瓶的旁边，只可惜只是一只，要是有一对就好了。这太令人惋惜了！好吧，再见，我的大夫。”

萨沙走后，医生凝望着那个烛台，不时地挠着耳根，陷入了沉思。“毫无疑问，这个烛台是一件非常好的艺术品。”他自言自语道，“把它扔了吧，那是太可惜了……留在这里吧，自己又无法接受……嗯……这真是一件难办的事啊！还是把它送给谁吧？”

思考了很长时间，他终于想到了自己的好朋友乌霍夫律师，自己正在托他办一件案子。“这真是太好了，”医生下定决心地说，“作为老朋友，他是不好意思收我的诉讼费的，对了，送给他这件艺术品真是最合适的了。我现在就把这件让人难以接受的艺术品给他送去！况且，他只是一个单身汉，也比较喜欢这类的东西……”

说去就去，医生穿戴整齐，抱着那件东西就朝乌霍夫的家走去。

“您好呀，”医生正好碰上朋友律师在家，他说道，“我到您这儿来……是为了表示对你的感谢，老弟，您可帮了我的大忙……您肯定也不会收我的钱的，那你就请您收下这件礼物吧……我的老弟，你瞧……这是一件非常精美的艺术品，您肯定会喜欢的！”

一看见这件礼品，律师的欣喜之情溢于言表。

“这可真是一件好东西啊！”他放声大笑起来，“哎呀，真是活灵活现啊，是谁才有这么巧的手啊，怎么能制作出这么好的玩意儿来呢！真是太精致啦！我真的很喜欢！你是从哪儿弄到这一件如此漂亮的东西的？”

律师由衷地赞叹了一番，然后胆怯地朝门口望了望，然后说：“虽然我也喜欢这件艺术品，但是，老兄，还是请您把这件礼品拿回去吧。我是万万不能接受的……”

“这是为了什么啊？”医生疑惑地问。

“因为……因为我家里还有一位老母亲啊，另外，还有一些当事人也常来找我，再说，要是让仆人看到了……”

“不——不——不……无论如何你也不能拒绝我的好意！”医生挥着手说，“如果您拒绝接受它，那真是太愚蠢了！这可是一件艺术品……人物的体态是那么的高雅优美……那么的富有艺术表现力……我简直不敢妄加评论！如果您不接受，我一定会感到伤心的！”

“哪怕把那个地方盖上一点东西，或者蒙上一块遮羞布什么的也好呀……”

医生不停地挥着手就从乌霍夫的住宅里逃了出来，他终于把这件礼物打发了出去，心里感到很满意，然后就回家了。

医生走后，律师仔细地端详着那个烛台，用手指上上下下地抚摩了遍，然后也和医生一样绞尽脑汁地想把这件礼品处理掉。“一件多么好的艺术品啊，”他思忖着，“扔掉它吧，挺可惜的。放在自己的房间里吧，又有伤大雅。嗯，最好的办法——还是把它送人算了……对了，今天晚上我就把它送给喜剧演员沙什金，这种玩意儿会得到他们这些喜剧演员的喜欢的，况且，今天也正好是他从事艺术活动的周年纪念日……”

说做就做，一到晚上，他就把烛台包装好，径直来到喜剧演员沙什金的工作室。整整一个晚上，前来喜剧演员化妆室欣赏这件礼品的人络绎不绝。化妆室里一直欢声笑语，热闹非凡，人们的哄笑声就像马的嘶鸣一样响亮。

如果有女演员来到门口问：“我可以进去吗？”喜剧演员那嘶

哑的声音就会立刻传来：“不行，真的不行，亲爱的，我还没有穿衣服呢！”

纪念演出结束后，喜剧演员耸了耸肩膀，摊开两手，为难地说道：“唉，你让我把这件污秽下流的东西放到哪里好呢？你是知道我是住在私人住宅里的呀！再说，我这里时常有女演员来啊！这又不是照片，也不能放在抽屉里！”

“我说您呀，先生，把它卖掉就好了吗，”理发师看透了喜剧演员的心思，便向他提出这样的建议，“一位专门收购古铜器的老太婆就住在城外的居民区里，您到那里一问一个姓斯米尔诺夫的人……大家就会告诉你的，没有人不认识她。”

喜剧演员听从了理发师的劝告……两天以后，坐在自己的诊室里的科舍利科夫医生正用一个手指顶着脑门，他在思考胆汁酸是如何产生的问题。房门突然被推开了，萨沙·斯米尔诺夫跑了进来，他神采奕奕，笑容可掬，浑身上下流露出喜悦的神情……一件用报纸裹着的东西在他的手里。“大夫！”他上气不接下气地说道，“您简直太走运了，我真是太高兴了！怎么说好呢，还是让我告诉你吧，我和母亲终于又弄到了一个烛台，和送您的那个一模一样，这样您就可以拥有一对烛台了！我母亲也高兴得不得了……我可是母亲的独苗啊……是您救了我的一条命……”

由于过分地激动，萨沙的两只手抖动着把烛台放在医生的面前。医生半张着嘴，想要说些什么，但什么也没有说出来，他的舌头僵住了。

村　长

某县城有一家十分肮脏的小饭馆，村长希里玛正坐在这个饭馆的桌边吃一盆油腻的肉粥。他每吃完三勺肉粥，就喝上一杯酒，并且总是说就喝这“最后一杯”了。

“就是如此吗，你可真是我的知心朋友，农民的案子真的很难办的！”他一边对小饭馆的老板解释，一边在桌子底下扣上那些被撑开的纽扣，“是啊，我的好兄弟！就连俾斯麦也对农民的案子缺乏了解。要办好这种案子，脑子必须特别灵活，还得有点手腕。那些农民为什么都喜欢我？他们为什么会像苍蝇似的围着我转？我为什么总能吃上带油的肉粥，而别的律师连点油星儿也沾不上呢？这都是有原因的，那就因为我的脑袋瓜儿好使，有能力。”

希里玛喘着粗气又喝干了一杯酒，然后就神气十足地伸直了脏脏的脖子。他这个人不仅脖子不干净，而且他的两只手、耳朵、衬衫、裤子等等全都肮脏不堪，处处透着龌龊。

“我从不撒谎，我承认自己没有什么学问，我既不是大学生，也不像学者们那样穷讲究、穿大礼服。不过，老弟，我可以毫不谦虚地对你说，我从不采用任何压制措施，但却能把农民的案子都办好，像我这样精通法律的能人，一百万人中也就找出我一个人吧。也可以这样说，我没审过斯科平的案子，也没办过萨拉·贝凯尔的案子，可是一牵涉到农民的案子，我就会手到擒来，全都不在话下，不管什么样的检察官，也不管什么样的辩护律师，没有一个是我的对手。真的，上帝可以作证的！只有我才擅长办理农民的案子，其他的人都不行！就算你是贝多芬，就算你是罗蒙诺索夫，如果你没有我这份才能，那最好就不要来插手管我的事。”

“给你举个例子吧，你听说过列普洛沃村村长的那个案子吗？”

“没有，从没听说过。”

“这案子倒是很有意思，而且需要用点手腕！就算普列瓦科遇上它也会栽跟头的，可这个案子一经我的手，就办得干净利索。事情是这样的：我的兄弟，离莫斯科不远的地方有一个铸造大钟的工厂。我们列普洛沃村的一个农民就在这个工厂里当工长，他就是叶甫多吉姆·彼得罗夫，在那个厂里已经干了二十多年。如果从他的身份证来看，他当然是一个庄稼人，也就是穿树皮鞋的乡巴佬。如果再看他的仪表相貌，那就完全不像是个乡下人。二十年中，他学习了文化，穿上了花呢子衣裳，手上也戴上了几枚金戒指，肚子上还绷着一条金链子，已经变得非常体面了。我想你要是看到他，也不敢接近他！因为他完全不像一个庄稼人啊！其实他变成这副样子，我们也不能觉得奇怪，我的兄弟！他能拿一千五百卢布的薪水，管吃，管住，就连老板也跟他称兄道弟，如此一来，他不由自主地就扎进了老爷们堆里了。你知道吗，他脸上的表情，也真那个……”

希里玛喝了一杯酒，接着说道：“……也真那个叫人感动。不过，我告诉你，这位叶甫多吉姆·彼得罗夫突然心血来潮，想来看看自己的家乡，也就是想回到我们的列普洛沃村。原本他的日子过得挺好的，大钟铸造厂里的生活比蜜甜，即使当工长的似乎也没有什么可发愁的事儿，但是，他突然就有点想念家乡了，你肯定听说过那句名言：‘家乡的炊烟也香甜！’就拿你来打个比方吧，如果有一天你去了美国，并且在那里发了大财，金钱都可以堆成了堆儿，你依然会想念你这个小饭馆的。这位好心肠的长工也一样会想念自己的家乡，他说走就走！向老板请了一个星期的假后，就踏上了回家的路。回到久别的家乡列普洛沃，他头一件事要做的事就是去看望自己的本家和亲戚。他对人们说：‘这是我住过的地方，这是我放过牧的地方，这是我睡过觉的地方。’如此这般讲个没完没了……总之，就是全都是回想的小时候的经历。当然，他也免不了要夸夸口、吹吹牛什么的，他是这样说的：‘嗨，弟兄们，你们都来仔细瞧瞧啦！从前的我也像你们一样是穿着树皮鞋的穷汉子，可现在的我却和以前大不相同了，我有钱了，过上了饱暖的日子，也一步一步向着上等人的生活发展，这全是我的劳动和汗水换来的。你们也应该像我一样，好好干吧！’起初那些大老粗还乐意听他吹，一个劲儿地夸奖他，可是后来他们却想：‘话是这么说，你说的这些听起来也都好极了，只是你能给我们带来什么好处呢？你在村里待了都快一个星期了，我们连一滴酒也没沾上呀……’

“于是，他们就找到乡村警察，让他去见他……‘叶甫多吉姆，请你拿出一百个卢布吧！你可能会问这是为什么？我就告诉

你，这是给村民打酒喝的……村社的人都想热闹热闹地祝福你，祝你健康长寿……'

"但叶甫多吉姆却为人稳重，而且信教敬神。所以，他既不抽烟，也不喝酒，即使别人想这样做，他也不同意。听到乡村警察的话，他就不客气地说：'想让我打酒给你们喝，我一个小钱也不会给的！'

"'你怎么能这样说话呢？你有什么权力对我们这样蛮横？难道你不是我们村子里的人？'

"'是村里的人又怎么样呢？我又没有拖欠税款……该交的钱我都交了，凭什么我就该出钱请你们喝酒呢？'

"大家你一言我一语，争来争去，也没有个结果。村社的人坚持让叶甫多吉姆出钱买酒，而叶甫多吉姆则坚决不给。最后，村社的人终于忍不住发火了。你也肯定了解那些混混们，跟他们是没道理可讲的，既然他们打定了主意让你请酒喝，哪怕你有十二张嘴也劝不回他们的，就是用大炮去轰他们，也吓不住他们。他们一门心思地想喝酒，真是铁了心啦！说句心里话，这件事也确实让人恼火，一个发了财的本地乡亲却一点儿油水儿不出！于是，他们就琢磨着怎么才能从叶甫多吉姆那里连敲带诈地让他掏出一百卢布来。结果，全村社的人琢磨了一个晚上，也没想出什么办法来。他们只好围着叶甫多吉姆的房子转来转去，并不停地吓唬他说：'你会尝到我们的厉害的！看我们怎么收拾你！'可是，叶甫多吉姆就像什么也没听见一样，还是安心地坐在家里。他认为自己又没做错什么事，不管是面对上帝、面对法律，还是面对村社，自己都是问心无愧的，我怕什么呢？还唱起来：'我是一只自由鸟！'说得好！村

民们大声地起哄，而且他们还发现，就像自己看不到自己的耳朵一样，他们是不会见到叶甫多吉姆的钱的。

“于是，他们就开始琢磨怎样拔光这只自由鸟翅膀上的毛，以此来惩罚他对村民的大不敬。但是，他们也没想出什么好办法，这才打发人找到了我。因此，我就来到了列普洛沃。他们把事情的大体情况向我诉说了一遍，然后他们说：‘丹尼斯·谢苗内奇，你给我们想个对付他的计策吧！’我的兄弟啊，你说我又该如何办呢？这不是明摆着的事吗，叶甫多吉姆这样做也没什么错啊，就是让检察官也无计可施啊，我又能怎么办呢？……估计连魔鬼也难以找到他的茬儿。”

希里玛又喝干了一杯酒，接着挤了一下眼睛又说道：“可是，我硬是想出了一个找碴儿的办法！”

他嘿嘿地笑一声，又说：“你猜猜我到底想出了什么样的主意？我想你一辈子也不会猜出来！我是这么说的：‘你们看这样行吗？乡亲们，你们不如选他当你们的村长好了。’村民们领会了我的意思，立马就选他当了村长。他们还给叶甫多吉姆送上了村长的标志性物品，也就是一块铜牌牌。

“一看到村民们的这般架势，叶甫多吉姆就笑了，他说：‘你们可真会开玩笑，我说愿意当你们的村长了吗？没有啊！’

“‘可这是我们全体村民的意愿啊！’

“‘可我并不愿意当这个村长啊！明天一早，我就走人！’

“‘不行的。你是走不了的了！因为法律规定村长是不能随便离开自己的职位的。’

“听了这话，叶甫多吉姆哭笑不得地说：‘既然这样，那我就

只有辞去这个职务了。’

“‘你连辞去职务的权利也没有，村长上任最少要任期三年，只有法院才能判决撤销他的职务。既然你被我们选上了，那你就得做下去，无论是你，还是我们……谁都没有权力撤销你的职务！’

“这时，叶甫多吉姆急得大叫起来，他飞跑着去找乡长，就像火要烧着他的屁股似的。乡长和文书搬出了所有的法律条文，然后告诉他说：‘某条条款规定：任职不满三年不得辞职。这样你就必须干三年啦！干满三年你才能走！’

“‘什么？要我必须干三年！别说三年了，就连一个月我也等不了！没有了我，老板就像少了左右手一样！他会亏损几千卢布的呀！再说，除了工厂的事儿，我的家还在那里呀，我还有老婆孩子呢！’

“这件事一直没有个结果，一个月又过去了。叶甫多吉姆想给村民的已经不是一百卢布，而是三百卢布了，他苦苦哀求村民看在基督的份上放他离开。村民们倒是乐意收下钱，但是他还是没走成，因为他的钱交得太晚了。

“不得已之下，叶甫多吉姆只好去见常任委员先生，向他讲了事情的来龙去脉，然后说：‘大人先生，因为我的家庭拖累着我，所以我不能一心放在任职上，请求您放我走吧，上帝会保佑您的！’

“‘我没有撤你职的权力，同时也没有解除你职务的法律依据。你一没有生病，二没有被法院判处有罪。所以，你必须担任村长的职务。’

“我还应该告诉你，村里的人说话时一律用‘你’称呼对方。

在这个国家、乡里和村里，不管多大的官员，人们都可以称他们‘你’啊‘你’的，就跟招呼听差的一样。听见人们总是用‘你’称呼他，身穿花呢衣裳的叶甫多吉姆心里很不是滋味儿！他恳求常任委员看在基督的面上放他走吧。

“‘可是，我并没有这种权力啊，’他说，‘你如果不信，可以亲自到县府去问问，他们会给你一个明确的答复的。不要说是我，就连省长也没有权力解除你的职务。村社大会的决议是至高无上的，只要村民们没有违背法律，谁也不能撤销。’

“叶甫多吉姆接着又去拜见了首席贵族和县警察局长，他几乎走遍了全县，听到的都是同样的回答：‘你还是先干着吧！我们根本就没有权力放你走的。’

“工厂寄来了一封又一封的信，拍来了一封又一封的电报，催他回去，这该怎么办才好呢？

“叶甫多吉姆的亲戚劝他来向我请教，可他呢，你信不信？他根本就没有派人，而是亲自坐着马车找来了。刚进门，他二话不说就把一张十卢布的红票子塞到我的手里，恳切地说：‘我的后半生就全指望您了。’

“‘这有什么难做的？’我轻松地说，‘我会替你想办法的，只要您肯出一百卢布，我就让你没有这个职务。’

“接过一百卢布的同时，我的办法也就想好了。”

“怎么办呢？”小饭馆的老板急切地问。

“你猜猜呢，其实问题很简单，谜底就在法律本身。”

希里玛走到饭馆老板的面前，哈哈大笑着凑近他的耳朵，小声说：“我给他出的主意是，让他偷点东西，这不是完事了吗？一经法庭受审，他的职务不就被撤掉了吗？怎么样？我的这个计谋妙不妙？开始，这位老弟都惊呆了：‘你怎么能让我去偷东西呢？’我说：‘这有什么大不了的，你只不过从我这儿偷走一个空钱包，也只会坐一个半月的班房。’一开始，他还死活不肯这样做，怕坏了自己的好名声。我又鼓动他说：‘真是见鬼，光有好名声又有什么用呢？你还以为你这是在填写履历表吗？只要你在班房里待一个半月，案子就算了结了。你这个判罪的前科，很轻松就可以摘掉你那块村长的铜牌牌！’那个家伙考虑了一会儿，一狠心，就甩手把我的钱包给偷走了。现在的他怎么样了呢？现在他的刑期已经满了，他正替我向上帝祈祷呢。你看看，老弟，你老哥这脑瓜儿灵不灵！说到办理农民的案子，整个世界上也不会再找出第二个像我这样的行家来了，能办这种案子的，我是独一无二的。真的，我一点儿也没跟你吹牛！”

希里玛又要了一瓶伏特加，开始了第二个故事的讲述：列普洛沃村的农民是怎么样偷人家的庄稼换酒喝的。

未婚妻

一

晚上十点多，皎洁的月光洒在花园里。舒明家的晚祷刚刚做完，这是祖母玛尔法·米哈伊洛夫娜吩咐的。娜佳来到花园里，她看到大厅里正在往餐桌上摆放冷盘，穿着华丽的绸衫的祖母跟着忙前忙后，教堂的大祭司安德烈神甫正在和自己的母亲尼娜·伊万诺夫娜说着话。隔窗望过去，在夜晚的灯光映衬下的母亲显得年轻了许多，安德烈神甫的儿子安德烈·安德烈伊奇站在他们的身旁，专心地听着。

花园里一片寂静，黑暗的树影一丝不动地映照在大地上。远处的蛙鸣声时断时续，听起来让人感到十分遥远，也可能是在城外。已经是五月的天气了，这是一个可爱的五月！空气清闲得让人如此畅快，好像自己正处在远离城市的天空下，树林的上空，还有田野和森林之中，到处都呈现出一幅生机勃勃、春意盎然的景象，一切都是如此美好，如此神秘，气象万千而又圣洁无比。但是对于那些孱弱无能、心怀恶念的人来说，却无法领会其中的奥妙。

她，也就是娜佳，今年已经二十三岁了。自从十六岁开始，她便热衷于早点出嫁，如今的她终于如愿以偿地成了安德烈·安德烈伊奇的未婚妻，此刻他就站在那边的窗户边。

娜佳很喜欢安德烈·安德烈伊奇，婚期早已订下了，就在七月七日。可是，随着婚期的临近，她却怎么也高兴不起来，夜夜辗转反侧，难以入眠，欢乐的心情已经再也找不回来了……地下室的厨房那边，敞开的窗户里传出一片叮叮当当的切菜声，装有滑轮的房门发出砰砰的响声，一阵阵烤火鸡和醋渍樱桃的香味随风飘来。不知为什么，她总是觉得自己一辈子都只有这样过下去了，一成不变，没完没了！

这时，一个人走出房间，站在了台阶上，来人原来是亚历山大·季莫费伊奇，或者简称为萨沙，他十天前就从莫斯科来到了这里。早些年，祖母的远房亲戚玛丽娅·彼得罗夫娜常来请求救济，她出身于贵族，后来却成了落魄的寡妇，而且她的身材矮小，一副病病歪歪的样子。萨沙就是她的儿子，不知为什么人们都说他是一位出色的画家。玛丽娅·彼得罗夫娜去世后，为了拯救自己的灵魂，祖母把萨沙送到了莫斯科的警官学校，经过两年的学习，他又转入了绘画学校，一待就是十五年，勉强从建筑专业毕业。但是，他却始终没有从事过建筑工作，而是在莫斯科的一家石印工厂里工作。几乎每年夏天萨沙都要来祖母这儿，他每次来总是重病缠身，来的目的就是为了休息养病。

现在的他，穿着一身长礼服和裤脚已经磨坏的旧帆布裤子。衬衫也没有熨过，皱皱巴巴的，显出一副萎靡不振的样子。而且他骨

瘦如柴，眼睛大大的，手指又细又长，留着小胡子，皮肤黝黑，但是这并掩盖不住他的漂亮。舒明一家已经把他当作亲人看待了，萨沙在他们家就和在自己的家一样。他们一家早就把萨沙住的那个房间叫作萨沙的房间了。

站在台阶上的萨沙看见了娜佳，便朝她走来。

“你们这儿可真好啊。”萨沙说。

“我们这儿当然好哇。您最好在这儿一直住到秋天。”

“当然，这很有可能。说不定我会在这里一直住到九月份呢。”萨沙笑了笑，然后坐在了她的身边。

“刚才，我从这儿看到了妈妈。”娜佳说，“从这地方看到的妈妈显得多么年轻啊！当然，我妈妈也有她的缺点。”她沉默了片刻，又说道，“可是，她终究不是个寻常的女人。”

“我很赞成你的看法，她是挺好的……”萨沙说，“您的妈妈是一位非常善良、可爱的女人，不过……我不知道应该怎么跟您说，今天一早，我来到你们的厨房，正好看到四个女仆直接睡在地板上，没有床，只有一堆破破烂烂的被褥，而且臭气扑鼻，还有爬着臭虫、蟑螂……和二十年前他们用的一模一样，丝毫没有改变。嗯，你的祖母年事已高，愿上帝保佑她，可是您妈妈可能还会讲法语吧，也经常参加一些业余演出，似乎应该明白的呀。”

萨沙说起话来，总爱把两个瘦长的指头伸到听话人的面前。现在他也是这样做的。

“我总觉得这儿的事情都有点儿奇怪，让人看着很不习惯，”他接着又说，“鬼才知道这是怎么回事？人人都不想做一点儿事，当妈妈的却只知道成天四处游逛，就像一位公爵夫人一样，祖母同样也无所事事，当然，也包括您，您也和她们一样。还有您的未婚夫安德烈·安德烈伊奇，他也是什么事都不肯动手。”

这样的话娜佳早在去年就听过了，似乎前年萨沙也说过，这样看来，萨沙已经没有别的话好说了。以前，娜佳还觉得这话很好笑，可是，现在她不知为什么听着如此不快。

“你怎么还说这样的话啊，我都听厌烦了，”说罢，娜佳站起身来又说道，“您还是讲一点新鲜的东西吧。”

一看娜佳生气了，萨沙笑了笑，也跟着站了起来，两人朝房子走去。娜佳的身材高挑，既俊俏又苗条，萨沙和她站在一起，更显出娜佳那健美的身材了。娜佳也感觉出了这一鲜明的对比，不禁可怜起他来，而且不知为何还有些难为情。

“您尽讲一些废话，”她说，“您刚才为什么会说起我的安德烈，您并不了解我的未婚夫。”

“‘我的安德烈’……但愿上帝会保佑您的安德烈！我可真是感到惋惜，为您的青春而感到惋惜。”

两个人来到厅里时，别人已经在吃晚饭了。祖母，或者按照家里人对她称呼：老奶奶，她长得很胖，而且相貌也难看，一副浓浓的眉毛，上嘴唇的上面长着细细的绒毛，说起话来时嗓门很大，她说话的声音和口气就可以表明她是这儿的一家之主。虽然她拥有集市上的几排商铺和这幢带圆柱和花园的古老房子，但她依然每天早晨坚持做祈祷，求上帝保佑她的家产永不衰落，一面祷告还一面流着眼泪。她的儿媳妇，也就是娜佳的母亲尼娜·伊万诺夫娜，长着一头浅色的头发，腰带束得紧紧的，戴一副夹鼻的眼镜[①]，钻石戒

① 原文为法文。

指戴满了她的每个手指头。安德烈神甫则是一个干瘦的老头子，他的牙齿全没了，露出一副滑稽可笑的神情。安德烈神甫的儿子安德烈·安德烈伊奇是娜佳的未婚夫，生得英俊而健壮，一头棕色的鬈发，像一个演员或者画家。三个人正在谈论催眠术。

“再有一个星期，你就可以康复了，”老奶奶回头对萨沙说，“不过你还得多吃点儿饭。瞧你都瘦成什么样子了！”她叹了一口气说，“你这副瘦模样真是可怕！现在简直像一个流浪汉了。”

大家沉默了一会儿，萨沙突然间笑出了声音，他用餐巾捂住了嘴巴。

“这么说，您也相信催眠术了？”安德烈神甫问尼娜·伊万诺夫娜。

“当然，我也不好肯定地回答你。”尼娜·伊万诺夫娜回答，脸上表现出一副郑重其事、甚至十分严肃的样子，“可是我得承认，许多神秘而不可理解的东西确实存在于自然界之中。”

“我完全同意您的看法，不过我还要补充一句：宗教则大大地缩小了神秘的领域。”

这时，一只又大又肥的火鸡被端了上来。安德烈神甫和尼娜·伊万诺夫娜仍旧在谈论催眠术的话题。尼娜·伊万诺夫娜手指上的戒指发出闪闪的光芒，随即她的双眼里也因激动而泪光莹莹了。

“尽管我不敢和您争论，”她说，“可是您不得不承认，生活中存在很多难解之谜呀！”

“一个也不存在，我敢向您保证。”

晚饭后，安德烈·安德烈伊奇拉起了小提琴，尼娜·伊万诺夫娜弹奏着钢琴为他伴奏。他十年前毕业于大学语文系，但却从来没有任职过任何部门，也没有固定的工作，只是偶尔参加一些为慈善事业募捐的音乐会，所以城里人都称他为演员。

大家静悄悄地听着安德烈·安德烈伊奇的演奏，桌上的茶炊已经沸腾了，但却只有萨沙一个人在喝茶。十二点的钟声敲响了，这时小提琴上的一根弦突然断了，大家大笑起来，连忙起身告别。

送走了未婚夫，娜佳回到了自己的卧室，妈妈和她都住在二楼上（祖母住在一楼）。楼下的大厅里的灯已经熄灭了，可是萨沙依然坐在那儿喝茶。萨沙喝茶的时间总是很长，这是莫斯科人的习惯，他们一次总要喝上七、八杯。娜佳睡下好久之后，还听到女仆打扫和老奶奶发脾气的声音。终于一切都安静了下来，只是从萨沙的房间里还不时地传来一阵低沉的咳嗽声。

二

娜佳醒来时大约是在两点多钟，这时的天色已经开始破晓，远处传来巡夜人敲的梆子声。娜佳不想再睡了，浑身软绵绵的，真是不舒服。于是，她便坐在被窝里想起心事来，就像以前五月的夜晚一样。可是，她所想的事情却与昨天夜里的一模一样，无非也就是安德烈·安德烈伊奇如何追求她，如何向她求婚，她又是怎么表示同意的，乏味单调，没有一点乐趣。后来她也渐渐地看重这个聪明而善良的人了，现在离结婚的日期也不到一个月了，然而娜佳却不知为什么老是感到惶恐不安，仿佛有什么不明不白的痛苦事情在等待着她。

“嘀笃，嘀笃……”传来一阵巡夜人敲的梆子声，“嘀笃……”

古老的大窗户外是花园，一眼望过去，一片丁香树丛繁花满枝，只是此刻冻得有点儿发蔫，好像略带着一些睡意似的。白色的浓雾悄无声息地飘浮过来，把丁香树丛给遮掩住了。睡意蒙眬的白嘴鸦在远处的树木枝头上啾啾啼叫着。

“我的上帝呀，为什么我总是忧心忡忡的？大概……可能每个将要结婚的女子都会有这样的感受吧。谁又能告诉我呢！我是不是受了萨沙的影响？萨沙可是一连好几年都在说同样的话，就像背书一样，而且看起来显得那么天真、古怪。为什么我的脑子里始终忘不了萨沙呢？这究竟是为什么？”

巡夜人的梆子声早就停止了，花园里的鸟雀们又开始了叽叽喳喳的聒噪。花园里的雾气也早已消散，周围的一切都沐浴在晨曦之中，仿佛带着笑意。在温煦阳光的爱抚下，整个花园很快便苏醒了，树叶上宝石般晶莹的露珠发出闪亮的光芒。这个清晨，荒芜已久的古老花园显得流光溢彩，生机盎然。

楼下传来安放茶炊，搬动椅子的声音，接着老奶奶也醒来了，还有萨沙粗声粗气的咳嗽声。

时间过得真慢啊，娜佳早早地就起床了，现在她已经在花园里溜达了好久了，但是早晨依旧没有过去。这时泪痕满面的尼娜·伊万诺夫娜走了过来，她的手里端着一杯矿泉水。尼娜·伊万诺夫娜喜欢关亡术①和顺势疗法②，她看了许多这方面的书，喜欢和别人讨

① 相信死人的灵魂在阴间生活，人可以召回与之“交往”。

② 用极微量药物来治疗疾病的方法，18世纪末由德国医师哈内曼创立。

论她所存在的种种疑惑。而这一切在娜佳的眼里，似乎都显示出一种深刻而神秘的意味。

娜佳走上前去，吻了吻母亲，然后和她并肩走着。

“妈妈，你这是怎么了，你怎么哭了？”娜佳问。

“从昨夜开始，我看了一部中篇小说，书的主人公是一个老头和她的女儿。老头在外地任职，不料他的上司却爱上了自己的女儿。我还没有看完这本书，可是书里的情节却深深地打动了我，忍不住让人落泪。”说罢，尼娜·伊万诺夫娜呷了一口矿泉水，“今天早上我回想起来时，又大哭了一场。”

“不知为什么这些天我心里老是闷闷不乐，”沉默了一会儿，娜佳又说，“夜里我也总是睡不着觉。”

“亲爱的，我也不知道这是为什么。我在夜里睡不着觉时，就会紧紧地闭上眼睛，瞧，就是这个样子，然后就开始想象安娜·卡列尼娜[①]是怎么说话、怎么走路的，或者想象古代历史上的一些事件……”

娜佳感觉母亲并没有理解她，她也不可能理解自己的。这种感觉还是自己有生以来头一次才有的，她不禁害怕起来。于是，她就回到了自己的房间。

下午两点多钟，大家坐在大厅里吃午饭，这天是星期三，正好是斋日，所以祖母吃的菜是鳊鱼粥和素红甜菜汤[②]。为逗祖母高兴，萨沙一会儿喝自己的荤汤，一会儿又喝祖母的红甜菜素汤。吃饭

① 托尔斯泰同名小说中的女主人公。

② 东正教徒斋日吃素（指植物性和鱼做的食品），不吃荤（指牛奶和肉类食品）。

时，他一直说个没完，但他的笑话却都很古板，总是充满一股道德说教的意味，其实一点儿也不可笑。每当他想说俏皮话之前，肯定会举起他那又瘦又长、毫无血色的手指，这时的人们就会想到他身患重病，可能不久于人世了，便对他生出一片怜惜之情。

午饭后，祖母回到了自己房间，尼娜·伊万诺夫娜弹了一会儿钢琴后也回自己的房间去了。萨沙又像以前一样开始了他的饭后闲谈："唉，亲爱的娜佳，如果您听我的话，你就会好起来的！"

娜佳坐在一把古老的圈椅里，闭目养神，萨沙则在房里走来走去。

"如果您能外出求学，也是不错的！"他说，"只有受过教育的高尚之人才会生活得有意义，只有这样的人才是有用之人。你要知道，如果这样的人越多，人间天国的理想就会实现得越快。到那时，我们的城市就会出现大的变化，来一个彻底的改观，就会像是被施了魔法一样，富丽堂皇的高楼大厦拔地而起，一个个美丽无比的花园，一座座稀世罕有的喷泉，一个个出类拔萃的人……但这些还不是最主要的，最主要的是那时的我们，我们的心中就不会充满像今天一样多的恶念。那时的每个人都会有自己的信仰，都清楚自己为什么而活，谁也不会仰人鼻息，顺从流俗。亲爱的，我的好娜佳，您就走吧！您应该明确地向大家表明，这种死气沉沉、黯淡无光、充满罪恶的生活，您早已厌倦了。哪怕能向您自己表明这点也是好的哇！"

"我不能这样做啊，萨沙，我即将就要出嫁了。"

"唉，还是算了吧！这又何必呢？"

两人走进了花园。"亲爱的娜佳，我认为您无论如何都应该好好地想一想，您是明白这种游手好闲的生活是多么不道德的，”萨沙继续说道，“还有一点您是清楚的，您的祖母、您的母亲，还有您，你们全都一点事也不做，这就意味着必须有人为你们工作，你们这样做是在吞噬别人的生命啊，难道您不觉得这很肮脏吗？”

娜佳本来是想赞同萨沙的想法的，她还想说自己也是明白其中的道理的，可是她的眼睛里涌满了泪水，无法说出自己的想法，只得瑟缩着身子回房间去了。

傍晚时，安德烈·安德烈伊奇来到娜佳的家，他照例拉了很久的小提琴，这是他的爱好。他一向不喜欢讲话，也许他把一切话语都融进了小提琴的演奏中了吧。十点多钟了，他穿好大衣，准备回家，可是却转身一把搂住了娜佳，急切地狂吻着娜佳的脸庞、双手和脖子。

“亲爱的，我的宝贝儿，我的美人儿！”他喃喃地说，“啊，我多么幸福啊！我高兴得快要发疯了！”娜佳觉得这些话她好像很久之前就听说过，要不就是在什么书里的看到的……对了，一本早已扔掉的破旧小说里就这么说过。

大厅里，萨沙正用长长的五指托着茶碟，坐在桌子旁喝着茶；老奶奶正在用纸牌占卜；尼娜·伊万诺夫娜则在看书。长明灯的火苗在圣像前发出轻微的爆响，其他的一切都显得平静而安详。娜佳和大家道过晚安，就回到楼上自己的房间，身体一靠近床就睡着了。但是和昨天夜里一样，天刚蒙蒙亮她就睡意全消，醒来后的她心情沉重，忐忑不安。娜佳坐起来，把头伏在膝盖上，又想起了自己的未婚夫，想起了即将来临的婚事……她也毫无理由地想到了母亲，自己的母亲不爱她的丈夫的，结果到现在也一无所有，只和依

赖她的婆婆也就是老奶奶过日子。娜佳思前想后，却怎么也想不明白，为什么自己一直把母亲看得那么特别、与众不同呢，为什么没有看出她其实只是一个平平常常、普普通通的不幸的女人。

楼下的萨沙也没有睡着，不断地传来他的咳嗽声。娜佳心想，萨沙真是一个古怪而又天真的人，他的种种幻想未免使人感到荒诞不经，但不知为什么，他的这种天真烂漫，甚至是这种荒诞不经的想法，却又让人感觉如此美好，以至于娜佳一想到能去外面求学，她的整个胸膛都充满了一股清爽之气，涌起了一阵欢乐、惊喜之情。“不过，最好还是不要想他吧，不要想他吧……”她喃喃自语着，“我是不应该去想这类事情的。”

“嘀笃……”巡夜人的梆子声又传来了，“嘀笃……嘀笃……”

三

到了六月中旬，萨沙突然感到心烦意乱起来，他打算马上回莫斯科去。

“我已经无法再住在这个城市里了，”他闷闷不乐地说，“这个城市里既没有自来水，也没有下水道！吃起用地下水做的饭来，我就觉得恶心，还有厨房里肮脏得简直没法让人看一眼……”

“还是再等一阵再说吧，你这个浪子！”不知为什么祖母会小声劝道，“娜佳七号就要举行婚礼了！”

“我并不想参加娜佳的婚礼。”

“你不是想在我们家住到九月份的吗？”

“可是，现在我实在住不下去了，我必须开始工作！”

这个夏天阴冷而潮湿，花园里的泥土总是湿漉漉的，整个花园看上去也是一片凄凉，毫无生气。楼上楼下的每个房间里，充满了陌生女人们的说话声，祖母房间里的缝纫机老是响个不停：这是在给她的孙女赶做嫁妆。仅是皮大衣就做了六件，祖母说这六件皮大衣中最便宜的一件也要值三百卢布！

萨沙对这种忙碌大为恼怒，他总是坐在自己的房间里生闷气。大家都劝他留下来，最后他答应七月一号就会走，绝不再停留。

时间过得真快，圣彼得节[①]这天，午后安德烈·安德烈伊奇和娜佳一起来到了莫斯科街，他们打算再看看早已租好的婚房。这是一座两层的楼房，但是只装修了上层。大厅里的镶木地板，被漆得油光闪亮，空中还散发着油漆的气味。大厅里还摆放着许多维也纳式样的椅子、一个小提琴乐谱架和一架钢琴，墙上挂着一幅金边相框的大油画：一个裸体女人，在她的身旁还有一只手柄折断了的淡紫色花瓶。

“真是一幅精美的作品啊！”安德烈·安德烈伊由衷地发出崇敬的赞叹，“这可是画家希什马切夫斯基的代表作。”

大厅的旁边是客厅，里面安放着一张圆桌、几把蒙着海蓝色套子的圈椅和一张长沙发。长沙发的上方挂有安德烈神甫的大幅照片，他头戴法冠，胸前挂着几枚勋章。然后，他们又来到配有餐柜的餐厅，后来又来到了卧室。卧室里的光线十分幽暗，并排摆放着两张床，人们布置卧室时总是希望它永远美满。

安德烈·安德烈伊奇带着娜佳走遍了每个房间，他一直搂着娜

① 东正教节日，在俄历六月二十九日。

佳的腰。而娜佳却感到自己非常软弱、内疚，而且她也很讨厌这些房间、这些圈椅，尤其讨厌那个床，还有那个裸体的女人更让她恶心。直到现在她才明白：她已经不再爱安德烈了，或者说，可能她从来就没有爱过他。但这样的话她怎么能说出口呢，她又该向谁去说呢，她一直也没弄明白这是怎么回事，她也不可能弄明白的，尽管她整天都在冥思苦想……

安德烈·安德烈伊奇搂着她的腰，说起话来也是稳重、亲切的，他满怀幸福的心情走在自己的这套寓所里。而娜佳触目所及的却只是庸俗，幼稚的、愚蠢的、令人无法容忍的庸俗。就连那只搂着自己的腰的安德烈的胳膊，也使她觉得冰冷、生硬，就如同一道铁箍一样。这使她随时都准备着转身逃走，或者号啕痛哭着从窗户跳下去。

安德烈·安德烈伊奇把她领进了浴室，随手触了一下安在墙上的水龙头，水立即哗哗地流淌下来。

“你感觉怎么样？”他笑着说，“我吩咐他们在阁楼上安装了一个能装一百桶水的大水箱，这样你我就有足够的水用了。”

他们穿过楼房的院子，来到大街上，安德烈叫来了一辆马车。飞奔的马车卷起的尘土就像团团的浓云，看样子，大雨马上就要来临了。

“你冷吗？”安德烈·安德烈伊奇问，灰尘吹进了他的眼睛。

娜佳没有回答他的问话。

“你还记得吗，昨天，萨沙曾责备我无所事事。”沉默了片刻之后，他接着说，“是的，他说得很对！而且说得对极了！我真的是什么事也不想做，我也做不来。亲爱的，你知道这究竟是为什么吗？为什么我一想到有一天会戴上佩有帽徽的帽子去任职就反感呢？为什么我一看见拉丁语教员、律师，或者市参议会委员，我的心里就不痛快呢？啊，我的俄罗斯母亲，你还背负着多少无所事事、百无一用的孩子呀！你的背上该有多少像我这样的人啊，我多灾多难的母亲！”安德烈·安德烈伊奇对自己的无所事事做了一番总结，认为这种无所事事其实是一种时代的特征。

“等我们结了婚，”他接着说，“我们就一块儿去乡下，亲爱的，我们可以在那里干活！我们也可以在那儿买上一块地，我们可以整理出花园，还可以挖一条小河，两人一起劳动，一起观察生活……啊，那肯定非常美好哇！”

安德烈·安德烈伊奇摘下了帽子，头发被风吹得飘了起来。娜佳一边听他说，心里一边想：“我的上帝呀，我只想回家！”快到家门口的时候，他们遇到了安德烈神甫。

“瞧，父亲来了！”安德烈·安德烈伊奇兴高采烈地挥动起帽子。“我很喜欢我的老爹，这是真的。”他一边说，一边付钱给车夫。“其实他是一个挺可爱的老头，也是一个好心肠的老头。”

终于回到家里了，娜佳生了一肚子的闷气，身体也难受极了，她想：晚上来的客人又会很多，自己还必须面带微笑地去陪他们，还要听小提琴和各种各样的废话。此刻，身穿华丽的丝绸服装的祖母正坐在茶炊的前面，她神气十足，望之俨然——她在客人的面前总是这样。

安德烈神甫进来了，他的脸上带着莫名其妙的微笑。

“看到您的玉体安康，我不胜欣慰之至。”他对祖母说道。真让人搞不懂他是在开玩笑，还是在说正经话。

四

阵阵狂风击打着屋顶和窗户，呼啸之声让人有点可怕，忧郁的宅神[①]在炉子里哼唱着凄婉的歌儿。

此时已经是午夜一点了，全家人都已就寝，但谁也没有睡着。娜佳总是觉得有人在楼下拉小提琴。突然，一声巨响，可能是一块护窗板掉了下来。一会儿，尼娜·伊万诺夫娜只穿一件睡衣走了进来，手里举着一支蜡烛。“娜佳，是什么东西发出的响声？”母亲问道。

母亲面带怯生生的微笑，她的头发扎成了一根辫子，在这个风雨之夜母亲显得更加苍老了，也更加丑陋，更加矮小了。娜佳不由想起，不久之前她还总是怀着自豪感听她的讲话，认为自己的母亲不同寻常呢。而如今她却怎么也记不起母亲的好了，她所能想起来的，全都无足轻重，平淡无奇。

炉子里发出好像几个男低音齐唱的歌声，她甚至还听到了叹息的声音：“唉——唉，我的天——哪！”坐在床上的娜佳猛然揪住自己的头发，紧紧地揪住，放声大哭起来。

“妈妈，妈妈，”她说，“我亲爱的妈妈，如果你知道我到底出了什么事就好啦！求求你，我求求你了，妈妈，你就让我走吧！我恳求你了！”

“你要去哪儿呀？”尼娜·伊万诺夫娜莫名其妙地问，她也坐到了床上，“你到底要去哪儿呀？”

娜佳一直在哭，她一句话也没说出来。

① 斯拉夫人信仰中的宅中精灵，家园守护神。

“你还是让我离开这个城市吧！”她终于说了出来，“我和安德烈·安德烈伊奇是不应该举行婚礼的，你一定要明白！我并不爱他这个人……甚至连提都不想提他，当然我是不会和他举行婚礼了。”

“不，不，不，我亲爱的娜佳，这绝对是不行的。”尼娜·伊万诺夫娜吃惊地叫道，“你必须冷静下来，你之所以有现在的想法都是因为你心情不好的缘故。一切都会过去的，这也是将要结婚的人常有的心态，你是不是和安德烈拌嘴了，可是，小俩口吵架都不会太长的，只不过是逗着玩儿罢了。”

“唉，你还是走吧，妈妈，你不是会理解我的！”娜佳又痛哭起来。

“我怎么会不理解你呢，”沉默了片刻之后，尼娜·伊万诺夫娜说道，“不久前你还是一个小姑娘，还是个孩子，可现在就要做新娘子了。天地间的一切事物总是在不停地变化的，不知不觉之中自己就会变成母亲，变成老太婆，到时候你也会有一个女儿的，跟我现在一样。”

“我亲爱的妈妈，你很聪明，但却又很不幸，”娜佳说，“你如此不幸，为什么还会说这样庸俗不堪的话呢？看在上帝的份上，请你告诉我，这究竟是为了什么呢？”

尼娜·伊万诺夫娜本想对女儿说些什么的，可是她却一个字也没有说出来，只得嘤嘤啜泣着回到了自己的房间。炉子里那些男低音又呜呜地哼了起来，但是这次却忽然变得令人毛骨悚然了。娜佳连忙从床上跳下来，急匆匆地跑进了母亲的房间。尼娜·伊万诺夫娜正泪流满面地躺在床上，一条浅蓝色的被子盖在她的身上，她的

手里还拿着一本书。

“你听我说啊！妈妈，”娜佳说道，“我求求你了，你一定要好好想想，你应该明白我的想法的。你看，我们的生活是这么的琐屑、无聊，这是多么有损自尊的事啊。如今我的眼界真的开阔了，把一切都看得一清二楚。而安德烈·安德烈伊奇又是一个什么样的人呢？他一点也不聪明，妈妈！我的上帝呀！你要明白，妈妈，他甚至还很愚蠢！”

尼娜·伊万诺夫娜猛地从床上坐了起来，她哽咽着说：“你奶奶和你都来折磨我！你们难道不想让我活下去吗？”她用拳头连连捶打着自己胸口。她反复地说：“我想活下去，给我自由吧！我还年轻哪，可你们却想把我变成老太婆……”

尼娜·伊万诺夫娜伤心地哭了起来，她蜷缩着身子躺进了被窝里，显得那么老实巴交，弱小而可怜。娜佳回到自己的房间穿好衣服，坐在窗前等待着天亮。她整夜都坐在那儿，脑子里什么也不想。护窗板发出一声声呼啸，好像有人在房子外面不断地敲击着。

第二天早上，祖母抱怨说花园中的苹果全被夜里的风吹落了，一棵大李子树也被折断了。天色阴沉晦暗，一片灰蒙蒙的，好像需要点灯的样子。雨点一直敲打着窗户，每个人都在喊冷。喝完茶，娜佳走进了萨沙的房间，然后就一言不发地跪在了屋角的一把圈椅旁边，她用双手捂住了脸。

“你这是怎么啦？”萨沙问。

“我真的受不了啦……”娜佳说，“我怎么能在这里生活这么多年呢，真太不可思议了！我蔑视自己，也蔑视我的未婚夫，更蔑视这游手好闲、毫无意义的整个生活……”

“好啦，好啦……”萨沙还没弄明白到底是怎么回事，他说，“这又有什么呢……这不是挺好的……”

“我厌烦透了这种生活，”娜佳继续说道，“我一天也无法忍受了，我现在就想离开这里。看在上帝的份上，您带我走吧！”

萨沙吃惊地看着娜佳，这时他才终于明白过来到底是怎么回事了，他高兴得像个孩子似的，挥舞着双手，不停地跺着脚。

“这真是好极啦！”他一边说，一边高兴地真搓手，“上帝呀，这真是太好啦！”

娜佳睁着一双充满爱意的大眼睛，像着了魔一般，一眨不眨地凝视着萨沙，等待着他立刻就说出具有深刻意义的话来。虽然萨沙还什么也没有说，但娜佳觉得一片前所未见的崭新的广阔天地已经展现在她的面前了，她满怀希望地企盼着，准备为此全力以赴，即使献出生命也在所不惜。

“明天一早我就走，”他稍微思索后说道，“您就装着去车站送我……我会把您的行李装在我的箱子里，再给你买好车票。等第三次铃响的时候，你再上车，这样我们就一定可以走掉的。我带你去莫斯科，你可以从莫斯科再一个人去彼得格勒。您有身份证吗？”

“有的。”

“我向上帝发誓，您绝不会为自己所做的感到后悔，感到遗憾的，”萨沙热情洋溢地说，“你一定要学习，一定要去的，到那个时候，你目前的生活就会来个大的颠倒，一切都会改变的。最重要的就是——要颠覆这种生活，其余的全都不重要了。就这么说定了，明天我们就一起走了？”“啊，是的，看在上帝的份上！”

娜佳感到自己激动极了，内心里从来不曾这般沉重，从现在直到临走之前自己一定会伤心难过，痛苦地思前想后的。然而她一回到楼上自己的房间，躺在床上就沉沉睡去了。这一晚，她脸上带着泪痕和笑意，睡得格外香甜，直到傍晚时分她才醒来。

五

娜佳已经戴好帽子，穿好了大衣，派出叫出租马车的人还没有回来。娜佳走到楼上，想再看一眼自己的母亲，看看自己的一切。她在尚有自己余温的床铺边站立了片刻，环顾了一下四周，接着便轻手轻脚地来到母亲的房间里。尼娜·伊万诺夫娜还在睡觉，房里没有一点儿声音。娜佳轻轻地吻了吻母亲，帮她理了理头发，两三分钟之后……她不慌不忙地转身下楼了。

外面下着倾盆大雨，马车夫已经支好了车篷，等在大门口。

“娜佳，你和萨沙两个人是坐不下的。”女仆往车上放皮箱的时候，祖母说道，“这种鬼天气，你又何苦去送人呢！你最好还是待在家里吧。瞧，这雨越下越大！”

娜佳本来想说什么的，却最终也没有说出口来。这时萨沙一把把她拉上了车，然后又在她的腿上盖了一条方格毛毯，接着自己就和娜佳并排坐了下来。

“祝你一路平安！萨沙，上帝会保佑你的！”站在台阶上的祖母又喊道，“萨沙，你到了莫斯科之后一定要给我们来信哪！”

“我一定会的。老奶奶，再见了！”

“求圣母保佑你！”

“咳，这鬼天气！”萨沙抱怨着说。

这时候娜佳大哭了起来，现在的她已经明白自己是非走不可的了。此前去看母亲、刚才和祖母告别的时候，自己还一直未能确信真的要走了。永别了，我故乡的城市！

骤然之间娜佳突然想起了一切：想起了新房和那个有裸体女人的花瓶，想起了安德烈和他的父亲。现在她已经不再对这一切惊恐不安了，自己的心情也不再沉重了，这一切的事物反而显得渺小，渐渐远去了。当他们坐在火车上，列车开启的时候，所有的往事，所有漫长而沉闷的旧日时光，都已经缩成了一个小团，而展现在眼前的却是她此前很少留意的宏伟广阔的未来。雨滴敲打着车窗，窗外只是绿色的田野，电线杆和电线上的鸟儿一闪就过去了。一阵欢乐之情突然而来，让她喘不上气来。她这是在奔向自由，奔向求学之门。想到这，她又是笑，又是哭。

“不错！”萨沙得意地微笑着说，“这真是太好了！”

六

秋天过去了，冬天也过去了。娜佳的思乡之情逐渐浓厚起来，每天她都想念祖母，想念母亲，想念萨沙。家里的来信也已经语气平和了许多，好像祖母和母亲都已宽恕自己了。五月份考试结束之后，娜佳的身体很好，心情也很愉快，便想动身回家了。

途中娜佳在莫斯科稍做停留，她想见一见萨沙。萨沙依旧还是去年夏天的那副模样：头发散乱，胡子拉碴，那件长礼服和帆布裤依旧穿在身上，依旧是那双美丽的大眼睛。然而却疲惫不堪，病容

满面，不住地咳嗽，人也消瘦了不少，老了不少。不知怎的，现在娜佳觉得他平淡无奇了，还有一点土里土气的。

“我的老天呀，原来是娜佳来啦！”萨沙乐呵呵地笑着说，“可爱的姑娘，我的亲人！”

他们在石印厂里坐了一会儿，这里的卷烟一片烟雾缭绕，油墨和颜料的气味也呛得人透不过气来。然后他们来到了萨沙的卧室，他的房间里同样有着刺鼻的烟味，地上的痰迹斑斑。一个破盘子放在桌上冷冰冰的茶炊旁边，盘子里面放着一张黑乎乎的纸，一个个的死苍蝇黏在桌子和地板上。这一切迹象都表明：萨沙是一个对个人生活漫不经心的人，他完全不把舒适的生活放在眼里，只适合凑合着过日子。如果有谁向他谈及他的私生活、他的个人幸福和对他的爱，他必定只是笑笑而已。

“没有什么，一切都很好。”娜佳匆匆说了一下自己的情况，“秋天时妈妈曾去彼得堡看过我，她说奶奶已经不再生气了，只不过她老是去我的房间，并朝着墙画十字。”

看上去萨沙很快乐，但却总是爱咳嗽，说话的声音也有些发颤。娜佳一直仔细地观察他，始终也没弄清楚他是真正的病入膏肓呢，抑或只不过是自己的感觉而已。

“我亲爱的萨沙，”娜佳说，“您是不是真的有病啊！”

“不要去管它，没有关系的。我确实有病，但并不是太严重……”

“哎呀，我的上帝，”娜佳着急地说，“那您为什么不去治疗呢？您为什么总是不爱护自己的身体？我亲爱的好萨沙。”娜佳说着说着，泪水已经夺眶而出了。但是不知为什么，这时，她的脑海里却连连浮现出裸体的女人和花瓶、安德烈·安德烈伊奇，还有自己的全部往事。但是，昔日的时光就像童年一样，已经变得遥不可及了。想到萨沙和自己已不再像去年那样新奇、有意思、有见地。她大哭着说："亲爱的萨沙，您病得不轻啊。我该怎么做才能让您不再这样苍白、消瘦呢？我真是太感激您啦！我的好萨沙，您简直想象不出您为我做了多少好事！我早就把你当成我最亲近、最贴心的人了。"两个人交谈一阵，娜佳明显地感觉到自从自己在彼得堡度过了一个冬天之后，萨沙的言谈举止、萨沙的笑容以及他整个的人，全都显得这么陈旧、落伍、过时了。

"后天，我要去伏尔加河一带旅游，"萨沙说，"嗯，然后我会再去喝些马乳酒[1]，我很久都没喝马乳酒了。与我同行的还有一个朋友和他妻子，他的妻子直是一个了不起的人，我一直在鼓励她出去学习，希望她也能像你一样把自己的生活翻个身。"

二人交谈了一阵后就来到了火车站。萨沙请娜佳喝了茶，吃了苹果，火车开动的时候，萨沙微笑着向娜佳挥动着手帕。娜佳从他腿脚的动作中看出，萨沙确实病得很重，恐怕不久就会离开人世了。

中午时分，娜佳回到了自己的故乡。在回家的途中，娜佳觉得街道变宽了，房屋却矮小了不少。到处了无人迹，只见到一个穿棕色大衣的德国钢琴调音师。好像所有房屋都被蒙上了一层尘土，祖母依旧那么肥胖、难看，但却已经十分老迈了，她一把抱住了娜佳，把脸伏在孙女的肩膀上，哭了好久也不肯放手。尼娜·伊万诺夫娜也丑多了，老多了，整个人瘦得更厉害了，但却依然像从前那

① 高加索一带时兴用马奶酒治疗肺结核。

样束着腰，一个个闪闪发亮的钻戒还带在手指上。

“宝贝儿啊！”她因为激动而浑身战栗着说，“我的宝贝儿！”

接下来大家坐下来默默地流着眼泪。显而易见，祖母和母亲都已经感觉到过去的一切都已无法挽回了：不管是当年的社会地位，还是先前的荣誉，都已经不复存在了。这就像原本过着轻松愉快、无忧无虑的日子的一家人，突然遭到警察半夜三更的搜查，说这家主人盗用公款，伪造证据一样。

娜佳来到楼上自己的房间，这里的一切依旧，还是原来的床铺，原来的窗子和原来朴素的白窗帘。她站在窗前向外看，窗外的花园也依旧，阳光洒满了整个花园，草木欣欣，鸟语花香。她抚摸着自己的那张桌子，然后在桌前沉思了片刻。

她享用了一顿丰盛的午饭，品尝了可口的浓奶油茶，但不知为什么她总觉得少了点什么，她老是感到房子里空空荡荡的，天花板也低矮得很。

晚上娜佳躺在床上，盖好被子，总是觉得躺在这张温暖柔软的床上有些可笑。

尼娜·伊万诺夫娜来到她的房间，像个罪人似的坐在那里，一副提心吊胆的样子。

“哎，娜佳，你感觉怎么样？”母亲沉默了片刻，然后问道，“你还满意吗？”

“当然满意了，妈妈。”

尼娜·伊万诺夫娜站起身来，面对着娜佳和窗户画十字。

“你也看见了，我开始信教了。”她说，“告诉你，现在我正在研究哲学，而且在一直思考，不断地思考……对我而言，如今的许多东西已经很明朗了，就像大白天一样。”

“你能告诉我吗，妈妈，奶奶身体究竟怎么样了？”

“大概还可以。你和萨沙走了以后，你奶奶一看到你打回来的电报，她当场就晕倒了，一动不动地躺了整整三天的时间。后来她醒来以后就一直向上帝祷告，伤心落泪。现在，她倒也不怎么伤心了。”母亲站了起来，在房间里往复地踱步。

“嘀笃……”巡夜人又在敲梆子了，“嘀笃，嘀笃……”

“首先，我要让自己的生活像透过三棱镜一样度过，”母亲说，“也就是说，要在意识中把生活分解为最单纯的一些因素，就像光能分解成七种原色一样，并且我对每种因素都应当细心地研究。”

尼娜·伊万诺夫娜还说了一些话，但娜佳根本就没听清，也不知母亲是什么时候走的，因为她很快就睡着了。

五月过去了，六月又来到了。娜佳已经习惯了家里的生活，祖母则每天都张罗茶炊，叹息声不断。尼娜·伊万诺夫娜每天晚上都要对她的哲学大谈一通。她依然像个食客一样待在这个家里，她所花的每一分钱都得向老奶奶去要。

家中的苍蝇很多，房间里的天花板似乎越来越矮了。老奶奶和尼娜·伊万诺夫娜也从不上街，因为她们害怕遇见安德烈·安德烈伊奇和安德烈神甫。娜佳则与她们不同，她常逛花园，也常逛大街，一座座房子、一道道栅栏在她的面前，这让她觉得这个城市中的一切都已经腐朽、已经过时了，等待着它的只能是末日的来临。否则，它就要开始一种朝气蓬勃，充满生机的生活。啊，但愿这种

大家都期盼的新生活能够早日到来，到那时，人们就可以勇敢地直面自己的命运，也可以做一个快乐而自由的人了！这样的生活迟早会来临的！

可是，眼下祖母的家中已经不堪目睹了，四个女仆已没有了栖身之地，只能挤在地下室的一个肮里肮脏的房间里。但是，总有一天这座房子将会片瓦无存，被人们遗忘的……

邻家院子里，几个顽童正在院子里玩，当娜佳在花园里散步的时候，这些孩子敲打着栅栏，笑嘻嘻地着逗惹着她："新娘子！新娘子！"

萨沙寄信来了，信是从萨拉托夫寄来的，他的信里充满着欢快、灵动的话语，他写道：我的伏尔加河之行十分顺利，只是在萨拉托夫时生了点小病，嗓子有点哑了，已经在医院里卧床休息两个星期了。娜佳明白这意味着什么了，她的心中充满了确信无疑的预感。但是她却已经不像以前那样激动不已了，她渴望新的生活，一心想去彼得堡。与萨沙的交往虽然让她感到亲切，但那已经成为十分遥远的过去了！这一夜她彻夜未眠。

早晨娜佳坐在窗前凝神静听，一阵七嘴八舌的说话声从楼下传来了，惊恐不安的祖母正在询问着什么，随即又有人大哭起来……

娜佳来到楼下时，祖母正泪流满面地站立在屋角做着祈祷，桌上放着一封刚刚收到的电报。娜佳拿起那封电报，浏览了一遍。电报上说，亚历山大·季莫费伊奇，或简称萨沙，已于昨日清晨因肺结核在萨拉托夫病故了。

祖母和尼娜·伊万诺夫娜到教堂联系了做追悼仪式的事情，娜佳仍旧在各个房间里走来走去，她一句话也不说。娜佳清楚地意识到，自己的生活已经像萨沙所希望的那样发生了彻底的改变，在这儿她只会感到生疏、孤独和多余，这儿的一切她都失去了兴趣，以往的一切也被她抛弃了，永远消失了，就像一把火烧成的灰烬一样随风四散了。娜佳走进萨沙住过的房间，在那儿伫立了很久，很久。

“永别了，我亲爱的萨沙！”她默默地说。她分明看到自己的面前已经展现出一种广阔而自由的崭新生活。这种生活虽然还不很清晰，但却充满了一种神秘感，吸引着她，令她充满了无限的向往。

娜佳回到了楼上自己的房间，她收拾好行李，决定明天一早就与家人告别，然后精神焕发、欢天喜地地离开这座城市，并且打算一去后，就永不复返了。

农 民

一

尼古拉·奇基利杰耶夫是莫斯科一家旅馆的茶房，他害了腿发麻的毛病，走路走不稳。结果有一天，他在过道里被绊倒了，他自己连同托盘里的火腿烧豌豆一起都摔了出去。后来，他不得不辞去了自己的职务，但是，为了看病，他和妻子的所有积蓄也都花光了，已经到了无法生存的地步，不得已之下他们决定回到乡下老家去。在乡下，养病要方便得多，而且也会省不少的生活费用。

将近黄昏时分，尼古拉·奇基利杰耶夫回到了故乡茹科沃村。他记得小时候自己的家总是那么舒适、幽静、明亮，可是现在却大不相同了。当他一步跨进小木屋时，被里面又黑又挤又脏的情形吓了一跳。妻子奥莉加和女儿萨莎望着那又大又脏的炉子发呆：炉子很大，几乎占去了半间屋，木屋也被煤烟和苍蝇弄得一片漆黑。太多苍蝇了！炉子已经歪在了一边，墙上的原木也倾斜了，好像就要倒塌下来一样。前面的墙角贴满了瓶子上的商标和被剪下来的零零碎碎的报纸——农民用这些代替画片。穷啊，真是穷啊！家里一个大人也没有，都去田地里收割庄稼去了。炉台上坐着一个七、八岁的小姑娘，淡黄色的头发凌乱不堪，也没有梳洗，显露出茫然的神情，她甚至没有抬起眼来瞧一下进来的人。一只白猫正在炉台下的炉叉上蹭痒痒。

“猫咪，猫咪！”萨莎逗着它叫道，“猫咪！”

“我家的猫是不会听见的，”小姑娘说，“它聋了。”

“为什么啊？”萨莎追问着。

“哦！被打的。”小姑娘回答道。

尼古拉和奥莉加一眼就明白了这里的生活情况，但谁也设有说话。他们默默地放下行李，又一声不响地走到了街上。他们的房子在村头的第三家，差不多是这里最穷困、最破旧的了。其他的人家也好不了多少，只有尽头的那家是铁皮屋顶，窗子上挂着窗帘。这所孤零零的房子是一家小饭馆，也没有围墙。整个小村庄安静而幽雅，各家院子里的接骨木、花椒树和大柳树的枝头都探出墙来，一副招人喜欢的样子。

在农宅的后面，是一道通向河边的陡峭土坡，坡上的黏土里露出一块块的大圆石头。在这些石头和陶工挖出的土坑之间有一条蜿蜒的小路，小路的旁边堆着许多陶器碎片，有红色的，有褐色的，到处可见。山坡的下面是一片广阔而严整的绿油油的牧场，牧场上的草已经割过，一些牲畜在上面溜达着。那条河离村庄有一俄里远，美丽的河岸上绿树成荫，小河的水在树荫间奔流盘旋。河那边也是一个宽阔的牧场，牧场上有许多牲畜，还有一大群白鹅。山顶上有一个村子和一座五个拱顶的教堂，再远一点的地方则是一个庄园。

“这儿挺好的！”奥莉加对着教堂，在胸前画着十字说，“多么亮堂啊，主啊！”

这时教堂里的钟声响了起来，召唤人们前去做晚祷（这是礼拜天的黄昏）。两个小姑娘正在坡下抬着一桶水，她们回头望了望教堂，听着钟的鸣声。

“这会儿‘斯拉夫商场’该开晚饭了……”尼古拉出神地说。

尼古拉和奥莉加坐在陡坡的边上，观赏日落的美景，那紫红的、金黄的晚霞倒映在河水里，映照在教堂的窗子上，还映衬在四野的空气中。乡村的空气格外柔和、纯净，让人说不出的纯净，这种空气在莫斯科是从来没有过的。太阳落山了，一群群牛哞哞地叫着回村来了，一群鹅也从对岸飞过河来。接着就是一片沉静了，柔和的亮光慢慢地消散了，暮色很快就变得昏暗了。

这时候，两个憔悴的、驼背的、脱了牙的老人回来了，他们是尼古拉的父母亲，两人的身材差不多一般高。白天在对岸地主庄园做帮工的玛丽亚和菲奥克拉这时也回来了，玛丽亚是尼古拉的哥哥基里亚克的妻子，他们有六个孩子，而菲奥克拉则是弟弟杰尼斯的妻子，他们有两个孩子，此时杰尼斯已经从军去了。

尼古拉走进小木房，看见全家大大小小的身子有的在高板床上[①]、有的在摇篮里、有的在屋角里蠕动着，还有自己的老父亲和女人们用水泡着黑面包，一副狼吞虎咽的样子。他马上就感到，自己，一个有病的人，一个没有钱的人，拖着一家子人回到老家来，是完全错了——完全错了！

“我的哥哥基里亚克在哪里？”互相招呼后，尼古拉问道。

① 乡村木房中装在炉子和侧壁之间，有一人高，很宽。

“他给一个商人在树林里做看守，”父亲回答，“你哥哥本来是个不错的庄稼人，只是太喜欢喝酒了。”

“他根本就不是那种能挣回钱来的男人！”老太婆抱怨地说，“我们家的汉子真是命苦啊，他们从不带回家东西，反倒从家里大把大把地往外拿东西。基里亚克酗酒自然就不用说了，而你老头子呢，我们也用不着隐瞒什么，也是认得上小酒馆的路的啊。”

来了客人，他们烧起了茶炊。茶水里透着一股鱼腥味。糖也是黑色的，而且已经不知被谁咬过了，面包和碗碟上满是爬来爬去的蟑螂。这种茶令人作呕，谈话也让人不痛快——谈话的内容不是穷就是病。大家一杯茶还没有喝完，院子里就传来了拖长的、醉醺醺的喊叫声。

“玛——玛丽——亚！”

“一定是基里亚克回来了，”老头子说，“真是说谁，谁就来了呢。”

大家谁也没有理会他。不一会儿，喊声又响了起来，粗声粗气的，像从地底下冒出来的：

“玛——玛丽——亚！”

大儿媳玛丽亚的脸色煞白，她直往炉子后边靠。这个女人有着宽宽的肩膀，非常壮实，为什么她会出现如此害怕的神情呢？真是让人奇怪。而她的女儿，就是那个坐在炉台上神情一直淡漠的小姑娘，忽然大哭起来。

“你为什么要哭，真是讨厌。”菲奥克拉呵斥着她，她却是个身子壮实的漂亮女人，“他又不会打死你，不用怕的！”

尼古拉从父亲的口里得知，玛丽亚根本就不敢跟基里亚克住

在林子里，因为每当他喝醉了酒，回来后就会毫不留情地毒打她一顿。

“玛——玛丽——亚！”喊声已经到了房门口。

“看在上帝的份上，求你救救我，好人。”玛丽亚结结巴巴地说。

她喘着粗气，仿佛被浸在冰水里似的，“救救我吧，好人……”

小屋里的孩子全都哭了起来，萨莎被她的榜样们招惹得也跟着大哭起来。接着先是一阵醉醺醺的咳嗽，随后就出现了一个身材高大的黑胡子农民，他戴一顶棉帽走了进来，显露出一副很吓人的样子，这个就是基里亚克。他来到妻子面前，抡起胳膊，一拳头就打在了妻子的脸上。玛丽亚没有发出一点声音就被打昏了，一下子瘫倒在地上，鲜血从鼻子里流了出来。

“真不害臊，你竟然打自己的女人。”老头子嘟哝着趴到了炉台上，“而且还是在客人的面前！造孽呀！”

老太婆坐在一边，一声不响，她弓腰驼背，在想自己的心事。菲奥克拉则摇着摇篮……

基里亚克对自己所制造的恐怖气氛感到很得意，一把扯住玛丽亚的胳膊，把她拖到了门口，并发出野兽似的吼叫声。这时，他忽然看到了房间里的客人，这才住了手。

“啊，你们什么时候回来的……”他松开了妻子说，“我的亲兄弟带着家眷回来了……”

他面对圣像祈祷了一阵，身子摇晃着，充血的醉眼睁得很大，然后说：“我的亲兄弟带着家眷回来了……我的意思是，你们是从莫斯科来的。我也就是想说，莫斯科是古代的国都，是万城之母……原谅我……”

他开始坐在茶炊旁的长凳上喝茶。大家都没有说话，只有他自己用小茶盅大声地喝着茶，一连喝了十几杯，随后便倒在了长凳上，一会儿就打起鼾来。

大家回各自的床上睡觉去了。因为尼古拉有病，所以他就跟父亲一起躺在了炉台上。萨莎则睡在了地板上，奥莉加跟别的女人睡在板棚里。

“唉，我看还是算了吧，亲人，”奥莉加紧挨着玛丽亚躺在了干草上，她说，“眼泪是解除不了痛苦的！圣书上不是说：‘如果有人打你的右脸，那就把左脸也送上去。’[①]唉，我看还是算了吧，亲人！”

后来，奥莉加小声地讲起了莫斯科，讲起了自己过去的生活，讲起了她在那些带家具的公寓里当女仆的事情。

“莫斯科的房子都是用石头做的，而且也很大，”她说，“还有很多很多的教堂，都不止四十个哩，亲人。房子的主人都是些又体面，又有礼貌老爷。”

玛丽亚说：“不要说莫斯科了，就是连县城我也没有去过啊。我既不认识字，也不会做祷告，就是‘我们在天上的父’也不知道。”

玛丽亚和奥菲克拉听了奥莉加的讲述，觉得自己十分落后而且迟钝，自己什么也不懂，她们都不喜欢自己的丈夫。玛丽亚非常害怕基里亚克，每当他回到家里，跟自己在一起的时候，玛丽亚就浑

① 见《圣经·马太福音》第五章第三十八节。

身直发抖，丈夫身上喷出的酒气和烟味总是让她感到头痛无比。每当有人问起菲奥克拉是不是惦记丈夫时，她总是没好气地说：“滚他妈的吧！”

三个人聊了一阵以后，大家都沉默了……

天气变凉了，板棚附近的公鸡总是扯着嗓门喔喔地啼叫，把人吵得无法入睡。

淡蓝色的晨光透过板棚的缝隙时，菲奥克拉悄悄地走出了板棚，随后就传来了她那光脚板的踢踏声，也不知她去了哪里。

奥莉加带着玛丽亚一起去了教堂，她们顺着小路走向草场，两个人的心情都很愉快。奥莉加非常喜欢这空旷的田园，玛丽亚也觉得奥莉加这个妯娌比较和蔼可亲。

太阳从东方升起，一只带着睡意的鹰低低地盘旋在草场的上空，河水混浊无比，晨雾缭绕在河水的上方。河对岸的山上射过来一条光带，把教堂映照得金光闪闪。一群白嘴鸦在地主家的花园里欢快地叫着。

“老爷子倒还不错，”玛丽亚告诉奥莉加说，“但是，老奶奶可凶了，她老跟别人吵架。自己种的粮食到谢肉节就吃完了，只好买小铺里的面粉，这让老奶奶十分不痛快，她老报怨我们吃得太多。”

“唉，算了吧，亲人儿，背上你的十字架吧，也只有这样了。圣书上写道：‘凡劳苦的，负累很重的人，都可以到我这里来。’”

二

奥莉加平心静气地对玛丽亚说着，她走起路来就像朝圣的女人那样又快又急。她每天一定要读《福音书》，念得像教堂诵经士那样响，尽管很多地方她都看不懂，但她总被神圣的语言感动得流下热泪，每当她读到“如果”或“直到”这一类的词时，她就有一种晕晕乎乎的感觉。她信仰上帝和圣母，还信仰所有侍奉上帝的人。她认为每一个人都不能欺负别人，不管他是普通人、德国人、茨冈人、还是犹太人。她坚信凡是不怜悯动物的人迟早都会遭到报应的，她相信这些都记载在圣书里。所以每当她读《圣经》的时候，即使自己读不懂，她的脸上也照样流露出感动、慈祥和欢欣的表情。

“你的老家在哪儿呢？”玛丽亚问道。

“我是弗拉基米尔人。可是我八岁时就被带到莫斯科了。”

两个女人来到了河边，有个女人正站在河对岸的水边脱衣服。

“那不是我们家的菲奥克拉？”玛丽亚认出了她，“她刚才过河去找地主庄园里的男管家了。你还不知道吧，她可是一个风骚的娘儿们，还满嘴的脏字——她就是这么个玩意！”

披着散发的菲奥克拉，看起来还很年轻、健壮，就像一个姑娘家。她跳进了河水里，用脚踩着水，掀起了一朵朵浪花。

“她可真是个骚娘儿们——她就是这样的东西！”玛丽亚又重复了一遍。

一道原木搭成的歪歪斜斜的桥架在河水上，桥底下，成群的大头圆鳍雅罗鱼在清澈透明的河水里游来游去。河岸上绿色的树丛倒映在水里，碧绿的灌木丛中的露珠闪闪发亮。天气暖融融的，让人十分愉快。这是一个美丽的早晨！如果没有可怕的、无尽头的、叫人无处可躲的贫穷，人世间也会像这个早晨一样美丽的！可是只要回头看一下村庄，昨天发生的一切事情就会被记起来，她们被周围的景色唤起的那份让人陶醉的幸福感立即就消失了。

玛丽亚和奥莉加走到教堂前，玛丽亚却呆呆地站在门口，不敢再往前走了，她也不敢坐下。八点多钟以后才打钟做弥撒的，这段时间里她就要始终站在那儿。

念福音书的时间到了，人群忽然分开，让出了一条路，这是给地主一家人让出的路。两个穿白色连衣裙、戴宽边帽的姑娘进来了，她们的身后跟着一个穿水手服的男孩，从他们的仪表，奥莉加一眼就断定他们肯定是高贵的、有教养的上流社会的人士。

玛丽亚却阴沉着脸、皱起眉头、一副垂头丧气的样子，仿佛进来的是魔鬼一样，如果自己不让出路来，就要被他们踩死似的。

男低音的助祭在宣读经文，玛丽亚却好像听到了“玛——玛丽——亚”的呵斥，于是她不自主地打了一个冷战。

三

尼古拉一家的到来传遍了全村，做完弥撒之后，很多人来到他们家。玛特维伊切夫家的人、伊利伊乔家的人和列昂内切夫家的人都来向他们打听那些在莫斯科做事的亲戚。茹科沃村里的所有认得字，能读会写的年轻人都被送到了莫斯科，而且只被送到饭馆和旅店，在那里当学徒（河对岸村子里的年轻人则只被送到面包房当学徒）。多年来，这已经形成了一种风气，这种风气始于农奴制时代。当时茹科沃有个叫卢卡·伊凡内奇的农民，如今的他已经是传奇人物了，当时他在莫斯科的一个俱乐部里做小卖部的店主，他只接受本村的人来为自己做事，等到这些本村的人站稳了脚跟，他们又把自己的亲戚叫来，把亲戚们安排在饭馆和旅店里做事。从那时起，四周的乡民就把茹科沃的村名都改了，把它叫作“下人村”或者“奴才村”。十一岁的尼古拉就被送到了莫斯科，是玛特维伊切夫家的伊凡·玛卡雷奇为他找的一份差事。当时的伊凡·玛卡雷奇正在“艾尔米塔日”花园的剧场里当差，因此，尼古拉对玛特维伊切夫家的人假装很热心，他说：“是伊凡·玛卡雷奇使我成了体面人，我在莫斯科的这么多年多亏了他的照顾，他是我的恩人啊，我必须日日夜夜为他祷告。”

“求上帝赐福给你吧，”伊凡·玛卡雷奇的妹妹，一个高个子老太婆含着眼泪说，“我现在没有一点我那哥哥的消息。”

“去年冬天他还在奥蒙老爷的家里当差，听说后来他到城外的花园饭事里做事了……现在他老啦，往年的夏天他每天还都能带回家十来个卢布呢，可是现在的生意都很清淡，这下可苦了他老人家了。”

看着尼古拉穿着毡鞋的脚和他那苍白的脸，那些老太婆和年轻的女人悲凉地说：

“尼古拉·奥西佩奇，你不是挣钱了吗？”

“不行啦！现在不是挣钱的人了！”

萨莎都快满十一岁了，可是长得却很瘦小，看上去只有七岁的样子，大家都很疼爱她。其他的小姑娘的脸蛋都晒得黝黑，胡乱地剪着短发，穿着褪色的长衫。而萨莎的脸蛋却是白白的，她还有一双又大又黑的眼睛，一根红丝带系在头发上。萨莎夹在这里的女孩子中间显得十分可笑，倒好像萨莎是个野东西，被人在田野里捉住，然后带到这个小屋里似的。

“我女儿已经认字了！”奥莉加温柔地瞧着女儿，在众人面前夸耀着，“你读一读，好孩子！”

说着，奥莉加就从包裹里拿出一本《福音书》，说：“你读一读啊，这些正教徒会听你念的。”

《福音书》很重，也已经很旧了，皮封面和书边已经被摸脏了。书本中冒出一股修士的气味。萨莎扬起眉毛，响亮地、像唱诗般地读了起来：“有主的使者向约瑟梦中显现说：‘起来，带着小孩子同他母亲……’”

“小孩子同他母亲。”奥莉加重复了一遍，脸由于激动而涨得通红。

“‘逃往埃及，住在那里，等我吩咐你……’”①

听到“等”字，奥莉加忍不住失声痛哭起来，玛丽亚也受了她的影响，跟着抽泣起来，随后跟着哭的便是伊凡·玛卡雷奇的妹妹。老头子不停地咳嗽着，到处翻着东西，他想找件小礼物送给孙女，结果却什么也没有找到，只好摆了摆手作罢了。

萨莎读完了经书，邻居们四散而去，他们一个个深受感动，对奥莉加和萨莎赞美了一番。

---

① 见《圣经·马大福音》第二章第十三节。

由于节日的原因，全家人整天都留在了家里。不论丈夫、儿媳，还是孙子、孙女统统都称老太婆为老奶奶。她亲自生炉子，亲自烧茶水，在午间还亲自去挤牛奶，接下来她就会不停地抱怨，说自己都快累死了。她时时提防着家里人吃得太多，担心老头子和儿媳们偷懒不干活。她还经常听到小铺老板家的一群鹅好像钻进了她家的菜园子，于是就拿起一根长杆子，赶紧跑进园子，死守着跟她一样干瘦、发蔫的白菜，不住口地一连喊上半个多钟头。有时她又觉得乌鸦想来抓她的小鸡，也会跑过去大声痛骂一顿。从早到晚她都没有好气，不断地发牢骚，动不动就扯着嗓子叫骂。她对自己的丈夫也很不和气，不是叫他讨厌鬼，就是叫他懒骨头。她的丈夫是一个没有主见的、任人摆布的人，如果不是她经常催促着他，他是真的什么活都干不了，只会成天坐在炉台上说闲话。他只会没完没了地给儿子抱怨他有多少仇人，抱怨他所遭受的种种委屈。

“是啊，”他双手叉着腰说，“是啊……我会在十字架节[①]后就把干草卖了，一担可以卖三十戈比，这是我自愿卖的……真的啊……挺好……可是你看，那天早晨，我把干草担了出去，我是自愿卖的，我又没有招谁惹谁，可是偏偏让我赶上了坏运气。村长安季普·谢杰利尼科夫从酒馆里走出来，正好遇到了我，他说：‘你把这些干草往哪儿送啊？没有出息的东西！’他说着还打了我一记耳光。”

喝醉后的基里亚尔头痛得厉害，他很不好意思面对自己的弟弟。

“伏特加真是害人哟。唉，我的天哪！”他嘟哝着，那血脉跳

① 东正教节日，在俄旧历九月十四日。

动的脑袋不住地摇晃着，“要看在基督的份上，亲兄弟和亲弟妹，请你们原谅我吧，我喝醉了酒难受得很呢。”

因为节日的缘故，大家从酒馆买回了一条鲱鱼，熬了一锅鲜美的鱼头汤。中午时分，大家先喝了很长时间的茶，头上冒出了汗水，看到茶水把肚子撑大了之后，大家才开始围着瓦罐抢着喝鱼汤，而鱼身子则被老奶奶藏了起来。

傍晚，一个陶工正在坡上烧窑，姑娘们围成圆圈在坡下的草场上唱歌跳舞，还有人拉起了手风琴。河的对岸也有人在烧窑，也有姑娘们在唱歌，她们那柔美而和谐的歌声传了过来。

不少的农民在酒馆的内外吵吵嚷嚷的，他们醉醺醺地唱着各自的歌，还破口大骂着什么，这让奥莉加听了之后气得直打哆嗦，反复地念叨着：“哎呀，我的天哪……”

让奥莉加感到吃惊的是，那些农民的骂人的话如此滔滔不绝，如此凶猛。那些快要入土的老头子倒是嗓门最大的，孩子们和姑娘家是毫不理会这些的，他们一动也不动，好像他们在摇篮里就已经听习惯了。

已经到午夜了，两岸的窑火也已经熄灭了，可是草场上和酒馆里仍然有玩乐的人。老头子和基里亚克都喝醉了，他们相互挽着胳膊，跌跌撞撞地来到了奥莉加和玛丽亚睡觉的板棚前。

“儿子，你就饶了她吧，”老头子劝说着，“就饶了她吧……这婆娘也挺老实的……你这样做是罪过的呀

“玛——玛丽——亚！”基里亚克大喊道。

“就饶了她吧……这是罪过呀……这婆娘是不错的。”

在板棚前站了一会儿，两人就走开了。

“我……我喜欢……野花儿！”突然老头子用刺耳的男高音唱了起来，“我……我喜欢……到野地里摘花儿！”

然后，老头子啐了一口，骂了一句难听的粗话，进屋去了。

四

萨莎根据老奶奶的吩咐在菜园里看守白菜，以避免鹅进来祸害白菜。已经是炎热的八月天了，酒馆老板家的鹅经常钻进菜园，不过现在它们却是在酒馆的附近啄食地上的燕麦，一只公鹅昂着高高的头，似乎是在观察老太婆是不是拿着杆子来赶它们了，别的鹅是不是来捣乱了？不过此刻那群鹅正在河对岸觅食呢，它们在绿色的草场上拉出一道长长的白线。

萨莎站了一会儿，看鹅也没有来，感到很无聊，就跑到一边玩去了。

萨莎看到玛丽亚的大女儿莫季卡正站在一块大石头上，一动不动，呆呆地望着教堂。玛丽亚一共生了十三个孩子，可是只有六个活了下来，而且没有男孩，全是女儿。莫季卡才八岁，她光着脚，穿着长衬衫，站在强烈的阳光底下，火辣辣的太阳烤着她，但她却毫不在乎，好像变成了石头似的。

萨莎来到她的身边，对着教堂说：“住在教堂里的是上帝。到了晚上，人们点灯、点蜡烛，而上帝则点长明灯，长明灯有红的、蓝的、绿的，就像小眼睛似的。夜晚时，上帝会在教堂里走来走去，由圣母娘娘和他的仆人尼古拉陪着他——咯，哆，哆，他们走路时发出很响的声音……这声音把守夜人吓坏了，吓坏了！唉，算了吧，亲人，”她学着母亲的语气说道，“世界末日来临时，所有的教堂都会飞到天上去的。”

“钟——楼——也——一齐飞？”莫季卡一字一顿地低声问道。

“钟楼也一齐飞。世界末日来临时，好心的人都会飞到天堂去，而凶恶的人则被扔进永远燃烧着的大火里，亲人。上帝还会对我妈妈和玛丽亚说，你们是好心人，往右边走吧，上天堂去。可是，上帝会对基里亚克和老奶奶说，往左边走，走到大火里去吧。在持斋日吃荤的人，也会被送到大火里去。”

“你的眼睛一眨不眨地看着天空，你就会看到天使的。”

莫季卡仰望着天空，沉默了大约有一分钟的时间。

“你看见天使了吗？”萨莎问道。

“没有啊。”莫季卡胆怯地说。

“可我看到了，一群小天使正扇动着小翅膀在天上飞呢——忽搭忽搭，就像小飞虫一样。”

莫季卡盯着她看了一会儿，问道：“老奶奶也要遭火烧吗？”

“是的，亲人。”

一道光滑的缓坡从她们站着的大石头一直延伸到山脚下，缓坡的两边长满了绿油油的嫩草，让人忍不住想伸出手去摸一摸，或者躺在上面休息一会儿。萨莎躺了下来，翻身滚到了坡底下。莫季卡学着她的样子也躺了下来，翻身往下滚了起来。

“真好玩呀！”萨莎快活地大叫着。

她俩想再滚一次，就又走到了坡顶上，可是这时一阵熟悉的尖叫声传来了。哎呀，真是可怕啊！老奶奶正拿着一根长杆子赶跑菜园里的一群鹅，她的牙掉光了，驼着背，瘦骨嶙峋，稀疏的白发随风飘起，她大声叫骂着："该死的畜生，所有的白菜都被糟蹋了，我要把你们统统都宰了，你们这些的祸根子，怎么不死哟！"

看到两个小姑娘在旁边玩，她扔下杆子，伸出粗硬、干瘦、像弯钩似的手指，一把掐住了萨莎的脖子，拾起了一根枯树枝就抽打她。萨莎又痛又怕，立即大哭起来，这时那只公鹅也伸长了脖子，一摇一摆地在老太婆身边嘎嘎地叫着，当它转身归队时，所有的母鹅都好像赞赏地欢迎它似的：嘎——嘎——嘎！随后老奶奶又挥舞着树枝抽打莫季卡。萨莎伤受了委屈，大哭着跑进了屋里。莫季卡也哭着跟在她的身后，不过她的哭声却低得多，而且也不擦一下眼泪。

"我的天哪！这是怎么啦？"看见她俩跑进屋来，奥莉加吓得大叫道，"圣母娘娘啊！"

萨莎讲出了事情所有经过，这时尖声叫骂着的老奶奶也进了屋。菲奥克拉也很生气，接着屋子里就闹得乱成了一团。

"不要紧，不要紧的。"奥莉加神情愁苦，脸色苍白，她一边抚摩着萨莎的头，一边极力劝解她，"她是你的奶奶，好孩子是不应该生奶奶的气的，生奶奶的气是有罪过的。"

这经久不断的叫骂、饥饿、煤烟和臭气弄得尼古拉疲惫不堪，他十分痛恨、鄙视这种贫穷的生活，他也为自己的爹娘的行为而在妻子、女儿面前感到羞愧。看到母亲打了萨莎，他从炉台上垂下腿来，非常气恼地对母亲说："您怎么能打她呢？您根本就没有权力打她的！"

"得了吧，你。你这个懒鬼，你还是躺在炉台上等着咽气吧！”菲奥克拉恶狠狠地冲着他大叫道，“哪个鬼把你弄来的啊，你们回来光吃闲饭啦！”

萨莎、莫季卡和家里其他的小姑娘都爬到了炉台上，她们躲在尼古拉背后的角落里，一句话也不敢说，心惊胆战地看着大人们的脸色，她们那小小的心脏怦怦的跳动声谁都能听到。如果一个家庭里有一个久病不愈的人，而且也没有养好的希望，就常常会出现这样沉重的气氛，所有的亲人，甚至自己的父母也会暗暗地、在内心深处希望他早点死去。只有孩子们才是最纯洁的，他们才真会害怕亲人的死亡。此刻的小姑娘们都屏住呼吸，一副凄凉的神情流露在脸上，她们望着不久就要死掉的尼吉拉，不由得想哭出来，想对他说几句亲切的话。

尼古拉往奥莉加的身边靠了靠，仿佛要寻求她的保护似的，他颤抖着说道：

“亲爱的奥莉亚①，我再也在这儿待不下去了。我已经筋疲力尽了，看在上帝的份上，看在天主基督的份上，你给你妹妹克拉夫季娅·阿勃拉莫夫娜写封信吧，让她把卖掉所有的东西，然后把钱寄来，这样我们就可以离开这里了。啊，上帝。”他痛苦地继续说道，“哪怕让我再看一眼莫斯科也好啊！我在梦中都梦到莫斯科的，亲爱的！”

黄昏来临了，木屋里越来越暗，大家愁闷得一句话也不说。爱生气的老奶奶掰碎黑麦面包的硬壳，泡在碗里，再慢慢地咀嚼着，吃了足足有一个钟头。玛丽亚挤完了牛奶，把牛奶提了进来，放在了凳子上。老奶奶把桶里的牛奶倒进一只只的瓦罐里，她做起事来

① 奥莉加的昵称。

从从容容的，显然她对眼下的圣母升天节[①]斋戒期很满意，这样的日子谁也不会碰牛奶的。她把牛奶倒在了一个小碟子里，只倒了一点点，这是留给菲奥克拉的小娃娃喝的。后来她和玛丽亚把装牛奶的一只只瓦罐都送到了地窖里。莫季卡忽然从炉台上溜了下来，走到凳子的前面，端起盛牛奶的碟子，把牛奶倒进了那只泡着面包硬皮的木碗里一点。

老奶奶回屋后又端起自己的碗吃了起来，萨莎和莫季卡坐在炉台上眼盯着老奶奶，心里暗自高兴；这下老奶奶可开荤了，以后她一定会下地狱了。她们欣慰地躺下睡觉，萨莎迷迷糊糊地睡着了，在梦中她看到一只燃烧着熊熊烈火的大炉子，一个头上长着牛犄角、浑身漆黑的魔鬼正拿着一根长杆子往火里赶老奶奶，像她自己刚才赶鹅一样。

五

圣母升天节晚上的十点多钟，在陡坡下草地上玩耍的小伙子和姑娘们忽然大声地叫喊起来，一起都朝村子的方向走去。那些坐在陡坡上的人一时也没弄清楚出了什么事情。

“起火啦！起火啦！”声嘶力竭的呼喊从下面传来，“村里起大火啦！”

坐在陡坡上的人回头看见了一幅可怕的景象。村头一座木房的干草房顶上，蹿起两米多高的火焰，火舌吞吐着，向四面八方洒出

① 圣母升天节，在俄旧历八月十五日，斋期半个月，持斋日不吃荤（肉食及牛奶）。

像喷泉似的无数火星，随即整个屋顶都燃起了熊熊大火，噼啪声随处可以听到。

整个村子被笼罩在颤动的红光之中，月色也显得蒙眬了，地上的黑影在移动着，空气中弥漫着烧焦的气味。从坡下跑上来一个个气喘吁吁的人，他战战兢兢地一句话也说不出来。人们互相推挤着，跌跌撞撞的，刺眼的火光使他们看不清楚什么东西，甚至站在眼前的人都认不出来。简直太可怕了，几只鸽子飞在火焰上空的浓烟里。而酒馆中人还不知道村里起火的事，他们还在唱歌、拉手风琴。

“谢苗大叔家里起火啦！”有人粗声粗气地喊道。

玛丽亚哭哭啼啼地搓着手，她在自己的屋前急得团团转，牙齿不停地抖动着，其实火离她家还远着呢。穿着毡靴的尼古拉走出屋来，孩子们被吓得穿着贴身衫子到处乱跑。赶来的乡村巡警敲响了一片铁片，响亮的声音飘向空中。这急促的不停的铁板声弄得人们胆战心惊，浑身发冷。

老太婆举着神像站木屋的一旁，她把所有的羊、牛犊和母牛都轰到了街上，不少的箱笼、熟羊皮和木桶也都被搬了出来。一匹素来跟成群的马隔开的黑野马，这时却被撒开了缰绳，它发出一声嘶鸣，嗒嗒地在村里一连跑了两个来回，后来才在一辆大车的旁边停住。

河对面教堂里的钟声响了起来。靠近烧着的小屋的地方又热又亮，亮得连地上的每一棵小草都能看见。一些箱子好不容易才被拖了出来，谢苗就坐在其中的一只箱子上，他是一个长着胡萝卜颜色头发的农民，还有一个大鼻子，一顶便帽直压到耳朵。谢苗的妻子脸朝下躺在地上，嘴里不住地哼哼着，几乎不省人事了。

一个留着一大把胡子的八十多岁的小老头，他并不是本地人，看上去活像个地精[①]。这场火好像跟他有着什么关系，他在一旁走来走去，也没戴帽子，只抱了一个白包袱。村长科尼夫是一个红黑的脸膛，乌黑的头发的人，长得跟吉人西一样，他拿着一把斧子来到木屋前，砍下了所有的窗子，谁也不知道他为什么这么做。

“婆娘们，快弄水来！”他嚷道，“赶快把机器抬来！快点！”

在饭铺里闹酒的村民们抬来了机器，他们都已经喝醉了，不时地跌跌撞撞，磕磕绊绊，眼睛里还含着泪水，一副无可奈何的样子。

“姑娘们，快拿水来！”村长也醉眼蒙眬地嚷着，“再快点，姑娘们！”

女人和姑娘们一路小跑来到下面的泉水边，灌满了家里的大桶、小桶，然后立马送到山上，倒进救火机里，接着又往下跑去。奥莉加、玛丽亚、萨莎和莫季卡都去抬水了。村长拿着消防水龙带一会儿对着门，一会儿又对着窗，有时还用手指堵住水流，使得水管叫得越发尖厉了。

“真是好样的，安季普！”有些人称赞道，“再加一把劲儿！”

安季普冲进了起火的小屋，他在里面大声喊道：

“正教徒们，使劲儿压水呀！出了这么可怕的变故，我们必须合力干哪！”

---

① 西欧神话中守护地下财宝的丑陋的侏儒。

不少的农民站在一旁冷眼观看，什么事也不做。他们谁也不知道该做什么，也不会做，到处堆着成捆的麦子和干草，还有成堆的柴火。基里亚克和老奥西普也带着醉意站在里面，极力为自己的袖手旁观开脱着，老头对躺在地上的女人说：

“不用发愁的，朋友！这小屋保过火险，那还愁什么呢？”

谢苗对人们讲起着火的原因：“是茹科夫将军的家奴，也就是那个拿包袱的老头子……他从前是将军家的厨子，昨天晚上他来到我家里说：‘留我在这儿住一夜吧……’这当然没说的了，我们两人就喝了那么一小盅……老婆子正忙着烧茶炊，她想请老头子喝点茶，可是不知怎么这么倒霉，她把茶炊搁在了门道上，而烟囱里的火星却一直蹿到了屋顶上，是啊，就是这么回事。我们差点没被烧死啊，老头子的帽子也烧没了，真是作孽呀。”

人们不知疲倦地敲着那块铁片，河对岸教堂里的钟声齐鸣。奥莉加被围困在火光里，她气喘吁吁地时而跑下，时而跑上，惊恐万分地看着那些在烟雾里飞来飞去的粉红色的鸽子和火红色的绵羊。她觉得钟声像尖犄角似的钻进了自己的灵魂，又觉得这场火永远也无法扑灭了，这时，萨莎却不见了……轰隆一声，木屋的天花板塌了下来，她一想到全村都可能被烧光，她就头昏脑涨，再也提不起水桶了，只好坐在山坡上，把水桶扔在了一旁。她的身旁和身后坐着许多农妇，她们坐在那儿号啕大哭，像守灵的一样。

这时候，两辆车子从河对岸的村子走来了，车上坐着许多汉子，他们运来了一台救火机。一个身穿白色海军服、敞着怀的年轻大学生也骑着马赶来了。梯子安在燃烧着的房架上，五个人立即爬上去，领头的就是那个大学生。他周身被火映得通红，嗓子都喊哑了，好像他是救火的行家似的。他们拆散了木屋，卸下一根根的原木，移开了畜栏、篱笆和近处的干草垛。

“不要拆屋子啊，”人群中传来严厉的制止声，“不准他们拆呀！”

基里亚克摆出一副坚决的样子走向木屋，他要阻止来人把房子拆掉。可是，他却被一名雇工赶了回来，还被他狠狠地揍了一拳。大家一起哄，雇工又加上了一拳，基里亚克接着就倒下了，手脚并用地爬回人群之中。

两个戴帽子的漂亮姑娘从河对岸走来了，她们可能是大学生的姊妹，远远地观望着。被拆下的原木不再燃烧了，但仍然冒着浓烟。大学生用水龙头猛冲原木，然后又对着农民和那些提水的女人们冲。

“乔治！”两个姑娘不安地向他喊道，“乔治！”

大火终于扑灭了，天快亮时，大家才四散开来。回家的路上，农民们嘻嘻哈哈地不断拿茹科夫将军的厨子开着玩笑，取笑他的帽子被火烧掉了。这场大火已经变成了他们的笑谈，好像对火熄灭得太快了还有点惋惜似的。

“您好像很擅长救火啊，”奥莉加称赞大学生说，“真应该把您调到我们莫斯科去，那儿几乎每天都有火灾。”

“什么，你真是从莫斯科来的吗？”一位小姐问道。

“是的。我丈夫曾经在斯拉夫商场当差。这是我的女儿萨莎。”她指了指冷得发抖、紧贴着自己的萨莎说。

“我们应该感谢上帝啊，老爷，幸亏没有风，”老头子对大学生说，“否则我们早就被烧光了。老爷，好心的贵人啊。”他压低

声音，不好意思地加了一句，“大清早的，可真冷啊……您就行行好赏几个小钱吧。”

结果他什么也没有拿到，只得清了清喉咙，磨磨蹭蹭地回家去了。奥莉加一直站在草坡的边上，望着两辆车子走过河去，瞧着那贵人穿过草地，走到河对岸的一辆等着他们的马车上。

奥莉加一回到木屋，就热诚地对丈夫说：“今天遇到了几个好心人，两位小姐长得像天使一样，那是漂亮啊！”

“她们死了才好！”睡得迷迷糊糊的菲奥克拉恶狠狠地说。

六

玛丽亚一直认为自己的命苦，她常想这样的生活还不如死了的好。菲奥克拉则恰恰相反，他不停地咒骂着贫穷啊，龌龊啊之类的话，这生活与她的胃口正好相合。有什么她就吃什么，从不挑挑拣拣的，不管在什么地方，有没有铺盖，她倒头就能睡着。她也可以光着脚从脏水洼里走过。自从奥莉加和尼古拉来到的第一天，她就痛恨他们，因为他们不喜欢这种乡下的生活。

“我倒要瞧瞧你们能不能不吃东西，你们还以为自己是莫斯科的贵族呢！”她恶毒地说，“我倒要瞧一瞧你们的下场！”

九月初的一天早晨，菲奥克拉去挑水了，回来时她的脸蛋冻得红红的，显得又健康又漂亮。这时候的玛丽亚和奥莉加正坐在桌子旁边喝茶。

“二位品茶呢。”菲奥克拉挖苦地说，“你们真是两位娇太太啊，”她放下水桶说道，“还每天都喝茶哩，可千万要小心点，别让茶呛着了！”她痛恨地看着奥莉加。

菲奥克拉抡起扁担，一扁担打在奥莉加的肩膀上，两个妯娌吃惊地大叫道：

“哎呀，我的天哪！”

接着菲奥克拉就去河边洗衣服了，她一路上高声大骂着，屋里的人都听见了。

白天过去了，秋天的黄昏特别的悠长。除了奥菲克拉又跑到河对岸去了，大家都一起动手在木屋里绕丝。这丝是给附近的工厂加工的，全家人就靠它挣几个零用钱——一星期大约可以挣二十来戈比。

“当年在东家当手下的时候，日子要比这时好过些，”老头子一面绕丝，一面说，“干完活就吃饭，吃了就睡觉，当时的饭菜一样挨着一样，中午饭有菜汤和粥，多是黄瓜和卷心菜，晚饭也是如此。饭菜很充足，可以吃个够的，想吃多少就吃多少，那时候的人也都守本分。”

小屋里只点一盏光线黯淡的小灯，灯芯冒着烟。如果有人挡住了它，就会有一大片黑影落在窗上。老头子奥西普缓缓地讲着农奴解放[①]前人们的生活状况。他告诉大家，这一带地方的老爷们常常外出打猎，他们都带着猎犬和职业的猎手，一些给他们做打手的农民还能喝到伏特加。狩猎完毕，整车整车的野禽都被送到莫斯科年轻的主人那里。他还讲到一些坏的农奴如何被人用棍子打死，或被发配到特维尔的世袭领地上当农奴，好心的农奴都会受到奖赏。

老奶奶也讲起了自己的往事，她什么都记得很清楚，她谈起了

① 俄国于1861年废除农奴制。

自己心地善良的女主人，说她严守教规，可是她的丈夫却是一个酒徒和浪荡子。老奶奶还谈到了女主人的三个女儿，说她们的婚姻都不如意，一个嫁给了酒鬼，另一个嫁给了小市民，而第三个却私奔了（老奶奶当时很年轻，还帮过小姐的忙）。不久之后，这三个女儿都郁闷而死，跟她们的母亲一样。说起这些时，老奶奶居然还流下了两滴眼泪。

突然响起了敲门声，大家都大吃一惊。

“奥西普大叔，让我在您这儿住一夜吧！”

进来的是一个秃顶的小老头子，也就是那个烧掉帽子的茹科夫将军的厨子。在得到允许之后，他坐了下来，也讲起了各种各样的故事。尼古拉坐在炉台上，两条腿垂了下来，不停地询问着旧日的贵族们吃些什么菜。厨子就给他们谈起了炸肉饼、肉排，还有各种汤和作料。那厨子清楚地记得各种各样的菜，甚至包括现在已经不再烹调的菜，比如说一道名叫“早晨醒”的菜，它是用牛眼睛做的。

“你们那时候烧不烧‘五酱排骨’？”尼古拉问道。

“不烧。”

尼古拉不以为然地摇了摇头说：“哎呀，你们有什么骄傲的，厨子哟！”

炉台上的小姑娘们，有的躺着，有的坐着，眼睛不眨一下地往下瞧着，小姑娘很多，看上去就像云端里的小天使一般。她们喜欢听大人们讲故事，她们时而高兴，时而被吓得脸色发白，还不停地叹气、发抖。老奶奶的故事是所有故事中最有趣味的，听故事时她们便屏住呼吸，一下也不敢动。

后来大家都躺下睡觉了。老人们因为被所回忆的事情困扰着，他们想起了年轻时美好的时光，心里感到轻松、愉快。可是可怕的死亡离他们也不远了，他们尽量不去想它。小灯被熄灭了。房间的黑暗，月光的明亮，屋外的寂静，还有摇篮的吱嘎声，都让他们觉得自己的生活即将完结了……他们刚刚迷迷糊糊地睡着，忽地感到有人碰碰自己的肩膀，吹到脸上一口气，睡意立即就全消了，只觉得身子发麻，血液循环好像停止了似的，种种死的念头直钻进了脑子里。翻一个身，死的事情倒是忘了，可贫穷、饲料、面粉涨价等让人发愁、烦心的事又充满了脑子。

“唉！我的主啊！”厨子长叹了一口气。

有人轻轻地敲着窗子，以前从没有人这么轻地敲。可能是菲奥克拉回来了，奥莉加打着哈欠，起身去开房门，可是等她拉开房门时，却没有人进来，只有从街上吹来的一阵冷风，屋外寂静而荒凉，天上浮游着大大的月亮。

“是谁啊？”奥莉加招呼道。

“我，”来者小声地回答，“是我。”

菲奥克拉全身一丝不挂地紧贴着大门旁的墙根站着，她冻得牙齿打战、浑身发抖，在皎洁的月色下她显得更白、更美了。她身上的暗处和皮肤上的月亮光辉十分显眼，她那乌黑的眉毛和一对结实的乳房也显得特别清楚。

“那些坏蛋剥光了我的衣服，把我赶了出来……”她嘟嘟哝哝地说，“不得已我就这么一丝不挂回来了，你快给我拿件衣服来吧。”

“可是，你也得先进屋呀！”奥莉加小声说，她也打起了冷战。

“我不想让老家伙们看见我的样子。”

可事实上，老奶奶已经在问老头子了：“是谁啊？”奥莉加赶紧把自己的上衣和裙子拿出去，让菲奥克拉穿上，然后两人极其小心地关上门，蹑手蹑脚地走进了木屋。

“是你吧，菲奥克拉，真是讨厌。”老奶奶猜出来人是谁了，生气地嘟哝道，“你这该死的东西，真是个夜游鬼！为什么魔鬼不把你逮了去！”

“这就好了，这就好了，”奥莉加悄悄地给菲奥克拉披上衣服，“没关系的，亲人。”

屋里又安静下来，那种纠缠不休、摆脱不掉的苦恼老是使这家人睡不踏实：老头子的背痛，老奶奶充满了焦虑和气恼，玛丽亚时时担惊受怕，孩子们的疥疮发痒、肚子也常饿得咕咕叫。此刻在睡梦中的他们也是不安的：他们不断地说梦话，翻身，爬起来喝水。

菲奥克拉哇哇大哭起来，她的声音很粗，但又不得不立即忍住，只能不时地抽抽搭搭，声音越来越轻，后来才完全静了下来。

河对岸报时的钟声偶尔传来，可是敲得却很奇怪：先是五下，后来却是三下。

“唉，主啊！”厨子连连叹息着。

天亮时分，玛丽亚起床后走了出去，她去院子里挤牛奶了，还不时地对奶牛说：“站好！”后来，老奶奶也出门了。小屋里依然很黑，可是已经能看清屋里的一切物件了。

一夜也没睡着的尼古拉爬下炉台上，他从一只绿色的小箱子里拿出自己的燕尾服，穿上之后来到窗前，他摩挲着衣袖，又摸了摸燕尾，微微地笑着。后来他又小心地脱下燕尾服，把它好好地收进了箱子里，接着又去躺下了。

回到屋里，玛丽亚开始生炉子，显然她还没有完全睡醒，她可能又想起了昨晚上的故事，在炉子的跟前伸了一个大大的懒腰，说：

“不，自由得多！”

七

村里人习惯称呼县里的警官为“主人”，这次主人又来了，他来的时间和原因，一礼拜之前大家就知道了。茹科沃村只有四十户人家，可是他们却积下了两千多卢布的欠款和其他的税款。

区警察局局长先在小酒馆里喝了两杯清茶，然后步行来到村长的家里，一群拖欠税款的农民已经在房子外面恭候多时了。尽管村长安季普·谢杰利尼科夫还很年轻——他刚刚四十岁出点头——却很忠于职守，总是帮着政府说话，即使他自己也挺穷，也一直在拖延税款。显然他对自己所拥有的权力很是满意，他认为这权力就是严厉，此外他不知道还有什么能用来表现这份权力。

开会的时候，全村的人都怕他，由他一个人说了算。有时，他还会在街上或者酒馆附近抓一些醉汉，大声呵斥着他们，并反绑了他们的手关进拘留室里。有一次，他竟然把老奶奶也关了一天一夜，原因就是奥西普没有亲自来开会，而是让她代替的。有时他还会在大街上大骂。村长是没有进过城的，他也从来没有念过书，可是他却总是喜欢用一些文绉绉的字眼儿，也不知他是从哪儿学来

的，因此他也备受村民的敬重，尽管村民也听不懂是什么意思。

奥西普带着自己的纳税簿来到了村长家的小木屋。区警察局局长是一个瘦老头子，留着很长的灰白连鬓胡子，穿着一身灰色的制服，他正坐在上座[①]的桌子旁写着些什么。村长的小木屋干干净净的，四周的墙上贴满了从杂志上撕下来的花花绿绿的图片。圣像旁边最显眼的地方贴着一张保加利亚巴滕贝克[②]王子的照片。

村长安季普·谢杰利尼科夫两手交叉着抱在胸前，站在桌旁观看着。

“大人，他欠一百十九个卢布，”轮到奥西普时，村长说，“他只在复活节前交了一个卢布，从此以后就没再付过一个卢布。”

区警察局局长抬起头看了看奥西普，问道：“这是为了什么啊，我的兄弟？”

“请您发发慈悲吧，大人，”奥西普激动地说，“容我回禀，去年柳托列茨村的老爷告诉我说：奥西普，把你的干草卖给我吧……’这有什么不行的呢？我有一百普特的干草等着要卖呢，这都是家里的几个婆娘在草场上割的。本来我们谈妥了价钱……双方情愿……”

还没等他说完，区警察分局局长不耐烦地说：“我不明白你说这些有什么用？我只问你……我只问你为什么没有缴纳欠款？你不缴，他也不缴，难道要让我来替你们缴吗？”

---

① 俄罗斯农舍内，上面放圣像的地方。

② 巴滕贝克（1857—1893），德国亲王，1879年任保加利亚大公，亲德奥势力，1886年在亲俄派军官的压力下，被迫退位。

“我没有钱缴吗！”

“这些话太没道理了，大人，”村长说，“奇基利杰耶夫一家确实家道贫寒，不过请您问问其他的村民，他们贫穷的原因全在伏特加，他们真是一帮胡作非为的人，什么都不懂。”

区警察局局长记录下来，然后心平气和地对奥西普说：“出去！”他的语气就像讨杯水喝似的。

不久区警察局局长就坐着一辆便宜的四轮马车走了。他不住地咳嗽，从他那又长又瘦的背影就可以看出，此刻的他已经忘了茹科沃村的欠款，忘了村长，忘了奥西普，只在想着自己的心事了。区警察局局长还没有走出一俄里，安季普·谢杰利尼科夫就夺走了奇基利杰耶夫家的茶炊，老奶奶在后面紧追不舍，尖声喊叫着：

“你不可以拿走的！我不准你拿走我的东西，你真是个混蛋！”

安季普·谢杰利尼科夫迈开大步走得更快了，驼着背的老奶奶愤怒若狂，她跌跌撞撞、气喘吁吁地在后面追着，头巾也滑到了肩膀上，一头泛出淡绿色的白发在风中飘扬。老奶奶突然停了下来，像一个叛党似的不停地用双拳捶打着胸部，用比平时还响亮的声音嚷着：“正教徒们，你们都是信仰上帝的人啊！老天爷哪，难道你眼看着他们欺负人！乡亲们哪好人们哪，来帮帮我吧！”

“老奶奶，老奶奶，”村长厉声说，“你不得无理取闹了！”

没有了茶炊，奇基利杰耶夫的小屋更不像个样子了。茶炊被人夺走还无关紧要，可是这却让人有点被侮辱的意味，就像自己家人的名誉忽然扫地一样。如果换成是村长拿走桌子和凳子，或者拿走所有的瓶瓶罐罐，这也让他们感觉舒服些。老头子耷拉着脑袋，垂头丧气地坐在屋角里一声不吭，老奶奶呼天喊地地大哭起来，玛丽亚伤心地暗自落泪，所有的小姑娘们也不知什么原因地跟着哇哇地哭了起来。老奶奶一向疼爱尼古拉，可是这会儿她却忘了体恤自己生病的儿子，冲着他不停地叫骂着，责难着，她尖声叫道："这全是你的过错，你不是吹牛说自己在斯拉夫商场每个月都可以领五十个卢布吗？可实际上你给家里寄了多少钱呢？你干什么还回家来，而且还带着你的家眷？你要是死在了家里，我们去哪儿弄钱来葬你呢？"

尼古拉、奥莉加和萨莎看上去真让人可怜。老头子长叹了一声，拿起帽子去找村长了。

天色已黑，不知安季普·谢杰利尼科夫在炉子旁焊什么东西，他鼓着腮帮子，弄得满屋子都是煤气味。他的孩子们都很瘦，也没有梳洗，只是在地板上爬来爬去，他的家也不见得比奇基利杰耶夫家的强大一点儿。他的妻子一脸的雀斑，长相也难看，挺着大肚子正在绕丝，这也是一个不幸的苦难的家庭。只有安季普一个人还算年轻、漂亮。他的长凳上放着一排五把茶炊。老头子祈求着说：

"安季普，你发发慈悲，把我的茶炊还给我吧！看在基督面上！"

"如果你可以拿出三个卢布来，你就可以取走了。"

"我根本就拿不出来吗！"

安季普一鼓起腮帮子吹气，火就噼啪地叫，呼呼地响，火光映在了茶炊上。

老头子没有办法，揉了一阵帽子，又说："你还是把它还给我吧！"

黑皮肤的村长的脸色变得更黑了，活像个巫师。他转身又快又严厉地对奥西普说："我没有这个权力啊，这得由县长官说了算。本月二十六日之前，你都可以到行政会议上做口头或者书面的申诉，申明你不满意的理由。"

奥西普一点也没有听懂他的意思，可是却心满意足地回家去了。

十多天以后，区警察局局长又来了，这次他坐了一个多钟头才又坐车走了。多少天以来，天一直很冷，而且风也很大，雪倒没有下，可是河面的水早已结冰了，道路十分难走，人们都累得要死。

一个节日的傍晚，邻居们来到奥西普的家里，他们闲坐着聊天。几个话题都让人感到不痛快，有人说自己的公鸡被抓去抵债了，由于没有喂养，在那里死掉了；还有人说自己家的绵羊被拉走了，羊被捆了起来装在大车上，结果有一只羊被闷死了。现在大家都在讨论一个问题："这所有的一切都该怪谁呢？"

"应该怪地方自治局！"奥西普说，"不怪它又能怪谁！"

"当然，真是该怪地方自治局。"

他们把粮食歉收、受欺压和欠款的事都怪罪于地方自治局，虽说他们中谁也不了解地方自治局是做什么的。这种情形很早就存在了，当初一些富农通过开工厂、小铺和客店从而当上了地方自治会议员，但是他们却始终心怀不满，后来便在自己的工厂和铺子里痛骂自治局。

他们又谈到了该把树木拉回家来做柴火；谈到上帝怎么还不下雪，以致坑坑洼洼的路面，车不能行，人也不能走。过去的十五年、二十年之前，茹科沃村里的人谈话要比现在有趣得多。那时候的每个老头子脸上都流露出一副神秘的气色，他们谈论土地的划分，新的土地和埋藏的财宝，还有盖着金印的公文，他们的话里都有所暗指的；现在的茹科沃人根本就没有什么秘密，他们的生活全都赤裸裸地、一清二楚地展现在大家的面前，他们所能谈的不外乎贫穷、食物和畜林，要不就是老天爷为什么不下雪……

沉默片刻之后，他们又想起了公鸡和绵羊的事，又开始追究事情应该怪谁的事。

“还是怪地方自治局！”奥西普沮丧地说，“不怪它怪谁！”

八

教区的教堂在科索戈罗沃村，大约有六俄里。所以农民们只有在不得不去的时候才会去一趟，如举行婚礼、举行葬仪、给婴儿施洗礼时。平时的礼拜在河对岸的教堂就行了。节日时，再加上好的天气，姑娘们就穿上漂亮的衣服，结伴去做弥撒。她们穿着黄的、红的、绿的连衣裙，穿过草场，看上去特别耀眼。如果遇上坏天气，她们就待在家里。为了忏悔和领到圣餐，她们总是去教区的教堂，复活节后的一周内，神父就举着十字架挨家走遍所有的农舍，收取大斋日没有去教堂做忏悔的教徒每人十五戈比。

老头子根本就不信上帝，他从来也不想他，虽然他承认有神仙鬼怪，但他却认为这种事只与女人有关系。如果有人在他面前谈起宗教或者奇迹之类的事，他总是搔着头皮，勉强地答道：“知道这个有什么用呢！”

不过有点糊涂的老奶奶却信上帝，在她的记忆里，所有的事都会混在一起，她刚想起死亡、罪孽，忽然贫穷之类的种种操心的事又都插了进来，这时她便立即忘了刚才在想的东西，而且她一点也记不住祷告词，她通常在晚上睡觉前对着圣像小声念道：

“斯摩棱斯克圣母娘娘，三臂圣母娘娘，喀山圣母娘娘……”

虽然玛丽亚和菲奥克拉经常在胸前画十字，每年也都吃斋领圣餐，可是她们完全是装装样子。孩子们并没有学习怎么祷告，大人们也不对他们讲上帝之类的事情，也不传授什么教规，只是禁止他们在斋期吃荤的食物。其余的家庭也是这样的：相信上帝的人少，懂教规的人更少。可是，大家却都喜欢《圣经》，发自内心地喜爱它，可是他们并没有书，所以没人念《圣经》，也没有人讲《圣经》。奥莉加有时念念《福音书》，因此大家都很敬重她，对她和萨莎都恭敬地称呼“您”。

奥莉加经常去邻村和县城参加感恩祈祷和教堂命名节活动，县城里一共有二十六座教堂和两个修道院。在前往朝圣的路上，她总是痴痴迷迷的，完全忘了家人，直到回到村里，她才突然发现自己还有丈夫和一个女儿，于是便高兴地笑着说：“上帝真的赐福给我了！”

她讨厌村子里的一切习俗，这些一直在折磨着她。农民们在圣母升天节喝酒，在伊利亚节[①]喝酒，在十字架节还是喝酒。圣母庇护节[②]是教区的节日，而茹科沃村的农民却为此一连喝三天的酒。他们不仅喝光了五十卢布的公款，过后还挨家挨户敛集酒钱。第一天，奇基利杰耶夫家宰了一头公羊，他们就一连吃了三顿羊肉。三天里

① 东正教节日，在俄旧历七月二日。

② 在俄旧历十月一日。

基里亚克都喝得酩酊大醉，他所有的家当已经全被他喝光了，就连帽子和靴子也换酒喝了。他往死里殴打着玛丽亚，家里人只好往晕过去的玛丽亚头上泼水才使她苏醒了过来。

在茹科沃这样的“奴才村”，每年也是有一回隆重的宗教盛典的。每年的八月，全县的村子，从一个到另一个，人们迎送着赋予人类生命的圣母像。传到茹科沃村的这一天，天色阴沉，但却没有风。姑娘们一早就穿上鲜艳漂亮的衣裙去迎接圣像，直到傍晚时人们才举着十字架和神幡、抬着圣像，唱着圣诗进了村子。此时河对面教堂里的钟声齐鸣。一大群人挤满了大街，有本村的，也有外村的，他们吵吵嚷嚷，挤作一团……老奶奶、老头子，还有基里亚克，大家都向圣像伸出手去，眼巴巴地地盯着它，哭哭啼啼地说：“圣母娘娘！保护神啊，保护神啊！”

这时的人们好像突然明白了，人间和天堂是没有隔阂的，有钱有势的人还没有抢走人间的一切。尽管自己遭受着难以忍受的贫穷，遭受着可怕的伏特加的祸害，遭受着欺凌和奴役，但是神灵却在保佑着自己。

“圣母娘娘！保护神啊！”玛丽亚号啕大哭着说道，“圣母娘娘啊！”

感恩祈祷做完了，圣像也被抬走了。一切都恢复了原来的样子，粗鲁而醺醉的声音又从饭铺里传了出来。

只有富裕的农民才害怕死，他们越有钱，就越不相信上帝，不相信灵魂会得救的话。他们只不过是出于对死亡的恐惧，才点起了蜡烛，才做起了弥撒，目的只是为了稳妥一些。穷苦的农民不害怕死，他们总是当着老头子和老奶奶的面说他们活得太长时间了，不如早点死好。可老奶奶、老头子根本就不在乎这些话。他们也当着尼古拉的面，毫无顾忌地对菲奥克拉说“等尼古拉死了之后，你的丈夫丹尼斯就可以被照顾一下了，也可以早点退役回家了。”对于玛丽亚而言，她不但不怕死，反而巴不得早点死了才好。

虽然贫穷的农民不怕死，可是他们却恐惧自己会得各种各样的病。本来是一些肚子不舒服、着了点凉的小毛病，老奶奶也会立即躺到炉台上，把自己捂得严严实实，并大声地呻吟道：“我要——死——啦！”老头子赶紧去请神父，老奶奶就可以领到圣餐，并可以接受临终前的涂圣油仪式。他们还经常谈到蛔虫、感冒和硬结，说在肚子里闹腾的蛔虫，结成团后会堵到心口的。他们也最怕着凉，即使在炎热的夏天也穿得很厚，甚至在炉台上取暖。老奶奶喜欢看病，经常坐车到诊所，她老是对医生说自己五十八岁了，而不说是七十岁。因为她认为如果医生知道了她的真实年龄，就不会给她治病了，他会说，都这么大岁数了，也该死了，不用再治了。她通常早晨起来就去诊所，还带上两三个小孙女，傍晚时分才能回来。回到家的老奶奶肚子挺饿，脾气也挺坏，她给自己带回了些药水，给小孙女带回了一点药膏。有一次她竟然把尼古拉也带去了，一连喝了两周的药水之后，他说是觉得自己好了一点儿。

方圆三十俄里内的医师、医务助理和江湖郎中，老奶奶都认识他们，可是却没有一个让她觉得喜欢。在圣母庇护节上，神父举着十字架走遍了所有的农舍，教堂的执事告诉她城里监狱附近的一个老头子在军队上做过医士，有很高的医疗本领，劝她去找他看病。老奶奶听信了他的劝说，她从城里带回了一个小老头儿。这人脸上布满又细又蓝的血管网，穿着长袍，留着大胡子，是一个皈依正教

的犹太人。那时老奶奶的家里正请了几个做事的雇工：一个戴着一副吓人眼镜的老裁缝正用碎布头拼作坎肩，两个年轻小伙子用羊毛做毡靴。因为酗酒的事基里亚克也丢了差事，不得不住在了家里。他也坐在裁缝旁边修理马脖子上的套具。屋子里又挤又闷，臭烘烘的。犹太人检查完尼古拉，说需要给病人拔罐子。

犹太人放上了许多罐子。基里亚克、老裁缝和小姑娘们站在一旁观看，他们认为疾病会从尼古拉身上流出来似的。尼古拉看到那些附在胸口上的罐子慢慢地充满了浓黑的血，于是就认为真有什么东西从自己的身子里跑出去了，他满意地微笑着。

“这样肯定行的，”裁缝说，“求上帝保佑你，能见效就好了。”

拔完十二个罐子，犹太人随后又放上十二个。然后他喝足了茶，就坐上车走了。尼古拉打了一个冷战，他的脸瘦得缩成了一个拳头的大小，手指已经发青。他盖着一条被子，再加上一件羊皮袄，但还是感到越来越冷。傍晚来临了，尼古拉觉得病更重了，要他们把自己放到地板上，要求裁缝不要抽烟了，随后他静静地躺在羊皮袄的下面，天不亮就死掉了。

九

唉，那是一个十分漫长的冬季啊！

圣诞节过后，老头子家的粮食已经吃完，不得不出去买面粉。住在家里的基里亚克，一到傍晚就要胡闹，使得人人都害怕他，等到早晨醒来，他又会因为头痛和羞愧而感到痛苦不堪，他那副模样也有点叫人可怜。畜栏里的那头饥饿的母牛从早到晚不停地哞哞哀叫着，叫得老奶奶和玛丽亚的心都快碎了。今年的冬天特别长，到处是高高的雪堆和厚厚的积雪。报喜节①到了，这时却刮了一场很大的暴风雪，复活节居然又下了一场大雪。

冬天总算过去了，四月初的白天变得暖和起来，夜里却依然寒冷。冬天还不甘心退让，但暖和的春日毕竟还是来临了。

最后，冰雪融化，河水奔流，鸟儿又开始唱歌了。泛滥的春水淹没了河边的整个草场和灌木丛，茹科沃村成了一片水泽，水面上还不时有一群群野鸭振翅飞过。春天的落日映红了满天的彩霞，每天晚上都会变幻出一幅不同往常的新图景，真是美妙绝伦啊！

仙鹤发出声声哀鸣，似乎在召唤同伴一样。站在斜坡的边上的奥莉加久久地凝望着太阳，凝望着这片泛滥的春水，凝望着那明亮的、仿佛返老还童的教堂，不禁流下了激动的泪水，气都有点喘不过来了。

奥莉加急切地想离开这里，去什么地方都可以，无论天涯还是海角。家里的人已经决定让她还回莫斯科去当女仆，同去的还有基里亚克，也好让他找个看门人或者其他什么样的差事。

路变干了，天气也暖和了，她们准备动身上路了。奥莉加和萨莎各自背着一个包袱，穿着树皮鞋，天亮前就出发了。玛丽亚为她们送行。由于身体不好，基里亚克还要在家再待上一个礼拜。奥莉加最后一次面对着教堂在胸前画十字，她默默地祷告着。想起自己的丈夫，奥莉加虽然没有哭出声来，但她的脸却像老太婆一样皱巴

① 东正教节日，在俄旧历三月二十五日，据说天使于此日告知圣母：耶稣将诞生。

着，难看极了。经过这个冬天，奥莉加瘦多了，也变丑了，头发有点灰白，脸上再也没有了昔日那种动人的风韵和愉快的微笑。丧夫之后的她只有一种悲哀的听天由命的神情。她的目光也有点呆板、迟钝，耳朵仿佛聋了似的。她真是舍不得离开这个村子和这些农民，回想起他们抬着尼古拉走在大街上的样子，想起他们在一座座农舍旁边为尼古拉安魂祈祷，想起大家同情她的悲痛，陪她哭的日子。在夏天和冬天的一些时间里，这些人过得简直比牲口还要糟。同他们的生活状态也是可怕的，他们诡诈、肮脏、粗鲁、酗酒、猜疑、吵架，彼此也不尊重。老是猜疑是谁挥霍掉了村社、学校和教堂的公款？猜测是谁偷了邻居家的东西？猜疑是谁在地方自治会和其他会议上大声地第一个出来反对农民？他们受苦、流泪，忍受着沉重的劳动，他们浑身酸痛，粮食歉收，住房拥挤，可是却得不到任何人的帮助。那些有钱有势的人是不可能帮助他们的，那些小官和地主管家也把他们看成乞丐。至于那些吝啬的、放荡的、贪财的懒人，他们来到农村只不过是为了掠夺、吓唬、欺压农民，更谈不上帮助他们了？

奥莉加想起了去年的冬天，基里亚克遭受树条的体罚时，老头子和老奶奶的模样是多么可怜而悲惨！她替所有的人都难过，现在她一边走，一边频频回头瞧着那些小木屋。

已经走出村子三俄里了，玛丽亚要跟奥莉加告别了，她跪了下来，不停地磕头，并大声地痛哭道：“我的命真苦啊，又剩下我一个人了，我是多么可怜、多么不幸啊……”

玛丽亚哭诉了很长时间，奥莉加和萨莎走出了很远，还能看到她跪在地上的身影，她双手抱着头，不停地向两边叩着头，白嘴鸦在她的头飞来飞去。

太阳升起来了，天气变热了。茹科沃村被远远地抛在了后面，奥莉加和萨莎很快就忘掉了村子，忘掉了玛丽亚。离开村子的她们高兴起来，样样东西都看着顺眼了，有时可能是一个土岗，有时可能是一排电线杆，还有电线杆上发出神秘的嗡嗡声的电线。远处绿树丛中有个小村子，从村子里飘来一股潮气和大麻的香味，好像那里住着一些幸福的人似的。空旷的田里有一匹精瘦的马，形成一个孤零零的白斑点。树上的云雀唱着婉转的歌，鹌鹑的叫声也此起彼伏，互相呼应。一阵急促的叫声传来，这是一只秧鸡发出的断断续续的叫声，就像有人在猛地拉扯旧的铁门环一样。

中午时分，奥莉加和萨莎在一个大村子的密切宽阔的马路上遇到了一个老头子，他就是茹科夫将军家的厨子。他那冒汗的红秃顶在阳光下热得直流汗，刚开始奥莉加和萨莎并没有认出他，后来虽然都认出了对方，但双方却一句话也没有说就各走各的路了。她在一座显得阔气的木屋前停了下来，奥莉加向着敞开的窗子深深地鞠了一躬，并用尖细的喉咙唱道：

“正教徒啊，看在基督的分上，给我们一点施舍吧，上帝会保佑你们的，会保佑你们的双亲在天国里得到永久的安息的。”

“正教徒啊，”萨莎也跟着母亲唱了起来，“看在基督的份上，给我们一点施舍吧，上帝会保佑你们的，会保佑你们的双亲在天国……”

睡意蒙

地方法院正在审理一个案件，一个脸色憔悴却又不失体面的中年人坐在被告席，有人指控他犯了挪用公款和伪造文书的罪名。胸脯狭窄、身材消瘦的书记官正在用平缓的男高音宣读起诉书，他只顾单调呆板地念着，根本也不管什么逗号、句号，一会儿像蜜蜂嗡嗡嗡，一会儿又像小溪哗哗哗。这样的宣读声，最容易让人产生幻想、回忆往事或是打起瞌睡来……

法官、陪审官和旁听席上的人们都无精打采的，好像要睡着了一样……法院里安静极了，只是走廊里偶尔会传来一些脚步声，还有一些人打哈欠的声音和陪审官用手捂着嘴轻轻咳嗽的声音……辩护人生着一头卷发，他用手支撑着下巴，悄悄地打着盹儿。书记官嗡嗡嘤嘤的宣读声打乱了他的思绪，头脑恍恍惚惚的，一直飘浮不定。

“这位民事执行官的鼻子可真长啊，”书记官心里想着，眼皮沉重的都快睁不开了，“造物主为什么要糟蹋这一张聪明的面庞呢？如果人的鼻子都长得这么长，人们的住处就要显得狭小多了，必须把房子盖得更加宽敞高大才行……”

辩护人突然摇晃了一下脑袋，好像被蚊子叮咬了一样，他接着又想道：“我的家人现在在做什么呢？以往这个时候家人全都会待在家里：妻子、岳母、还有两个孩子科里卡和济娜，估计他们现在正在我的书房里玩耍……科里卡会站在安乐椅上，趴在桌子上，在我的文件上画画。他可能会画一匹长着尖尖头的马，用一个黑点儿当作眼睛，还会画了一个人，这个人举着长长的胳膊，画上还会有一座歪歪斜斜的房子。济娜呢，她会站在桌子的旁边，伸长脖子试图去看清哥哥画了些什么……‘你画一张爸爸呀！’她请求着哥哥说。于是，科里卡就会开始画我。他先画了一个小人儿，然后又给他加上了黑胡子，这样，爸爸就算画成了。接下来他可能会在《法典》里找些插图，这下济娜就可以拥有那张桌子了。济娜抬头间一眼看见呼唤仆人的铜铃，她调皮地拉了拉绳子，铜铃便叮叮当当地响了起来。济娜又看见了墨水瓶，她就把手指头伸了进去，如果桌子上的抽屉没上锁的话，她肯定会拉开抽屉翻一翻的。最后，兄妹二人突然想出了一个主意：两个人装成了印第安人，然后藏到了桌子的底下，假装在躲避着敌人，两个人又叫又嚷，争着往桌了底下爬，直到桌子上的台灯或花瓶掉在了地上才停止了闹腾……唉！这时候，妈妈可能正抱着她的第三个小宝贝儿在客厅里溜达……小宝贝儿哇哇地大哭着，哭啊，哭啊……哭个没完没了。”

“根据活期存款的单据，”书记官还是像蜜蜂似的继续嗡嗡着，“储户契金娜、阿奇卡索夫、柯贝洛夫和季马科夫斯基应得的利息概未支付，总计一千四百二十五卢布四十一戈比，已经并入了一八八三年的节余里面……”

辩护人的思绪如腾云驾雾一般，他又想道："也许我的家人正在吃午饭呢，岳母、妻子娜佳、内弟瓦夏和孩子们会像往常一样坐在餐桌旁，岳母的表情依然是那么的呆板、忧虑。娜佳的身体消瘦，带有几分的憔悴，还不错的是她脸上的皮肤依然白皙光洁。娜佳像被人逼迫似的坐在桌子的旁边，她一点食物也不想吃。岳母一副疲惫的样子，她的事情很多，要抱孩子，还得管着厨房、皮大衣的防虫、出门拜访客人、接待客人，还有丈夫的内衣也得让她操心！该操心的家务事真是太多了，需要她亲自动手做的事情却不多！娜佳和她母亲简直无所事事，因为她们的身体太虚弱了，有时她们太闲得慌去浇一浇花，或者骂厨娘一顿，都会累得躺上两天，还一边呻吟着一边说：'这简直是在服苦役啊！'

"内弟瓦夏则慢吞吞地咀嚼着食物，他的脸阴沉着，一句话也不说，这是因为他的拉丁语考砸了，只得了一分。不过这孩子还算得上安稳，也爱帮助人、懂礼貌。可是他却不知磨破了那么多条裤子，穿坏了那么多双靴子，用坏了那么多的课本，简直就是一个败家子……

"一对兄妹自然免不了顽皮淘气，他们一会儿要胡椒，一会儿要醋，一会儿你告我的状，一会儿我又告你的状，失手摔碎汤勺儿的事也是经常发生的。想想这些事，就叫人头晕！妻子和岳母的要求十分严格，这让家里的人都保持着良好的风度……

"上帝保佑，千万不要把胳膊肘放在桌子上，也不要去拿汤勺儿，更不要用刀子吃东西。上菜的时候，一定得从右边上，而不要从左边端上桌了。包括火腿煎豌豆在内所有的菜都有一股香粉和水果糖的气味。结果哪一样菜也不好吃，而且太过于油腻，量也少得可怜……

“当我还是单身汉的时候，每天不是喝白菜汤，就是喝粥，也觉得十分可口，可是现在却连个影子也见不到了。岳母和妻子总是用法语交谈，只有话题涉及我时，她就会用俄语说，她大概觉得我是一个缺乏情感的粗鲁人，我是不配让她用柔和的法语来谈论的……

“妻子可能会疼惜地说：‘可怜的米舍贰可能已经饿了，他早晨连片面包也没吃，只喝了一杯茶就匆匆忙忙上班去了……’

“‘亲爱的女儿，你就放心好了，’岳母幸灾乐祸地说，‘像他那样的人饿点也没什么关系的。说不定他都已经往餐饮部跑了五趟啦！法院里刚刚设立了一个餐饮部，每过五分钟，他们就会向审判长请示是不是该休息一会儿。’

“午饭过后，岳母和妻子通常会商量如何节省开支的事……两人算啊，写啊，到头来却发现开支远远地超出了计划。于是，她们又叫来了厨娘，让她跟自己一起算，然后就开始指责她，为了五戈比还会破口大骂……所有恶毒刻薄的话都会骂出来的……然后就是重新摆放家具，打扫房间。她们所做的这一切，都是因为她们闲得无聊的结果。”

“根据八品文官切列普科夫的供词，”书记官仍然用嗡嗡的声音在宣读，“虽说他已经收到第八百一十一号单据，但却未曾收到过应得的四十六卢布两戈比，这笔钱是已经记录在案……”

“只要仔细考虑一下，再加以正确的判断和权衡一下四周的环境，”辩护人继续往下想，“说实话的，你就会对这一切感到厌倦的，恨不得撒手闭眼，什么事情也不管不问了，让那些乱七八糟的事情都统统见鬼去吧！无聊与庸俗时时困扰着自己，乌烟瘴气也弄得自己精疲力竭，疯疯癫癫，让人情不自禁地渴望片刻的澄明与宁静，让人不由自主地想去找娜达莎，趁兜里有钱的时候，也想找一个茨冈姑娘，一切烦恼都被抛在脑后……说真的，真想把一切烦恼都统统抛掉！那是一个鬼神也不知道的地方，城外很远的地方有一所孤立的房子，走进去可以躺在沙发上，那些亚洲人会跳啊，闹啊，唱啊，格外的开心。从娜达莎的歌声就可以听出她是多么迷人、多么疯狂的娘娘，让人神魂颠倒……还有葛拉莎！她是那么的可爱、标致、妙不可言，一双水灵灵的眼睛，洁白的牙齿和光滑的脊背……真是好看啊！”

嗡嗡嗡，嗡嗡嗡……书记官念个不停。辩护人一阵晕眩，四周的景物重叠在了一起，纷纷摇晃着，那些陪审官和法官身体也越缩越小，旁听席上的人们则变成了一个个模糊的斑点，天花板好像一会儿落下来，一会儿又向上飘浮起来……辩护人的思绪不停地跳跃着，最后，突然中断了……他感到岳母、娜佳、被告、民事执行官、葛拉莎……所有的人都围着自己又蹦又跳，而且不停地旋转着，后来又都退向远方，越退越远，越退越远，越退越远……

“好的……”辩护人说着就进入了梦乡，“好的……你躺在沙发上吧，四周既舒服又温暖……葛拉莎还在唱着歌呢……”

“辩护人先生！”一声严厉的叫声忽然响了起来。

“好……温暖……啊，没有奶妈，也没有岳母……更没有冒着香粉气味的菜汤……可爱的葛拉莎，真漂亮！”

“辩护人先生！”那严厉的叫声又响了起来。

辩护人浑身一哆嗦，吓得睁开了眼睛。茨冈姑娘葛拉莎那双乌黑的眸子正紧紧地盯着自己，她那滋润的嘴唇含着笑意，俊俏的面庞容光焕发。辩护人虽然被吓得打了个哆嗦，但是他却还没有完全清醒，还处在梦境中的状态，他慢腾腾地站起身来，微张着嘴巴，直盯着茨冈姑娘。

“辩护人先生！难道您不想向这位女证人提问什么问题吗？”审判长说道。

“哦……是了！这位是女证人……不，我没什么可问的，也不想提问。”

这时辩护人摇了摇脑袋，终于完全清醒了。这时的他才明白站在面前的是真的茨冈姑娘葛拉莎，她是被作为证人传到法庭上来的。

“不过，不好意思，我还是问几个问题吧。”辩护人大声说道，然后转向葛拉莎说，“女证人，您是库兹米乔夫合唱团里的歌手，请问，被告经常到你们团附设的餐厅去饮酒作乐吗？也可以这样说……您还记不记得，每次的餐费是他自己出钱，还是别人替他付的？谢谢您！这就足够了。”

辩护人喝了两杯水，蒙眬的睡意完全消失了……

瞎琢磨

炎热夏天的中午，空中毫无声音，也看不见一只飞鸟……整个世界就像一座被上帝遗忘了的庞大庄园。一棵树叶低垂的老椴树长在典狱官雅什金的住宅旁，一张三条腿的小桌摆在树下，雅什金和他的客人，也就是县立中学校长彼牟伐夫，坐在桌子的旁边。两个人都已解开了坎肩的纽扣，由于天气的太热的原因，两人红彤彤的脸上满是汗水。两个人脸上的神情有些呆板，炎热的天气使他们变得麻木了……彼牟伐夫的嘴唇向下耷拉着，脸色暗黄，一副无精打采的样子。雅什金眉宇之间的皱纹和眼睛的变化，表明他有许多心事……两个人我看着你，你看着我，一句话也不说。他们喘息着挥动巴掌去拍打苍蝇，以此来发泄内心的烦躁。

一个细长颈的盛着伏特加的玻璃瓶放在小桌上，一块又老又硬的熟牛肉摆在旁边，他们喝了一杯、又一杯，第三杯酒也被喝光了……

“是啊！”雅什金突然开口说，他的话说得太突然了，趴在桌子旁边的一条狗被吓得浑身一抖，它本来是在那里打瞌睡的，现在只好夹起尾巴跑到一边去了。“是啊！怎么说好呢，菲利普·马克西梅奇，俄语里的标点符号确实有很多是没有用处的！”

“怎么这么说呢？您倒解释解释。”彼牟伐夫谦虚地问道，说话间从酒杯里捞出了苍蝇的一只翅膀，“虽然标点符号有很多，可是它们中的每一个都有自己的意义和用法。”

“还是算了吧！您那些标点能有什么意义啊？只不过是你的想法稀奇古怪罢了……有的人竟然在一行文字中加上了十个标点，还以为自己挺聪明呢。好比说，副检察官梅里诺夫就习惯在每个词的后面都点上逗号，这又是何苦呢？仁慈的先生，逗号，某月某日巡查监狱，逗号，我发现，逗号，犯人们，逗号……呸！真叫人恶心！有些书也这样写……分号、冒号，还有各种各样的引号，让人看着都眼晕。有的家伙可能觉得点上一个句号还不过瘾，索性就点上一串的点儿……这是何苦呢？”

“做学问需要这样啊……”彼牟伐夫叹着气说。

“这是什么学问……这简直是神经错乱，根本就不是什么学问！他们只不过是装样子炫耀罢了！比如说，其他外语里没有的字母，俄语里却有。有的词，多一个字母和少一个字母都一样，那你说这样的字母还有必要存在吗？”

“谁晓得您在说些什么呀，伊里亚·马尔丁内奇！”彼牟伐夫不愉快地说道，“一个词怎么可以有两种写法呢？你这样说，真是让人觉得别扭！”

彼牟伐夫端起酒杯，一饮而尽，扫兴地把脸转向了一边。

“这是真的，就因为这样的事情，我还挨过揍呢！”雅什金解释说，“有一次，老师叫我在黑板上默写课文，我刚写完一句话，就挨了老师的一巴掌，他说我写错了一个字母。一个星期后，我又被叫到上黑板默写，写的还是上次那句话。这回我是按照老师说的写的，让人想不到的是他又扇了我一个耳光。我向他抗议，问他这是为什么？这种写法可是你告诉我的啊！他说是他上次记错了。昨天，他读了一位科学院院士写的文章，文章里的这个词就是这样写的，这个字母是照古体写的，他认同院士的意见。之所以又打了我一次，是为了让我记住……就这样我白白地挨了两巴掌。现在我儿子瓦夏也常因为这个字母挨老师的打，耳朵都肿了……如果我是教育大臣的话，我就下一道禁令，绝不允许这一帮人用这一个怪字母来折腾人！”

“再见了，”彼牟伐夫长长得叹了一口气，眨着眼睛就穿上了自己的大衣，“既然你想谈学问，那我就不想听了……”

“算了，算了，还是算了……您怎么还真生气啦？”雅什金说道，紧紧地扯住了彼牟伐夫的袖子，“我只不过是随便说说罢了……算了，不说了，咱们坐下来接着喝酒吧！”

虽然彼牟伐夫心里很厌烦，但也只好坐下来，他喝了一口酒后就把脸扭向了一边。两人好一阵子都没有说话。厨娘菲奥娜从喝酒的两人身旁走过，她端着一盆脏水，接着就传来泼洒脏水的声音以及挨了水泼的狗叫声。彼牟伐夫那张呆板的脸显得更没有精神了，雅什金则紧锁着眉头，前额上的皱纹更深了。他只是盯着那块又老又硬的牛肉，在想着自己的什么心事……

一个有残疾的仆人朝小桌子走了过来，他斜着眼睛看了看酒瓶，一看酒瓶空了，接着又送来了一瓶酒……两个人继续默默地喝酒。

“是啊！”雅什金又开口说。

彼牟伐夫浑身一哆嗦，吃惊地看着雅什金，估计这位地主可能又要信口开河地胡说八道了。

“是啊！”雅什金又重复了一句，并满怀心事地瞅着酒瓶，“按照我的看法，学问里是有许多无用的东西的！”

“您倒让我听听，你怎么会有这种想法呢？”彼牟伐夫小声问，“那您认为什么样的学问是多余的呢？”

“一切的学问都是多余的！一个人的学问越大，就越自以为是，就越傲慢……我从心底痛恨这些……希望这些学问全都被废除了……你看，你看，你又生气了不是？你这种人，真是太爱生气了。说一句话不如你意的话都不行！坐下，坐下！让我们接着喝酒！”

菲奥娜端着一大碗绿菜汤走了过来，她的胳膊胖胖的，气哼哼地把汤摆在了两个人的面前。紧接着一阵响亮的喝汤声就响起来了，还有吧嗒嘴唇的响声也仿佛从地底下钻出来似的。三条狗和一只猫一下子出现了，它们蹲在桌子的前面，眼巴巴地望着人们嚼东西的嘴。送完菜汤以后，菲奥娜又端来了一大碗牛奶粥，碗被她狠狠地放在了桌子上，震得桌上的汤勺和面包皮都掉到地上了。

喝粥之前，两个朋友又默默地喝了一会儿酒。

“这个世界上的一切都是无用的！”雅什金突然大声说道。彼牟伐夫被吓得手里的勺子都掉到了膝盖上，他惊讶地张着嘴巴。这位校长本来还想再说些什么，可是无奈他的舌头因喝酒喝得太多都有些儿麻木了，再说舌头还被黏糊糊的粥裹住了，因而就不太灵活了……说了好几次“您倒是说说看”，也没有清楚地表达出来，发

出来的只是支支吾吾的响声，

“一切都是多余的……”雅什金继续说道，“各种各样的学问，各种各样的人，都是多余的……苍蝇多余……监狱多余……粥也多余……就连您自己也是多余的。虽然您是个好心人，也信仰上帝，但是，您同样是多余的……”

“再见了，伊里亚·马尔丁内奇！”彼牟伐夫有些木讷了，他急于想穿上大衣，但却怎么也找不到袖子了。

“虽然我们现在都吃饱了，喝足了，可这又是为了什么呢？什么原因也没有……这一切都是多余的……我们不停地吃，但自己却不知道为什么要吃东西……算了，算了……你又生气了！我说这些，只不过有个话题！您要去哪里呀？不如我们再坐下来聊一聊吧，再喝上几杯，好吗？”

又沉默了一阵，碰杯的声音不时地响起，还有酒后打饱嗝的声音……太阳快在西方落下了，椴树的影子越来越长了。菲奥娜怒气冲冲地走过来，哼了两声，使劲儿地甩着胳膊，在桌子的旁边铺了一小块地毯。两个朋友默默地喝下最后的一杯酒，躺在了地毯上，他们两人背对着背，准备睡觉了……

“真是谢天谢地！”彼牟伐夫心里想，“幸亏他今天没有扯到上帝创造世界的事情，也没有牵扯到宗教等级之类的，否则的话，就是让圣徒听了也会毛发倒竖，难以忍受的……”

醋 栗

早晨起来之后，整个天空便乌云密布，没有一丝风，但也不热，可是却让人烦闷不堪。每逢天色晦暗、阴霾四合的日子，原野上空就会乌云低垂、欲雨未雨的样子。

中学教师布尔金和兽医伊万·伊万内奇，在这片仿佛没有尽头的原野上走得十分吃力。前方的米罗诺西茨科耶村磨坊的风车隐约可见。右边是一连串绵延起伏的山丘，最后也消失在村子后面的远方了。他俩都清楚哪儿有河岸，哪儿有草场、绿柳和庄园。如果登上一个山头，放眼望去，一片广袤无垠的原野就会出现在眼前，还有电报线杆和远处宛如爬虫似的火车。如果是天气晴朗的日子，还可以看到远处的城市。眼下正值无风的季节，整个大自然显得恬静而温顺。

伊万·伊万内奇和布尔金挚爱着这片田野，两人都由衷地发出感慨：多么辽阔、多么美丽啊！

“上一次，我俩住在村长普罗科菲家里时，”布尔金说，“您不是打算给我讲一个故事来着。”

“是的，我当时是想讲讲我弟弟的事的。”

伊万·伊万内奇长叹一声，吸起了烟斗。当他正准备开讲时，天却下起了雨来。四五分钟后，已经是漂泊大雨了，让人难以想象雨什么时候才能停下来。伊万·伊万内奇和布尔金一时也拿不定主意下一步应该怎么办才好，他们的狗夹着尾巴站在那里，也已经浑身湿透了，不过还是驯顺地望着他俩。

“我们还是找个地方避避雨吧，”布尔金说，“我们可以到阿廖欣家去，那离这儿不远。”

“好，我们就走吧。”

他们从已经收割过的田地里穿过，时而拐向右边，时而照直走，最后来到了一条大路上。首先是白杨树林和花园，然后是红色屋顶的谷仓，还有一条波光粼粼的大河和河湾上的一座磨坊、一间白色的浴棚出现在了我们的眼前，眼前的景色顿时开朗，这是阿廖欣的家乡——索菲诺村。

隆隆的轰响的磨坊正在运转的声音压过了雨声，水坝被震颤得抖动着，几匹湿淋淋的马立在大车旁边，个个低垂着头。一些披着麻袋的人来来去去。到处一片潮湿、泥泞，让人感到憋闷。河湾看着显得冰冷而险恶。

布尔金和伊万·伊万内奇也被淋得浑身湿漉漉的，极为不舒服，两只脚上沾满了烂泥，步履显得很沉重。他俩淌过水坝，向上一直奔向主人家的谷仓，一路两人也都不作声，好像彼此之间正在赌气似的。

谷仓里的簸谷机发出轰鸣的响声。谷仓的门敞开着，尘土直往外冒。阿廖欣一个人站在门口，他是一个四十来岁的男人，长得又高又胖，头发长长的，不像地主倒像一位教授或者画家。他穿着一件很久都没有洗的白衬衫，用绳子充当腰带，衬裤代替了外面的长裤，烂泥和麦秸沾满了他的靴子。他的鼻子和眼睛黑乎乎的，满是灰尘。他一眼就认出了伊万·伊万内奇和布尔金，十分高兴。

“请先到我的家里去吧，两位先生，”他微笑着说，“稍等一会儿，我这就来。”

阿廖欣的家是一座两层楼的大房子。楼下的两个有拱顶和小窗的房间是阿廖欣住的，这里当时是管家们住的地方。室内的陈设十分简单，一股黑面包、廉价白酒和马具的混合气味不时地传来。楼上的正房很少有人住，他也很少进去，除非来了客人。接待伊万·伊万内奇和布尔金的是一个年轻、漂亮的女仆，看到女仆如此漂亮，他俩都不禁愣愣地站在了那里，彼此傻傻地面面相觑。

“先生们，见到二位我实在是太高兴了，”阿廖欣一边走一边说，“真没想到啊！佩拉格娅，”他回头对女仆说，“你快给我的客人们拿几件干净的衣服换一换。顺便也给我拿一件，我也要换一下衣服。哦，对了，我得先去洗洗澡，开春以来我好像就没有好好洗过澡。两位先生，你们想不想和我一起去浴棚一趟呢？趁这工夫他们也可以先收拾收拾这儿。”

美丽的佩拉格娅待人既有礼貌，又很温柔，即刻就给他们送来了浴巾和肥皂。接着三个人就一起去浴棚了。

“是呀，我已经好久都没洗过澡了，”他边脱衣服边说，“你们看我的浴棚还不错吧，这是我父亲亲手盖的。可是我也不知怎么搞的，总觉得没有工夫洗澡。”

阿廖欣坐在台阶上，往自己的长头发和脖子上抹着肥皂，从他

身上流下来的水立即就变成了棕褐色。

“是的，我看也是这样的……”伊万·伊万内奇意味深长地说。

“我已经很久都没有洗澡了……”阿廖欣不好意思地反复说着，再次用肥皂擦洗了一遍，这次流下来的水就像墨水一样的深蓝色。

伊万·伊万内奇来到棚外后扑通一声就跳进了水里，他抡开胳膊，冒雨游了起来，白色的睡莲随波摇荡，重重的波浪被激了起来。他游到河湾中央后就潜入了水中，一分钟后又从另一个地方冒了出来。然后继续往前游，并不断地下潜，试图探到河底。

“啊，我的上帝呀……”他痛快地反复着说，“啊，我的上帝呀……”一直游到磨坊跟前他才停了下来，与那里的几个农民聊了一会儿天，他又往回游去。来到河湾的中央，他便仰躺在水面上，让大雨任意淋着自己的脸。布尔金和阿廖欣已经穿好了衣服正准备回去，他却还在一个劲儿地游着，反复潜水。

“啊，我的上帝呀……”他再三地说，“啊，主啊，求你发发慈悲吧。”

“您也该游够了吧！”布尔金高声朝他喊着。

三个人回到了宅子里，楼上的大客厅里灯火通明，布尔金和伊万·伊万内奇穿上了丝织的长便服和暖烘烘的便鞋，现在正坐在圈椅里。阿廖欣也已经洗了脸，梳好头，正穿着一件新上衣在客厅里踱来踱去，这时的他感到温暖而洁净，干爽的衣服，轻便的鞋子，这一切都使他的心情舒畅极了。美丽的佩拉格娅轻轻地在地毯上移动着移脚步，她面带温柔的微笑，用托盘送来了果酱和茶。直到这个时候，伊万·伊万内奇才想起来讲他的故事。倾听他讲述的不仅仅是布尔金和阿廖欣，还有那些从墙上的金边画框里平静而严厉地瞧着他们的太太和军人。

“我叫伊万·伊万内奇，弟弟叫尼古拉·伊万内奇，我们可是亲兄弟啊，”他说道，“弟弟比我小两岁。我选择了自然科学之类的工作，后来当了一名兽医，而尼古拉从十九岁起就在省税务局的办公室里工作。我们的父亲奇姆沙·喜马拉雅斯基是一位世袭兵[①]，因为长期服役而取得了军官衔，因而也为我们留下了一份小小的田产和世袭贵族的身份。父亲去世以后，我们家的那份小田产就被法院判给别人抵债了。但不管怎么说，我在乡下过的童年还算自由自在。我们整天跑在田野上、树林中，看守马匹，剥树皮，钓鱼，过的就像农民的孩子一样。你们也许也知道，一生中哪怕只钓到过一条鲈鱼或者在秋天见到过一次鸫鸟南飞，那么，他从此就已不能称为城里人了，他们一直到死都会对这种自由的生活魂牵梦绕。

“在省税务局里工作的我的弟弟也是满腹乡愁。一年年过去了，他却始终在同一个单位工作，抄写同样的文件，不免让人想回到家乡去，回到乡下去该多好啊。他的这种思乡之情渐渐地化为一个明确的目标，一个明确的理想——在河边或湖畔为自己购买一个小小的庄园。

“他是一个性情温顺、心地善良的人，我也非常爱他，但我却始终无法认同他想把自己终身禁锢在私家庄园里的愿望。人们常

---

① 19世纪上半期的俄国，士兵的儿子出生后便记入服兵役的名册。

说：一个人只要有三俄尺[①]的土地就足够了。可是需要三俄尺葬身之地的却是死尸，而不是活着的人。如今的人们还常说，如果眷恋土地的知识分子都竞相入住庄园，这倒是一件好事。可是这一个个的庄园与那三俄尺的土地又有什么区别啊。远离斗争，远离生活的喧嚣，远离城市，自己一个人隐居在自家的庄园里——这怎么能称得上生活呢，这只是自私、懒惰的表现，也是一种修行生涯，但是却终难修成正果。一个人所需要的并不是三俄尺的土地，也不是一座远离城市的庄园，而是应该是整个大自然，整个地球，只有在广阔的天地里，人们才可能显示出自身自由精神的种种优越品性。

“坐在自己的办公室里的尼古拉，一直梦想着有朝一日能喝上自家制作的满院飘香的白菜汤，能够坐在绿草地上用餐，坐在大门口的凳子长时间地眺望田野和森林。各种农艺方面的小册子和日历上五花八门的建议，便成了他的赏心悦目和心爱的精神食粮。虽然弟弟也喜欢看报，但却仅仅限于那些出售若干俄亩耕地和牧场，连同庄园、溪流、果园、磨坊，以及数处活水池塘的广告，这时他就会想象那些花园中的一条条小径，满树的水果，遍地的鲜花，笼中欢歌的椋鸟，塘里成群的鲫鱼，你瞧，他就是这样的，尽想这类的好事儿。这些想象中的图景也是千变万化的，需要根据他所见到的广告内容而定，但不知什么原因，每次的画面上都必定有醋栗。如果任何一座庄园、任何一个富有诗情画意的去处，竟然没有醋栗，他会觉得这实在是太可怕了。

“‘乡间的生活自有它的种种惬意之处，’他经常这样说，‘你可以坐在自家的阳台上，一边喝茶，一边欣赏一只只小鸭在池

① 合2．2米，指墓穴长度。

塘中悠游戏水，四周的花香扑鼻而来，而且……而且醋栗也是枝繁叶茂。’他不断地描绘着自家田庄的规划图，可是每一次他做的事情都是相同的：a.主人的正房；b.仆人的房间；c.菜园；d.醋栗。他日子过得十分吝啬：舍不得吃，也舍不得喝，穿的也是破破烂烂的，简直像个叫花子。他只是一个劲儿地攒钱，不断地往银行里存钱，贪婪得让人觉得可怕。瞧着他那样子，我就心疼，因此经常给他送一点儿东西，逢年过节都给他寄点钱，但他却一点也不用，而把它们都存了起来。他就是这样打定了主意，你简直拿他没有办法。

“过去了许多年，他才被调到了另一个省去工作。这时的他已经四十多岁了，但却依然在读报纸上的广告，也还在不断地存钱。我听说他后来结婚了，这只不过是想购置一座有醋栗的庄园罢了，他娶了一位相貌丑陋的老寡妇，根本就没有什么感情，只不过是因为她有几个钱罢了。娶了妻子的他依旧吝啬，只是妻子吃个半饱，就连她的钱也以自己的名字存进了银行。她的前夫是一位邮政局长，在家里喝惯了果子露酒，吃惯了馅饼，可是她来到这个二婚丈夫的家里后却连黑面包也吃不上多少。这种日子把她折磨得日渐憔悴，没出三年就把自己的灵魂交给了上帝。当然，我的弟弟根本也不会意识到他对妻子的死难辞其咎。金钱也会像烧酒一样把人变成怪物的。这样的人到处都是，当年我们城里就有一个这样的商人，眼看着自己性命难保，临终时他还叫人给他端来一碟蜂蜜，然后他将所有的钱和彩票就着蜂蜜统统吃进了肚子里，他不愿意留给任何人。还有一次，我正在火车站检验畜群，有个牲口贩子不知怎么失脚跌到了机车底下，轧断了一条腿，我们把一个劲儿地流血的他抬

到急诊室里，情形可怕极了，但他却再三要求找回他的那条断腿，原来那条断腿的靴子里装有二十个卢布，他生怕找不着了。”

“您怎么越说越远了呢。”布尔金说。

“我那弟媳妇死后，”伊万·伊万内奇沉默了大约半分钟，又接着讲道，“我弟弟便急着着手替自己物色田产。他通过经纪人，购买了一处别人抵债的庄园，大约有一百一十二俄亩土地，庄园里有主人的正房，仆人的下房，还有一个花园，但是却没有果园和醋栗，也没有池塘和小鸭。河还是有一条的，但河水却黑得像咖啡一样。不过我的弟弟尼古拉·伊万内奇却并不怎么难过，他订购了二十株醋栗，把它们一一栽好，随即便过上了地主的生活。

“去年，我决定到他的庄园去看看他，因为弟弟在来信中总是把自己的田庄叫作‘亦名喜马拉雅村’，或者‘丘姆巴罗克洛夫荒原’。我是下午的时候抵达那个‘亦名喜马拉雅村’的。当时的天气炎热，一条条沟渠，一道道围墙和一道道篱笆，还有成排成排的云杉，简直弄得你不知怎样才能走进院子，把马拴到哪儿才好。我朝着正房走去，一条棕红色的肥得像头猪似的大狗迎面扑来，它似乎想叫几声以提醒主人，可偏偏又懒得开口。一个赤着双脚的厨娘从房里走了出来，她也胖得像一头猪，她告诉我老爷正在休息。我来到弟弟的房间里，他正坐在床上，膝头上捂着一个被子，他发胖了，皮肤也松弛了，脸颊、鼻子、嘴唇全都向前突出，显得苍老了不少。见面之后，我俩相互拥抱，都流下了既高兴又伤感的热泪。想当年我们也曾青春年少，如今的我们却已满头的白发了。

“尼古拉穿好衣服，带我去参观他的田庄。

“‘我亲爱的弟弟，你在这儿过得如何啊？’我问。

“‘还可以吧，这得感谢上帝让我过得如此之好。’

“他已不再是往日那个畏畏缩缩、可怜巴巴的小职员了，俨然成了一位真正的地主老爷。他已经把这儿的生活习以为常了，而且还过的津津有味。他经常去澡堂洗澡，还喜欢大吃大喝了，他的身体不断地发胖，如果农民们不叫他‘老爷’，他就会大为恼怒。他总是以老爷的方式郑重其事地关心自己的灵魂是否能得救，并且还煞有介事地做起了善事，然而那又都是些什么善事呢？比如每到自己的命名日就在村子中心举行感恩祈祷仪式，然后拿出半桶白酒赏给农民们喝，或者拿苏打和蓖麻油给农民们治百病，他不认为自己做得很对呢。可是啊，那是多么令人可怕的半桶酒呀！今天这个肥头大耳的地主还拽着一个农民去见了地方行政长官，大声地指控他的牲口祸害了自己的庄稼和草场，可是等明天遇上一个什么隆重的日子，他却又会赏给他半桶白酒。他们也会一边喝酒一边高呼‘乌拉！’喝醉酒的人还会向他深深地鞠躬。这就是俄罗斯人，一旦他们的生活改善了，不愁吃喝了，他们就会无所事事，还会滋生出妄自尊大、骄横无比的毛病。当初在税务局里的尼古拉·伊万内奇根本就不敢发表自己的见解，如今他说起话来可倒句句都成了真理，而且那口气也如此之大，什么教育是必需的，但对百姓来说还为时尚早之类的，还有什么‘一般而言体罚是有害的，但某些情况下它也是有益的，而且是无可替代的’等等。他还常说自己了解老百姓，懂得如何和他们相处，还有老百姓都爱戴自己，只要自己动一动小指头，老百姓们就会一一照办的。

“请注意，他所有的这些话都是带着慈祥而英明的微笑讲出来的。他上下二十次反复提到‘我身为贵族’‘我们贵族’之类的话语，显然已经忘记了我们的祖父其实就是庄稼汉，而父亲也只是一个大兵，即如我们家所叫的‘奇姆沙·喜马拉雅斯基’这个姓，实际上也是颇为荒诞无稽的，如今他却听的既响亮又高贵，十分悦耳。

不过有些问题也并不全在于他，而有些是在于我自己的。我想对你们讲的是，当我盘桓在他庄园里时，我自己也发生了一些变化。傍晚时分，我们正在喝茶，厨娘给我们端来了满满一大盘的醋栗。可是，这些醋栗并不是买来的，而是自己家里种的，自从栽下这些苗木以来，还是头一次收获果实呢。尼古拉·伊万内奇喜笑颜开，对着那盘醋栗默默地注视了足足一分钟，他的两眼饱含热泪，激动得说不出一句话来。然后，他放进嘴里一粒醋栗，一副兴高采烈的神情，仿佛一个孩子得到了自己心爱的玩具一般。

“‘真好吃呀！’他一边狼吞虎咽地吃着，一边反复不停地说道，‘啊，真是好吃！你也来尝尝吧！’

“其实那些醋栗又酸又硬，不过却正合了普希金所说的‘我们喜爱吹捧我们的谎言，胜过喜爱许许多多的真理。’[①]我眼前的这个幸福的人就是如此，他梦寐以求的理想终于变成了现实，他的生活目标也已经达到了，希望得到的东西也得到了，自己的命运和个人本身都让他心满意足。平日我想到人类的幸福总是掺杂着一丝的伤感，如今目睹了这个幸福的人之后，我的内心竟充满了近乎绝望的沉重感。在夜间的心情尤为沉重。

“我的床铺就在弟弟卧室隔壁的房间里，我听到他频频地起身走到那个碟子跟前，每次都吃一颗醋栗。我暗自思索：其实满足

① 引自普希金的诗《英雄》，引文不完全正确。

而幸福的人是大有人在的啊！但这又是一种令人沮丧的力量！你们就瞧瞧我弟弟的这种生活吧！强者总是游手好闲、专横跋扈，弱者总是牛马不如、蒙昧无知，难以置信的贫困、伪善、拥挤、酗酒、堕落、谎言到处可见……然而，与此同时所有的家庭和街道却风平浪静，城里虽然有五万居民之多，然而竟然没有一个人敢于振臂疾呼，勃然大怒。我们看到的只是人们白天在市场采购食品、吃饭，夜晚睡觉，还有人们满口的废话连篇，出生、结婚、衰老，心平气和地为死去的亲人送葬。然而对那些受苦受难的人，那些在幕后某些角落里悲哀生活的人，我们却充耳不闻，熟视无睹。一切都毫无声息，一切都平和安定，提出抗议的只是一些无法出声的统计数字：有多少人发疯了，有多少桶白酒被喝掉了，有多少孩子因为营养不良而死掉了……这样的社会秩序自然不可缺少。但是，一个幸福的人之所以感到舒心，显然是因为有许多不幸的人在无言地忍受着他们的重负，如果没有这些人的沉默，自认为幸福的人的幸福便无从谈起。

“这是一种常见的麻木不仁，在每个心满意足、自以为幸福的人的门外都站上一个手里拿着小锤的人，不断地敲门提醒他，这不失为一个不错的主意。无论一个人眼下多么幸福，但是生活或迟或早地都会向他伸出利爪的，灾难也必定不会放过他的——贫穷，疾病，损失，将会接连不断。到时候谁也不会看他，谁也不会听他，正如眼下的他看不见、听不见别人一样。然而世界上并没有拿小锤的人，幸福的人自然也就度日如常了，只有一些生活琐事在搅扰着他们的安宁，但是却仅如一阵清风掠过杨树，终归会万事大吉的。直到那天夜里，我才明白其实自己也同样有心满意足，自以为幸福

的感觉。”

伊万·伊万内奇接着说道：“在吃饭、打猎时，我也爱训导别人，夸夸其谈应当如何信奉宗教，如何生活，如何驾驭百姓。我同样习惯说学习就是光明，教育是必不可少的，只是对当前的平头百姓而言，识几个字就足够了。我也常说，自由是一个好东西，没有自由就像没有了空气，那是万万不行的，但是自由的事还需要再等一等。是的，我以往也是这样讲的，现在我却要问一问：为什么要等一等呢？”

伊万·伊万内奇盯着布尔金，生气地问道：“我倒要问问你们，为什么一定要等一等？你们的居心何在？人们常说：一切事情都不能一蹴而就，任何思想要变为生活现实都是需要循序渐进的。可是，这话又是谁说的？又有什么证据表明这句话说得有道理呢？你们也许会说事物的自然规律和具体社会现象就是如此。但是，我却是一个有思想的活人，站在一道深沟的面前，我可能跳过去，也可以在上面搭一座桥走过去，而你们却偏要让我等着这条沟自己合拢，还有人让我等待淤泥把它填满了再过去，请问这合乎规律性和合法性吗？再说了，我为什么要一味地等待下去呢？难道让我等到活不下去的时候吗？可是人们是必须活下去的啊！”

“那天一大早，我就离开了弟弟的家，从此之后，我便难以忍受待在城里，城市里的那种寂静和安谧让我感到压抑，别人的窗户让我害怕，对我而言，一想到幸福的一家人围桌而坐，在一起喝茶，我就难过异常。我已经老了，不能再为斗争而感到自豪了，甚至也没有能力憎恨了。我的内心里只是感到一阵悲伤，一阵气愤，一阵懊丧，夜夜思绪难断，我头痛欲裂，无法安眠……唉，要是现在的我还年轻该多好啊！”

伊万·伊万内奇激动无比，他从一个屋角走到另一个屋角，重复地说：“要是我还年轻那该有多好啊！”

伊万·伊万内奇突然来到阿廖欣的面前，一会儿抓住他的这只手，一会儿又抓住他的那只手。

“帕维尔·康士坦丁内奇，”他恳求着说，“您可不能安于现状啊，也千万不要麻木不仁啊！趁着自己还年轻力壮、生机勃勃，您一定要坚持不懈地做些好事！幸福根本就是没有的，也是不应该有的。如果生活真的有意义和目标的话，那它的意义和目标也绝不会是我们的幸福，而是应该是某种更为合理和伟大的东西。也是让我们做好事吧！”

说这一番话时，伊万·伊万内奇一副可怜巴巴、苦苦央求的样子，仿佛他是在为自己的事求人似的。

之后，三个人在客厅的不同角落的圈椅里坐了下来，个个都默然无语。伊万·伊万内奇的所讲的故事并没有让布尔金感到满足，也没能让阿廖欣感到满足。昏黄的灯光中，金边画框里的将军和夫人们就像活人一样俯视着他们。此时此刻讲一个可怜的小职员吃醋栗的故事，未免让人感到索然无味。不知为什么，他们却很想讲讲或者听听那些有关女人的故事。眼下美丽的佩拉格娅正悄无声息地来来去去——这比任何故事都让人觉得更加美妙动人。

阿廖欣疲惫极了，自从半夜两点多他就起床干农活了，到现在他的眼睛都快睁不开了。但是，他却唯恐自己走了之后客人们会讲一些有趣的故事，所以硬撑着也舍不得离开。他并不想去深究刚才伊万·伊万内奇所讲的是否正确，是否有道理。客人们所谈论的米麦、干草和煤焦油，与他的生活毫无关系的一些事情却令他感到高兴，所以他希望客人们一直谈论下去……

“到睡觉的时候了，”布尔金一边说一边站起身来，“我向二位道晚安了。”道别之后，阿廖欣下楼回到了自己的住处，客人们则依然留在了楼上。他俩被安排在楼上的一个大房间里过夜，房间内放着两张老式的雕花木床，屋角处还有一个象牙制作的耶稣受难十字架。美丽的佩拉格娅给他们铺好了被褥，散发着一股新洗过的好闻的气味。

伊万·伊万内奇脱掉衣服之后就躺了下来。

“主啊，饶恕我们这些罪人吧！”他说完就蒙头大睡。

放在桌上的烟斗发出一阵阵刺鼻的烟油味儿，这让布尔金久久无法入睡，他始终没有弄明白这股难闻的气味是从什么地方来的。

窗户通宵被雨点敲打着。

猎 手

一个又闷又热的中午，天上没有一丝的云彩……草被太阳晒得发了蔫，一副无精打采的样子，就算立马下一场雨，它也不会像以前那样绿了……

树木静悄悄的，一动也不动，树冠好像在凝视着什么地方，又好像是在等待着什么。

林间的空地边缘，一个高个子、窄肩膀的男人正在懒洋洋地走着，看上去也就四十岁上下的样子，他上身穿了一件红衬衫，下身则是一条老爷曾穿过的、已经打了许多补丁的裤子，脚上是一双大皮靴。他沿着道路不停地走着，左边是成熟的黑麦，右边则是绿色的林间空地，成熟的黑麦像金黄色的海洋一般铺展到遥远的地方……这个男人满头是汗，脸色通红，有着一头好看的淡黄色头发，一顶白色的便帽让他看上去很神气，直直的帽檐让人想起了骑手帽。看样子，这顶帽子好像是一位慷慨的地主少爷送给他的。男人的肩膀上斜挎着一个猎物袋，一只团成一团的雷鸟被装在里面。这个男人手里端着一把双筒猎枪，他已经扣下了枪的扳机。他正

眯缝着眼睛瞅着自己的猎犬，这是一条又老又瘦的猎狗，它跑在前面，不停地在树丛中嗅来嗅去。四周静悄悄的，没有一点儿声音……所有的动物都藏在隐秘的地方躲避炎热。

“叶果尔·符拉西奇！”猎人忽然听见有人轻轻地喊他的名字。

他皱了皱眉头，浑身不由得一颤，回头看时一个脸色苍白的婆娘正站在他的身边，她仿佛从地底下钻出来似的，看样子刚刚三十岁出头，手里还拿着一把镰刀，她眼巴巴地望着他的脸，腼腆地笑着。

“哦，原来是你呀，别拉盖娅！”猎人停住了脚步，缓缓地松开了扳机说，“嗯！你怎么跑到这儿来了？”

“我们村子里的女人们都来这里做工了，我就跟着她们一起来了……我是来做短工的，叶果尔·符拉西奇。”

“是这样啊……”叶果尔·符拉西奇不知说什么好，就继续慢腾腾地往前走着。别拉盖娅却一直跟着他，两个人都没有说话，大约就这样走了二十多步。别拉盖娅温柔地瞅着猎人晃动的肩膀和肩胛骨，然后开口说道：“我都好长时间没有见过您啦，叶果尔·符拉西奇……”

“复活节的时候，您还在我们的小屋里喝过水呢，自从那以后，我就再也没有见到过您了……再说复活节那次你喝得醉醺醺的，天晓得是怎么回事……你骂我，还打我，然后就走了……我等啊，盼啊……可是您连个身影也没有……我一直等待着您啊……哎，叶果尔·符拉西奇，叶果尔·符拉西奇！哪怕您来一次也好啊！”

"我又没什么事，到您那儿去做什么呀？"

"难道非得有可做的事才能去吗？不过呢，我那里总还是有些家务活儿……或者看看我过得怎么样……您可是主人啊！您已经打到一只雷鸟啦，叶果尔·符拉西奇！您能不能坐下来歇一会儿……"

说这些话的时候，别拉盖娅像一个傻姑娘似的微笑着，她仰着头看着叶果尔的面庞，脸上洋溢着一种幸福的神情……

"我坐一会儿？那好吧……"叶果尔漫不经心地说，他在两排枞树之间的空地上坐了下来，"你怎么还站着啊？也坐下来吧。"

别拉盖娅在稍微远一点的地方坐了下来，可是却正好坐在了太阳地里，她为自己的欣喜而觉得有些不好意思，于是便伸出一只手捂住自己的嘴巴。两分钟，两人都没有说话。

"哪怕您能来一次也好啊。"别拉盖娅小声地说。

"您让我干什么去呀？"叶果尔叹了一口气，然后摘下了帽子，并用袖子擦了擦红红的脑门儿，"根本就没有必要去吗，去一次就得一两个小时，简直白白浪费的工夫，还会给你添麻烦。可是如果让我一直住在村子里，我又受不了……你也了解我的，我是一个过惯了舒服日子的人……我希望有好茶叶，有柔软的床，还能跟其他人客客气气地聊天……我想拥有各种各样讲究的东西，可是你所住的那个村子却穷得要命，屋里满是煤烟灰……我是连一天也不能待。如果领导有一道命令，必须让我住在你那里的话，那我就会放一把火烧掉你的那间小屋的，或者我就自杀。我是从小就娇生惯养的，这样的生活我一点儿办法也没有的。"

"那你现在住在什么地方呢？"

“我住在德米特里·伊万内奇老爷的家里，当一名猎手。他家的餐桌上的野味儿都是我提供的，不过，他收留我的原因，大多还是……还是为了取乐。”

“您干的这是什么事啊，叶果尔·符拉西奇……在其他人的眼里，打猎只不过是游戏，您怎么倒把它当成一门手艺了……还以为是什么正经营生了……”

“你怎么就不明白呀，你真是傻，”叶果尔望着天空说道，目光里充满了幻想的神情，“你根本就不会理解我的，大概你一辈子也不会理解我是一个什么样的人了……我在你眼里，只不过是一个吊儿郎当、不走正道的人，可一些明白人却把我看成是全县顶尖的射手。一些发现我优点的地主甚至还在杂志上发表一些文章来评论我呢。在打猎这一行里，是没有一个人能跟我相比的……我之所以瞧不起乡下的各种庄稼活儿的原因并不是因为我娇惯，也不是因为我的傲慢。你知道的，我小时候除了喜欢玩枪、玩狗之外，什么农活儿我都有没干过。如果不让我玩枪，我就会去钓鱼，再不让我钓鱼，我就会赤手空拳地去打猎。对了，我也贩卖过马匹，手里一有钱我就东奔西跑地四处去赶集。你要知道，无论是哪一个庄稼汉，只要他迷上了打猎或是贩马，那他就会永远地抛弃犁耙。如果一个人从心眼里喜欢自由的话，那你就无论如何也改变不了他的这种心思。相同的例子也是有的，一个贵族老爷如果一心一意要去当演员，或者迷恋上了一些其他的艺术，那么他就绝不会去做官，也不会甘心地做地主了。你只是一个妇道人家，这些道理你是不会明白的。”

“我能明白的，叶果尔·符拉西奇。”

“你看你都想哭了，这说明你还是不明白……”

“我……我不哭……”别拉盖娅转过脸去说，“真是罪过呀，叶果尔·符拉西奇！哪怕你就是跟我这个不幸的人过上一天也好啊。十二年了，自从我嫁给你，可是……可是你却连一回也没有和我亲热过！好，我……我不哭……”

“亲热？”叶果尔挠着头皮喃喃地说，“怎么可能亲热呢？我们的夫妻关系只不过是名义上的，实际上哪有这么回事啊？在你眼里，我只不过是一个野人，我看你也只不过是一个不明事理的傻婆娘。这样的两个人怎么能成为一对夫妻呢？我四处游荡，无拘无束，而你则不停地打短工，穿着树皮鞋，还住在那么肮脏的地方，累得腰都弯了。我是打猎这一行里的头号的猎手，所以我能理解你，可是你却总是用惋惜的目光看着我……这样的两个人又怎么能成为两口子呢？”

“可是，可是我们在教堂里举行过婚礼的呀，叶果尔·符拉西奇！”别拉盖娅呜呜咽咽地说着。

“举行婚礼的事是我身不由己啊……难道你真的忘了吗？这都因为谢尔盖·巴甫雷奇伯爵……这是他做的主，这怎么能怪我呢。由于伯爵嫉妒我的好枪法，他就整天让我喝酒，足足灌了我一个月的酒啊。对一个醉汉来说，不要说是让他举行婚礼，就是让他改变自己的宗教信仰，这也是能办到的。他也没有争求你的同意，就把你嫁给了醉汉，这是报复啊……他把猎手和下贱的丫头配成了一对儿！我当时醉得不省人事，这你是知道的，可你为什么还要嫁给我呀？你又不是他的农奴，你完全可以反抗的呀！当然，一个下贱的丫头能嫁给一个出色的猎手，你的运气也算不错了，不过你也应该

仔细考虑考虑的。现在倒好，你只有伤心、只有啼哭的份儿了。伯爵只不过是想开个玩笑，可你就应该流着泪……应该拿着脑袋往墙上撞……”

一阵沉默之后，三只野鸭飞过从林间的空地。叶果尔望着它们，目送着它们越飞越远，直到它们变成隐隐约约的三个黑点，落在森林的那一边。他把目光从野鸭的身上收了回来，望着别拉盖娅说：“现在，你靠什么生活呢？”

“现在，我到处打短工，冬天的时候，我会从育婴堂抱回一个小娃娃，每天喂他牛奶吃，从而每个月可以得到一个半卢布。”

“哦，这样啊……”

又是一阵子的沉默，轻轻的歌声从刚刚收割过庄稼的那块地里传来，但歌一会儿就停止了，炎热的天气使人难以继续唱……

“听其他人说，您为阿库力娜盖了一间新木房。”别拉盖娅问道。

叶果尔没有回答。

“这么说是你是喜欢她了……”

“可能这就是你的命运，你还是认命吧！”猎人说话间伸了一个懒腰，“你还忍忍吧，苦命的人。好了，让我们再见吧，只顾说话了……我必须在傍晚以前赶到波尔托沃……”

叶果尔站起身来，伸展了一下双臂，把枪挎在了肩膀上。别拉盖娅也跟着站了起来，小声问道：“那您什么时候才能来村子里呢？”

“我还是不去为好吧！清醒的时候，我是肯定不会去的，喝醉了回去，对你一点好处也没有，喝醉了我就会发脾气……还是再见吧！”

“再见了，叶果尔·符拉西奇……”

叶果尔把帽子扣在了后脑勺上，招呼着他的狗就上路了。

别拉盖娅站在原地一动不动，从背后望着远去的他……望着他那晃动着的肩膀，望着他那懒洋洋的、漫不经心的脚步，还有他那好看的后脑勺，温柔的依恋之情充满了她的眼睛……她打量着丈夫那又瘦又高的身影，用目光给他以爱抚与温存……叶果尔似乎感觉到了她的目光，于是他停下了脚步，扭过头来……但他却没有说一句话，不过从他脸上的表情，还有他那微微耸起的肩膀，别拉盖娅还是感觉到他有什么话想对自己说的？她怯生生地追上前来，用恳求的目光望着他。“这个给你吧！”叶果尔把脸扭到一边说。

这是一张揉得皱皱巴巴的一卢布的钞票，随后叶果尔就加快脚步离开了。

“再见了，叶果尔·符拉西奇！”她心不在焉地接过那张钞票说道。

叶果尔走了，脚下的道路变得又长又直，就像一条绷紧的皮带一样……她一动不动地站在那里，脸色有些惨白，好像一座雕像一样，她的目光已经随着他每一次移动的脚步而去了。渐渐地，他衬衫的红色与深色的裤子混在一起了，脚步也已看不清了，看得见的只有他的那一顶帽子了，不料……叶果尔突然转向右边走进了林间，白色便帽便消失在一片淡绿之中了。

“再见了，叶果尔·符拉西奇！”别拉盖娅轻轻地说，就像耳语一样，她踮起脚跟，想再看看叶果尔的那顶白色便帽。

带阁楼的房子

一

六七年前，当时的我还在某省某县，住在地主别洛库罗夫的庄园里。别洛库罗夫是一个青年人，他习惯于早起，经常穿着腰部带褶的长外衣，喜欢每天傍晚喝点啤酒，还老是向我抱怨说从没有人同情过自己。

别洛库罗夫住在花园中的一所小房子里，而我却住在一个有圆柱的大厅里，这是地主的老宅子，那里只有一张我用来睡觉的宽阔的长沙发和一张方桌，我喜欢用这张方桌来摆纸牌卦。那儿有一个亚摩司式[①]的旧式火炉，即使在没有风的天气里，它也能发出轻微的嗡嗡声。而到了暴风雨来临的时候，整个房子就会颤抖，仿佛咔嚓一声就会倒下来似的，特别是到了夜里，闪电会照亮十个大窗子，吓得人不行。

命中注定我要经常闲散，简直没有什么事可做。我可以一连几

① 由H.A.阿莫索夫（1787—1868）设计的一种气动式炉子。

个钟头都望着窗子外面，瞧着林荫道，瞧着飞鸟，瞧着天空，或者读完邮递员送来的所有信件、报纸，或者一直睡觉。有的时候我也会走出房间，出去散散步，直到很晚才回来。

有一次，我回家里不小心闯进了一个我并不熟识的庄园，太阳已经落山了，黄昏的阴影铺展在开花的黑麦地里。两行很密、很高的老云杉立在那儿，就像两堵密不透风的墙，从而形成了一条幽暗而美丽的林荫道。我翻身越过了一道栅栏，顺着林荫道走下去，云杉的针叶盖在地上，有一俄寸[①]之厚，走起来有些滑。那儿的环境安静但却有些阴暗，只在树梢高处有点明亮的金光，蜘蛛网上闪烁着虹彩。一股针叶的气味从空中飘来，浓得让人透不过气来。后来，我拐了一个弯走上了一条两旁都是椴树的长林荫道，这儿荒凉而古老，去年的落叶在我的脚下发出沙沙的响声。树木之间的昏暗光线里隐藏着阴影。在右边古老的果园中，一只金莺正用微弱的嗓音唱着歌，它一定很老了。走到了椴树林的尽头，我经过了一所带有露台和阁楼的白房子。令人意外的事，这时我的眼前豁然开朗了，一个地主的庭院出现在我的面前，庭院里有一个宽阔的池塘和一个浴棚，还栽着 丛碧绿的柳树。 座高而窄小的钟楼矗立在对岸的村子里，楼顶上的十字架在夕阳的映照下，就像在燃烧的一样。一时间，一种亲切而又很熟悉的东西袭来，就好像我小时候见过这些景物似的。

由院子通到野外的出口是一个石砌的白色大门，它古老而坚固，上面还雕刻着狮子。大门口站着两个姑娘，年纪大一点的那个身材苗条，脸色苍白，头上的栗色密发蓬蓬松松的，还长着一张倔

① 一俄寸等于4.4厘米。

强的小嘴，她的神态严峻，看也不看我一眼。年轻点的那个不过十七八岁，身材也很苗条，只是生着一张大嘴和一双大眼睛，当我路过时她就惊奇地瞧着我，还说了句英国话，神情有些忸怩。

我觉得好像早就见过这两张可爱的脸。我一面往家走，一面回味在梦一样的往事中。

不久后的一天中午，我和别洛库罗夫正在房子的附近散步，出乎意外的是，一辆安着弹簧的四轮马车突然沙沙地响着滚过了草地，来到了院子里，那两个姑娘中年纪大一点的就坐在车上。她是为遭了火灾的人募捐的，眼睛也不看我们，只是严肃而详细地向我们说明西亚诺沃村烧毁了多少所房子，有多少村民和儿童无家可归，救灾委员会的初步打算和采取的步骤，并告诉我们她现在就是救灾委员会的成员。她让我们写下了认捐的款项，然后就收起了认捐单，告辞而去了。

她走了之后，彼得·彼得罗维奇向我讲起了这个姑娘，按照他的说法，这个姑娘出身于上流人家，名叫莉季娅·沃尔恰尼诺娃。她和母亲、妹妹也住在池塘对岸叫作谢尔科夫卡的庄园里。她的父亲从前做到三品文官，在莫斯科的地位也是相当显赫的。等他去世以后，尽管家财颇多，但沃尔恰尼诺娃一家人却总是住在乡下，冬夏时节也从不离开。莉季娅在一个由地方自治局开办的学校[①]里做教师，每个月可以领到二十五个卢布的薪金。她自己的用项都由自己的这笔钱来支出，她常为自己的自食其力而感到自豪。

“这真是一个有趣的家庭，”别洛库罗夫说，“如果有可能，过几天我们就到她的家里去一趟吧。她们会很乐意见到您的。”

① 旧俄乡村小学，学制3～4年，由地方自治会开办。

一个假日的午后，我突然想起沃尔恰尼诺娃一家人，于是，就动身来到了谢尔科夫卡。母亲和两个女儿，她们都在家。从神态和身材上来看，母亲叶卡捷琳娜·帕夫洛夫娜年轻时肯定是个大美人，而现在的她却由于哮喘病而未老先衰，精神恍惚，神态忧郁地跟我谈着绘画，她向我询问着我在莫斯科画展上的那两三张风景画表现了怎样的内容。

莉季娅，家里的人也称呼她莉达，大半的时间都在跟别洛库罗夫说话，而很少跟我聊天。她的神情严肃，毫无笑容地问他为什么不去地方自治局工作，为什么他一次也没有参加过地方自治局的会议。①

“这是不好的，彼得·彼得罗维奇，”她责备道，“这是不好的。你该害臊才是啊。”

“说得对，莉达，你说得对，”母亲同意道，“这是不好的。”

“我们全县都攥在巴拉京的手心里，”莉达转过身来继续对着我说，“作为地方自治局执行处主席，他把他那些侄子和女婿全都安排在县里的职位上，想干什么就干什么。所以我们必须起来斗争才行，青年人应当成为其中强有力的一派，但是你看，现在我们的青年人都成什么样子了，他们应该害臊才是，彼得·彼得罗维奇！”

① 旧俄省、县地方自治机关，1864～1914年间设置，负责地方教育、卫生、道路修建等事宜。经三种选民（县土地占有者、城市不动产所有者和村社代表）选举出的地方议员组成地方自治会，在贵族会议首脑的主持下每年召开会议。地方自治会每三年选举一次地方自治执行机关——地方自治局。

在他们议论地方自治局的时候，也叫作米修司[1]的妹妹叶尼娅并没有开口说什么，她是从来不参与严肃的谈话的，家里的人也没有把她看成大人。她一直以一种好奇的心理瞧着我，等到我翻看照片簿时，她才解释说："这是我舅舅……这是教父。"她伸出了小小的手指头在照片上指点着，还像小孩子那样让肩膀挨着我，我因此看见了她那消瘦的肩膀、还没有发育起来的胸脯、长长的发辫、由腰带勒紧的苗条身材。

我们打lown—tennis[2]，玩棒球，还在花园里散步，在晚饭的宴席上坐了很久，然后来到了一个不大但却舒适的房子里，欣赏着墙上的彩色画片，听大家对仆人也一律称呼"您"，我的心里感到很自在。由于莉达和米修司的参与，一切在我眼里的事物都显得年轻而纯洁了，而且一切都带着一股正派的意味。

晚饭中，莉达和别洛库罗夫又谈起了巴拉京，谈起了学校的图书室，谈起了地方自治局。她真是一个真诚、活泼、有信念的姑娘，她讲起话来也非常有趣，只是讲得太多、声音太响了，也许是她在学校里讲课讲习惯了吧。可是我的彼得·彼得罗维奇，他从大学时代起就养成了喜欢把一切谈话都变成争论的习惯，但是却疲沓冗长，枯燥无味，时时要显出自己是一个聪明进步的人似的。他还比画着手势，不过他的袖子却带翻了作料碟，把桌布弄湿了一大片，好在只有我看见了。走在回家的路上，周围黑暗而清静。

"良好的教养并不表现在自己没有把作料碟碰翻，而是表现在

① "蜜斯"是英语miss（小姐）的音译。"米修司"为"蜜斯"的昵称。

② 打网球。

假装看不见别人做出了这样的事，”别洛库罗夫叹了口气说，“是啊，她们是有知识、有教养的一家人。我现在已经跟上流人士隔绝了，唉，真是完全隔绝了！而之所以出现这样的结果，全是因为我的工作，工作啊！”

他讲起如果一个人想做一个模范的农业经营者，那他就非得辛苦工作不可。而我却在心里暗想：这人真是一个沉闷懒散的人！一谈到严肃的事，他就紧张地拖长“啊”的尾音。做起工作来，也和他说话一样，慢吞吞的，还老是耽误，错过时机。我是不大相信他的办事才干的，有一次我托过他帮我把信带到邮局里去寄，他竟然一连几个星期都揣在口袋里，忘了帮我寄。

他和我并排走着，嘟哝说：“让我最痛心的，最痛心的就是自己辛辛苦苦地工作，却得不到任何人的同情，一点同情也得不到！”

二

从此，我就经常到沃尔恰尼诺娃的家里去，我一贯坐在露台的下面一层台阶上。我一直不满意自己的心情，对自己的生活充满了惋惜，觉得日子过得那么快，那么没有趣味。我老是在想我的心情如此沉重，要是把它从胸膛里挖出去就好了。露台上有时传来人们的说话声，有时可以听见连衣裙的窸窣声，有时还有人在翻书页。不久，我就已经习惯了这儿的生活。白天，莉达会给病人看病，给人们分发书籍，常常打着遮阳伞到村子里去。傍晚，她就会大声地

谈论学校，谈论地方自治局。

莉达的身材苗条美丽，但神态却永远严肃，每当开口谈正事的时候，她的小嘴总是干巴巴地对我说："您是不会对这种事感兴趣的。"

因为我是个风景画家，所以她根本就不喜欢我，也对我没有好感。在她眼里，我的画里没有画人民的困苦，对她所坚定地相信的工作我也是漠不关心的。这让我不由得想起了从前我在贝加尔湖畔遇到过一个布略特族[①]的姑娘，她骑着马，穿着中国蓝布的衬衫和裤子，我问她能不能把自己的烟袋卖给我。当我们谈话时，她瞧着我的欧洲人的脸和帽子，一副轻蔑的样子，不一会儿就懒得跟我讲话了，然后就吆喝着马疾驰而去了。莉达对我的态度也恰好是这样的，对我充满了轻蔑。表面上看来，她并不怎么厌恶我，不过她的真实想法我还是能感觉到的，于是我坐在露台的台阶上时就生出了一肚子的闷气。

她的妹妹米修司则和我一样，十足悠闲地打发着自己的生活。早晨起床以后，她就立刻拿起一本书，坐在露台上一把很深的圈椅里开始看书，两只小小的脚都无法挨到地。或者就拿着书躲到椴树的林荫道上，再不然，索性就走出大门，来到旷野上。她非常喜欢读书，甚至达到了贪婪的地步，她的目光因此而变得疲乏而呆板，脸色也极其苍白，别人就猜测这种阅读使得她的脑筋有多么劳累。每当到我这儿来时，她的脸就会微微涨红，也显得活泼、生动起来，她还会睁大眼睛，给我讲家里发生的事，例如工人在池塘里捉到了一条大鱼，或者仆人房间里的煤烟起了火之类的。平时的她还

① 俄国境内少数民族，系蒙古族的一支。

是穿着淡色的衬衫和蓝色的裙子。我们经常在一起散步，还摘了樱桃亲自做果酱，或者去划船。每当她跳起来去摘樱桃或者划动船桨时，她那瘦弱的胳膊就会从肥大的衣袖里露了出来。我在画速写稿时，她也会站在一旁，看得都出了神。

七月末，一个星期日的九点钟，我来到了沃尔恰尼诺娃的家里。我在离正房相当远的花园里溜达，试图寻找一些白蘑，这种菌在今年夏天生得特别多。找到后我就在白蘑的旁边做上记号，准备以后和叶尼娅一起来采摘。空中刮着温暖的风，叶尼娅和她的母亲穿着假日的浅色连衣裙从教堂走回家来。叶尼娅紧紧地拉住帽子，怕它被风吹掉了。

对我这样一个毫无牵挂而且经常为自己的闲散寻找理由的人来说，这类假日的早晨总是格外迷人的。每当碧绿的花园里还沾着闪闪发光的露水时，我就显得那么幸福；每当木樨草和夹竹桃的香气弥漫在房子附近时；每当大家都高高兴兴地穿上可爱的装束时；每当这些健康、美丽的人在漫长的一天里什么事也不用做时，你就不由得希望整个生活都能这样。现在我就正在这样想着在花园里走来走去，而且准备就这样一直走下去。

叶尼娅提着一个篮子走了过来，她的脸上带着那么一种仿佛会在园子里找到我似的神情，接下来，我们采菌，谈话，每当她问我什么话时，她就会走到我的前面，看一看我的脸。

“昨天我们的村子里发生了一件怪事，”她说，“瘸腿的女人佩拉格娅已经病了整整一年了，什么医师和什么药物都没能治好她的病。可是，昨天突然来了一个老太婆，她念了一阵什么话，佩拉格娅的病就好了。”

“这算什么啊，”我说，“你不应当仅仅在病人和老太婆的身上寻找奇迹，难道健康就不是奇迹吗？还有生活本身也有奇迹，凡是不能理解的事情，那就都是奇迹。”

“那些不能理解的事情，你就不害怕吗？”

“当然不，我看到我不理解的现象时，总是勇敢地迎上前去，绝不会向它屈服的。人应当是高于老虎、狮子、猛兽，也就当高于自然界的一切万物，甚至也是高于不可理解的或者是奇迹的东西，否则他就不能被称为人，而是见到什么都害怕的老鼠。”

叶尼娅觉得既然我是一位艺术家，那我就应该知道很多的东西，而且能够准确地猜出我所不知道的东西。她希望我能够把她领到永恒和美的领域里去，领到她认为的高一级的世界里去。她跟我谈奇迹的东西，谈永恒的生活，还谈上帝。

我是不承认在我死后我的想象力会永久消失的，于是就告诉她说：“是的，人当然是不朽的、是永恒的，生活随时都在等待我们。”她相信了我的话，不再要求我提出证据来。

我们往正房走去，忽然她停住了脚步说：“我们的莉达可是一个了不起的人，你不这样认为？我热烈地爱着她，随时可能为她牺牲我的性命。不过您说说看，”叶尼娅抚摸着我的衣袖说，“您倒说说看，为什么您和她总是争论？您又为什么生气呢？”

“因为我认为她说得不对。”

叶尼娅不以为然地摇了摇头，眼泪涌了上来，她说：“这是多么不可理解啊！”

这时候莉达正好回来了，她手里拿着马鞭子站在门廊那儿，在阳光的映照下，她的身材更加苗条、美丽了。她好像在对一个工人交代什么话，然后匆匆忙忙地给三个病人看过病，后来她带着操心脸色走遍每个房间，时而打开那个立柜，时而打开这个立柜，时而又走上阁楼去。不知什么缘故这所有琐碎的细节我至今都还记得，而且也很喜爱，就连那没发生什么特别的事的一整天，我也能记得很清楚。

饭后，我在露台的下层台阶上坐着，叶尼娅则靠在一把深圈椅里看书。整个天空中乌云四合，下起了稀疏的细雨。天气闷热，风早已止住了。叶卡捷琳娜·帕夫洛夫娜来到了露台上，她带着睡意，摇着扇子。

“啊，妈妈，”叶尼娅吻着她的手说，“白天睡觉是对身体不好的。”

叶尼娅和妈妈相亲相爱，如果一个人走进花园，另一个人就会站在露台上，朝着树林喊道：“喂，叶尼娅！”叶尼娅也会说：“妈妈，你在哪儿呀？”她们两个人有着共同的信仰，常常一起祷告，即使心里的话不讲出来，也可以彼此了解，就连她们对外人的态度也是相同的。不久，叶卡捷琳娜·帕夫洛夫娜就跟我相处熟了，只要我两三天不去，她就会打发人来看我。她也会像米修司那样热心地看我的画稿，一点也不嫌烦琐，还常常向我透露她的家庭秘密。

叶卡捷琳娜·帕夫洛夫娜对大女儿是极其尊崇的，莉达从来也不向她撒娇。莉达过着自己独特的生活，她在母亲和妹妹的心目中始终是一个神圣而略微带点神秘的人，就像水兵与坐在舰长室里的海军上将一样。

“我们的莉达真是一个了不起的人，”母亲说，“难道不是

吗？”

细雨飘飞的时候，我们谈起了莉达。

“她真是一个了不起的人，”母亲像阴谋家那样压低了嗓子说，然后，她战战兢兢地回头看了一眼，补充说道，“像莉达这样的人就是打着灯笼也找不到的，不过呢，我现在却也渐渐有点担心了。药房啦，书本啦，学校啦，这些倒都还挺好的，可是何必要走极端呢？你要知道，她已经二十三岁多了，总应该想想自己的事吧，不能老是为书本和药品忙碌的，如果是在过去……她应该出嫁了。”

专心看书的叶尼娅的面色有些苍白，头发有些蓬乱，她微微抬起头来，就像自言自语似的对着母亲说：“妈妈，一切都是天注定的！”说完，她又埋下头去看书了。

别洛库罗夫穿着腰部带褶的长外衣和绣花衬衫来了，接下来我们就玩棒球，打网球。天黑了之后，我们在晚饭的餐桌旁坐了很久，莉达又讲起了学校，讲起了把全县都掌握在手里的巴拉京。

傍晚时分，我从沃尔恰尼诺娃的家里走了出来，忧郁地感到人世间的一切事情不管多么长久，总是要完结的。叶尼娅把我们送到大门外，也许因为我从早到晚都跟她在一起的缘故，这时我觉得缺了她就会寂寞无聊，觉得我对这个可爱的家庭感到特别亲近，因此在这个夏季我头一次有意要认真地画我的画了。

在回家的路上，我对别洛库罗夫说：“我的生活乏味、单调、沉闷，这是因为我是一个画家，我也是一个怪人，从年轻的时候起我就不满意自己、不相信自己的工作，这样的心情把我折磨得好苦，我素来贫穷，是一个流浪汉。您倒说说看，您可是一个健康、正常的人，还是地主，是主人，您为什么也生活得这么枯燥无味，毫无光彩呢？为什么您至今也没爱上莉达或者叶尼娅呢？”

“您忘了我爱的是另外一个女人了。”别洛库罗夫回答说。

我是知道的，他指的是他的女伴柳博芙·伊万诺夫娜，他们同住在那所小房子里。那个极其丰满而近乎肥胖的女人的神态，就像一只养得过肥的母鹅。在花园里散步时，她常戴着项链，穿着俄国式的服装，还打着一把阳伞，仆人不时地去叫她吃饭或者喝茶。

三年前，柳博芙·伊万诺夫娜租下了一间厢房作为别墅，从此就在别洛库罗夫的家里住了下来，看样子她是要永远住下去了。她比别洛库罗夫大十岁，把他管得很严，他每次走出家门都得先征得她的同意。她还经常用男人的嗓音痛哭，每当这个时候，我都会打发人去告诉她，如果她不止住哭声，我就从宅子里搬走，这时她才不哭了。

等我们回到家时，别洛库罗夫都会坐在长沙发上，皱起眉头思索着什么。于是，我就在大厅里走来走去，内心充满了一阵像在恋爱似的淡淡的激动，我有心要谈一谈沃尔恰尼诺娃一家人。

“莉达只能爱像她那样热衷于医院和学校的地方自治工作者，”我说，“啊，为了她那样的姑娘，做地方自治工作者也甘心啊，即使像神话所说的那样穿破铁鞋也是可以的。还有米修司呢？这个米修司是多么可爱啊！”

别洛库罗夫开始讲悲观主义这种时代病，他讲得振振有词，说得很长，拖着长音念“啊”字。听起他的声调来，倒好像是我在跟他争论什么似的。

“问题不在于悲观主义还是乐观主义，”我气愤地说，“而在

于一百个人当中就有九十九个人没有脑筋。”

别洛库罗夫认为我所说的就是他，他生气地走掉了。

三

“在马洛泽莫沃村做客的公爵向你问好，”莉达不知从哪儿回来的，她边脱着手套边对母亲说，“他讲了许多有趣的事情……他还答应在全省会议上提议在马洛泽莫沃村开设医疗所的问题，但是他说成功的希望不大。”

然后莉达转过身来对我说：“对不起，我总是不记得您对这种事并不感兴趣。”

我气愤地说：“为什么我就不会产生兴趣呢？”

我耸起肩膀又说道：“只不过是您不愿意知道我的意见罢了，不过我可以向您保证，对这个问题我是很感兴趣的。”

“是吗？”

“当然是的。依我来看，根本就没有必要在马洛泽莫沃村设立医疗所。”

她气愤地瞧着我，眯起眼睛问道：“那马洛泽莫沃村需要什么呢？难道是风景画吗？”

“这里连风景画也不需要，根本就不需要什么。”

她脱完手套，打开邮递员刚刚送来的报纸。她分明有意地按捺住自己的怒火，轻声说道：“安娜上个星期因为难产而死掉了，如果附近有个诊疗所存在，她就可能活下来。风景画家先生，我觉得，你应该建立在这方面的信念。”

“在这方面，我是有明确的信念的，我向您保证。”我回答说，她却用报纸挡住自己的脸，好像根本就不愿意听似的。“照我看来，学校啦，读书室啦，药房啦，医疗所啦，这些在现在的条件下，只是为奴役服务的。一条巨大的锁链已经拴住了人民，您不是企图砍断这条锁链，反而添加上了新的环节，这就是我的信念。”

她抬起头来盯着我，冷冷地笑了笑。我则极力地抓住我的主要思想，继续说道：“可是问题关键并不在于安娜死于难产，而是所有那些安娜、玛芙拉、佩拉格娅从一大早直到天黑都在弯着腰操劳，她们由于体力不支而生病，一生一世都得忍受挨饿和疾病，一生一世都在为死亡和疾病而担心，很早就苍老了，死在污秽和恶臭当中。她们的孩子长大以后，又重演父辈的那套故事，这种情形已经延续了好几百年了，千千万万的人只为混一口饭而连牲畜都不如，他们担惊害怕，所处的环境惨痛。牲畜般的恐惧、繁重的劳动、饥饿、寒冷，这一切都像雪崩一样压了下来，堵死了他们通往精神活动的条条道路，而精神活动正是人和牲畜的区别所在，也是使人值得生活下去的唯一东西。您可以用医院和学校去帮助他们，但是您却无法从根本上解除他们的桎梏，反而加深了他们被奴役的状态，因为正是您给他们的生活里带来了新的迷信，给他们增添了所需求的项目。更何况为了买发泡膏和书本他们还得向地方自治局支付钱，这就更加重了他们的负担了。”

“我不想和您争论，”莉达放下报纸说，“我已经听过好多次这样的话了，我只想对您说一句：人是不能揣起手来坐着不动的。不错，我们并不可能拯救人类，而且还在许多方面犯了错误，不过我们是在做我们所应该做的事，那我们就是对的。有文明的人认为最崇高、最神圣的任务就在于为人民服务，我们所做的就是在尽力为人民服务。可能您不满意于这样的说法，可是话又说回来了，一个人所做的事是不能叫人人都满意的。”

“您说得对，莉达，说得太对了。”母亲说。莉达在座时，她总是有些胆怯，一边讲话还一边不安地瞧着她，生怕自己说错了什么。反驳她的话就更不说了，总是表示同意她所说的一切：说得对，莉达，说得对。

“教农民认字，为他们开设医疗所，给他们看思想深刻而文笔粗俗的书，这些既不能消除他们的愚昧，也不能降低他们的死亡率，就像窗子里的光永远也照不亮广大的花园一样，”我说，“其实您并没有给他们任何的好处。您干预这些人生活的结果，无非是制造了新的需求，新的劳动方式而已。”

“哎呀，我的上帝，可是您要知道，人总是要做事的！”莉达懊恼地、不耐烦地说。

“我们需要做的是把人从繁重的体力劳动中解放出来，”我说，“必须解除他们的枷锁，给他们留下喘息的空隙，让他们不至于一辈子守在炉灶和洗衣盆的旁边，守在田野上，可以有时间考虑上帝，考虑灵魂，从而更广泛地发挥他们的精神能力。每个人的使命就在于探讨真理和生活的意义，在于精神活动。等到他们不必要进行粗笨的、牲畜般的劳动，等到他们感到自由时，那您就会看出那些书本和药房是多么嘲弄人了。人一旦认识到自己的真正使命，那么就只有宗教、科学、艺术才能够满足他，而并非那些无聊的东西。”

“解除他们的劳动！”莉达冷笑道，“难道您觉得这是可能的吗？”

“是可能的。您就可以分担一份他们的劳动。如果我们大家，包括城市和乡村的居民们全都同意：凡是用来满足人类生理需要而耗费的劳动均摊给每个人，那每个人的劳动时间可能只有两三个钟头就够了。请您设想一下，如果我们大家，也就是富人和穷人，每天只工作三个小时，那我们其余的时间就可以空闲下来。您再设想一下，如果我们发明机器来代替劳动，再极力把我们需求的项目降到最低限度，我们可以锻炼我们自己，可以锻炼我们的孩子，让他们不怕寒冷和饥饿，让我们不至于像安娜、佩拉格娅、玛芙拉那样经常为自己的健康而发抖。请您设想一下，如果我们不医病，不开烟厂、酿酒厂、药房，那我们又会剩下多少空闲的时间呢！我们大家就可以把这种空闲时间献给科学和艺术，就像整个村社的农民一齐出动去劳动一样，我们大家也可以齐心协力地去探求真理和生活的意义，那么，我相信人们很快就会发现真理的，也会很快就摆脱对于死亡的恐惧的，甚至会摆脱死亡。”

“不过，您所说的话是自相矛盾的，”莉达说，“您说科学和文艺，可是您又反对识字。”

“我反对的是在只有酒店的招牌和偶尔有几本看不懂的书的情况下教人识字，这样的识字从留里克[①]的时代起就延续下来了，果戈理的彼得鲁希加早就会读书了，可是乡村呢？留里克的时代是什么样子，现在还是什么样子。人民需要的不是识字，而是广泛地发挥精神能力和自由。需要的也不是小学，而是大学。”

---

① 据编年史记载，留里克为公元9世纪的诺夫哥罗德大公，留里克王朝的奠基人。

“可是，您也反对医学啊。”

“是的，只有在以疾病作为自然现象加以研究时我们才需要医学，而不是在医病的时候。如果真的要谈医治，那么要医治的也并不是疾病，而应该是病因。消除了主要的病因，也就是体力劳动，那就不会有什么病了。我是不承认治病的科学的，”我激动地继续说，“科学和艺术，如果它是真正的科学和艺术，那就不是致力于局部的目标，不是致力于暂时的目标，而是致力于永恒而普遍的目标。它们探索上帝和灵魂，寻求真理和生活的意义，如果把它们同当代的怨恨和贫困结合在一起，同图书室和药房结合在一起，那反而会使他们的生活更加复杂，从而也加重了他们的生活负担。我们有许多药剂师、律师、医师，识字的人也越来越多，然而数学家、哲学家、诗人、生物学家却完全没有了。人的全部精神力量、全部智慧都用在了满足转眼就过去的、暂时的需要上了……作家、画家、科学家都在紧张地工作，在他们的努力下，人们的生活越来越舒适了，物质方面的需求也在增加，可是真理却越来越远了，人像仍然是最残暴、最卑劣的野兽，整个局势趋向于人类的退化，永远失去一切生活的能力。在这种条件下，画家的生活就没有什么意义了，他们越有才能，他们的地位就越古怪，越不被理解。因为仔细考虑一下，原来他们的工作是供残暴、卑劣的野兽消遣。我现在不想工作，将来也不愿工作……我什么都不需要，就让这个世界掉到地狱里去吧！”

“米修司，你还是出去吧。”莉达对妹妹说，显然她认为我的话对那样年轻的姑娘是有害的。叶尼娅凄凉地看了一眼姐姐和母亲，然后走出去了。

“凡是企图为自己的漠不关心辩解的人，总是会说这一类的漂亮话的，”莉达说，“因为否定医院和学校要比治病和教书容易得多。”

“说得对，莉达，说得对，”母亲赞同道。

“您口口声声说您不想工作了，”莉达继续说，“显然，您对您的工作估价是很高的。那我们就不要再争吵下去了，我们是永远也谈不到一块儿去的，因为您刚才就鄙夷地评价过图书室和药房，但是即使设备极不完善，我也认为它们高于世界上的一切风景画。”说完，她立刻转过脸去对着母亲，用完全不同的口气说：“自从到我们这儿来过以后，公爵瘦多了，模样也发生了大的变化，他们要把他送到维琪[①]去。”

她对她母亲谈起公爵的事，是因为不想跟我说话。她的脸色通红，为了掩盖自己的激动，她像近视眼那样弯下腰凑近桌子，做出看报的样子。

如果我再坐下去的话，就会惹人不高兴的。于是，我就告辞回家去了。

四

外面安静得很，池塘对面的村民已经睡熟了，看不见一点儿灯火，只有繁星的淡光映衬在池塘的水面上。叶尼娅站在雕着狮子的大门旁，她是在等我，为了送我一程。

“村民们都睡了，”我对她说，极力想在黑地里看清她的脸，

① 法国疗养城市。

可是却看到一对悲伤的黑眼睛瞧着我，“酒店老板和偷马贼也都安然地睡着了，而我们这些上流的人却互相争吵不休。”

那是八月间的一个夜晚，这个夜晚有些忧郁，这是因为秋意已经很深了。月亮钻出紫红的云朵，稍微照亮了道路和两旁乌黑的冬麦田，天空常有星星坠落下来。叶尼娅跟我并排走在道路上，她极力不去看天空，免得看到让她害怕的陨落的星星。

“我觉得您说得很对，”由于夜间的潮气，她有些冷得发抖地说，“如果人们都能共同献身于精神活动，那么他们不久就会了解一切的。”

“当然了，因为我们是高级生物，如果我们真正认清了人类天才的力量只是为了高尚的目标生活，那我们就会变得和天神一样。可是，这种事是永远也不会发生的，人类正在退化，连天才的影子也不会有的。”

他们已经远离了大门，叶尼娅这时停住了脚步，匆匆与我握了一下手。她身上只穿着一件衬衫，冷得缩起脖子，颤抖着说：“晚安，您明天再来吧。”

一想到对自己和别人都不满意，总是一个人在生闷气，我就害怕起来，也极力不去看那些陨落的星星。

“您再陪我一会儿好吗？”我说，“我求求您了。”

我是爱叶尼娅的。我之所以爱她，大概是因为她总是接我和送我，她总是温柔热情地瞧着我。她的细长的脖子、她的瘦弱的胳膊、她的苍白的脸，就连她的娇弱、她的闲散和她的书，都是多么美丽动人！至于智慧吗？我倒不能断定她有什么不同寻常的智慧，不过我倒欣赏她的眼界开阔，这也许是因为她的想法总是跟严峻美丽而又不喜欢我的莉达不同吧。因为我是一个画家，而且我很有绘画的才能，这一切征服了叶尼娅的心。我只是想着为她一个人绘画，还把她幻想成我小小的皇后，让她和我一块儿去占领那些田野、迷雾、彩霞和树木，去占领那美妙迷人的大自然。

“您就再留一会儿吧，”我恳求地说，“我求求您了。”

我脱掉了身上的大衣，给叶尼娅披在肩膀上，她担心穿着男人的大衣显得可笑而又难看，就笑着把它扔在了地上。这时候我就会抱住她，不住地吻着她的肩膀、她的脸和她的手。

“明天见！”她轻声说道，仿佛怕侵犯了夜晚的宁静似的。

她又拥抱着我说：“我们一家人之间是从没有彼此的秘密的，我要马上回去告诉妈妈和姐姐……这真是太可怕了！妈妈倒没什么，妈妈是喜欢您的，可是莉达就不同了！”说完，她就朝大门口跑去了，嘴里喊道：“再见！”

叶尼娅回家去了，而我却不想回家，再说我也没有必要急着回家。我犹豫不定地站了一会儿，然后慢吞吞地退了回去，想再看看她住的那所可爱的、纯朴的、古老的房子。阁楼上的窗子像眼睛似的瞧着我，好像什么事情都了解似的。我走过露台，来到了网球场的旁边，摸着黑坐在了老榆树底下的一张长凳上，从那儿可以瞧见那所房子。米修司就住在阁楼里，先是明亮的光从那儿的窗子里射出来，后来又变成了柔和的绿色，那是因为在灯的外面加了一个罩子。叶尼娅的身影在移动……我充满了一腔的温情，对自己很是满意，我满意的是我还能够爱人，能够入迷，同时我又觉得不自在起来，因为我想到了离我几步远的那所房子里同时也住着莉达，她是不喜欢我的，也许还有些痛恨我。我坐在长凳上，一直等着，想

着叶尼娅会不会出来。我细心地倾听着，仿佛阁楼里有人在谈话似的。

一个钟头过去了，房间里的绿色的光熄灭了，人影也看不见了。月亮高高地停在房子的上空，照亮了沉睡的花园和小径。大丽花和玫瑰花在房子前面的花坛里怒放，似乎都是一种颜色。天气变冷了，我就走出了花园，拾起了在路上的大衣，不慌不忙地回家去了。

第二天午饭后，我又来到了沃尔恰尼诺娃的家里。通往花园里的玻璃门敞开着，我坐在了露台上，等着随时都会从花坛后面走到网球场上来的叶尼娅，或者她会在一条林荫道上出现，或者她说话的声音会从房间里传出来。后来我走进了客厅，又走进了饭厅，却连一个人影也没有看到。我从饭厅里出来，通过一条长过道来到前厅，然后又退了回去。过道上有好几个门口，莉达的说话声从其中的一扇门里响了起来。

"上帝……送给……乌鸦……"她拖着长音大声地说，大概是在教人默写，"上帝送给乌鸦……一小块……干酪……是谁呀？"她听见我的脚步声，忽然叫道。

"是我。"

"哦！对不起，我正在教达霞功课，不能出来见您。"

"叶卡捷琳娜·帕夫罗夫娜在花园里吗？"

"不在，今天早晨她同叶尼娅一起去平扎省我的姨母家里了，并且她们今年冬天大概会出国……"她沉吟一下，又补充道，"上帝送给乌鸦……一小块干酪……写完了吗？"

我走到前厅，大脑一片空白，站在那儿眺望着池塘，眺望着村子，莉达的声音又传到了我的耳朵里来：“一小块干酪……上帝送给乌鸦一小块干酪……”

我顺着第一次到这儿来的路走出庄园，只是顺序刚好相反：先从院子走进花园，经过正房之后，再顺着椴树的林荫道走去……在那儿，一个小男孩追上了我，他交给我一封短信。

信上写道：“我已经把我们的一切都告诉姐姐了，她要求我和您分手，我是不能违拗她而让她伤心的。求上帝赐给您幸福，请您原谅我吧。但愿您知道我和妈妈离去后，不会哭得那么悲伤！”

后来我又来到那条云杉的幽暗的林荫道、坍倒的栅栏……田野上，黑麦在开花，秧鸡在鸣叫，还有母牛和腿上套着绊绳的马在徘徊。高坡上已经生出了绿油油的冬麦。我的心头有些清醒了，不由得为我在沃尔恰尼诺娃家里讲过的那些话而感到害臊，我又像以前那样感到生活的乏味了。我回到家里，收拾好行李，决定当天傍晚就动身去彼得堡。

此后，我就再也没有见过沃尔恰尼诺娃的家人。不久以前，我动身去了克里米亚，在火车上正好遇见了别洛库罗夫。他还是穿着像先前那样的腰部带褶的长外衣和绣花衬衫，等到我问起他的身体状况时，他就回答说：“托福托福。”我们谈了起来，他说他已经卖掉了那座庄园，另外又买了一处小一点的，房主写的是柳博芙·伊万诺夫娜。关于沃尔恰尼诺娃一家的事，他讲得并不多。他说莉达仍然住在谢尔科夫卡，她一直在学校里教儿童读书。她逐渐地在她的四周聚合了一群同情她的人，组成一个强有力的组织，并在最近一次地方自治局的选举中击败了一直把全县把持在手心里的巴拉京。至于叶尼娅，别洛库罗夫只告诉我说她并没有住在家里，

也不知到哪儿去了。

我开始渐渐地忘掉那所带阁楼的房子了，只是在偶尔绘画或者读书的时候，会忽然想起那窗子里的绿色灯光，有时也会想起那天晚上我这个堕入情网的人是如何走回家的。更加少有的某些时候，孤独一直在煎熬着我，我满心凄凉，不由得模模糊糊地想起了往事，不知什么原因，我渐渐地开始觉得叶尼娅也在想我，等我，终有一天我们会再见面的……

米修司，你在哪里啊?

万　卡

三个月前，九岁的男孩万卡·茹科夫被送到靴匠阿利亚兴的铺子里来做学徒。圣诞节的前夜，他并没有上床睡觉，而是等到老板夫妇和师傅们出去做晨祷后，从老板的柜子里取出一支安着锈笔尖的钢笔和一小瓶墨水，然后他在自己的面前铺平一张被揉皱了的白纸，写起字来。他战战兢兢地回过头去看了好几次门口和窗子才写下了第一个字，他不时地斜起眼睛瞟一眼乌黑的圣像，还有那两旁摆满鞋楦头的架子。那张纸铺在一条长凳上，他自己则跪在长凳的前面。

“亲爱的爷爷，康斯坦丁·马卡雷奇！”他写道，“您的孙子在给你写信。祝您圣诞节快乐，求上帝保佑您万事如意。我的爹娘都没了，可只剩下您一个亲人了。”

万卡抬起头来看着乌黑的窗子，窗上映着他的身影。他想起祖父康斯坦丁·马卡雷奇的生动模样，他是地主席瓦列夫家的守夜人，是一个矮小精瘦却又异常矫健灵活的小老头，大约有六十五岁，满面的笑容里映出一双醉眼。白天他睡在仆人的厨房里，有时还会跟厨娘们开玩笑，夜里时，他就穿上肥大的羊皮袄，在庄园的四周不住地敲着梆子，坚守巡逻的任务。他的身后经常跟着两条耷拉着脑袋的狗，一条是叫作卡什坦卡的老母狗，一条叫泥鳅。泥鳅的外号来历是因为它的毛是全黑的，而且身子也细长，像是一只黄鼠狼。这泥鳅倒是异常温顺亲热的，不论见到自家人还是见到外人，它一概用含情脉脉的目光瞧着对方。然而它却是靠不住的，在它的温和的背后也隐藏着极其狡猾的一面。哪条狗也不比它善于抓住机会，他总是悄悄地溜到人的身旁，猛地在腿肚子上咬上一口，或者钻进冷藏室去，或者去偷吃农民的鸡。它的后腿已经不止一次被别人打断了，有两次人们还索性把它吊起来打，几乎被打了个半死，不过它又养好了伤，活下来了。眼下自己的祖父一定站在了大门口，肯定会眯着他那双细眼睛看着乡村教堂的通红的窗子，跺着穿高筒毡靴的脚和仆人们在开玩笑。他的梆子总是挂在腰带上的，冻得他不时地拍手，他缩起脖子一会儿在厨娘身上拧一下，一会儿在女仆身上捏一把，还发出苍老的笑声。

“咱们来吸点鼻烟吧，好不好？”祖父说着就会把他的鼻烟盒送到那些女人的跟前。

女人们闻了点鼻烟后，就会不住地打喷嚏。祖父则乐开了花，发出一串快活的笑声，并嚷道：“赶快擦掉啊，否则，就会冻在鼻子上的！”

他也给狗闻鼻烟，卡什坦卡就皱着鼻子打喷嚏，还会委委屈屈地走到一旁。为了表示恭顺，泥鳅就没有打喷嚏，只是摇着尾巴。天气真是好极了，空气没有一丝的污染，清新极了。天已经黑暗了，可是整个村里的白房顶里冒着一缕缕烟来，还有披着重霜而变成银白色的树木和雪堆，这一切都能看得清楚。繁星布满了整个天空，天河清楚地显现出来，就好像有人在过节以前把它擦洗过似的……

万卡叹了一口气，用钢笔蘸了一点墨水，继续写道：“昨天我挨打了，老板揪着我的头发把我拉到了院子里，并拿师傅们干活用的皮条狠狠地抽打我，怪我在摇他们摇篮里的小娃娃时不小心睡着了。上个星期，老板娘让我杀一条青鱼，只因为我是从尾巴上动手收拾的，她就一把抓过那条青鱼，用鱼头直戳我的脸。师傅们也总是耍弄我，打发我到小酒店里去给他们打酒，怂恿我偷老板的黄瓜，结果我老是挨老板的打，他随手抓到什么就用什么打我。吃食当然是什么也没有的。早晨只吃几片面包，午饭喝点稀粥，晚上还是面包，至于白菜汤啦，茶啦，只有老板和老板娘才可以大喝特喝。老板让我睡在过道里，只要他们的小娃娃一哭，我就得一个劲儿地摇摇篮，根本就不能睡觉。亲爱的爷爷，求您发发上帝那样的慈悲把我带走吧，让我回到家，回到村子里去吧，我再也熬不住了……我给你磕头了，我会永远向上帝为你祷告的，赶快带我离开这儿吧，否则我就要死了……”万卡嘴角一撇，用黑黑的拳头揉了揉眼睛，就抽抽搭搭地哭了起来。

“我可以给你搓碎烟叶，”他接着写道，“可以为你祷告上帝，要是我做错了事，你就只管抽我好的，就像抽西多尔的山羊那样。如果你认为没活让我干，那就让我去求总管看在基督的面上让我去给他擦皮靴，或者替菲德卡去做牧童。亲爱的爷爷，我实在是熬不下去了，我面前的只有一条死路啊。我本想自己跑回村子的，可是我又没有皮靴，我是怕冷的。等我长大了，我肯定会报答您的大恩的，我会养活你，不许别人欺侮你，等你死了，我也会为您祷告，求上帝让你的灵魂安息，就像我为我的妈妈佩拉格娅祷告一样。

“莫斯科虽然是一个大城市，可是房屋却全是老爷们的。马倒是不少，可却没有羊，狗也不怎么凶。这儿的孩子从不举着星星走来走去[①]，唱诗班也不允许人们随便地参加唱歌。有一次，我在一家铺子的橱窗里看见了一些钓钩，钓丝都安好了，可以钓各式各样的鱼，有一个钓钩甚至可以经得起一条一普特重的大鲶鱼呢。我还看见几家铺子摆着各式各样的枪，跟老爷的枪几乎一样，每支枪恐怕要卖一百卢布吧……肉铺里有松鸡，有兔子，还有野乌鸡，可是铺子里的伙计却不肯说这些东西是从哪儿打来的。亲爱的爷爷，等到老爷家里摆上挂着礼物的圣诞树时，你能给我摘下一个用金纸包着的核桃，并把它收在那口小绿箱子里吗？或者你直接向奥莉加·伊格纳季耶夫娜小姐要吧，你就告诉她说是给万卡的。”

万卡叹了一口气，声音有些发颤，他凝神瞧着窗子，回想起祖父总是带着孙子一同去树林里给老爷家砍圣诞树，那时候的日子可真是快活啊！祖父咔咔地咳嗽着，严寒把树木也冻得咔咔地响，万卡就调皮地学他们的样子，也装作咔咔地叫。祖父往往会在砍树以前吸上一袋烟，再闻很长时间的鼻烟，讪笑着冻僵的万卡……那些做圣诞树用的小云杉都披着一层白霜，站在那儿一动不动，好像等着看它们谁先死掉似的。突然，不知从哪儿跑来了一只野兔，像箭似的窜过雪堆。祖父会忍不住叫道：“抓住它，抓住它……快抓住它！嘿，真是短尾巴鬼！”

① 指基督教的习俗：圣诞节前夜小孩们举着用薄纸糊的星星走来走去。

砍倒的云杉被祖父拖到了老爷的家里，大家于是就动手装点它……最忙碌的是万卡所喜爱的奥莉加·伊格纳季耶夫娜小姐。当万卡的母亲佩拉格娅还活着时，她就在老爷的家里做女仆，奥莉加·伊格纳季耶夫娜经常会给万卡糖果吃，闲着没事时也会教他念书、写字、数数，从一数到一百，甚至还教过他跳卡德里尔舞。可是佩拉格娅死了之后，孤儿万卡就被送到仆人的厨房，和他的祖父住在了一起，后来又被从厨房送到了莫斯科的靴匠铺子里……

“你快点来吧，我亲爱的爷爷，”万卡接着写道，“求你看在基督和上帝的面了上，带我离开这儿吧。你就可怜可怜我这个不幸的孤儿吧，这儿人人都打我，还不给我东西吃，我饿得要命啊，还老是哭，都气闷得没法说话了。前几天，老板用鞋楦头把我打得都昏倒在地了，过了好长时间我才醒了过来。我的生活苦透了，连猪狗都不如……替我问候一下阿廖娜、马车夫，还有独眼的叶戈尔卡，千万不要把我的手风琴送给别人。孙伊万·茹科夫草上。亲爱的爷爷，你快点来吧。”

写好的信纸被万卡叠成四折，然后把它放在昨天晚上用一个戈比买来的信封里……他稍微想了一想，就用钢笔蘸着墨水写下了地址：

寄交乡下祖父收。

然后他搔着头皮，想了一想后，又添了几个字：

康斯坦丁·马卡雷奇

写完信，他感到很满意，连皮袄也没顾上披，戴上帽子就只穿着衬衫跑到街上去了……

昨天晚上他已经问过肉铺的伙计了，伙计告诉他说，被丢进邮筒的信件会由醉醺醺的车夫驾着邮车从邮筒里收走，然后再分送到世界各地去。万卡跑到最近的一个邮筒，把这封宝贵的信塞进了邮筒里……

他怀着美好的希望走了回来，过了一个钟头，他就睡熟了……梦中的他看见了一个炉灶，祖父则坐在炉台上，一双光脚耷拉着，他正在给厨娘们念信……泥鳅在炉灶旁边走来走去，不时地摇着尾巴……

挂在脖子上的安娜

婚礼结束之后，连点清淡的凉菜也没有吃，新婚夫妇只是各自喝了一杯酒，便换了衣服，赶快乘坐马车到火车站去了。他们没有安排音乐和舞蹈，也没有举行欢乐的结婚舞会和晚宴——而是去了二百俄里以外的一个地方朝圣。许多人都赞成他们的做法，他们认为莫杰斯特·阿列克谢伊奇已经身居要职，年纪也不小了，热闹的婚礼也许并不适合他。再说了，一个五十二岁的官员娶了一个刚满十八岁的姑娘，这种情况下的音乐就会让人听着枯燥乏味了。

也有人说，莫杰斯特·阿列克谢伊奇是一个循规蹈矩的人，他去修道院朝圣的原因在于：想让年轻的妻子明白自己即使在婚姻的问题上，也是把宗教和道德放在第一位的。

人们都来送别这对新婚夫妇，同事们和亲戚们都举着酒杯站在那儿，等着列车的开动。彼得·列昂契伊奇是新娘的父亲，他身穿教员制服，头戴高筒礼帽，已经喝得烂醉如泥，他的脸色有些苍白，不断地向车厢窗口伸过头去，恳求道：“阿纽塔！阿尼娅！[①]阿

① 均为安娜的小名。

尼娅，你听我说句话！”

阿尼娅从窗口探出头来，他便凑近她的耳朵小声地说了一句什么，一股呛人的酒味向阿尼娅袭来，哈出的气吹入她的耳朵——结果她什么也没有听见——他在她的胸口、脸上和手上画十字。看到女儿将要离去，他浑身发抖，闪闪发亮的泪珠溢满了眼眶。阿尼娅的两个弟弟彼佳和安德留沙在背后拽着他的制服，小声说道：“爸爸，行啦……爸爸，不要这样……”

火车开动之后，阿尼娅看见她父亲跟着车厢跑了起来，踉踉跄跄的，酒杯里的酒洒到了外面，显出一副那么可怜、善良，而又面带愧色的神情。

“乌——拉！”他大声地喊道。

现在，只剩下新婚夫妇两个人了。站在车厢里的莫杰斯特·阿列克谢伊奇环顾了一下四周，把东西放在了行李架上之后便笑容可掬地坐在了年轻妻子的对面。莫杰斯特·阿列克谢伊奇是一个中等身材的官员，留着长长的络腮胡子，并没有留唇髭，相当的胖，大腹便便的，一副饱食终日的样子，还有他那轮廓鲜明的圆下巴，看上去就像脚后跟似的。他动作缓慢，态度温和，举止庄重。

“我现在不禁想起了一件事情来，”他微笑着说，“五年前，科索罗托夫获得了一枚二级圣安娜勋章，当他去感谢上司大人时，上司大人却说了这么一句话：‘现在，您已经有三个安娜了：一个别在您的扣眼上，两个挂在您的脖子上。’我需要说明一下，当时科索罗托夫的妻子就叫安娜，她是一个爱吵吵嚷嚷的轻薄女人。我希望在我获得二级安娜勋章时，上司大人不会对我说这种话。”

他眯起了小眼睛，面带着微笑，她也回之以微笑，可是一想到眼前的这个人随时都会用他那湿乎乎的厚嘴唇吻自己，而自己又无权拒绝他，她便感到一阵的焦虑不安。只要他那肥胖的身体轻微一动，她便吓得不行，觉得又可恶又可怕。

莫杰斯特·阿列克谢伊奇站了起来，不慌不忙地摘下了脖子上的勋章，脱掉了燕尾服，换上了睡衣。“这样会更舒服些。”他说着便坐在了她的身旁。

一回想起婚礼上的情形她就觉得痛苦，她似乎觉得宾客、神甫和教堂里所有的人都向她投来悲伤的目光，好像在疑问：这么一位可爱、漂亮的姑娘，为什么，为什么一定要嫁给这位年纪如此大而又枯燥乏味的先生呢？今天早上时，她还满心欢喜地认为一切都安排得很好了，可是当婚礼过后，当现在坐在车厢里时，她又觉得自己好像做错了什么，好像受了欺骗似的，一切都很荒唐可笑。事情好像也是这样的：嫁给了一个富翁，可自己却仍然没有钱，结婚的礼服是赊账定做的，从今天来送行的父亲和两个弟弟的脸色来看，他们的手头已一文不名了，说不定他们今天晚上就得饿肚子。那明天呢？她好像感到父亲和两个弟弟正在挨饿，正在忍受着一种难以忍受的忧愁，就像埋葬母亲后的第一个晚上一样。

“哦，我是多么不幸啊！”她在心里想道，“我为什么会如此不幸呢？”

莫杰斯特·阿列克谢伊奇是个举止庄重、不善于和女人打交道的人，他动作拙笨地抚摸着她的腰，不住地拍着她的肩膀，可是她却总是在想着钱，想着自己的母亲，还有母亲的死。母亲死后，作为中学习字课和图画课教员的父亲彼得·列昂契伊奇便酗起酒来，家境逐渐陷入了贫困。两个弟弟既穿不上长筒皮靴，也穿不上胶皮套靴，父亲还时常被扭送到民事调解法官那里，以致法警都前来查抄家具了……这是多么丢脸啊！阿尼娅经常要照料喝醉了的父亲，缝补两个弟弟的袜子，到市场上去买东西。许多人夸奖她年轻漂亮和风度优雅，每当这时她似乎觉得全世界的人都在看着她那顶廉价的女帽，还有带有窟窿的皮靴。每天晚上，她都会伤心落泪，无论如何也摆脱不掉这个令人忐忑不安的想法：由于嗜酒成癖，她的父亲很快就会被校方辞退的，忍受不了这种打击，他也会像母亲那样死去的。正在她苦恼时，一些熟识的太太们便开始出面张罗起来，她们想为阿尼娅物色一个好男人。

很快这位莫杰斯特·阿列克谢伊奇就被找到了，虽然他既不年轻，也不漂亮，但是却很有钱。他有十万卢布的存款在银行里，还有一处祖传田庄，而且这个循规蹈矩的人还颇受上司大人的赏识。人们都给阿尼娅出主意说，要想办法让他去请求上司大人写封便函给中学的校长或者督学，以避免彼得·列昂契伊奇被辞掉，这样做是不费吹灰之力的。

她正在想这件事时，突然一阵音乐声从窗口传了进来，同时还有嘈杂的说话声。原来，列车停在了一个小火车站上，有人正起劲儿地在月台后面的人群中拉着手风琴，那是一把廉价的小提琴奏出的吱吱呀呀的声音。从一排高高的杨树和白桦树的后面，从沐浴在月光中的别墅区，传来阵阵悠扬的军乐声，也许别墅里正在举行舞会。一些住在别墅里的人和每逢好天气便出来呼吸新鲜空气的城里人，可能正在月台上溜达散步。这其中也一定有阿尔蒂诺夫，因为他是整个别墅区的业主，也是一个大富翁，他是一个又高又胖的黑发男人，脸型很像亚美尼亚人，眼睛向外突出，喜欢穿一身稀奇古怪的衣服。他还经常穿一件没有系扣子的衬衫，一双带着马刺高筒皮靴，肩上披着一件后襟一直拖到地面的黑斗篷，看上去就像女人穿的拖地长裙。两条猎狗寸步不离地跟在他的身后，不时地用尖鼻子嗅着地面。

阿尼娅的眼里闪着泪光，不过她现在已经不去想钱，不去想母亲，也不去想自己的婚礼了。她伸出手和一些熟识的中学生和军官们握着手，高兴地嬉笑着，快速地说："您好！您过得怎么样？"

走出车厢的阿尼娅站在两个车厢中间的小平台上，月光沐浴着她，以便大家都能看到她所穿的那身华丽好看的新衣服，还有她头上戴着一顶漂亮的女帽。

"我们为什么要停在这里呢？"她问。

"这里要让站，"有人回答她说，"在等一辆邮车。"

阿尼娅发现阿尔蒂诺夫正瞧着自己，阿尔蒂诺夫是远近闻名的风流男子和放浪汉，她便卖弄风情地眯起了眼睛，大声地说起了法语。她的声音是那么悦耳动听，周围的乐声也变得无比悠扬，一轮明月倒映在池塘里，阿尔蒂诺夫贪婪而好奇地盯着她，她突然感到快活起来。火车开动了，那些熟识的军官都举起手来向她行军礼，她也伴随着从树林后传来的军乐声哼唱起波尔卡舞曲来。她回到了自己的包厢里，心里产生了一种将来自己必定会很幸福的感觉。

这对新婚夫妇只在修道院住了两天便回城了，他们居住在一幢官家开办的公寓里。莫杰斯特·阿列克谢伊奇上班以后，阿尼娅便坐在钢琴前，有时因为无聊而伤心抹泪，有时坐在沙发榻上看小说，或者翻看时髦杂志。午饭时，莫杰斯特·阿列克谢伊奇吃得非常多，而且边吃边谈论任命调动，谈论政治，谈论奖品、奖章，还谈到一个人应该努力工作并尽到自己的家庭责任。他还把宗教和道德看得高于世界上的一切。于是他手中握着的餐刀就像一把利剑一样，说道：“每个人都应该尽到自己的责任！”

阿尼娅听到他的话，心里害怕极了，也吃不下东西了，时常都是饿着肚皮离开餐桌的。午饭后，丈夫就会躺下休息，顿时鼾声就会大作，阿尼娅只好出门，前去看望自己的亲人。父亲和两个弟弟打量了她几眼，那神情有些特别，好像他们刚刚还在责备她来着，说她嫁给一个自己并不喜欢的、既无聊乏味又令人讨厌的人只是为了金钱。她那华丽的衣裙、手上戴的名贵镯子，还有她那浑身的官太太派头，都使他们感到屈辱和拘束。她在场时，他们都有点放不开，也不知道跟她说什么好。不过他们却仍然像以前一样爱她，每次吃饭时少了她，他们还觉得有点不大习惯。阿尼娅坐了下来，和他们一块儿喝着白菜汤和粥，吃着用羊肉油煎的带有一股蜡烛味的土豆。彼得·列昂契伊奇用发颤的手给自己斟上一杯酒，贪婪地一口气就喝干了，接着他又斟上第二杯、第三杯……身材瘦小、面色苍白、生着一双大眼睛的彼佳和安德留沙赶紧夺走了他的酒杯，不知所措地说：“不要再喝啦，爸爸……您喝得够多了，爸爸……”

阿尼娅惊慌不安地站了起来，哀求着父亲不要再喝了。可是他却忽然火冒三丈，用拳头敲打着桌子，大声嚷道：“谁也不许来管束我！顽皮的小男孩！讨厌的小女孩！你们统统给我滚出去！”

不过他的声音里仍然流露出几分软弱和善良，所以他并没有吓着谁。午饭后，他通常都要打扮一番，他伸着细长的脖子在镜子前站了足足有半个钟头，一会儿梳梳头发，一会儿捻捻自己的黑胡子，再往身上喷洒一些香水，还把领结打成了一个蝴蝶结，最后戴上了手套和高筒礼帽，走向了家教馆。如果遇到了节日，他便会留在家里，时而画画，时而弹那吱吱呀呀、咕咕隆隆地吼叫着的风琴，尽管他竭力想让它发出和谐悦耳的声音。他边弹边唱，还冲着两个小男孩大发脾气：“浑账！浑蛋！是谁把风琴弄坏了！”

每天晚上，阿尼娅的丈夫都会和住在同一所公寓里的同事们一起打牌，那些官吏的妻子也会一起参加，她们丑陋难看，服饰也不雅观，就像厨娘一样粗鲁，她们传播着种种流言，显得粗俗而无聊。

有时候，阿尼娅也会和莫杰斯特·阿列克谢伊奇一起到戏院里去看戏。幕间休息时，他总是不让妻子离开自己一步，挽着她的胳膊不停地在走廊上和休息室里走来走去。每当他向某个人躬身行礼后便会小声地对阿尼娅说：“这个人可是五品文官……上司大人经常接见他的……”或者说，“此人十分有钱……还有大量的田产……”阿尼娅一向就喜欢吃巧克力和苹果馅小蛋糕，可是她手头上又没有钱，每当他们从小卖部走过时，她想向丈夫讨却又不好意思。这时，莫杰斯特·阿列克谢伊奇拿起了一个梨，用手指捏了捏，犹豫不决地问道：

“一个多少钱啊？”

“二十五戈比。”

“哎呀，怎么这么贵啊！”他说着就把梨放回了原处。没买什么东西就离开了小卖部，他又觉得有点不好意思，于是又回来要了一瓶矿泉水，然后独自就把一瓶矿泉水喝光了，他喝得连眼泪都流出来了，这时候阿尼娅总是在心里恨得咬牙切齿。

有时候他还会突然涨红了脸，快速地对她说：“你快给这位老

妇人鞠躬呀！”

“可是我并不认识她呀。”阿尼娅答道。

“这有什么关系啊，她可是税务局长的太太！你快鞠躬呀，我在跟你说话呢！”他一个劲儿唠叨着说，“鞠一个躬，您的脑袋又不会掉下来。”

阿尼娅鞠了一躬，她的脑袋确实没有掉下来，但她却感到非常痛苦。丈夫让她做什么她就得做什么，做的同时她也很懊恼，因为自己居然像一个大傻瓜似的受他的摆布。阿尼娅之所以嫁给他，只是为了他手里的金钱，可是现在的她，手头上的钱比出嫁之前还要少得可怜。出嫁之前，父亲好歹也会给自己二十戈比，如今的自己却连一个小钱也得不到。偷偷地拿钱或者向他要钱都是万万不能的，因为她害怕自己的丈夫，一看到他阿尼娅就会胆战心惊。她似乎觉得自己的灵魂里早就对这个人存有一种恐惧。

小的时候，阿尼娅总是以为中学校长是最威严可怕的，这种可怕的力量就像天上的乌云，或者就像火车的车头一样，随时都会冲向自己，把自己压死。她也总是害怕家里的人提到的那位上司大人，自己也不知为何总是很怕他。另外，她还经常害怕中学里那些胡子总是刮得干干净净的、相貌严肃的、铁面无情的教员们。最后，她害怕的人就是眼前的这位莫杰斯特·阿列克谢伊奇，他是一个循规蹈矩的人，就连他的面孔也十分像那位中学校长。所有这些可怕的力量汇聚在一起，就活像一头令人生畏的大白熊。每当她受到粗暴的爱抚，被丈夫的拥抱吓得胆战心惊时，她也不敢说一句顶撞的话，只好强作欢颜，装出一副快活满意的样子。

一次，阿尼娅的父亲彼得·列昂契伊奇壮着胆子向莫杰斯特·阿列克谢伊奇借过五十卢布，以便偿还一笔很讨厌的债务，不过这次经历却让他终生难忘！

“好吧，我可以借给您，”莫杰斯特·阿列克谢伊奇考虑了一会儿说，“但是，我要警告您，如果您戒不掉酒的话，以后我将不再会帮助您了。对于一个有公职的人来说，视酒如命是可耻的。我不得不提醒您一个大家都知道的事实，许多有才干的人都毁于这个嗜好，不过如果他们能克制住自己的话，他们肯定会逐步高升，成为上等人物的。”接下来他又发表了长篇大论：“依据……”，“由此可以得出……”，“鉴于上面所说的……”等等，可怜的彼得·列昂契伊奇因此受尽了折磨和屈辱，反而更想喝酒了。

阿尼娅的两个穿着破旧的靴子和裤子的弟弟来姐姐家做客时，他们同样也必须洗耳恭听姐夫的教训。莫杰斯特·阿列克谢伊奇会对他们说：“每个人都必须尽到自己的责任！”。

莫杰斯特·阿列克谢伊奇并没有给阿尼娅的家人钱，而是送给了阿尼娅一些戒指、手镯和胸针，他认为遇到危难时这些东西是会大有用处的。不过他经常打开阿尼娅的五屉柜，检查一下那些东西是否少了什么。

冬天来临了，圣诞节以前的很长一段时间，当地的报纸就刊登出消息：一年一度的圣诞节舞会将于十二月二十九日在贵族俱乐部举行。每晚打完牌之后，莫杰斯特·阿列克谢伊奇都会兴奋不已地跟那些官太太们嘀咕一阵，还一边忧心忡忡地打量着阿尼娅，然后他便从一个角落走到另一个角落，长时间地这样踱来踱去，好像在考虑着什么。

一个深夜里，莫杰斯特·阿列克谢伊奇在阿尼娅的面前停下了脚步，说：“你应该给自己缝制一套舞衣了。你明白吗？不过，请你先跟娜塔利娅·库兹米尼什娜和玛丽娅·格里戈里耶夫娜商量一下。”

他给了阿尼娅一百个卢布。阿尼娅收下钱后，并没有与娜塔利娅·库兹米尼什娜和玛丽娅·格里戈里耶夫娜商量，只是在父亲面前顺便提了一下，她竭力地想象着母亲当年都是穿什么样的舞衣参加舞会的。阿尼娅故世的母亲一向穿得都很时髦，而且喜欢打扮阿尼娅，就像个漂亮的洋娃娃，还教她说法语，教她跳优美的玛祖卡舞[①]（她母亲出嫁前曾做过五年的家庭教师）。阿尼娅也像母亲那样会把旧衣服翻改成新衣服，租赁一些珠宝首饰，他也会像母亲那样眯起眼睛，娇声娇气地说话，摆出各种妩媚动人的姿态，如果需要她还可以高兴得神采飞扬，或者装出一副忧伤可怜、神秘莫测的样子。她继承了父亲的黑眼睛、黑头发、神经质和爱打扮自己的习惯。

参加舞会的前半小时，莫杰斯特·阿列克谢伊奇没有穿好礼服就走进了阿尼娅的房间，他想在妻子的穿衣镜前把勋章挂在自己的脖子上，这时的他却立刻被阿尼娅的美貌和那件鲜艳夺目的薄纱舞衣迷住了，他得意扬扬地梳理着自己的络腮胡子，说道：“我的好宝贝……瞧你把自己打扮得真是漂亮呀！我亲爱的阿尼娅！”

然后，他又突然改用庄重的口气继续说道：“我使你得到了幸福，今天你也要使我得到幸福的。我们去结识一位上司的夫人，看在上帝的份上，你一定要认识她一下！通过她，我就可以弄到一个主任呈报员的职位了！”

① 波兰的一种民间舞。

他们乘车来到门口站着侍卫的贵族俱乐部，进入前厅之后，他们发现那里的衣帽架上已经挂满了皮大衣，侍者穿梭在人们中间，袒胸露背的太太小姐们都装模作样地用扇子遮挡着过堂风。一股煤气灯和军人服装发出来的气味弥漫在空气之中。当阿尼娅被丈夫挽着胳膊登上楼梯时，她从一个大镜子里看到了自己被灯光照亮的整个身影，于是她心中的欢乐情绪被唤醒了，预感到幸福即将会来临的。在以前的那个月色很美的夜晚，在那个小火车站上，她就曾有过这样的预感。她昂起头、满怀信心地走着，她已经感觉不出自己是一个小姑娘了，想着自己已经是一位太太了，她就不由自主地模仿着母亲生前的步态和风度。这也是她第一次感到自己已经是一个富有和自由的女人了。即使丈夫就在自己的身旁，她也感觉不到任何的拘束，因为在她踏进贵族俱乐部门槛的那一瞬间，她就本能地意识到身边这位年迈的丈夫是丝毫不会贬低自己的身价的，恰恰相反，他只会给自己增添一种诱人的神秘色彩，男人们都是喜欢这种神秘的色彩的。

大厅里的乐队已经奏响，舞会已经开始了。从简朴的公寓到置身于五彩缤纷、灯火辉煌的宫殿之中，这让阿尼娅激动不已，她朝大厅里扫了一眼，心里想道："哎呀，这里真是好啊！"即刻她便在人群里辨认出了她所认识的人，那些人有的是在以前的晚会上或游玩时遇到过的人，还有那些军官们、教员们、律师们、官吏们、地主们、达官贵人们、阿尔蒂诺夫和上流社会的女士太太们。那些女士太太们个个都打扮得漂漂亮亮，穿着袒胸露背的衣服，却有的丑陋难看，有的美丽动人，她们已经等在了募捐市场的小木屋里和售货亭里，准备为救济穷人而举行义卖活动。一位身材强壮、佩戴着带穗肩章的军官——上中学时，阿尼娅是在老基辅街上跟他认识的，现在已记不起他的名字了——好像是从地上钻出来似的，邀请她跳舞。于是她就从丈夫的身边翩然而去，阿尼娅觉得自己这时仿佛坐在了一条在暴风雨中随波漂荡小帆船上，而自己的丈夫却被远远地留在了岸上……她跳得全神贯注，热情奔放，波尔卡、卡德里尔、华尔兹，一曲接着一曲，从一个舞伴的手里转到另一个舞伴的手里，阿尼娅已经痴狂地陶醉在了音乐和喧闹之中。她娇滴滴地与别人谈论着，俄语里还夹杂着一些法语，不住地发出大笑声，她既不去想自己的丈夫，也不去想其他的任何人、任何事情。她已经博得了所有男人的欢喜，这是显而易见的。阿尼娅激动得喘不过气来，不停地扇着手里的扇子，还是觉得口干舌燥，想喝点什么。

这时候，阿尼娅的父亲彼得·列昂契伊奇走到了她的跟前，他穿着一身皱皱巴巴、带有汽油味的燕尾服，递给她一小碟粉红色的冰激凌。

“你今天简直太迷人啦，”他异常兴奋地瞧着女儿说，“我还从来没有做过这样后悔的事，我真不该同意你这样匆忙地出阁嫁人……为什么要这样匆忙呢？我明白你这样做是为了我和你的弟弟们，不过……”他的手颤抖着掏出了一沓钞票，说：“这是我今天领到的教家馆的薪水，我可以把欠你丈夫的钱还清了。”

阿尼娅把小碟子塞到了父亲的手里，接着就被人搂着腰带走了。她越过舞伴的肩膀瞥向父亲，而父亲却正在木地板上轻快地滑行着，搂着一位太太到处旋转在大厅里。

“他不喝醉酒的时候，是多么可爱呀！”阿尼娅在心里想道。

玛祖卡的舞曲响起了，她跟那位身材魁梧的军官又跳在了一起。他踏着傲慢而笨重的舞步，看上去就像一具穿着军服的兽尸，时而挺挺胸膛，时而耸耸肩膀，脚跟也是勉强地踏着拍子，露出一副极不乐意跳的样子。阿尼娅却像花蝴蝶一样在他的身旁舞来舞去，用自己的美貌和裸露的脖颈挑逗着他。她的眼睛像燃烧着的火一样，每一个动作都充满了激情，而他却变得越来越冷漠了。

“好，好哇！”人群里有人叫好道。

可是渐渐地，那位身材强壮的军官终于也按捺不住了，他兴奋起来，活跃起来，陶醉于阿尼娅的魅力之中，他的动作也变得轻快而又充满活力了，可是阿尼娅却只是耸了耸肩膀，狡黠地望了他一眼，好像自己就像女王一样，而他只是自己的奴隶。这时的她，似乎觉得全大厅的人都在看着他们，所有的人打心眼里都嫉妒他们。舞曲结束了，那位身材强壮的军官刚刚向她道过谢，人群之中突然让出一条道来，不知男人们为何都挺直了身子，垂下了手……这时，那位身穿燕尾服、佩戴着两枚星章的上司大人朝着她走了过来，是的，自己并没有看错，上司大人正是冲着自己来的，他的两眼直勾勾地紧盯着自己，脸上带着甜蜜的微笑，嚅动着的嘴唇好像在咀嚼着什么——这是看到漂亮的女人时的一贯表情。

“见到您，我很高兴，真的很高兴……”他开口说道。“我要下令关您丈夫的禁闭，因为他竟然把您这样一件宝贝隐瞒到现在。现在我是受我妻子之命前来找您的，”他向阿尼娅伸出一只手来，继续说道，“您应该给我们帮个忙……嗯，对了……我应该发给您一笔美人奖金才对啊……就像美国人做的那样……嗯，是的……美国人……我妻子正在焦急地等待着您呢。”

他把阿尼娅领进了小木屋，在这里她见到了一位上了年纪的太太，她脸的下半截特别大，看上去很不成比例，就像嘴里含着一块大石头似的。

“您一定要来帮帮我们，”她用鼻音拖着长调说，“所有的漂亮女子都应该去募捐市场参加义卖活动，现在只有你一个人在这里只顾玩乐，您为什么不肯帮助我们呢？”

上了年纪的太太说完就走了，然后阿尼娅便坐在了她的位置上，守着几只杯子和一个银制茶炊。不知为什么，这里的生意顿时兴隆起来。来人只要喝一杯茶，阿尼娅就至少要收一卢布，她强逼着那个身材强壮的军官一连喝了三杯茶。

大富翁阿尔蒂诺夫也赶来了，他的眼睛凸出，大口地喘着粗气，不过他的身上并没有穿那套古怪的衣服，而是穿着像大家一样的燕尾服。他目不转睛地盯着阿尼娅，要了一杯香槟酒，然后付了一百卢布，他又喝了一杯茶，接着又付了一百卢布——在喝酒和喝茶的时候，他一直沉默不语，因为当时的他正被哮喘病折磨得痛苦难忍……阿尼娅还强行邀来了一些顾客，照样都收了他们的钱。这时的她已经毫无怀疑，自己的笑容和眼神一定会给这些人带来极大的快乐的。这时的她也才明白，自己生下来就是专门享受这种有着音乐、舞蹈和崇拜者的生活的。很久以来，自己一直被那种猛烈袭来、威胁着自己的力量所恐惧着，现在她认为这种感觉未免有些可笑。现在的她已经不再害怕任何人了，只可惜自己的母亲已经去世了，否则，这会儿母亲是会为自己取得的成功而感到高兴的。

彼得·列昂契伊奇的脸色发白，两条腿几乎快站不住了，他走到小木屋，请求给自己一杯白兰地酒。阿尼娅的脸涨得通红，害怕他会说出什么不得体的话来（现在的阿尼娅已经为有这样一个贫穷而又普通的父亲感到羞愧了），不过，彼得·列昂契伊奇喝完酒后，却从那沓钞票中抽出了十卢布，然后往外一扔，一句话也没有说就神气十足地离开了这里。

过了一会儿，阿尼娅看见父亲正跟一位女舞伴跳轮舞[①]，这时的他已经脚步踉跄了，还在不停地嚷叫着，弄得那位太太非常难堪。这让阿尼娅回想起三年前的一次舞会，当时父亲也是这样脚步踉跄，不停地大喊大嚷——结果派出所的所长强行把他送回家去睡觉了。第二天一早，中学的校长便威胁说要辞退父亲。这样的回忆是多么令人感到不快啊！

小木屋里的茶炊都已经熄灭了，精疲力竭的女慈善家们把自己收到的钱全都交给了那个上了年纪的、嘴里好像含着石块的太太。阿尼娅被阿尔蒂诺夫挽着胳膊送进了餐厅，餐厅里已经为参加募捐市场义卖活动的全体女士们准备好了丰盛的晚宴。出席晚宴的也就有二十多人，但席间却热闹非凡。那位上司大人举杯祝酒："这些廉价食堂是我们今天义卖活动的服务对象，让我们在这豪华的餐厅里，举杯祝这些食堂兴旺发达！"一位陆军准将也提议为那种"连大炮也甘拜下风的力量"干杯，于是大家纷纷站起来和女士们碰杯。

当阿尼娅回到家时，天色已将近黎明，厨娘都已经到市场上去买东西了。阿尼娅带有几分醉意，满心都是欢喜，满脑子都是新印象，同时她也感到疲惫不堪，于是就脱下衣服，一倒到床上就睡着了……

下午一点多，阿尼娅被女仆唤醒了，并禀报说阿尔蒂诺夫先

① 原文为法文。

生来拜访了。阿尼娅急忙穿上衣服，来到客厅。阿尔蒂诺夫走后没多久，那位上司大人也特意为阿尼娅参加了募捐市场上的义卖活动而前来感谢。他瞧着阿尼娅，目光是甜蜜媚人的，他用嚅动着的嘴唇亲吻着阿尼娅的手，请求允许自己以后再来拜访，之后便坐车回去了。

阿尼娅站在客厅里，又迷醉又惊讶，不相信自己的生活会发生如此快、如此惊人的变化。恰好这时，她的丈夫莫杰斯特·阿列克谢伊奇走进了客厅……现在的莫杰斯特·阿列克谢伊奇则是一副阿谀谄媚、奉迎巴结、毕恭毕敬的奴才相，他的这副模样是阿尼娅已经习以为常的了，每逢遇到那些有权势的大人物时，他总是流露出同样的表情。因此，阿尼娅料想这个时候无论自己说什么话，丈夫都不会把自己怎么样的，于是，她就带着兴高采烈的神情，又流露出气愤和轻蔑的神色，清晰地一个字一个字地说道："给我滚开，蠢货！"

从此以后，阿尼娅就没有一刻空闲的工夫了，因为她要参加野餐，参加郊游，还要参加戏剧的演出。她每天都要到后半夜才能回到家，常常躺在客厅的地板上就睡着了，事后她却对别人说自己总是在花丛下睡觉。

阿尼娅感觉自己需要很多的钱，但是，现在她已经不害怕莫杰斯特·阿列克谢伊奇了，她花丈夫的钱就如同花自己的钱一样。她从不伸手向丈夫要钱，也不强求他给自己，而是派人把账单送给他，或者留张便条："交给来人二百卢布"，或者"速付一百卢布"之类的。

复活节时，莫杰斯特·阿列克谢伊奇获得了一枚二级安娜勋章。当他前去表示对上司的感谢时，那位上司大人却把报纸放在一边，坐在圈椅上说：“这么说来，现在您已经有三个安娜了！”他一边说，一边仔细地瞧着自己那双白皙的手和粉红色的指甲，然后又说，“别在扣眼里的是一个，还有两个挂在脖子上。”

莫杰斯特·阿列克谢伊奇谨慎地用两个手指头捂住了嘴巴，免得自己笑出声来，说：“现在只是在等小弗拉基米尔出世了。我斗胆请求大人做他的教父吧。”

莫杰斯特·阿列克谢伊奇指的是那枚四级弗拉基米尔勋章，他在暗自想象着上司将如何到处宣扬自己所说的这句一语双关的俏皮话，这句俏皮话可谓既机智又大胆，说得恰到好处。他本来想再说一些之类的恰到好处的妙语来着，可是这位大人却又埋头看起报纸来……

阿尼娅出门时总是乘坐三套马车，她也经常跟随阿尔蒂诺夫一起出去打猎，参加一些独幕剧的演出，并在豪华的餐厅进晚餐，总之，她越来越少回家去看望自己的父亲和弟弟了。没有女儿的关心，彼得·列昂契伊奇酗酒更厉害了，但他依然没有钱，那台小风琴早已被他卖掉抵债了。两个小男孩根本不敢让他一个人上街，总是紧紧地跟在他的身后，以防他跌倒。他们经常在老基辅街上遇见阿尼娅乘坐着一匹马驾辕、一匹马拉边梢的双套马车兜风，阿尔蒂诺夫则坐在车夫的座位上为她赶车。这时，彼得·列昂契伊奇总是摘下高筒礼帽，想对女儿喊一声，彼佳和安德留沙却拽着父亲的胳膊，苦苦哀求道：“不要这样做，爸爸……还是算了啦，爸爸……”

跳来跳去的女人

一

所有的朋友和熟人都来参加了奥莉加·伊凡诺夫娜的婚礼。“瞧瞧我的丈夫不是挺有意思吗？”她一边朝着丈夫点一点头，一边对朋友们说，好像要说明自己为什么嫁给了这么一个本本分分、普普通通、毫无出众之处的男人似的。

她的丈夫是一名医生，名字叫作奥西普·斯捷潘内奇·戴莫夫，论官品大概只是九品文官而已。他有两份工作：一个是编外主治医师，另一个是解剖师。每天早晨的九点到中午的十二点，他会给门诊病人看病、查房，十分忙碌。午后，他会乘公共马车赶到另一家医院，在那儿进行解剖的工作。有时他也以个人的名义行医，可是这样的生意却很少，一年的收入最多也超不过五百卢布。

关于奥西普·斯捷潘内奇·戴莫夫的事情，仅此而已。然而，奥莉加·伊凡诺夫娜和她的亲戚朋友却不是一般的平常人，他们每一位都会在某一方面很出色，多多少少都会有点名气。有的已经成为了公认的专家名流，即使那些还没有成为名流的，也有着即将成为名流的光辉灿烂的前程。有一位剧院演员，早已被大家认为是伟大天才，他聪明、优雅、为人谦虚，他还是一位出色的朗诵家，他就曾教过奥莉加·伊凡诺夫娜念台词。还有一位歌剧院的歌唱家，他是一个性子温和的胖子，习惯叹着气说奥莉加·伊凡诺夫娜毁了自己，如果她能勤奋一些，能管住自己，那肯定能成为一名出色的歌唱家。其他的还有好几个艺术家，为首的是一个擅长动物画、风景画和风俗画的里亚博夫斯基，他是一个相貌英俊的浅头发的青年，年纪大约二十四、五岁的样子，他的几次画展都开展得比较成功，最近的一幅画就卖了五百卢布。他为奥莉加·伊凡诺夫娜修改素描画稿，并和她一起预想将来可能做出的成就。另外则是一位大提琴手，他的乐器总是能发出呜呜咽咽的声音，就像人在哭泣一样。他在自己所认识的所有女人中间公开承认，只有奥莉加·伊凡诺夫娜一个人能为自己伴奏。还有一位年纪很轻，但已名声在外的作家，他写过不少的短篇小说、中篇小说和剧本。此外还有一位集贵族地主、业余的插图画家和刊头卷尾的小花饰设计者于一身的瓦西里·瓦西里伊奇，他酷爱古老的史诗和民谣，还能在纸上、瓷器上和熏黑的盘子上创造出古老的俄罗斯风格的奇迹。

虽然这伙逍遥自在的艺术家个个彬彬有礼，态度谦和，都是命运的宠儿，但是他们也只有在生病的时候才会想起天下还有医生这种职业。至于戴莫夫这个姓氏，在他们的眼里和西多罗夫、塔拉索夫并没有什么区别。在这伙人中间，戴莫夫显得更为陌生、更不为人们所需要、显得更为矮小，其实他的身材本来是很高大的，肩膀也很宽。可是他让人看上去总觉得他穿的好像是别人的礼服，还留着店伙计一样的胡子。不过，如果他是一个作家或艺术家，别人就会说他的胡子叫人联想起左拉[①]来的。

那位演员说奥莉加·伊凡诺夫娜穿上这身漂亮的婚纱，再配上这种亚麻色的头发，就像一棵春天里开满素雅白花、仪态万方的樱桃树。

“不，不是这样的，还是让我来告诉您，”奥莉加·伊凡诺夫娜挽住他的胳膊对他说，“这事情到底是怎么突然发生的？您听着，听着啊……我一定得告诉您：戴莫夫同我爸爸在同一家医院里做事。有一次，我爸爸得了病，戴莫夫就在他的病床前一连守了几天几夜，这是多么了不起的自我牺牲精神啊！你们都听我说，里亚博夫斯基……还有您，我的作家，你们走近一点听吧，这是很有意思的事，他这是多么真诚的关心！多么了不起的自我牺牲！我也连着几夜没有合眼，守在爸爸的身边，真是了不得啊，突然间公主赢得了英雄的心！戴莫夫神魂颠倒地掉进了我的情网。真的，有时候命运就是这么奇怪！爸爸病逝后，戴莫夫经常来看我，有时两人也会在街上相遇。一个月明的、晴朗的晚上，他就冷不丁地向我求婚了……简直就像雪山压顶一样……我一直都没有睡着，而是一直在哭，我自己也昏头昏脑地掉进了情网。

你们瞧，现在的我成了他的妻子。他是不是显得强壮有力，像一头熊一样呢？此刻，他只有四分之三的脸对着我们，光线有些不好。不过等他转过身来时，你们就要可以瞧见他的脑门了。里亚博夫斯基，您得说说他的脑门怎么样？戴莫夫，我们正在谈论您呢！”她招呼着自己的丈夫，“你过来，把你的手伸给里亚博夫斯

① 左拉（1840—1902），法国著名作家。

基……这就好了，你们可以交个朋友啦。”

戴莫夫诚实地、温和地微笑着，把自己的手伸给了里亚博夫斯基说：“真是幸会。当年我在医学校里有个同班同学也姓里亚博夫斯基，您和他是亲戚吗？”

二

戴莫夫三十一岁，奥莉加·伊凡诺夫娜二十二岁，结婚后二人的日子过得很好。奥莉加·伊凡诺夫娜在客厅四周的墙上都挂满了自己的和别人的素描画，有的没有画框，有的镶进画框。她还在钢琴和家具之间用的带有中国小花伞、画架、五颜六色的小布条以及半身雕像和照片布置了一个漂亮而热闹的墙角……她用粗拙的民间木版画裱糊了餐室里墙壁，挂上了树皮鞋和小镰刀，屋角放着一把长柄大镰刀和搂草的耙子，于是，这里就成了一个带有俄罗斯风格的餐室。她还用黑绒布蒙上卧室的天花板和四面墙壁，把这个房间弄成山间岩穴的样子，还在两张床的上方挂上了一盏威尼斯灯笼，把一个手执斧戟[①]的泥塑立在了门旁。每个人都认为，这对年轻夫妇的小巢十分可爱。

奥莉加·伊凡诺夫娜每天早上都要到十一点才起床，之后她就会弹弹钢琴，如果天气晴朗，她就去画油画。十二点多钟，她会坐上车子来到服装店。可是她和戴莫夫却只有一些足够日常开支的钱，因此为了经常有新衣服可穿，并且让它们引人注目，她和她的女裁缝经常要挖空心思地去设计服装的样式。她们时常把一些旧衣

① 一种古代兵器。

服染上新的颜色，或者加上一些不值钱的花边、长毛绒、零头绣花纱和丝绸，这样做不必破费什么就能够创造出十足的奇迹来，做出来的衣服也可以让人目瞪口呆的，那简直不能叫作衣服，而是梦幻。

从女裁缝的家里出来之后，奥莉加·伊凡诺夫娜就乘车前去拜访了一位她很熟悉的女演员，她的目的有二：一是打听一些剧院内幕的新闻，二是顺便弄几张新剧首场演出或纪念性义演的门票。

从女演员家出来，她还要坐车去某位画家的画室，或者前去参观某个画展，然后再去拜访一下某位名流，并邀请他来家里做客或者拜望，或者只是同他聊聊天而已。每到一处，她都会受到友好的欢迎，大家都争着夸奖她的漂亮、可爱。即使连女人，也就是那些被她称之为名流和伟人的人，也都把她当作自家的人看待，当作他们的同行。这些人会异口同声地向她预言：凭着她的兴趣和聪明才智，还有她多方面的天赋，只要她再专心些，将来她一定会大有成就的。

奥莉加·伊凡诺夫娜唱歌，雕塑，画油画，弹钢琴，参加业余演出，所有的这些她都不是随便地凑凑数就算了，而是表现出很大的才能。不管是梳妆打扮，还是扎个彩灯，哪怕只是给别人系条领带，她都做得特别有艺术趣味、特别优美、特别可爱。不过，她在结识名流面的才能表现得更为明显，很快她就可以跟他们混熟。只要某个人刚刚小有名气，刚刚引起人们的议论，她就马上前去拜访他，当天就能和他交上朋友，并请他到自己的家里来做客。每当她结交了一个新的名人，她都会欢天喜地，她崇拜名人，并为他们而骄傲，甚至天天都想梦见他们。她如饥似渴地寻求着，然而她的这种渴望却永远也得不到满足。新的名人来了，旧的名人就会被人遗忘，不过，就是对这些新的名人，不久她也就腻了，或者是失望了，又准备着寻找新的名人，新的伟人，找到他们以后，又腻了，然后再找，如此往复，这到底是为了什么呢？

下午四点多钟，她和丈夫共进美餐，丈夫的朴实、理智和善良都让她感动得忘乎所以。她会时不时地跳起来，使劲儿地抱住丈夫的头，不停地吻着他说："戴莫夫，你真是一个既聪明而又宽宏大量的人。可惜你却对艺术没有一丁点儿的兴趣，你还否认音乐和绘画，这真是你的一个严重的缺点。"

"这是因为我不了解它们啊，"他温和地说，"我一辈子都在搞自然科学和医学，因此我根本没有时间对其他的艺术产生兴趣。"

"可是您知道这是很可怕的吗？戴莫夫！"

"为什么会可怕呢？你的那些朋友不是也对自然科学和医学一窍不通吗？你也并没有因此而责备他们呀！每个人都有自己喜欢的事业。我不懂风景画和歌剧，但我对这些东西也是有看法的：既然有一批聪明的人为它们献出了毕生的精力，而另一些聪明的人也乐意为它们花费大笔的钱，这就说明它们是有价值的。"

"好吧，来，让我握一握你那诚实的手！"

饭后，奥莉加·伊凡诺夫娜又会坐上车出去看她的朋友，然后去剧院看戏，或者去听音乐会。午夜之后，她才会回家，天天如此。

每个周的星期三，她的家总是要举行晚会的。在这些晚会上，女主人和客人们并不玩牌，也不跳舞，而是举行各种艺术活动：歌剧演员唱歌，话剧演员念台词，画家们在纪念册上进行速写（奥莉加·伊凡诺夫娜有很多这样的纪念册），大提琴手拉提琴，而女主人自己做什么呢？她则唱歌、伴奏、朗诵、演奏、绘画、雕塑，她什么都参加。休息的时间，他们还会大谈文学、戏剧和绘画，而且往往进行激烈的争辩。晚会上是没有女宾的，因为除了女演员和她的女裁缝，奥莉加·伊凡诺夫娜认为其余所有的女人都令人讨厌、让人感到庸俗。因此每次的晚会都免不了这种场面：门铃声响起，女主人便会猛地一惊，即刻脸上就会露出得意的神色说："这是他！"她所说的这个"他"当然是指一位应邀来访的新的名人。

戴莫夫是从来不在客厅里的，而且也没有人想起他的存在。十一点半时，通向餐室的大门便打开了，戴莫夫就会露出善良温和的微笑出现在门口，他会搓着手说："请吧，各位先生，进来吃晚饭吧。"大家来到餐室都会看到餐桌上摆着同样的东西：奶酪，鱼子酱，蘑菇，一块火腿或者小牛肉，一盘牡蛎，沙丁鱼罐头和一瓶伏特加、两瓶葡萄酒。

"我亲爱的管家[①]，"奥莉加·伊凡诺夫娜热诚地轻轻合起掌来说，"你真是迷人啊！朋友们，请你们瞧瞧他的脑门！戴莫夫，你快点侧过脸来。先生们，你们瞧他的脸活像一头孟加拉老虎，他那又善良又可爱的表情却像鹿一样。哇，我的宝贝儿！"

客人们边吃边瞧着戴莫夫，大家心里都在想："是的，他确实是一个挺不错的人。"可是不久他们就忘记了戴莫夫，只顾谈自己的戏剧、音乐和绘画。

这对年轻的夫妇十分幸福，他们的生活没有丝毫的障碍，就像

① 原文为法文。

水流一样。不过在蜜月的第三个星期，他们却过得不是很美满，甚至还有点凄凉。原来是戴莫夫在医院里得了丹毒，在床上一躺就是六天，还不得不把那头漂亮的黑发全部剪掉。奥莉加·伊凡诺夫娜陪在他的身旁，哀伤地哭泣着。没等他的病情好转，她就用一块白头巾包上了他剃光的头，把他当成贝陀因人①画。

病好后戴莫夫就回医院上班了，可是谁也没有想到三天后他又出了岔子。“我真是倒霉，亲爱的！”吃午饭时他对妻子说，“我今天做了四次解剖，直到回家时我才发现自己的两个手指头被划破了。”听到这里，奥莉加·伊凡诺夫娜吓坏了。他却笑着对妻子说，这只不过是小事一桩，做解剖的时候经常会划破手的。“亲爱的，我一专心，对自己就变得大意了。”

奥莉加·伊凡诺夫娜担心丈夫会得败血症，所以每天晚上都为他做祷告，让人庆幸的是结果什么事情也没有发生。于是生活又变得和平而幸福了，他们无忧无虑。

眼前的生活总是美好的，而且春天紧跟着就来了，它已经在远处偷偷地微笑，许下了无数的欢乐。他们的幸福也是毫无尽头的！四月、五月和六月，他们可以住到远离尘嚣的别墅里，在那里写生、钓鱼、散步，或者听夜莺们唱歌。接下来的七月、八月和九月，画家们将会去伏尔加河旅行，在这个团体②的活动中，她是必不可少的，她肯定会参加这项活动的。她已经缝制了两套细麻布旅行装，买了路上会用到的画笔、画布、颜料和调色板。

里亚博夫斯基几乎天天都来她家，看看她的绘画是否有无进

① 以游牧为生的阿拉伯人。

② 原文为法文。

步。每当她把画拿给他看时，他就会把手深深地插在衣袋里，然后咬着嘴唇、哼着鼻子说：“噢，是这样的……您的这片云在叫唤吗？它的光线是不对的，不像黄昏时的云。有些地方的前景像被嚼碎了，您明白吗？我老是觉得不大对劲儿……您的那座小木屋画得上重下轻，好像在吱吱哇哇地叫苦……这个墙角也应该再暗一些。不过，总的来说画得还算不错……我挺喜欢它的。”

他说得越是难以理解，奥莉加·伊凡诺夫娜却越容易听懂。

三

圣灵降临节[①]的第二天的午饭后，戴莫夫买了点儿糖果和酒菜就动身前去别墅看望妻子。已经有两周他没有看见妻子了，十分惦念她。他是坐火车回去的，在一大片树林里寻找着自家的那幢别墅，他每时每刻都觉得又饿又累，一心盼望着能早点和妻子共进晚餐，然后再能美美地睡上一觉。他喜不自禁地看着那包装有鱼子酱、奶酪和鲑鱼的东西。

太阳下山的时候，他才终于找到了自家的别墅。而当他回到家时，一个年老的女仆却告诉他：太太不在家，不过她很快就会回来的。这别墅的天花板很低，上面贴着写过字的纸，地板也不平整，尽是裂缝，一副难看的样子。这个别墅总共就有三个房间：第一个房间里摆着一张床，另一个房间里的椅子和窗台上到处扔着画布、画笔、脏纸，还有男人们的大衣和帽子，第三个房间里坐着三个男人，戴莫夫并不认识他们，其中的两个留着大胡子、黑色的头发，

① 东正教节日，在复活节（俄历三月二十二日）后第五十天。

长得很胖，脸上却刮得干干净净的，看上去好像是演员，炉子上烧着的茶炊吱吱作响。

“您有什么事吗？”演员不客气地打量着戴莫夫并用男低音问道，“您要见奥莉加·伊凡诺夫娜吗？你等一等吧，她马上就会回来的。”

戴莫夫坐了下来，一个黑发男子无精打采地、睡眼惺忪地瞧了他几眼，然后给自己倒了一杯茶，问道：“您是否也来一杯？”

虽然戴莫夫又饿又渴，但他并不想败坏自己的胃口，所以就拒绝了。不久，一阵脚步声和熟悉的笑声传来，门发出砰的一声响，戴一顶宽边草帽，手里提着画箱的奥莉加·伊凡诺夫娜跑进了房间，紧随其后的是满脸红光、兴高采烈的里亚博夫斯基，他正拿着一把大伞和一张折叠椅。

“戴莫夫！”奥莉加·伊凡诺夫娜高兴得涨红了脸，大声喊道，“戴莫夫！”她又叫一声，然后一下扑进了丈夫的怀里，“真的是你吗！你为什么这么久才来啊？为什么？这是为什么？”

“我哪里有空啊，亲爱的！我一直很忙，等我有时间了，可是火车的班次又常常不适合。”

“我每天夜里都梦见你，我真担心你生病了！不过，现在看到你我是多么高兴啊！哎呀，你知道你有多么可爱吗？你来得正是时候！你真是我的救星！只有你才能帮助我！明天这儿要举行一个特别重要的婚礼，”她一边笑嘻嘻地为丈夫系好领带，一边继续说，“明天火车站上的电报员奇克里杰耶夫就要结婚了，他可是一个很英俊的小伙子，人也特别聪明，你知道吗，他的脸上常常带着一股倔强的、像熊一样的神气……我可以把他当成模特，然后画一幅年轻的瓦兰人[1]。住在别墅里消夏的全体游客都对他很感兴趣，也都答应了他一定会参加他的婚礼……但是，他这个人是没有钱的，而且孤单单、胆小怕事，所以呢，我认为如果不去同情他那就是罪过的。你可以想想看吧，做完弥撒就要举行结婚仪式，然后大伙儿就会从教堂里一直走到新娘的家……你知道吗，在苍翠的小树林里，小鸟在叽叽喳喳地叫着，阳光斑驳地落在草地上，在这片色彩鲜明的背景衬托下，我们将会成为五颜六色的斑点——这幅画是多么别致，多么有法国印象派的韵味啊。可是，戴莫夫，您让我穿什么样的衣服进教堂呀？”奥莉加·伊凡诺夫娜说着说着眼泪就要掉下来了，“我这儿什么都没有，简直是什么都没有！没有花，没有手套，没有衣服……你一定要帮帮我。一定是命运注定让你来的，我亲爱的丈夫，你拿着这串钥匙回家去吧，从衣柜里把我那件粉红色的连衣裙拿来。你是知道的，它就挂在衣柜的最前面……然后你去储藏室，在它右边的地板上你会看到两个硬纸盒，你打开上面的盖子就会看到里面尽是花边，还有各种各样的零碎布料，这些东西的下面就是花。你在拿花的时候，一定要千万小心，可不能把它弄皱了。亲爱的，你就把那些花统统都拿来，我要在里面挑出一朵……另外，你再帮我买一副手套。”

“好的，”戴莫夫说，“我明天就去，然后派人送来。”

“明天怎么行啊？”奥莉加·伊凡诺夫娜急切地说，“明天就已经来不及了。明天的头班火车早上九点钟才开，可是婚礼十一点钟就要举行了。不，亲爱的，你要今天去取才可以，而且你今天务必要回去！如果你明天没有时间来，那就找个人送来好了。你得赶

① 古俄罗斯对北欧诺尔曼人的称呼。

紧啊……待会儿就会有趟客车经过这里。一定不要误了火车，亲爱的。”

“好吧。”

“唉，我可是真不舍得放你走哟，”奥莉加·伊凡诺夫娜说着泪水就涌上眼眶，“唉，我真傻啊，何苦要答应那个电报员呢？”

戴莫夫匆忙喝了一杯了茶，带上了一个面包圈，就温和地微笑着朝车站走去。那些奶酪、鲑鱼和鱼子酱却都让那两个黑发男子和胖演员享用了。

四

六月里一个风平浪静的夜晚，奥莉加·伊凡诺夫娜正站在一条行使在伏尔加河上的游轮甲板上，她时而望着水面，时而望着美丽的河岸，她感觉这一要就像图画一样。里亚博夫斯基站在她的身旁对她说，水上黑魆魆的阴影不是什么阴影，而是梦，又说，这仙境般的河水这无边无际的天空，还有这伤感沉思的河岸，都在诉说着人们生活的空虚，诉说着冥冥中存在的一种崇高而又永恒的幸福。如果人们能够忘掉自己，即使死在这样迷人的月夜里，也是多么动人的事情啊！过去的岁月庸俗不堪，未来的日子也平平淡淡，这个美妙的夜晚一生中可能只有这一次，但它也很快就要消逝，化作永恒了——那么，我们何必再活下去呢？

奥莉加·伊凡诺夫娜时而聆听夜的宁静，时而听着里亚博夫斯基的呓语，心里却想着自己是永生的，是永远也不会死去的。这绿宝石般的碧水——她还从未见过这种颜色——这蔚蓝的天空，还有美丽的河岸，所有的一切都充溢着她的心田，让她不由自主地喜悦，好像这一切都在告诉她：有朝一日自己将会成为一位伟大的艺术家的。在月光照不着的遥远的地方等待她的将是成功、荣誉和人民的爱戴……她久久地凝望着远方，似乎看到了辉煌的灯火、蜂拥的人群，似乎听到了庆典上昂扬的乐曲声和热烈的喝彩声，还有自己穿着一袭白色的长裙，鲜花从四面八方飞来。她还想到能跟自己并排站着、伏在船侧栏杆上的这个男人，一定是一个真正伟大的天才，是上帝的宠儿……迄今为止，他所创作的全部作品都是这么的新颖、这么的出色、这么的不同凡响。一旦他的绝世才华完全成熟，他的创作将会无与伦比，惊天动地似的令世人倾倒。只凭他的脸，他说话时的那种神态，他对大自然的态度就可以看出这一点来。而对于阴影和黄昏的情调，对于月光，他都有着与众不同的看法，都有自己独特的语言表达方式，这一切都使人不由得感受到他那种驾驭大自然的力量是多么慑人心魂啊。他的面貌十分英俊，也有自己独特的才能。他的生活自由自在，无牵无挂，甚至可以说是超凡脱俗，过着小鸟一样的生活。

“天凉了。”奥莉加·伊凡诺夫娜不由得打了个冷战。

里亚博夫斯基把自己的大衣给她披在身上，悲伤地说：“我觉得我已经成了您的奴隶，已经让您紧紧地抓在了手心里，为什么今天的您如此迷人呢？”

他目不转睛地瞧着她，眼神有些可怕，以致她都不敢抬眼看他了。他凑近了她的耳朵，呼出的气哈到她的脸颊上，说：“我疯狂地爱着您……只要您对我说一个‘不’字，我就无法再活下去了，为了您我都可以抛弃艺术……”他激动万分地喃喃说，“您就爱我吧，爱我吧……”

“不要说这样的话，”奥莉加·伊凡诺夫娜闭上了眼睛说，“这真是太可怕了。再说这让戴莫夫怎么办呢？”

“什么戴莫夫啊？您为什么要提戴莫夫？我和戴莫夫又有什么关系呢？这儿有月亮，有美景，有伏尔加，有我的爱情、我的痴迷，就够了，这儿压根就不会有什么戴莫夫！……唉，我我不管过去……只求您给我片刻的……哪怕是一瞬间的欢乐也好啊！”

奥莉加·伊凡诺夫娜的心跳动地更加剧烈了，她极力地去想一想丈夫，可是她又觉得婚姻、戴莫夫和家庭晚会都微不足道了，没有意义，也毫无必要的，这一切平淡乏味的生活都离自己已经很远很远了……真的，戴莫夫算得了什么？为什么要提戴莫夫呢，自己又跟戴莫夫有什么相干呢？

“其实，对戴莫夫这样一个普通而又平凡的人来说，他得到的幸福已经够多的了。”她双手掩面想道，“让别人去谴责，去诅咒去吧，我情愿走向灭亡，也要这样去做，我偏要这样去做，即使走向灭亡……生活中的一切都应当有所体验才好。我的天哪，这是多么可怕的想法啊，可是它又多么美妙啊！”

“怎么样？怎么样啊？”画家搂着她喃喃地说。

他正贪婪地吻着她的手，而她则有气无力地想推开他，结果并没有推开，而是说道：“你真的爱我吗？是真的吗？是真的吗？啊，多静的夜啊！美妙的夜啊！”

“是的，多静的夜啊！”她瞧着他那双因含着泪水而发亮的眼睛轻轻地说。

然后她很快地转过身来，伸出胳膊搂住了他，热烈地吻他的嘴

唇。

“船快到基涅什玛了！”甲板的另一侧有人喊道。

他们听到了一阵沉重的脚步声，那是饮食部的堂伯从旁边经过时留下的。

“听着，”奥莉加·伊凡诺夫娜高兴得又哭又笑，她说，“给我们拿点儿葡萄酒来吧。”

画家激动得脸色有些苍白，他用爱慕的、感激的眼神呆呆地望着奥莉加·伊凡诺夫娜。然后他闭上了眼睛，懒洋洋地微笑着说：“我累了。”他把头倚在栏杆上就睡着了。

五

九月二日的天气温暖也没有风，只是天色有些阴沉。一大早，伏尔加河上就升起了一层薄雾，九点钟以后又开始下起雨来，看来转晴的希望是不大的。喝早茶的时候，里亚博夫斯基告诉奥莉加·伊凡诺夫娜绘画是一门最难见成效、也最枯燥无味的艺术，并说自己算不上什么画家，除了傻瓜以外没有人认为他有什么才能。说着说着，他突然无缘无故地抓起一把刀子，划破了自己的一幅最好的素描。

喝完茶后，里亚博夫斯基满腔愁容地坐在窗前，默默地看着伏尔加河。现在的伏尔加河已经黯淡无光了，通体只是一种颜色，看上去冷冰冰的，一点亮光都没有折射出来。自然界中的所有事物都让人感到阴雨绵绵、令人乏味的秋天即将来临了。好像伏尔加河河上一串串宝石般的反光，两岸的一块块美丽的绿毯，远处透明的蓝天以及大自然那别致而华丽的服饰，此刻都被造物主统统收了起来似的。群鸦飞在伏尔加河的上空，嘲骂地叫道："光啦！光啦！"。

听着群鸦的聒噪，里亚博夫斯基默默地想道自己的才华已经枯竭；想到自己不该让这个女人束缚住自己；还想到……总之，他情绪混乱极了，苦闷极了。

奥莉加·伊凡诺夫娜正坐在隔板后面的床上，她用手指梳理着那头美丽的亚麻色头发，时而幻想着自己在卧室里，时而又幻想着自己在客厅里，时而还幻想着自己又在丈夫的书房里。她的想象又把自己带到了女裁缝那里，带到了剧院里，带到了那些有名气的朋友家里。也不知他们这些时候都在做些什么？也不知道他们是否还会想起自己？

演出的季节已经来临了，又到了该筹划晚会的时候了。戴莫夫这时在哪里呢？啊，可爱的戴莫夫！在每封信里他都那么的温存，像个孩子似的苦苦央求她快些回家！而且每月他都给她寄来七十五卢布。有一次她写信告诉戴莫夫，自己欠下了画家们一百卢布，很快他就真的把这笔钱汇来了。多么善良、多么慷慨的人啊！奥莉加·伊凡诺夫娜已经厌倦了旅行，她觉得无聊极了，恨不得马上就离开这些农民，躲开伏尔加河上的潮气，甩掉那种浑身不自在的感觉。如果不是里亚博夫斯基已经向那些艺术家们保证一直要在此地盘桓到九月二十日，她希望今天就可以离开这里。如果真能离开这儿，那该是多好啊！

"天哪！"里亚博夫斯基唉声叹气地埋怨道，"太阳到底要什么时候才能出来呢？没有太阳，我的那幅阳光普照的风景画怎么能够画得出来呢！”奥莉加·伊凡诺夫娜从隔间走出来，说道：“可是还有一幅画稿你画的却是阴云的天空呀，难道你不记得了吗？它前景的左侧是一群母牛和鹅，右侧是一片树林，你不妨趁现在把它画完啊。”

“哼！”画家紧绷着脸，“难道您以为我这人就那么笨，竟然连自己该做什么都不知道吗？”

“你对我的态度转变得太大了呀！”奥莉加·伊凡诺夫娜叹了一口气。

“哼，我觉得好得很呢。”

奥莉加·伊凡诺夫娜的脸上一阵抽搐，接着她就走到炉子的旁边呜咽起来。

“对，现在你就只剩下哭了——这是最后的办法。还是算了吧！我也有成千上万种理由掉眼泪，可是我是不会哭的。”

“你有成千上万种理由！”奥莉加·伊凡诺夫娜呜咽着大叫道，“最根本的理由就是您已经讨厌我了。一定是这样的！”她说完就放声大哭起来。

“你就说实话吧，我早就知道您已经为我们的爱情而感到害臊了。您总是千方百计地设法不让那几个画家发现我们的恋爱，其实这是根本就瞒不住的，很早以前他们就知道了。”

“我只求您一件事，奥莉加，”画家一手按着胸口，一边用恳求的声调说，“好吗？我只求你一件事：别惹我！除此之外，我不再对你有任何要求！”

“但是，但是您要发誓，说您仍旧爱着我！”

“真是要命啊！”画家咬着牙一字一顿地说，接着他就跳了起来大叫道，“如果你是这样的，那我只好去跳伏尔加河了，要不然我就会疯掉的！你快躲开我吧！”

“既然你这么说，那好啊，您还是打死我吧，打死我吧！”奥莉加·伊凡诺夫娜大嚷起来，“你打呀！”

奥莉加哭着跑回了隔间。雨哗哗地落在了农舍的干草顶上，里亚博夫斯基则抱着头大步地在小屋里走来走去，忽然他的脸上露出了果断的神色，仿佛要向谁证明什么事似的，戴上帽子，背上猎枪，就走出了小屋。

在里亚博夫斯基走了以后，奥莉加·伊凡诺夫娜躺在床上哭了很长时间。起初她一心想服毒自尽，等里亚博夫斯基回来时就会发现自己已经死了。后来又想回到自己家的客厅，回到丈夫的书房里。她想象着自己可以毫无忧虑地坐在戴莫夫的身旁，享受着宁静与平和的生活，到了晚间，自己则可以坐在剧院里听马西尼[①]的演唱。奥莉加渴望着文明，渴望着城市的繁华，渴望着可以见到那些名人，这些想法让她心痛不已。

一个农妇走了进来，懒懒散散地生着了炉子，并在炉子上做饭。满屋子烟熏火燎的，到处都是焦煳味。画家们穿着泥泞的高筒靴回来了，他们的脸上隐约还挂着雨水。他们在分析着自己的素描，并自我安慰地说：“不管伏尔加河上遇到怎么恶劣的天气，也不会减少它丝毫的魅力。”那只不值钱的挂钟在墙上滴滴答答地走着……冻僵的苍蝇聚集在放圣像的屋角里嗡嗡地叫着，还有那些藏在长凳底下厚纸板中间的蟑螂也在爬来爬去……

太阳下山的时候，里亚博夫斯基回到了农舍，他的脸色有些苍

① 马西尼（1844—1926），意大利男高音歌唱家。

白，也没有脱下那双脏靴子，就筋疲力尽地坐在了长凳上，把帽子丢在桌子上之后立即就闭上了眼睛。

“我太累了……”他紧皱着眉头，竭力想抬起眼皮。

奥莉加·伊凡诺夫娜为了表明自己没有怄气，为了表示对他亲热，她坐在他的面前，默默地吻了他一下，然后把小木梳插进了他浅色的头发里，想给他梳一梳头发。

“你这是干什么呀？”他大声地训斥道，好像是一个冰凉的东西碰到了他的身体似的。

然后他睁开了眼睛，说：“你这是干什么呀？您能不能让我安静一会儿，我求您了！”

他推开了奥莉加就独自走掉了，奥莉加觉得他的脸上显出一种憎恶和厌恼的神情。正在这时，农妇小心翼翼地捧着一碗菜汤送来了，看到她那两个胖胖的大拇指浸在汤里，奥莉加·伊凡诺夫娜就感到一阵的恶心。那肮脏的农妇探着身子站在那儿，而里亚博夫斯基却津津有味地喝着菜汤，此刻的这个小屋，还有这里的整个生活，顿时让她觉得害怕起来。虽说刚来的时候她还是比较喜欢这种生活的简朴和颇有艺术趣味的杂乱的，可是，现在的她突然感到自己好像受了很大的侮辱，于是就冷冷地说：“看来，我们最好还是分开一段时间吧，否则我们真会由于生活的无聊而吵翻的，我真是讨厌这种情形。今天我就要走了。”

“你怎么走啊？难道是骑着扫帚柄吗？”

“今天是星期四了，九点半钟会有一班轮船经过这里的。”

“是吗？对，是这样的……好吧，那你就走吧……”里亚博夫斯基温和地说着，接着用毛巾代替餐巾擦了擦嘴，“这里的生活烦闷得很，再加上无事可做，如果谁要是有心留你，他必定是一个十足自私的家伙。你还是回家去吧，二十号以后我们就又会见面了。”

奥莉加·伊凡诺夫娜兴高采烈地收拾着东西，红红的脸上流露出快活的神情。她暗自问自己：“难道这是真的吗？难道很快就可以在卧室里睡觉、在客厅里画画，在铺着桌布的餐桌上吃饭了？”她终于卸掉了心理上的沉重包袱，也不再生画家的气了。

“里亚布沙[1]，我会把颜料和画笔统统留给你用的，”她说，“记住，凡是我留下来的东西，将来你都要给我带回去的……还有，我走了以后你一定不要犯懒，也不要心事重重、一副不开心的样子，你是要工作的。其实，你是一个挺好的人，里亚布沙。”

九点多钟，临别时里亚博夫斯基给了她一个吻，她立即明白了，他之所以这样做就是为了避免当着画家们的面在轮船上吻自己。之后，他把她送到码头，轮船一会儿就来了，把她带走了。

两天半之后，奥莉加回到了家里，她没有脱掉帽子和雨衣，就兴奋地喘着粗气跑进了客厅，然后又跑进了餐室。穿着敞开的坎肩的戴莫夫正坐在餐桌的旁边在叉子上磨着刀子。戴莫夫面前的盘子里摆着一只松鸡。

奥莉加·伊凡诺夫娜踏进住宅的一刹那，她就决定所有的一切都要瞒住自己的丈夫，对此奥莉加是有足够的能力和本事的。可是现在，她却看到开朗、温和、带着幸福微笑的戴莫夫，还有他那双双亮晶晶的眼睛，这时她立即感到欺骗这个善良的人是多么的卑鄙丑恶，同时自己也是做不到的，因为如此去做就诚如要她去诽谤、

① 里亚博夫斯基的昵称。

偷东西，或者杀人一样。刹那间，她决定告诉丈夫所有发生的事情。她让他吻着自己，拥抱自己，随后她跪在了他的面前，双手蒙住了自己的脸。

“你这是怎么啦？怎么啦，亲爱的。”他温存地问道，“你是想家了吗？”

奥莉加抬起羞得通红的脸，带着惭愧的、恳求的目光注视着他，但是恐惧和羞耻又阻止着她，阻止她说出事情的真相来。

“没什么，”她吞吞吐吐地说，“没什么……”

“我们还是坐下来吧，”说着戴莫夫就把她搀了起来，扶着她坐到了餐桌的旁边，“没事的……吃点松鸡吧。我可怜的小乖乖，你肯定饿坏了。”

奥莉加贪婪地呼吸着家里温馨的空气，吃着可口的松鸡；而戴莫夫呢，他则温存地瞧着妻子，开怀地笑着。

六

冬季快过去一半的时候，戴莫夫才感觉自己好像受骗了，但他却好像自己做了亏心事似的，不敢正视他妻子的眼睛，脸上再也没有了愉快的笑容。为了避免单独跟奥莉加在一起，他常常带同事科罗斯捷列夫回家吃午饭。科罗斯捷列夫是一个留着短发、身材矮小的人，而且满脸的皱纹，为人也很腼腆。每当奥莉加·伊凡诺夫娜与他谈话的时候，他总是窘得把自己坎肩上的纽扣一会儿扣上，一会儿解开，或者用右手去捻左侧的唇髭。吃饭的时候，他们两位谈的都是医学方面的问题，如横膈膜一旦升高有会引起心脏病等等。

有一次，戴莫夫谈到自己昨天解剖了一具尸体，诊断书上写的是“恶性贫血”，而自己却在他的胰腺上发现了癌变。两人谈得非常起劲儿，好像只是为了给奥莉加·伊凡诺夫娜一个沉默机会，也就是让她可以不必撒谎的机会。

饭后，科罗斯捷列夫坐到了钢琴旁，戴莫夫叹了一口气对他说：“唉，我的老兄！还是算了吧，这又有什么！你还是给我弹首忧伤的曲子吧。”

科罗斯捷列夫接着就在钢琴上弹出了几个和音，然后用男高音唱了起来：“请你告诉我，什么地方的俄罗斯的农民不呻吟？”[①]戴莫夫又是一声长叹，然后就用拳头支着头，思索起来。

最近一段时间，奥莉加·伊凡诺夫娜的行为举止极为放肆。她每天早晨醒来后的情绪总是很坏。她会想到自己已经不再喜欢里亚博夫斯了，谢天谢地，这件事情总算已经过去了。可是，等到喝完咖啡的时候，她又想到是里亚博夫斯基害得自己失去了丈夫，现在自己却是既失去了里亚博夫斯基，又失去了丈夫。后来，她又回想起一些熟人的谈话内容，说里亚博夫斯基正准备展出一幅惊人之作，它可是风景画和风俗画的混合体，带有波列诺夫[②]惯用的风格。据说，凡是去过他的画室的人，没有一个不佩服、赞叹、并为之倾倒的。这时她又认为这幅画肯定是在自己的影响下才创作出来的，总之，还是多亏她的影响，里亚博夫斯基才变得愈来愈好并达到艺术的高峰的。她的影响总是那么重要，那么有益，一旦她丢下

① 歌词引自涅克拉索夫的诗《大门前的沉思》。

② 波列诺夫（1844—1926），俄国风景画家。

他不管，也许他会毁了前程的。奥莉加又回想起上次他来看自己的情形，当时他穿着一件带小花点的灰上衣，系着新领带，懒洋洋地问："我漂亮吗？"是的，他的确很漂亮，他有着长长的鬈发和蓝蓝的眼睛，而且他对自己也挺热情的。

奥莉加·伊凡诺夫娜就这样胡思乱想着，很长时间才穿上了衣服，随后她就十分激动地去画室找里亚博夫斯基去了。奥莉加走到时，发现他正兴高采烈地自我陶醉于自己的出色的画。他还蹦蹦跳跳地做出顽皮的样子，总是用笑话就把严肃的问题打发了。奥莉加·伊凡诺夫娜对里亚博夫斯基充满了嫉妒，也十分痛恨他的那幅画。不过出于礼貌，她还是在画前默默地站了五分钟，最后，她像人们在圣物前叹息一样，叹了一口气，之后便小声地说；"真是优秀，你以前还没有画过如此优秀的画呢。你要知道，这幅画简直太惊人了！"

然后，奥莉加就开始苦苦地哀求，请他爱自己，不要丢下自己，请求他怜悯自己这个可怜而不幸的人。她流着泪，吻着他的手，硬逼着他对自己起誓说他爱自己，而且她还一再向他表明：如果他离开了自己的良好影响，他将会走上歪路，自毁前程。等到奥莉加败坏了画家的好兴致，感到内心的深深的屈辱，她就坐上车到她的女裁缝那儿去，也可能去找熟悉的女演员弄戏票去了。

有时候，奥莉加如果在他的画室里找不到他，就会给他留下一封赌气的信，信上说：如果是他当天不来看她，她就肯定会服毒自尽。因此，他就害怕极了，即刻就会来找她，还会毫不避讳她的丈夫在场而留下来吃饭，并且对她说一些粗鲁无礼的话，奥莉加也照样会粗暴地回敬他几句。两人都觉得对方是暴君和敌人，都感到是对方拖累了自己。他们会大发雷霆，在气愤之中完全不顾自己的举动有多么的不成体统，就连剪短头发的科罗斯捷列夫也看得一清二楚。饭后，里亚博夫斯基就匆忙告辞了。

“您到底要上哪儿去？”奥莉加·伊凡诺夫娜用仇恨的目光看着他。

他则眯着眼，并且绷紧了脸，随口就会说出一个女人的名字——这个人通常她也是认识的。显然他这是在有意地惹她生气。回到自己的卧室后，她就倒在了床上，在嫉妒、愤怒、屈辱和羞耻的折磨下，她咬着枕头，放声地大哭起来。这时的戴莫夫就撇下客厅里的科罗斯捷列夫，跑进卧室，心慌意乱、局促不安地轻轻说：“不要哭得这么响啊，亲爱的……这又是何苦呢？这种事你一定要……要不露声色才好……你要清楚，过去的事情都已经过去了，也已经无法挽回了。”

奥莉加不知道如何才能减轻嫉妒的重压和猜忌的折磨，她的太阳穴甚至跳得发痛。她转而又想到事情还是可以挽回的，于是她洗干净脸，并在哭肿的脸上扑了点粉，飞也似的去找那个熟悉的女人。她并没有在那个女人的家里找到里亚博夫斯基，于是，她就又坐上车找到第二家，然后又是第三家……开始她还为自己这样乱找一气感到有点难为情，可是后来她就习惯了，她时常一个晚上就可以跑遍了她认得的所有女人的家，目的就是找到里亚博夫斯基。

一天，她对里亚博夫斯基谈起了自己的丈夫，她说：“这个人老是用他的宽宏大量来压我。”奥莉加对这句话挺满意的。所以每当她遇到别的画家时，如果对方知道她和里亚博夫斯基的风流韵事，她就会用力摇一下手，然后就这样说她的丈夫：“这个人老是

用他的宽宏大量来压我。”

他们的生活方式和一年前的一模一样，每逢星期三她总要举行晚会，画家作画，歌唱家唱歌，大提琴手演奏，演员则进行朗诵，而且照例是刚到十一点半，通往餐厅的大门就被打开了，戴莫夫也会面带微笑地说：“请吧，先生们，进来吃晚饭吧。”

奥莉加·伊凡诺夫娜还是像以前一样喜欢寻找名人，找到了之后又感觉不满意，于是就再去找新的。也像往常一样，她每天都是到深夜才会回家，这时的戴莫夫却不像去年那样早早地就睡觉了，而是坐在书房里，在写着什么东西，直到三点他才会躺下睡觉，第二天八点钟就起床了。

一天傍晚，奥莉加正站在卧室的穿衣镜前整理衣服，她准备去剧院，这时戴莫夫走进了她的寝室，他穿着礼服、系着白领带，并且还是像过去一样温和地微笑着，瞧着妻子的眼睛也是快乐的，脸上还放着光。他坐了下来，揉着自己的膝盖说：“我刚刚通过了学位论文的答辩。”

“通过了？”奥莉加·伊凡诺夫娜带着疑问的语气说。

“啊哈！”他伸长脖子想看看镜子里妻子的脸，哈哈大笑起来，因为妻子始终背对着他在那里梳理头发。“啊哈！”他又重复了一遍，“你知道吗，这样很可能就可以得到一个病理学概论方面的编外副教授的职称。”

他那张脸显得快乐无比，神采飞扬，假如此刻奥莉加·伊凡诺夫娜能和他一起高兴，一起得意地分享喜悦和成功，那么他就会原谅妻子所做的一切，现在的，还有将来的，他会因此忘掉一切的。可是奥莉加却不懂什么叫作编外副教授，什么叫作病理学概论，再说她当时正担心看戏会迟到，所以她连一句话也没有说。

他在那儿又坐了两分钟，只好抱歉地笑了笑，然后就走出去了。

七

这真是一个最不平静的日子。戴莫夫头痛得很厉害，他既没有吃早饭，也没有去医院，而是一直躺在书房里的一张土耳其式长沙发上。像平时的十二点多钟一样，奥莉加·伊凡诺夫娜又去找里亚博夫斯基了，她想让他看看自己的静物写生[①]，还想问问他昨天为什么没有来看她。她觉得这幅画根本就毫无价值，她之所以画它只不过是为了找个无谓的借口罢了。

她并没有按门铃，径直就进去了，当她在前室脱套鞋时，她好像听到画室里有女人衣裙的沙沙声，于是，她赶紧向画室里张望，只见棕色的裙角一闪而过，立即就消失在一幅大画的后面了。这幅画和画架，完全被黑布蒙着，从顶端一直到地板。毫无疑问，刚才的那个女人就躲在了那儿。想当初，奥莉加·伊凡诺夫娜也时常躲在这幅画的后面呢！里亚博夫斯基显得很窘迫、很尴尬，只是向她伸出两只手，并极不自然地赔着笑脸说："哎呀哎呀！看到您真是高兴啊。您有什么好消息要告诉我吗？"

泪水充满了奥莉加·伊凡诺夫娜的眼睛，她感到心酸，感到羞愤。即使给她一百万，她也不愿在这个不相干的女人，或者是情敌在场的情况下说上一句话。那女人现在可能正站在画布后面恶毒地

① 原文为法文，下同。

窃笑呢。

“我给您带来了一幅画稿……”她的嘴唇颤抖着，然后用极细的声音怯生生地说，“这是一幅静物写生画。”

“啊？……是一幅素描吗？”

画家接过了画稿，边走边看，似乎是不经意地走进了隔壁的一个房间。

奥莉加·伊凡诺夫娜顺从地跟着他。

“静物写生……是一流的，”他嘟哝着，随后便信口哼起了韵词，“库罗尔特，乔尔特，波尔特……”①

这时从画室传来一阵匆忙的脚步声和衣裙的沙沙声，显然她已经走了。奥莉加·伊凡诺夫娜恨不得大声呵斥一声，朝画家的头上扔去一块重东西，然后转身就跑掉。但是，这时的她已泪眼模糊，什么也看不见了，沉重的羞辱感重重地压在她的心头，她觉得自己已经不再是奥莉加·伊凡诺夫娜了，也不是什么女画家，只不过是一条小小的虫子。

“我累了……”画家瞧着那幅画，懒洋洋地说，“当然啦，你画得挺不错的，不过你总是今天一幅画稿，明天又是这一幅画稿，下个月还是这一幅画稿……您竟然也画不腻？如果换了我是您的话，我早就把画笔扔掉了，这样画下去还不如认真地搞点音乐什么的。要知道，您并算不得什么画家，您可是一位音乐家。我真是太累了！我这就去让他们送茶来……好吗？”

说着他就走出了房间，奥莉加·伊凡诺夫娜听到他对听差的吩

① 分别为“疗养院”“鬼”“港口”的音译，与“一流的”尾音“索尔特”同韵。此处为无聊的戏言。

咐着什么。为了避免当面告辞，避免一些不必要的解释，尤其是免得自己忍不住放声痛哭，没有等到他回来，她就赶紧跑到前室，穿上套鞋就跑到了大街上。这时，她才感觉自己的呼吸畅快了，感到自己跟绘画、跟里亚博夫斯基、跟那种沉重的羞辱感，从此都一刀两断了。一切都已经结束了。

奥莉加坐上车子先去找了一趟女裁缝，随后又去拜访了昨天刚到此地的巴尔奈[①]，从巴尔奈那儿出来之后，她又去了一家乐谱店。一路上她都在琢磨着怎样给里亚博夫斯基写一封冷酷无情的充满个人尊严的信，怎样在春天或夏天里和戴莫夫一道去克里米亚度假，怎样跟过去的生活彻底决裂，重新开始生活。

这天夜里，奥莉加很晚才回到家，她没有换衣服就在客厅里坐下开始写信了。里亚博夫斯基竟然对她说什么她算不得画家，为了回敬他几句，现在她在信中写道：你每年画的都是老一套的东西，你每天说的也是老一套话，你已经停滞不前了，今后你休想超过以往的成绩了。她还想告诉他：你在许多方面得益于我的良好影响，如果说你从此走上下坡之路，那只能是因为各式各样的暧昧人物取代了我对你的的影响，今天躲在画布后面的那个女人就是其中的一人。

“亲爱的，”书房里的戴莫夫并没有开门，而只是在叫她，“亲爱的！”

“什么事啊？”

“亲爱的，你不要进我的房间，站在门口就可以了。事情是这样的……前天我在医院里被传染上了白喉，现在……我很不舒服。

① 巴尔奈（1842—1924），德国名演员，戏剧活动家。

你赶快去请科罗斯捷列夫来。”

奥莉加·伊凡诺夫娜就像对她所有熟悉的男人一样来对自己的丈夫，素来她只称呼丈夫的姓，而不叫名字。她不喜欢奥西普这个名字，因为这让人联想到果戈理的奥西普[①]，还有与这个名字相关的俏皮话：“奥西普，哑嗓子；阿尔希普，爱媳妇。”

现在她却喊道：“奥西普，这怎么可能呢？”

“你快去吧！我很不舒服……”戴莫夫在门里面说，可以清楚地听到他走回沙发躺下的声音。

“你还是快去吧！”又传来戴莫夫低沉的声音。

“这是怎么回事啊？”奥莉加·伊凡诺夫娜想着，吓得她手脚冰凉，“这病可是危险着呢！”

她举着蜡烛走进卧室，在那里盘算着下一步应该怎么办才好，她无意间看了一下穿衣镜，结果却看到了一副既可怕又丑陋模样：一张惊惶失措的苍白的脸，高袖口的短大衣前有一大堆黄色的皱边，裙子上的条纹乱七八糟的，她突然感到对不起戴莫夫了，对不起他年轻的生命，对不起他对自己的那份深厚的爱，甚至对不起这张自己好久都没来睡过的寂寞的床。她不禁想起了他平日的那张温和的笑脸。奥莉加伤心得放声大哭起来，接着就立刻给科罗斯捷列夫写了一封求助的信。这时已经是午夜两点钟了。

八

将近早晨七点时，因为一夜没有睡觉，奥莉加·伊凡诺夫娜感

① 果戈理的剧本《钦差大臣》中的仆人。

到脑袋昏昏沉沉，她也没有梳洗，模样很是难看，一脸悔愧的神情走出了卧室。这时一位黑胡子的先生经过她的身旁，之后他进了前室，看来这人大概是医生吧。空气里弥漫着一股药水的味道。科罗斯捷列夫站在书房的门口，还是用右手捻着左侧的唇髭。

“对不起，太太，我不能让你进去看他，”他一脸深沉地对奥莉加·伊凡诺夫娜说，“这种病是会传染的。况且，说实在话，你进去也不会有什么用的，他已经发高烧说胡话了。”

“他真的得了白喉吗？”奥莉加·伊凡诺夫娜轻声问道。

“真应该把那些明知危险却偏要去冒险的人送交给法庭去审判，”科罗斯捷列夫没有回答奥莉加·伊凡诺夫娜的问话，而是嘟嘟哝哝地说，“您知道他是怎么被传染上这种病的吗？星期二那天，他用吸管吸了一个病人的白喉黏液。他这是要干什么呀？真是愚蠢……简直是胡闹……”

“这病重很危险吗？”奥莉加·伊凡·诺夫娜焦急地问。

“是的，这就是最厉害的白喉了。说实在的，你应当把施列克请来才对。”

之后来了一个身材矮小、鼻子很长的红发男子，他说话时带着犹太人的口音；随后又来了一个头发蓬松的伛偻的高个子，他看上去就像一个大辅祭；最后来的是一个年轻人，他脸色红润，却很胖，戴一副眼镜。这些医生们都是来为自己的同事轮流值班的。科罗斯捷列夫值完班以后并没有回家，仍旧留在了这儿，并像个幽灵似的在各个房间里走来走去。女仆不断地跑药房，不断地给值班的医生们送茶，根本就没有时间收拾房间，以致这宅子里都带有一种阴沉的肃静。

奥莉加·伊凡诺夫娜独自一人坐在卧室里，暗想到也许是上帝因为自己欺骗丈夫而来惩罚她了，这个从不诉苦、沉默寡言的不可理喻的人，这个温顺得没有丝毫个性、过分善良而显得没有主见、显得软弱的人，此刻正躺在冷冷清清的书房里的长沙发上，他连一句抱怨的话也没有说，只是默默地忍受着痛苦。而事实上，白喉并不是他的痛苦的真正原因，医生们从科罗斯捷列夫的眼神中看得出这位朋友的妻子才是真正的罪魁祸首，白喉只不过是她的帮凶罢了。

现在的奥莉加已经记不得伏尔加河上的那个月夜了，也记不得那番爱情的表白和农舍里那段富有诗意的生活了。她只在想由于自己无聊的苛求、任性胡为，这使她从头到脚都粘上了一层又脏又黏的污秽，从此再也洗不净了……

“哎呀，我真是不应该骗他的，”她回忆起了自己跟里亚博夫斯基的那段乱糟糟的爱情史就说道，“我真是该死！”

下午四点钟时，奥莉加跟科罗斯捷列夫在一起吃了午饭。科罗斯捷列夫只是拉着长脸喝葡萄酒，没有吃一点东西，也没有说一句话。奥莉加也没吃什么，她只是在暗自祷告，并向上帝起誓，如果一旦戴莫夫的病好了，她一定会好好爱他的，永远做他忠实的妻子。有时她也会精神恍惚地望着科罗斯捷列夫，想道：“做一个默默无闻的普通人，真是没有一点的出路，再加上面容的憔悴，举止的粗鲁，难道不令人厌烦吗？”有时她又觉得上帝会立即来处死自己，由于她担心被传染，竟一次也没有走进过丈夫的书房。总之，奥莉加的情绪低沉而沮丧，认为自己的生活全被毁了，再怎么样努力也不可挽救了……

午饭时天色渐渐暗了下来，奥莉加·伊凡诺夫娜走进了客厅，科罗斯捷列夫却枕着一个金线绣的绸垫子，躺在沙发床上呼噜呼噜地打鼾了。

值班的医生走进书房，然后又走了出去，谁也没有留意到这种混乱的状态。外人只是在客厅里呼呼大睡，那些独出心裁的陈设、那些墙上的画稿，还有头发蓬乱、衣衫不整的女主人——所有的这一切现在都已引不起外人的一丁点儿兴趣。有位医生不知为什么偶尔笑了一声，这笑声也显得那么古怪，让人听了就觉得心酸。

奥莉加·伊凡诺夫娜再次走进客厅时，科罗斯捷列夫已经醒来了，他正坐在那里抽烟。看到了奥莉加，他小声地说："他的白喉已经转移到了鼻腔，现在他的心脏功能也不正常了。实话告诉你，他现在的情况很糟糕。"

"那您去请施列克吧！"奥莉加·伊凡诺夫娜说。

"现在，他已经来过了。正是他发现戴莫夫的白喉杆菌已经扩散到了鼻腔，唉，就是施列克来了又管什么用！说实在的，施列克也没有一点办法。他是施列克，我则是科罗斯捷列夫——如此而已。"

时间就这样拖了下去，奥莉加·伊凡诺夫娜和衣躺在凌乱的床上迷迷糊糊地睡着了。她仿佛觉得整个宅子，从地板到天花板，都被庞大的铁块填满了，只有把这个大铁块搬出去，大家才会感到轻松愉快一些。等她醒来时，她才明白压在自己心上的并不是什么铁块，而是戴莫夫的病。

"静物写生，港口……"想着想着，奥莉加又陷入了昏睡的状态，"港口……疗养院……施列克又怎么样？格列克，弗列克，施列克……克列克。现在我的朋友们到底在哪儿呢，他们是否也知道我们家所遇到的不幸？主啊，求您救救我……饶恕我吧！施列克，

施列克……”

又是那个铁块……时间一分一秒地过去了，虽然楼下的挂钟也不时地敲响。有时她会听到门铃的声音：那是陆陆续续而来的医生们……一名女仆端着托盘走了进来，问道：“太太，需要我收拾一下床铺吗？”

奥莉加没有答复，女仆又走了出去。楼下的钟又敲响了，奥莉加梦见了伏尔加河上的细雨。奥莉加·伊凡诺夫娜觉得好像有个外人走进了卧室，她猛地跳了起来，认出来人原来是科罗斯捷列夫。

“现在是什么时间啦？”她问。

“大概三点多了。”

“哦，戴莫夫的情况怎么样？”

“还能怎么样呢！我特地来告诉您一声：他去世了……”

他挨着她坐在床边上，不停地用袖子擦着眼泪。奥莉加一下子没有明白过来，可是紧接着她就浑身冰冷，不停地在自己的胸前画着十字。

“他去世了……”他用尖细的嗓子又重复了一遍，抽泣地说，“他去世了，他牺牲了自己……可是对科学来说，这真是一个重大的损失啊！”他沉痛地说，“要是拿他和我们全体相比的话，他可谓是一个伟大的人、一个才华出众的人，是他给了我们大家希望！”

科罗斯捷列夫绞着手，继续说道：“仁慈的上帝啊，现在就是打着灯笼也休想再找到像他这样的学者了。奥西卡·戴莫夫[①]，奥西卡·戴莫夫，你是怎么搞的呀！哎呀呀，我的上帝啊！科罗斯捷列

① 奥西普的昵称。

夫双手掩面，绝望地摇着头。他变得越来越怨恨什么人似的，接着说道："他有着多大的道德力量！他有着一颗善良，纯洁和仁爱的心灵——就像水晶一样的透明！他为科学服务，为科学献身，日日夜夜地像牛一样辛勤地劳动，可是谁也不怜惜他。他是那么年轻，他白天行医，晚上搞翻译工作，可是挣来的钱却买了这堆……下贱的废物！"

科罗斯捷列夫用仇恨的目光盯着奥莉加·伊凡诺夫娜，他双手抓过床单，怒气冲冲地撕碎了它，仿佛有罪的是床单似的。

"他不怜惜自己，别人也没有怜惜他。唉，真是的，现在再说这些还有什么用呢！"

"是啊，他确实是一个世上少有的人！"在客厅里的一个男人低声说。

奥莉加·伊凡诺夫娜回想起她和丈夫在一块儿度过的全部生活，从头到尾，也包括所有的细节，这时，她才突然明白戴莫夫确实是世上少有的不平凡的人，如果和自己所认识的人相比，他真要算是伟大的人了。她又回想起去世的父亲和所有与戴莫夫共事的医生们对他的态度，她也才发现他们的确都认定戴莫夫是未来的名人。那墙、电灯、地毯和天花板好像都在挤眉弄眼地嘲笑着自己，它们仿佛在说："你真是瞎了眼，瞎了眼！"

奥莉加哀叫着冲出了卧室，在客厅里与一个不相识的男人擦肩而过，她奔进了丈夫的书房。戴莫夫一动不动地躺在那张土耳其式的长沙发上，一条被子盖在齐腰的地方。他的脸色灰黄，消瘦、干瘪得让人害怕。只有那黑眉毛，那脑门，还有那熟悉的微笑才让她认出了这就是戴莫夫。奥莉加·伊凡诺夫娜抚摸着他的手、胸和额

头。他的胸口还有一些余温，但额头和手已经冰凉得让人毛骨悚然了。

“戴莫夫！”奥莉加大声地喊叫，“戴莫夫！”

这时的她想对丈夫说明：过去的一切都是自己的错误，但是事情还是可以挽救的，生活依旧可以是美满幸福的。她还要告诉戴莫夫：他是一个不平凡的、伟大的人，她将会一生一世地崇拜他，敬畏他……

“戴莫夫！”她大声地叫着他的名字，拍着他的肩膀，不相信自己从此就不会再见到他了，“戴莫夫，戴莫夫呀！”

客厅里的科罗斯捷列夫正在对女仆发话：“这有什么好问的？您直接去找教堂的看门人，他会告诉你那些靠养老院救济的老婆婆住在哪儿。这些老婆婆自会给死者洁身、装殓的，她们也会做好一切需要做的事情。”

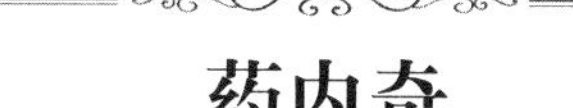

药内奇

一

每当到C省城来的外人抱怨这里的生活枯燥单调时，当地的人都会说C城很好啊，C城有一座戏院、一家图书馆和一处俱乐部，有时C城还会举办舞会，在这里还可以与一些头脑机敏、言谈风趣的人交流来往，他们就这样辩解着。然后，他们便会向你推荐图尔金一家，说他们家是最有教养、最有天分的。

这家人住在距省长官邸甚近的私人宅第里，伊万·彼得罗维奇·图尔金本人是一位相貌俊美，体态丰满的人，他还留有一头黑发，蓄有腮须。在一些慈善性的募捐业余义演时，他也会亲自上台扮演年迈的将军，咳嗽起来显得有些滑稽可笑。他有着一肚子的谜语、笑话和谚语，喜欢开玩笑，也爱逗哏，但是他脸上的表情却使人们猜不透他是在谈正经事，还是在开玩笑。他的太太名叫薇拉·约瑟福夫娜，是一位娇美、消瘦的夫人，戴着一副夹鼻眼镜[①]，她擅长写中篇与长篇小说，并喜欢把自己的作品读给来访的客人们

① 原文为法文。

听。正值妙龄的女儿叶卡捷琳娜·伊万诺夫娜则喜欢弹钢琴。总之，这一家子人各有所长。图尔金一家是殷勤好客的，他们总是乐于展示自己的才能。他们的房子是砖石结构的，房子很高大、很宽敞，夏天特别凉爽，房子的半数窗户朝向一座古老的绿荫密布的花园，春天的花园里充满了夜莺婉转的歌声。当客人们坐在大厅里时，厨房里的菜刀声响个不断，煎葱的味道飘满了院子，这都预示着一顿丰盛美味的晚餐即将完成。

德米特里·约内奇·斯塔尔采夫当初刚刚被委任为县区地方医生时，他就住在离C城九俄里的佳里日镇，当时就有人建议他去结识图尔金一家，因为他是一个有知识的人。那一年的冬天，在大街上他被别人介绍给了伊万·彼得罗维奇，他们谈了谈戏院，谈了谈天气，还谈了谈霍乱，紧接着他就被邀请到图尔金家去做客了。

春天的一个星期天，正值耶稣升天节，给病人看完了病之后，斯塔尔采夫就进城去散心了，顺便也为自己买点东西。他不慌不忙地走在大街上（当时他还没有自己的马车），一路上哼唱着："我在生活中还没有品尝到泪水的滋味……"[①]

斯塔尔采夫在城里吃了一顿饭，又在花园里逛了半晌，后来他想起了伊万·彼得罗维奇的邀请，便决定去一趟图尔金的家，也让自己见识见识他到底是一个什么人物。

"欢迎大驾光临，欢迎光临！"伊万·彼得罗维奇在门廊里迎接了他，"你这么高贵的客人能来这里，我实在是太高兴了，太高兴了。请进吧，我会把我的贤内助介绍给您的。"

① 出自俄国诗人杰利维格的诗《悲歌》，由著名音乐家雅科夫列夫谱曲。

他把妻子介绍给斯塔尔采夫，然后对妻子说："薇罗奇卡[①]，我告诉过他，即使在罗马法典里也没有哪项条文规定他必须待在自己的医院里，他是应当把自己的闲暇时间贡献给社会的。我的宝贝儿，你说是不是这样啊？"

"请您坐这儿，"薇拉·约瑟福夫娜让客人坐在了自己的身旁。"您来照顾我吧！我丈夫会非常嫉妒的，他就是一个奥赛罗[②]，不过我们可以设法不让他看见我们的举动的。"

"你这个人呀，小淘气，小乖乖……"伊万·彼得罗维奇亲昵地叫道，并在妻子的额头上亲吻了一下。他又开口对客人说："您来得正是时候，我的贤内助刚好完成了一部洋洋大观之作，她今天将为大家朗诵。"

"冉奇克[③]，"薇拉·约瑟福夫娜对丈夫说，"您去吩咐仆人给我们上茶。"[④]

夫妇俩把十八岁的女儿叶卡捷琳娜·伊万诺夫娜介绍给斯塔尔采夫。姑娘长得十分像她的母亲，身材和母亲一样苗条，面目也和母亲一样可爱。不过，她的表情还带有几分稚气，腰身也有些纤细柔韧；她那少女的乳房已经微微隆起，显露出美丽和健康，这就是名副其实的青春。

后来大家喝了茶，还有蜂蜜、糖果、果酱，还有非常可口的饼干，这种饼干入口即化。傍晚来临了，客人们三三两两地来了。伊

① 薇拉的昵称。

② 英国剧作家莎士比亚名著《奥赛罗》中的主人公，因嫉妒杀死自己的妻子。

③ 法文名字，相当于俄文的伊凡。

④ 原文为法文。

万·彼得罗维奇笑眯眯地招呼着每一位到来的客人，并说：“欢迎大驾光临。”

薇拉·约瑟福夫娜开始朗诵她的长篇小说了，大家表情严肃地坐在客厅里，准备听。她是这样开始的：“严寒更加凛冽……”所有的窗户都被打开了，厨房里的菜刀声不时地传来，大家也都闻到了煎葱的味道……又软又深的软椅让大家觉得很舒服，还有那黄昏时刻的客厅里柔和的灯光。在这个盛夏的夜晚，从街道上不时传来人们的讲话声、欢笑声，还有从院里飘来丁香花的香味，很难想象严寒是如何凛冽、落日又是如何用冷丝丝的光照射着在雪原和孤零零跋涉在路上的旅人上。薇拉·约瑟福夫娜读到一位年轻貌美的伯爵夫人如何在农村里办图书馆、学校和医院，如何爱上了一位浪迹天涯的画家。

她所朗读的故事都是生活中从来不会发生的事，但无论如何，坐在软椅里听着这悦耳的声音，还是很舒服的，脑子里浮现的也都是这类美好的的想法，让人实在不愿意站起来……

“蛮不赖的吗……”伊万·彼得罗维奇轻轻地说了一句。

有一位听着故事的客人，他的思想已经飞到了很远很远的地方，他用勉强可以听到的声音说了一句：“是啊……的确是的……”

一个小时过去了，又一个小时过去了，毗邻的市立公园里的乐队在演奏着，合唱队在唱着歌。薇拉·约瑟福夫娜合上了自己的笔记本，足足有五分钟大家都没有吭一声，他们在倾听合唱队演唱的《可爱的松明》，这支歌唱的却是生活中常有的事情。

“您的大作在杂志上发表了吗？”斯塔尔采夫问薇拉·约瑟福

夫娜。

“没有发表，”她答道，“我不在任何刊物上发表文章。写完了我就把它藏在自己的柜子里。为什么要发表呢？”她解释道：“我们又不缺钱花。”

不知为什么，听了她的话大家都长叹了一口气。

“现在请你，猫咪[①]，给我们弹一支曲子吧。”伊万·彼得罗维奇对女儿说。

钢琴的盖子已经被掀开了，乐谱也被事先翻开了。叶卡捷琳娜·伊万诺夫娜坐了下来，双手在琴键上敲着，然后她用尽全身的力气又猛敲了一次，又一次，又一次。由于用力过大，她的肩头和胸部都在抖动着，不过，她还是顽强地敲着同一个琴键，仿佛不把琴键敲进钢琴里去就不会甘休。客厅里的地板、天花板、家具都在响，到处充满了隆隆的响声……叶卡捷琳娜·伊万诺夫娜弹的是一首难度很大的乐曲。斯塔尔采夫一边聆听着乐曲，一边在描绘一幅情景：从高山上滚下来一堆石头，石头滚呀，不停地滚，他希望这些石头不要再往下滚了。同时，他觉得自己好像非常喜欢这位矫健有力的、脸色紧张得绯红的、一缕鬈发垂在额前的叶卡捷琳娜·伊万诺夫娜。想到自己在佳里日镇的病人和农民当中度过了一冬之后，能够坐在这间客厅里，欣赏这位年轻漂亮的纯洁少女的高雅琴声，这是多么惬意，多么新奇……

当叶卡捷琳娜·伊万诺夫娜演奏完毕时，伊万·彼得罗维奇的一双眼睛里含满泪水，他说：“啊，猫咪，你今天弹得实在是太精彩了。”

---

① 叶卡捷琳娜的小名。

大家围在叶卡捷琳娜·伊万诺夫娜的四周，向她表示祝贺，都说自己已经多年没有欣赏过如此美妙的乐曲了。而叶卡捷琳娜·伊万诺夫娜则只是微笑着，一声不响地听着大家的评论，她的每个身姿都显示出成功的喜悦。

“好极了！简直太好了！”

“好极了！”在大家的感染下，斯塔尔采夫也这么说了一句，然后问道，“您是在什么地方学的音乐？是在音乐学院吗？”

“不是的，我是想进音乐学院的，不过目前我只是在此地跟扎夫洛夫斯卡娅太太学琴。”

“那您是毕业于当地专科学校的专修班？”

“啊，不是的！”薇拉·约瑟福夫娜替女儿回答道，“我们是请老师到家里来教她的，在学校或者是学院里——您会同意我的看法的——可能有一些不良的影响。因为姑娘正在成长，她只能接受母亲一个人的影响。”

“无论如何，我都一定要进音乐学院的。”叶卡捷琳娜·伊万诺夫娜说。

“不，猫咪是爱自己的妈妈的。猫咪也不会让爸爸妈妈伤心的。”

“不，我就要去！我一定要去的！”叶卡捷琳娜·伊万诺夫娜半撒娇半开玩笑地说，她还跺了一下自己的小脚。

在晚餐的宴席上，伊万·彼得罗维奇也展示了自己的才华，他眯缝着两只笑眼给大家讲起了笑话，还说了一些逗哏的话，猜了一些可笑的谜语，最后又不得不由自己来说出谜底。他讲话时总是用与众不同的语言，这是他老说俏皮话养成的习惯。很显然，这些话已经成了他的习惯用语，例如“洋洋大观”呀、“蛮不赖”呀，还有什么“千谢万谢让您受罪了”呀……其实，还不止这些。

客人们吃饱喝足之后，都心满意足地挤在前厅里寻找自己的大衣和手杖，一个十四五岁的佣人帕夫鲁沙在客人的身边忙碌着。他留着个小平头，鼓着胖乎乎的脸蛋，这家人都习惯把他唤作帕瓦。

“喂，帕瓦，给大家表演一下！”伊万·彼得罗维奇对他说。

帕瓦举起一只手，摆出一个架势，然后用悲惨的腔调说道：“你就去死吧，不幸的女人！”

大家被他逗得哈哈大笑起来。

“真逗。”斯塔尔采夫走到街上时还在心里想着。

斯塔尔采夫并没有直接回家，而是又走进了一家餐馆，在那里喝了一杯啤酒。然后他才徒步回到佳里日镇。他一边走一边哼哼着：“你的声音对我来说，又温柔又忧伤……”

他今天大约走了有九俄里，可是上床睡觉时他一点也没觉得疲倦，恰恰相反，他还恨不得再走上二十俄里呢。

“蛮不赖呀……”[①]蒙眬中他又想起了这句话，不由自主地笑了起来。

二

斯塔尔采夫总是希望到图尔金家去，可是最近医院的工作太忙，他总是抽不出空闲的时间来。就这样，他在忙碌和孤单中过了一年多。有一天，城里的一个人给他送来了一个淡蓝色的信封……

① 引自普希金的诗《夜》，由音乐家鲁宾斯坦谱曲。

薇拉·约瑟福夫娜早就患有偏头痛的病症。最近，猫咪每天说要去音乐学院，因此她犯病的现象也就越来越频繁了。全城所有医生都被轮流请来，最近轮到了他这位县级医生。薇拉·约瑟福夫娜给他写的信非常动人，麻烦他来一趟，以便减轻自己的痛苦。

斯塔尔采夫去了图尔金家，而且从此便经常造访，非常频繁……他的到来确实为薇拉·约瑟福夫娜减轻了一些头痛，于是，她逢人便夸奖这位医生的不同寻常、妙手回春。不过，后来他造访图尔金家已经不仅仅是为了医治她的偏头痛症了……

这是一个节日，叶卡捷琳娜·伊万诺夫娜正在钢琴上弹奏又长又枯燥的练习曲，之后大家就坐在餐厅里品茶聊天，叶卡捷琳娜·伊万诺夫娜还讲了一桩非常可笑的事。这时门铃响了，主人起身去前厅迎接客人，趁着一时的忙乱，斯塔尔采夫激动地对叶卡捷琳娜·伊万诺夫娜悄悄地说："请您看在上帝的面上，我恳求您不要再折磨我了，让我们到花园里去吧！"她耸了耸肩，仿佛对他的要求感到不知所云和莫名其妙，不过，最后她还是站了起来，走了出去。

"您在钢琴前一弹就是三四个小时，"他跟在她身后说，"这之后您就会和您的母亲坐在一起，我根本就没有一点儿机会和您谈话。我恳求您给我一点时间好吗？哪怕是一刻钟的时间，我也心满意足了！"

秋天已经临近，花园时一片静谧萧瑟，幽径上落满了深色的枯叶。天黑得也早了。

"我已经有一周的时间都没有见到您了，"斯塔尔采夫接着说，"您应该明白的，这让人是多么的难受！我们还是坐下来吧。"

他们都喜欢花园里那个叶子宽大的老枫树下的长椅，现在他们两人就坐在了这条长椅上。

“您有什么事吗？”叶卡捷琳娜·伊万诺夫娜平静地问道。

“我已经整整一周都没有见到您了，这么久都没有听到您讲话的声音，我焦急地渴望啊，我渴望着听到您的声音。请您讲话吧！”

她的眼睛、她的脸蛋，还有她那天真鲜嫩的气息，她所有的一切都让他神魂颠倒，即使是她身上的衣着，她也觉得楚楚动人，觉得有一种朴实的风采。同时他又觉得她绝顶的聪明，她的修养也超过了她的年龄。他们可以谈艺术、谈文学，什么都可以谈，他还甚至向她抱怨人，抱怨生活。不过，有时他们正在进行严肃的交谈时，她也会突然不合时宜地大笑起来，或者跑回自己的房间。她和C城所有的姑娘一样，读书很多（事实上，C城人是很少读书的，本地图书馆的工作人员就曾说，如果没有这种姑娘和年轻的犹太人，图书馆完全是可以关门大吉的），这让斯塔尔采夫有着无限的欣喜，每次见面时，他都会兴奋地问她近日阅读了什么书，然后就像着了迷似的听她讲述。

“在我们没有见面的这一周里，您都读了什么书呀？”他问道，“您讲给我听听呀。”

“我读了皮谢姆斯基[①]的小说。”

“是哪部小说？”

“《一千个农奴》。”猫咪回答说，“皮谢姆斯基的名字真是逗，阿列克谢·费奥菲拉克特奇！”

① 皮谢姆斯基（1821—1881），俄国作家。

看到她突然站起来，斯塔尔采夫便惊讶地问道："您去哪儿呀？我一定要和您谈谈，我必须向您表明……请您再和我待上一会儿，哪怕是五分钟呢！我求您啦！"

叶卡捷琳娜·伊万诺夫娜停了下来，好像是要说些什么，但是最终却没有说，而是难为情地把一张纸条塞到了斯塔尔采夫的手里，之后她就跑回屋去了。

斯塔尔采夫读着小纸条："请您今晚十一点来公墓院内杰梅蒂墓碑附近，我在那里等你。"

"哦，这种约会真是新奇。"他镇定下来后暗自想道，"为什么她会约我到公墓去呢？这到底是为什么？"

正常人一般都会在某一条街上或者在公园里约会，谁会在三更半夜约人到远在城外的公墓里呢？显然是猫咪在捉弄人。再说了，让他这样一个县级医生，一个有头脑、有地位的人，去公墓里游荡，干一些连中学生都会嘲笑的蠢事，这段浪漫史将会怎样发展下去呢？一旦让同事们知道了，他们又会怎么说呢？我的脸面何容？斯塔尔采夫围着俱乐部里的桌子转来转去，心中充满了矛盾，可是十点半一到，他突然就乘车去了公墓。

现在，他已经有了自己的双套马车，还有一个叫潘捷列伊蒙的车夫，他身穿一件丝绒坎肩。明月当空，四周寂静，他感到一阵温暖，那是融融秋意的温暖。靠近屠宰场的郊区，犬吠阵阵。斯塔尔采夫在城边的一条巷子里就下了车，独自一人向公墓走去。

"人人都有自己的怪脾气。"他在心里想着，"猫咪可能也是一个怪女人——谁又晓得呢——也许她不是在开玩笑，她真的会来的。"他把希望寄托于渺茫的愿望，并为这个希望所陶醉。

斯塔尔采夫是穿过野地走过去的，大约还有半俄里的路程，这时他都能看到远处黑茫茫的公墓了，公墓像一片树林又像一个大花园。白石头的围栏、大门已经出现在眼前了……在月光下可以看到大门上的几个字：极乐时刻降临……[①]

斯塔尔采夫从便门走进了公墓，他一眼就看见了宽敞的林荫路旁的墓碑和白色的十字架，还有它们和杨树的黑影；放眼远望，整个公墓里尽是白色的和黑色的物体，还有睡意蒙胧的树木，它们将自己的枝条垂悬在白色的物体上。形状类似野兽脚掌的枫叶在林荫路的黄沙和石板上显得格外明显，墓碑上的铭文也清晰可见。这是斯塔尔采夫第一次来这里，也可能他一辈子再也没有机会来这儿了。这儿的月光如此明亮、如此温柔，这个世界是如此的美好，就像人类的摇篮一样。这儿没有生命，没有任何的生命，可是，每棵墨绿的杨树、每座坟茔都让人感觉到一种神秘的力量，它可以给人以安宁、温馨，还有永恒的生命。石板、凋花与秋天树叶的气息，都散发出一种宽恕、悲伤和静谧。

万籁俱寂，繁星深沉，月亮温和地从高空俯视着大地，在这样的环境中，斯塔尔采夫的脚步声显得是那么的刺耳。教堂里的钟声响起时，他把自己想象成一个已经永远被埋葬在此地的死人，这时，他感觉有人在盯着自己，在这一瞬间，他想到不是安宁也不是寂静，而是茫茫的惆怅和悠悠的窒息……

杰梅蒂的墓碑就像一座小教堂，碑顶上还有一个天使。当年一个意大利歌剧团路经C城，团里的一位女歌唱家不幸逝世，人们便

---

① 见《圣经·约翰福音》，第五章，第二十八节。全句为“时候要到，凡在坟墓里的都要听见他的声音就出来，行善的复活得生，作恶的复活定罪。”

把她安葬在此地，并修了这座墓碑。现在的城里人已经没人记得她了，可是碑前的长明灯在月光的映照下，好像还在亮着。

斯塔尔采夫没有看到一个人，谁会三更半夜到这儿来呢？可是斯塔尔采夫还一直在等，月光也好像是在坚定他的信念，他满怀激情在等待着，想象着自己和叶卡捷琳娜·伊万诺夫娜接吻、拥抱的情景。他在墓碑旁坐了大约有半个多小时，然后又沿着两旁的林荫路走了一阵，他一边等一边想，想象着这些墓穴里不知埋葬了多少姑娘、多少妇女，当年她们是那么漂亮、那么迷人，她们每夜都会在温存中经受爱与激情的燃烧。斯塔尔采夫思忖着，同时他又想大喊一声，说自己是多么渴望爱，说自己一直都在期待着爱。这时，浮现在他眼前的已不再是白色的大理石，而是婀娜多姿的肉体，他感受到了她们的体温，他看见了羞答答的人影正向树荫里躲藏，这种折磨让他无法忍受……月亮遁入了云层，周围顿时变得一片漆黑，像是天幕落了下来。斯塔尔采夫勉勉强强才找到了大门——天色已经黑了，就像秋夜一般——然后他足足花费了一个半小时的时间，东走西窜才最终寻找到他停下自己马车的小巷子。

“我实在太累了，都快站不住了。”他对潘捷列伊蒙说。

当他舒舒服服地坐在马车上时，心里想道：“嗨，不该自己发胖啊！”

三

第二天晚上，斯塔尔采夫就到图尔金家去求婚，可惜来得不是时候，理发师正在给叶卡捷琳娜·伊万诺夫娜美发，她准备去俱乐部参加晚会。斯塔尔采夫又不得不坐在客厅里长时间地喝茶。伊万·彼得罗维奇感觉出客人有心事，待得也无聊，就顺便从坎肩的兜里掏出了几张小纸条，然后他读了德国籍管家写的一封可笑的信，信中说到庄园里所有的“矢口抵赖”都坏了，所有的“羞耻”都塌了[①]。

“她的娘家总该能给不少的陪嫁吧……”斯塔尔采夫心不在焉地听着，这样想道。

又是一夜的失眠，这让他神志不清，好像被甜甜的迷魂汤给灌醉了似的。他的心里懵懵懂懂，但又感觉喜洋洋、暖呼呼的。同时，他的头脑里还有一种冰冷冷的、沉甸甸的东西。

“现在还为时不晚，还是赶快住手吧，难道她和你门当户对吗？她调皮任性，娇生惯养，每天都要睡到两点多钟，而你只不过是一个县级医生，一个教堂执事的儿子……”

“可是，这又怎么样呢？”他心里想着，“管它呢！”

“再说了，如果自己娶了她，”他在脑子里分析着，“她的亲人就会逼我放弃县里的工作，我就得搬进城里来住。”

“哼，这又怎么样呢？”他心想，“进城就进城吧。她家一定会给一些陪嫁的，这样我们就可以安顿自己的家了……”

叶卡捷琳娜·伊万诺夫娜终于走了进来，她身穿一件袒胸露背的舞会纱裙，显得纯洁、靓丽。斯塔尔采夫惊讶地望着她，只是一味地傻笑，一句话也说不出来了。

叶卡捷琳娜·伊万诺夫娜已经开始告别了，他也没有必要留在此地了，于是他就站起身来说：“我也应该回去了，病人还在等待

① 德国总管用错了词，他想说：“所有的门闩都坏了，一堵墙倒了。”

我呢。”

“既然您在这儿也没有什么事，”伊万·彼得罗维奇说，“那我就不留您了。啊，请您顺便带猫咪到俱乐部去吧。”

外面落下了雨点，天也很黑，只能凭借潘捷列伊蒙那喑哑的咳嗽声才能猜出停马车的地方。他已经把车篷支起来了。

“我走路踩地毯，你走路瞎扯淡。”扶女儿上马车时，伊万·彼得罗维奇顺口说了这几句顺口溜。然后，二人就上路了。

“我昨天可到公墓去了。”斯塔尔采夫开口说，“您的做法也太不仗义、太不慈悲了……”

“您真的到公墓去了？”

“是的，我真的去了，我一直在那儿等您，一直等到半夜两点多钟，我好痛苦啊……”

“您既然不懂得什么是玩笑，那痛苦也是活该。”

想到自己如此巧妙地捉弄了一个追求自己的人，想到有人热烈地爱着自己，叶卡捷琳娜·伊万诺夫娜的心里就感到美滋滋的，不由笑了起来。

突然，她大叫一声，这时两匹马在俱乐部的大门口猛转了一个弯，车身有些倾斜。斯塔尔采夫趁机抱住了叶卡捷琳娜·伊万诺夫娜的腰。叶卡捷琳娜·伊万诺夫娜惊魂未散，依偎在他的身上，而他却趁势热烈地吻了她的双唇、她的下巴，并且紧紧地抱住了她。

“够了。”她只是冷冷地说了一句。转眼之间，她已经不在马车上了。

站在灯火通明的俱乐部大门口的警察朝着潘捷列伊蒙喊道：“笨蛋，你怎么不动了？快点往前赶！”

斯塔尔采夫回到了家，但很快他又返了回来，身上穿着别人的礼服，系着挺硬的白领带，他在俱乐部的客厅里一直坐到深夜，然后脉脉含情地对叶卡捷琳娜·伊万诺夫娜说："啊，我是一个没有恋爱过的人，对爱情知道得也很少！我感觉还没有一个人能正确地描写爱情，就是作家也未必能把这种温柔的、欢乐的、痛苦的感情描绘出来。只要一个人体验过一次这种感觉，那他就不会用语言来表达它了。何必要有开场白，何必要进行描述呢？又何必讲那些没有用的花言巧语？我的爱是无边无际的……我请求您，恳求您了，"斯塔尔采夫终于说出口来，"请您做我的妻子吧！"

"德米特里·约内奇，"叶卡捷琳娜·伊万诺夫娜停顿了片刻，脸上露出了极其严肃的表情，然后说道，"德米特里·约内奇，对您对我的厚爱，我很感谢。我是尊敬您的，但是……"她站了起来，接着说下去，"但是，请您原谅我，我是不能做您的夫人的。还是让我们严肃地谈一谈这个问题吧。德米特里·约内奇，您是知道的，我一生中最钟爱的就是艺术，我把音乐奉若神明，可以说我对音乐爱得神魂颠倒，甚至可以把自己的一生都献给音乐。我希望自己能当一名演员，我希望成功、出名、随心所欲，可是您却希望我继续留在C城里，继续过这种空虚无聊的生活，我已经无法忍受这种生活了。啊，不，我不能答应您的，对不起！一个人应该朝着更灿烂的目标努力的，而家庭生活会永远束缚住我的。德米特里·约内奇（她莞尔一笑，这是因为当她说到'德米特里·约内奇'时，自己竟想起了'阿列克谢·费奥菲拉克特奇'），德米特里·约内奇，我承认您是一位善良、高尚的聪明人，所有的人都没有您好……"泪水涌出了她的眼眶，"我真心实意地欣赏您，

但……您可以理解……不是吗？”

为了不让自己哭出声来，她转身离开了客厅。

斯塔尔采夫不再忐忑不安了，他走出了俱乐部，首先扯下了硬领带，并深深地呼出了一口气。他感到特别丢人，自尊心受到了极大的伤害，他没有想到自己会遭到拒绝，也不相信自己的梦想和期望会把自己引向如此愚蠢的结局，活像是业余剧团演出的戏里的情节。他惋惜自己的爱、惋惜自己的感情，恨不得大哭一场，或者抄起雨伞狠狠地抽打潘捷列伊蒙那宽宽的后背。

连着三天，斯塔尔采夫什么事也没有做，他吃不下也睡不着。可是，当他听说叶卡捷琳娜·伊万诺夫娜去了莫斯科报考音乐学院时，他的心平这才平静下来，又恢复了往日的生活。

后来，他偶尔也会想起自己在公墓院内晃来晃去的情形，想起自己是怎样坐着马车满城的寻找礼服，每当这时他就会伸伸懒腰自言自语地说：“当初，让我操心的事还真不少呢！”

四

四年过去了，城里的许多人都找斯塔尔采夫为自己看病。每在上午，他在佳里日镇的医院里接待完病人之后，就会匆匆地乘车赶往城里去看望病人。现在，他乘坐的马车已经不是双套的了，而是三套的，套上还缀着叮叮响的铃铛，直到深夜他才能回到家。

斯塔尔采夫发福了，胖了不少，由于患哮喘病的原因，他不愿意走路了。潘捷列伊蒙也胖了不少，他越来越爱叹气了，抱怨自己的命苦，赶车也赶腻了。

斯塔尔采夫到过各种各样的家庭，见识过不同的人，可是他却和谁也不能接近。城里人的衣着谈吐、对人生的看法，甚至他们的模样都让他感到心烦。做人的经验让他逐渐明白了一些事理：当你和城里人一起吃吃喝喝或玩牌时，城里的人还算得上平和、老实，甚至也不浑、不傻的。可是，只要和他的话题一离开饮食，例如谈及一些政治或学术上的事，那他就不知所云了，甚至信口雌黄了，显得既愚蠢又伤人，这时你真恨不得拂袖而去。每当斯塔尔采夫试图与城里的人，或者是自由派人士交谈时，比方说到人类是在向前发展的，随着时间的推移人们出行时可以不用护照，甚至可以取消死刑，每当这时，城里人就会斜着眼看他，并疑神疑鬼地问道："那么，这也就是说，到了那时，任何人都可以在大街上随便杀人了？"

当斯塔尔采夫在社交场合吃晚餐或者喝茶时，他可能说到"人应当劳动，不劳动就无法生活"之类的话，结果在场的每个人都认为他是在训话，还会大动肝火地争辩，甚至和他胡搅蛮缠。即便这样，城里的人还是什么事也不能干，绝对不能干，他们也不关心任何人、任何事，简直想不出能和他们谈什么样的话题。所以斯塔尔采夫便回避城里人的谈话，他只是埋头吃东西或者玩牌。如果正好赶上某家操办喜事，把他留下来用餐，他便会一声不响地坐在那儿吃，眼睛只是盯着盘子，他对席间的谈话根本就不感兴趣，认为他们都是胡说八道，简直是愚蠢透顶。他激动，他气愤，但是却沉默不语。正是因为他的这种表现，所以城里人就给他起了一个绰号，叫作"气呼呼的波兰人"，而实际上，他根本就不是波兰人。

如果遇到看戏、听音乐之类的娱乐，他一概退避三舍，但他却喜欢玩牌，每天晚上他都会玩上三个小时，而且玩得非常上瘾。他还有一种在不知不觉中渐渐养成的爱好：每天晚上他都会从衣兜里掏出给人治病所得的纸币，有时这些纸币会把所有的衣兜都塞得满满的，足足有七十多卢布，有绿票子，也有黄票子，有的散发着醋味，有的带着香水味，还有的带着一股神香味和鱼油味。等到积聚到几百卢布时，他就会把钱存到互助信贷社去。

叶卡捷琳娜·伊万诺夫娜也已经离家四年了，在这四年里，斯塔尔采夫先后只到图尔金家去过两趟，那是薇拉·约瑟福夫娜邀请他去的，她还在医治偏头痛的病症。叶卡捷琳娜·伊万诺夫娜每年夏天都会回家省亲，可是他却一次也没有看见过她，一直没有赶上机会。

一个宁静、温煦的早晨，有人送一封信到医院来。这是薇拉·约瑟福夫娜写给德米特里·约内奇的信，她在信中说："我很想你，请你无论如何也要赏光来一趟，以便减轻我的病痛。再说，今天恰好是我的生日。"信的下边还附有一句："我也同意家母的邀请。猫。"

经过一番地思考，斯塔尔采夫傍晚就乘车去了图尔金家。

"啊，欢迎大驾光临！"伊万·彼得罗维奇亲自迎接他，只是眼睛里带着些微笑的样子。然后他又用变了腔调的法语说："邦如尔泰。"[①]以表示对客人的欢迎。

薇拉·约瑟福夫娜白发苍苍，显得老多了，她和斯塔尔采夫握了握手，煞有介事地叹了一口气说："医生，您总也不光临寒舍，

① 法语"你好"的音译，"杰"是俄语动词字尾。这种不伦不类的语言意在逗乐。

是不是不愿意照顾我啊！对于您来说，可能我已经人老珠黄了。如今我那年轻的姑娘回来了，也许她会得到您的宠爱的。”

猫咪白嫩了，清秀了，更加漂亮，更加苗条了。不过，现在的她才是叶卡捷琳娜·伊万诺夫娜，而不是猫咪了。过去的鲜嫩和稚气已经从她的身上消失了。她的眼神里和举止中多了畏怯和歉疚，她已经感觉不到这是自己的家了。

“我们已经有很多年没有见面了！”她说着就把手伸给了斯塔尔采夫。看得出她的心在紧张地跳动着，她注视着他的脸，接着说道：“您可是胖多了！脸色也晒黑了，比以前更有男子汉风度了，总之，您的变化并不大。”

斯塔尔采夫依然觉得她很可爱，很可爱，但是他也感觉她的身上缺少了一些什么，也许是增加了一些多余的玩意儿，然而他却说不清楚这究竟是什么。但是她那苍白的脸色，淡淡的微笑，还有她那说话的腔调和新添的表情，所有的这些都妨碍他重现过去那种感情。过了片刻，他连她的衣服和她坐的软椅也不喜欢了。回想起当年自己几乎要娶她为妻的往事，这也让他极为不痛快。他又想起了自己的爱情，想起了四年前使他坐立不安的希望和幻想，这一切都不存在了。

大家喝着茶，吃着甜饼。后来薇拉·约瑟福夫娜又朗读了她写的长篇小说，小说中讲的依然是生活中从来不会发生的事情。斯塔尔采夫望着她那头美丽的白发，倾听着她的朗读。

“不会写小说的人，”他心想，“倒不一定是蠢材，而写了小说却不会把它藏起来的，那才是真正的蠢材。”

“不错吗。”伊万·彼得罗维奇还是那样的口气。

后来，叶卡捷琳娜·伊万诺夫娜弹了几支钢琴曲，声音很是热闹。当她弹完时，大家长时间地对她表示感谢，表示赞美。

“幸好我并没有娶她为妻。”这个念头在斯塔尔采夫的脑子里一闪而过。

她在望着他，大概是在盼望着他能提出去花园的建议，可是他却默不作声。

“我们还是谈谈吧，”她走到他的跟前说，“您近来的生活怎么样？近来忙吗？这些天来，我一直在想念您。”她神经质地接着说，“本来我想给您写一封信的，想亲自到佳里日镇去看望您，我都已经决定出发了。可是，后来我又改变了主意——天晓得现在的您会怎样看待我。今天我的心情很乱，看在上帝的情面上，咱们还是到花园里去吧！”

他们去了花园，花园里还像四年前一样，他们也依然坐在了老枫树下的长椅上。天色一片漆黑。叶卡捷琳娜·伊万诺夫娜问道：“您的生活怎么样啊？”

“可以，还过得去。”斯塔尔采夫答道。

他再也想不出什么话来和她交谈了，两人都保持着沉默。

“我的内心很不平静，”叶卡捷琳娜·伊万诺夫娜说着就用双手捂住了脸，“请您不要担心，我回到家里的感觉好极了，见到大家我也非常高兴，只是我一时还不能习惯。多少回忆啊！我以为我俩会不停地交谈，一直谈到天亮。”

现在，他看清了她的脸庞，还有她那闪光的眼睛，在这片黑暗之中，她显得比在室内年轻多了，甚至找到了她过去孩子时代的表情。她正在用天真好奇的眼光望着自己，仿佛要把自己看个清楚似的，想要了解这位当年那么温柔、那么火热、那么不幸地爱过她的人。她的眼睛流露出一种感激。他也想起了所有的往事，甚至是每一个极小的细枝末节：自己怎样在公墓园里游荡，怎样疲惫不堪地返回家里，他突然为自己所做的一切感到忧伤和惋惜。他心中的火苗慢慢地燃烧了起来。

“您还记得我送您去俱乐部参加晚会的事吗？”他说，“那天正下着雨，天也很黑……”他心中的火苗越燃越旺，他甚至想发泄一下对生活的怨气……

“唉！”他又叹了一口气，“您问我的生活过得怎样，在这里我还奢望过上什么样的生活呢？没有什么好谈的了，我是越来越老，越来越胖，一年不如一年了。一天又一夜——二十四小时就这样过去了，生活中到处黯淡无光，糊里糊涂……人们白天攒钱，晚上就泡俱乐部，大家都是一群赌徒、酒鬼，还有一些说话嘶嘶哑哑的人，我实在忍受不了他们，还有什么好说的呢？”

“您有自己的事业，生活中也有自己崇高的目标。过去，您是那么喜欢谈自己的医院，谈自己的事业，那时的我还有点儿矫情，以为自己真的是一个伟大的钢琴家。现在呢？谁家的小姐不会弹琴，我算认识到了，我和大家是一样的，我并没有什么与众不同的地方。我是一个钢琴家，就和我妈是一位作家一样。那时的我也不理解您，可是后来我到了莫斯科，我就会常常想念您，我只想念您一个人。我认为当县级医生是多么幸福的事啊，救死扶伤，为人民服务。这真是幸福的事啊！”叶卡捷琳娜·伊万诺夫娜神往地又重复了一遍。“当我在莫斯科想念您时，您在我的心中是那么的完美，那么的崇高……”

想起自己每天晚上都会兴致勃勃地从衣兜里掏出来的纸币时，斯塔尔采夫心中的火苗便熄灭了。他站起身来，想回到屋子里去，可是她却挽住他的胳膊，说道："您是我一生中所认识的人中最好的一个，以后我们还会见面，还会谈心的，对不对？请您答应我，好吗？我并不是钢琴家，我已经有了自知之明，我再也不会当着您的面弹钢琴了，也不会再谈论音乐了。"

他们进了屋，在傍晚的灯光下，斯塔尔采夫看清了她的面颊和那双注视着自己的感激的、忧伤的、探索的眼睛，这时的他感到一阵迷离恍惚，并且又一次想道："所幸我当时没有娶她为妻。"于是，他和大家告别。

"即便是罗马法典也没有规定您有任何理由可以不吃晚饭就走啊。"伊万·彼得罗维奇送他时说。他在前厅对帕瓦说道："喂，表演一个节目吧！"

帕瓦已经不是一个孩子了，他已经长成了一个青年人，而且还长了胡子。他扬起手臂，摆出一副架势，然后用凄惨的声音说道："您还是去死吧，不幸的女人！"

这一切都在刺激着斯塔尔采夫的神经，他匆忙坐上马车，望着黑压压的房子和花园，这是他当年感觉亲切可爱的地方，所有的往事一下子涌上了他的心头——猫咪叮叮当当的弹奏，薇拉·约瑟福夫娜的长篇小说，伊万·彼得罗维奇的俏皮话，还有帕瓦的悲剧架势，他随即又想道：如果全城中天分最高的人们都是如此浑浑噩噩的话，那么C城本身的样子就可想而知了。

三天后，帕瓦送来了叶卡捷琳娜·伊万诺夫娜的一封信。她在信中写道："您为什么不来我家？我担心您改变了对我们的看法，我真的很害怕，我一想到这就感到一阵的心慌。请您让我放心好吗，你来吧，并告诉我万事顺遂。我必须跟您细细地谈谈。您的叶·图。”

斯塔尔采夫读完这封信，想了想，就对帕瓦说：“亲爱的，你回去告诉叶卡捷琳娜·伊万诺夫娜一声，我今天是去不成了，我太忙。你就说我大约三天后再去。”

三天过去了，一周又过去了，他还是没有去。

一天，他乘车路过图尔金的家，他认为自己应该进去看一看，哪怕只是待上一分钟呢，可是他考虑了一下……最终还是没有进去。

从此，他就再也没有到过图尔金家。

五

几年又过去了，斯塔尔采夫越来越胖了，一身的肥膘，喘气都有些吃力了，走起路来头也向后仰着。这位红光满面、肥头大耳的人坐在铃铛丁铃铃作响的三套马车上。他的车夫潘捷列伊蒙也和他一样红光满面、肥头大耳，他坐在车夫的座位上，伸直胳膊不停地朝着迎面而来的人不住地叫喊：“靠……右，靠……右！”那种情景可真是够威风的，仿佛车上坐的不是活人，而是一尊多神教的神像。城里找他看病的人非常多，他连喘口气的工夫都没有了。现在，他已经置办了一个庄园，还有两栋城里的房产，他正在为自己物色第三栋有利可图的房子呢。每当互助信贷社里的人告诉他某处准备出售房屋时，他就会大摇大摆地走进那栋房子，仔细地查看每个房间，也不顾屋里还有几个没有穿上衣服的妇女与儿童，那些人睁大眼睛惊讶地望着他。他则用手杖乱捅着门说："这是卧室？这是书房？这里是干什么的地方？"

与此同时，他呼哧呼哧地喘着粗气，擦拭着额头上的汗珠。

让他操心的事情有很多，但是他却绝不会放弃县级医生的职务。他已经变得贪得无厌了，他什么事情都不想耽误。不管是在佳里日镇，还有在城里，人们都已经简单地称他为"药内奇"了。"药内奇[①]，你这是到什么地方去呀？""要不要请药内奇出席会诊呢？"

他的嗓音变得又细又尖，性格也变得粗暴、变得容易动怒了。即使在接待病人时，他也常常不耐烦地用手杖敲击地板，并用他那讨厌的嗓音叫道："请您直接回答我的问题！废话少说！"

他还是孤身一人，生活也很枯燥，什么事情都引不起他的兴趣。

在佳里日镇生活的那些年，对猫咪的爱恋大概是他唯一的、也是最后的欢乐。每天晚上，他都会到俱乐部去玩牌，然后就一个人坐在大桌旁吃晚餐，伺候他的则是一位这里最受人尊重的老堂倌，他给斯塔尔采夫端上了拉斐特17号葡萄酒，这里所有的人——厨师、堂倌、俱乐部主任——都知道他不喜欢吃什么和喜欢吃什么，他们都想方设法去迎合他，生怕惹他发脾气，否则，他又会用手杖敲地板了。

进餐的时候，他偶尔也会转过身去，在别人的谈话中插上两句："你们谈的都是什么事情呀？啊？谁？"

---

① 直呼父称，表示不客气。

有时，如果邻桌有人提及图尔金家里的事，他就要打听："您说的是哪一家图尔金？是他女儿会弹钢琴的那一家吗？"

关于他，我能说的也就只有这些了。

关于图尔金一家呢？伊万·彼得罗维奇一点也没有老，也丝毫没有改变他的性格，依旧和往常一样爱逗哏，爱讲笑话；薇拉·约瑟福夫娜也和往常一样兴致勃勃地给客人们朗读自己的小说；而猫咪呢，她还是每天都要弹钢琴，一弹就是四个小时。她已经明显地老了，而且常常闹病，每年的秋天就会随母亲一起到克里木去疗养。

伊万·彼得罗维奇会送她们母女去火车站，火车一开动，他便会拭着眼泪喊道："再见！"同时挥舞着手中的手帕。

小官吏之死

一个美好的夜晚，一位出色的庶务官伊凡·德米特里奇·契尔维亚科夫坐在剧院的第二排，他正在用望远镜观赏《科涅维尔的钟声》[①]。他观看着戏，内心感到心旷神怡，然而，突然……小说里经常会用到“然而，突然”这样的字眼。作者并没有错：生活就是如此充满偶然性！然而，突然他的脸皱褶起来，眼珠向下翻转，停下了呼吸……他拿开眼前的望远镜，低下了头，接着……阿嚏！他打了一个喷嚏。您是明白的，无论何人，无论何地，打喷嚏是无法禁止的。农民可以打喷嚏，警察局长也可以打喷嚏，有时就连三等文官也要打喷嚏的。谁都有可能会打喷嚏，所以契尔维亚科夫一点也没有觉得难堪，他只是用手绢擦了擦脸。然后他礼貌地看了看自己的周围的人：看自己的喷嚏是否搅扰了其他人？可是，这时的他就不能不感到难堪了。因为坐在他前一排的一个小老头正在用一只手套使劲儿地擦自己的秃顶和脖颈，嘴里还喃喃地说着什么。契尔维亚科夫认出了这个小老头，他就是将军级文官勃里沙洛夫，现在止

① 法国作曲家普朗盖特（1847—1903）所作的轻歌剧。

在交通道路管理部门任职。

“我怎么把唾沫溅到他的身上了！”契尔维亚科夫暗想道，“虽然他不是我的直接上司，而是别的机关的长官，但这也总是不大好的。我必须向他道声歉。”

契尔维亚科夫干咳了一声，把身子凑到前面，小声地在这位长官的耳边说道：“真是对不起了，大人，我的唾沫溅着您了……可我并不是有意的……”

“没事，没事的……”

“看在上帝分上，请您原谅我吧，实在是对不起，我……我可真不是有意的！”

“唉，请您坐下吧！让我听戏！”

契尔维亚科夫觉得很尴尬，只是傻乎乎地笑着，于是把目光转向了舞台。可是这时的他已经没有了刚才那种怡然自得的感觉了，一种不安的心理时时在折磨着他。幕间休息时，他大着胆子向勃里沙洛夫的身边走去，然后嘟嘟囔囔地说道：“我的唾沫溅着您了吧，大人……请您原谅……我真不是……可不是……”

“唉，不要说了……我都忘记了，你怎么还在唠叨那件事！”大官不耐烦地人回答道。

“表面上说是忘了，可他的眼神里却怀有一股恶意。”契尔维亚科夫狐疑地望着大官想道，“他根本就不愿和我说话。我必须向他解释清楚，这根本不是我故意的……这只是本能反应而已，否则他会以为我是有意向他吐唾沫的。也可能现在他不会这么想，可是以后他一定会这么想的！”

回到家后，契尔维亚科夫向他的妻子诉说了在剧院里发生的事，起初他的妻子只是吃了一惊，后来听说勃里沙洛夫并不是本单位的官员，也就放心了。最后，他还是觉得妻子对刚才的那件事似乎过于掉以轻心。

“不过你还是得向他去道个歉，”她说，“否则，他会认为你在公众场合连如何说话都不会。”

“就是这样吗！我倒是道过歉了，不过，他的样子好像有点奇怪……连一句有关的话也没有说。当时的情况下确实也没有时间说话。”

第二天，契尔维亚科夫穿上了一套崭新的文官制服，新理了发，然后就前往勃里沙洛夫的官邸登门进行解释……他走进了接待室，看见许多人都在等着求见，这位官员就坐在这些人的中间，他已经开始接受呈文了。与几位求见者交谈之后，大官抬起头来，正好看见了契尔维亚科夫。

“昨天在‘阿尔卡狄亚’[①]戏院，大人想起来了吗，”庶务官开始汇报说，“我无意中打了个喷嚏，把唾沫溅……请求您的原谅……”

“我以为是什么事呢……天晓得！您有何贵干？”大官转向了下一个求见者。

“他甚至连话也不愿跟我说一句，”契尔维亚科夫的脸色变白了，转而他又想道，“这就表明他是生气了……不，这件事不能就这么完了……我一定要把话说清楚……”

大官和最后一名求见者谈完了话，起身要走向里间，这时契尔维亚科夫向前跨了一步，跟上他喃喃地说道：“大人！如果您觉得我斗胆搅扰了大人的话，那我敢保证这正是出于一种悔恨之情！您

① 古希腊一个洲，居民以牧羊力业。喻：安乐之邦。

一定会清楚的，我真不是故意的！”

大官一副哭笑不得的样子，只能无奈地挥了挥手。

“您这不是在嘲弄人吗，我仁慈的先生！”大官说着就消失在门里面了。

“我怎么就嘲弄人了呢？”契尔维亚科夫想着。“我压根儿就没有一点儿嘲弄您的意思！都是这么大的官的，居然连这也弄不明白！既然你这样认为，那我就不用再向您这位自以为是的人赔不是了。让这见鬼去吧！我还是给他写封信吧，我再也不上门了！真的，再也不上门了。”在回家的路上，契尔维亚科夫这样想着。给大官的信他倒也没有写，因为他想呀想呀，最终也没有想出来该怎么写这封信，还是决定明天再亲自去做解释。

“我昨天打扰大人了，”当大官带着疑问的目光看着他，喃喃地说道，“我并不是为了像您说的那样是想嘲弄您。而是因为我打了一个喷嚏，唾沫溅到了您的身上，所以我才来道歉的……嘲弄这两个字，我连想都没有想过。我怎么敢嘲弄您呢？我只不过是怀着对大人您的敬重，嘲弄……是一丝一毫也没有的……”

“你给我滚出去！”大官浑身发抖，脸色发青，大声地吼起来。

“您这是怎么啦，我的大人？”契尔维亚科夫被吓得愣住了。

“给我滚出去！”大官跺着双脚，又一次大声吼道。

契尔维亚科夫的肚子里似乎有什么东西在翻腾着，但是他看不见什么，也听不见什么，只是倒退着向门口走去。来到了街上，他摇摇晃晃地走着……机械地回到了家中，衣服也没有脱，倒在沙发上……死了。

乞丐

“善良的先生！行行好吧，请您关照关照我这个不幸的挨饿之人吧。我已经三天都没吃一点东西了……我身无分文，也无处栖身……这我敢对上帝发誓！我这样做也是被逼无奈啊，我在乡村里当了八年的教师，只是因为地方自治局里的人们钩心斗角，结果就害得我丢掉了饭碗，成了告密的牺牲品。算起来，我失业已经整整一年了。”

律师斯克沃尔佐夫扫了这个乞讨者一眼，他那件破烂的灰大衣、一双浑浊的醉眼和满脸的红斑，似乎在哪儿相识过。

“现在有个好心人替我在卡卢加省找了一份工作，”乞讨者继续说道，“可是我却连去那儿的路费也没有，请你们这些好心的人帮帮我，行行好吧！我实在是不好意思求人，可是……我也是被逼和无奈啊。”

斯克沃尔佐夫又把目光投向了他，看到他的套鞋一只浅腰，一只高腰，一下子就想了起来。“听我说，前不久我在花园街就遇到过您，”他说，“不过当时您说自己是被开除的大学生，而并不是什么乡村教师，您还记得吗？”

“不……不……不，这怎么可能！”乞讨者慌了神，语次不清地说，“我就是一名乡村教师，我是有证件可以证明的，如果您愿意看，我可以拿给你看的。”

“您就不要再说谎了！当时您自称是大学生，甚至还对我讲了您被开除的原因，难道您不记得了吗？”斯克沃尔佐夫的脸都涨红了，带着一副不屑的神情对这个衣衫褴褛的人喊道，“这是很卑鄙的，先生！这也可以说是一种欺骗的行为！我完全可以把你送进警察局的，真是见鬼！贫穷和挨饿并不能成为您厚颜无耻、大肆撒谎的理由的！”

衣衫褴褛的人抓住了门把手，就像一个当场被抓获的小偷一样惊惶失措地环顾着门厅，并嘟囔着说：“我……我并没有说谎的，先生……我是有证件的。”

“可是，谁又能相信您呢？”斯克沃尔佐夫生气地说，“骗取人们对乡村教师和大学生的怜悯——这简直是太卑鄙龌龊、下流无耻了！真让人厌恶！”

斯克沃尔佐夫大发雷霆，丝毫不留情地痛斥了一番这个乞讨者。他非常憎恶这个衣衫褴褛之人的无耻谎言，他觉得这是有辱自己的信念的，因为他斯克沃尔佐夫最珍爱和看重的品德就是：善良，一颗极重感情的心，对不幸之人的同情之心。而这位乞讨者却谎话连篇，企图骗取他人的善心，这是亵渎人们周济穷人的仁爱情感的。

开始时，衣衫褴褛之人还一味辩解着，赌咒发誓自己是清白的，可是后来他就默不作声了，只是满面羞愧地低下了头。

“先生！”他把一只手按在自己胸口上说道，“的确，我是……说谎了！我不是乡村教师，也不是大学生，这些话都是我胡编乱造的！我原来任职在俄罗斯合唱团，后来因为我酗酒很厉害而

被赶了出来。可是我应该怎么办呢？上帝作证，要想吃上饭不说谎是根本不行的！我如果说真话，那谁也不会施舍我的。说真话的出路只能是被饿死，只能是无处栖身，从而被冻死街头！您说的是对的，我也明白其中的道理，可是……我又有什么办法呢？”

“有什么办法？您是问自己有什么办法吗？”斯克沃尔佐夫高声地质问，咄咄逼人地靠近那人，“您去工作呀，这就是唯一的办法吗！非工作不可的！”

“工作……我自己也明白这道理，可是你让我到哪儿去找工作呢？”

“真是胡说！您正年轻力壮，只要肯做，哪里会找不到工作啊。可是您却娇生惯养，酗酒成性，好逸恶劳！您浑身上下就像一个小酒馆一样直冒酒气！您的谎话连篇，已经堕落至极，只会沿街乞讨，坑蒙拐骗！即便有一天您肯屈尊俯就去劳动、去工作，那是不是也得给您配备一个坐办公室啦、俄罗斯合唱团啦、台球记分员啦之类的职位，什么也不干就可以拿钱的！而您是否愿意去从事体力劳动呢？恐怕您绝对是不肯去当看门人或者工人的吧！因为您太自大了！”

“您怎么能说这样的话呢，真是的……”乞讨者苦笑着说，“您让我到哪儿去找体力活儿呢？如果去当伙计，为时已晚了，因为做生意是必须从学徒干起的；去当看门人呢，谁会要我呢，因为我是容不得别人对我指手画脚的……工厂也不会要我的，工人是需要有手艺的，而我却什么也不懂。”

“胡说！您这是在为自己找借口！那么您愿意去劈柴吗？”

“我倒是不会拒绝，可是现如今连地道的劈柴工都找不到饭碗呢。”

“哼，所有的寄生虫都会这么说的。不管给您出任何主意，您都会一味拒绝的。那么您愿不愿意到我家去劈柴呢？”

“好的，我听您的，我去劈……”

“好啊，好极啦，咱们就等着瞧好吧！”

说干就干，斯克沃尔佐夫不无幸灾乐祸的心理，他把厨娘从厨房里叫了出来，对她说道：“奥莉加，您把这位先生领到板棚里去，让他劈柴。”

衣衫褴褛之人耸了耸肩膀，感到一阵纳闷，犹豫不决地跟着厨娘去了。从他的步态可以看出：他之所以同意去劈柴，并不是因为他饥肠辘辘，想挣一顿饭钱，而只不过是碍于面子，因为自己的话已出口，不干总是不行的。同时，也可以看出，他由于酗酒已变得十分虚弱，一副病恹恹的样子，丝毫没有干活的兴致。

斯克沃尔佐夫急忙走进餐厅，从那儿的窗户可以看到整个柴棚和院子里所发生的一切。他站在窗前，眼看着厨娘把那人从侧门领进了院子，踩着脏雪朝板棚走去。奥莉加怒气冲冲地打量着眼前的人，打开了板棚的锁子，恶狠狠地推开了门。这时的斯克沃尔佐夫心里想道：“好一个泼妇啊！大概是我打扰这女人喝咖啡了。”

随即斯克沃尔佐夫又看到那个冒牌教师兼冒牌大学生坐在了一截粗圆木上，他用拳头支撑着通红的脸颊，陷入了沉思之中。一把斧头被厨娘扔在了他的脚边，并恶狠狠地啐了一口唾沫，好像还骂着什么。那个衣衫褴褛的人犹豫地拽过一截木头，把它竖在两脚之间，谨慎地劈了一斧头。木头晃了晃就倒下了。那人又把木头拽到自己的面前，朝着冻僵了的双手哈了一口气，又小心翼翼地劈了下去，好像唯

恐砍在自己的套鞋或者剁掉了手指似的。木头又一次倒在了地上。

斯克沃尔佐夫的火气消失了，好像还有一丝的难过和惭愧，因为是他自己逼迫这样一个娇生惯养、嗜酒如命、也许还疾病缠身的人在严寒之中去干这种粗活的。

“哎，也没什么大不了的，还是让他干去吧……”他想了想，便离开了餐厅回到书房，“我这也是为了他好哇。”

一个钟头过去了，奥莉加前来报告说，木柴已经全部劈好了。

“去吧，把这半个卢布给他，”斯克沃尔佐夫说，“如果他愿意的话，就让他每月一号都来劈柴好了……这样的活总是有的。”

第二个月的一号，那个衣衫褴褛之人果真又来了，他又挣了半个卢布，尽管他的一双腿勉强才能站住。从这一次开始，他就经常在院子里出现，而且每次都能给他找些活干：有时候是收拾板棚里的东西，有时候是把雪扫成堆，有时候则是抖掉地毯和床垫上的灰尘，这样他每次都能拿到20—40戈比的工钱。一次，主人还送给了他一条旧裤子。

斯克沃尔佐夫搬家的时候，他又被雇来收拾东西，搬运家具。这一次的衣衫褴褛之人并没有喝醉，而是板着面孔，一言不发。他勉强地扶住家具，低着头走在大车的后面，一点也没有掩饰自己，只是怕冷地缩着脖子。车夫们也拿他开玩笑，说他游手好闲、手无缚鸡之力却还穿着贵族们才穿的大衣时，他感到尴尬极了。东西搬完了，斯克沃尔佐夫把他叫了进来。

“哦，看来我的话对你所起的作用不小啊。”斯克沃尔佐夫说着就递给了他一卢布，“这是给您的劳动报酬。我可以看出这段时间你没有再喝得醉醺醺的，也不再反对工作了。您叫什么名字啊？”

“卢什科夫。”

“听着，卢什科夫，我给您介绍另一份工作，要比现在的干净一些。哦，对了，您会抄写吗？”

“我会的，先生。”

“那明天你就带上这封信去找我的一个同行，您可以在他那儿干一些抄写的工作。一定要好好干，不要再酗酒了，一定不要忘记了我对您说过的话。再见吧！”

斯克沃尔佐夫颇为满意自己的做法，他总算把这个人扶上正道了。他亲切地和卢什科夫拥抱了一下。拿上信后卢什科夫就走了，他再也没有回到这个家里来干活。

两年之后的一天，斯克沃尔佐夫站在剧院售票处前正在付钱买票，他忽然看见一个身材矮小的人正在自己的身旁，他身穿羊羔皮领子的大衣，头戴海狗皮做的旧帽子。小个子胆怯地向售票员买了一张顶层楼的戏票，付的钱全是五戈比的铜币。

“卢什科夫，是您呀？”斯克沃尔佐夫惊奇地问，他已经认出了眼前的人就是自己家先前的劈柴工，“喂，您过得怎么样？现在都在干些什么工作？您的日子过得还好吗？”

“还可以的……现在我在为一位公证人工作，每月可以拿到三十五卢布，先生。”

“哦，真是谢天谢地。这简直太好啦！我为您感到高兴。我非常、非常高兴，卢什科夫！你要知道，在某种程度上您可以算是我的教子了，因为是我把您推上了正道。还记得我当年是怎么样痛斥您的吗？当时有您简直是无地自容。好啦，我亲爱的朋友，谢谢您并没有忘记我的话。”

“我也要谢谢您。”卢什科夫说，“当年我如果没有去您家，也许我至今还在冒充教师或者大学生呢。是的，是您拯救了我，帮助我跳出了火坑。”

“是的，我非常高兴。”

“谢谢您那些好心的话和种种善意的举动。当初您所讲的那一席话全是金玉良言。我感激您的同时也要感激您家的厨娘，求上帝保佑这个善良而高尚的女人身体健康。当时您所讲的真是太精彩了，我自然是到死也会感激不尽的，不过真正挽救了我的人，倒是您家的厨娘奥莉加。”

“这又是怎么回事？”

“事情是这样的。当初我到您家去劈柴时，她一见面就开口骂道：‘唉，你这个天地不容的家伙！你这个酒鬼！你怎么不去死呀！’骂完之后她就坐到我对面，满面愁容地看着我的脸，哭着说：‘你真是一个不幸的人哪！你虽然活在人世上，却没有快乐，就是到了另一个世界，像你这样的酒鬼也是要下地狱、挨火烧的！你真是一个苦命的人哪！’您知道吗，她所说的全是诸如此类的一些话。她究竟为我抛洒了多少眼泪，耗费了多少心血，我是说不清楚的。但最重要的是——她还要替我劈柴！实际上，先生，在您的家里，我连一块木头也没有劈过，那些柴全都是她替我劈的呀！她为什么要挽救我，我又为什么瞧着她才肯重新做人，不再酗酒呢？我是解释不了的。我只是知道，她的那些话语和高尚的行为使我的心灵发生了变化，她使我改了邪、归了正，这一点我是没了牙齿也不会忘记的。不过，现在该入场了，已经在打铃了。”

卢什科夫深深地鞠了一躬，便朝着他的楼座走去了。

运气不济

上午九点多，天气格外晴朗，加久金和施洛赫沃斯托夫，这两个地主坐着马车去参加本地区调解法官的选举。他们的马车行驶在泛着绿色的道路上，路边排着的两行老桦树刚刚长出嫩叶，它们发出轻轻的喧响。左右两边是开阔的草地，一眼望不到边际，鹌鹑、凤头麦鸡和鹬鸟的鸣叫声不时地传来。地平线上，蔚蓝的天空映衬出一座座白色的教堂，墨绿色房顶的地主庄园错落地排列着。

“我们真该把我们的主席揪到这里来，戳着他的鼻子指责他……”加久金抱怨地说。

加久金是一位身体肥胖的贵族老爷，他的头发已经花白，戴着一顶肮脏的草帽，系着松散的花领结。他们的马车上下不停地颠簸着，咣当咣当地响，后来绕过了一座小桥。

“这就是我们地方自治会修建的桥梁，好像成心要让人绕道似的。上次开地方自治会时，杜勃列维伯爵就说，地方自治会造这样的桥就是为了考验人们的智慧。只有能够绕过桥去的人才是聪明的人；如果谁冒冒失失地赶车过桥的话，那他不可避免将要发生车祸，或者摔断脖子，这样的人肯定是个大傻瓜。所有错误的原因就应该归结于我们的主席，假如我们的主席不是酒鬼，不是瞌睡虫，不是糊涂蛋，而是换成另外一个人，那就绝不会有这样的桥梁产生了。能够胜任这个位置的人，一定要体力充沛、头脑精明，举个例子吧，就像你……你为什么去竞选什么调解法官，真是鬼迷心窍了！你才是主席候选人的最佳人选，真的！”

“你就等着看吧，如果今天我落选了，就算我自己不情愿，我也不得不去做主席候选人啦。”施洛赫沃斯托夫谦虚地说。

施洛赫沃斯托夫是一个大高个儿，有一头棕红色的头发，戴着一顶崭新的贵族宽边帽。

“你怎么会落选呢……”加久金打个哈欠说，“我们选的是有文化的人，咱们县满打满算就你一个大学毕业生，如果连你也选不上，那还能选谁呢？这是大家早就商定好的……只是你真的不应该去竞选调解法官……实际上你更应该去竞选主席……”

“反正都是一样的，我的朋友……调解法官的薪俸是两千四，主席的也是两千四。调解法官只坐在家里审案子并进行调解就行了，可主席呢，时不时地还要乘上颠簸的马车去县府里……和主席相比来说，调解法官不知要轻松多少呢，再说了……”

施洛赫沃斯托夫的话没有说完……突然，他忐忑不安地扭动起身体来，眼睛还死死地盯着前面的道路。他的脸一下子变得通红通红的，然后啐了一口唾沫，身体向后仰了一仰。

“我就预料到是这样了！我的心里早就有预感了！”他喃喃地说道。

然后，他随手摘下帽子，擦了擦脑门上的汗珠说：“我又要落选了！”

“这是怎么回事？你怎么知道自己要落选了？”

“难道你没有看见奥尼西姆神甫吗？他正坐着车迎面过来了。没错的，一定是他……如果在路上碰到这个家伙，那就趁早调头回去吧，碰到他是绝不会有什么好结果的。这一点我心里还是清楚的！米奇卡，快掉转马车回去吧！我的上帝啊，我这么早启程就是怕遇见这个犹大，谁知偏偏不遂心愿，让他嗅出了我要出门了，他的鼻子可真尖啊！”

“得了吧，你，瞧你说的！你这是在胡思乱想，真的！”

“我可没有胡思乱想！你没听说过‘遇见教士路上走，必有大祸要临头’吗？每次我去参加选举，他一定会出现在路上。这个老家伙，都是快死的人了，差不多就剩一口气儿了，可还是这么歹毒，连造物主都愿不收容他！怪不得二十年来他都没有得到提拔呢！为什么他总要报复我呢？就因为思想方式吗？就因为他不喜欢我的思想！

我知道了，那次我俩都在乌里耶夫的家里做客，饭后我坐在了钢琴的旁边，当然，那天是我多喝了几杯，你知道，喝多了之后考虑问题也就不那么周到了，当时我唱了《面对诚实的人欢歌狂舞》和《香草酒》这两首歌。没想到的是，他听了以后说：‘法官是不应该这样的，你的这种思想方式是有碍为官之道的。我坚决不允许你参加选举！’从那次开始，每当选举时他都出来挡我的道。我也骂过他，也曾想过其他的办法，可无论我怎么做，全都无济于事！只要我坐上马车一动身，他就像闻出了气味一样，接着就跟来了……我有什么办法呢？不说了，反正我也当选不了啦！这是必定无疑的……以前的那几次，我也都落选了，想来都是他作怪！”

“得了吧，快不要说了，一个大学毕业生，一个受过教育的人，怎么能像老太婆那样迷信……”

“我可是从来不迷信的，我只不过是相信征兆：凡是遇到十三号那天，不管我着手做什么事，或是碰见他这样的人，结局肯定是糟糕的。当然，你也可能认为这些都是无稽之谈，是不能信以为真的，但是……请你解释一下，为什么这样的征兆预示的结果却总是能够发生呢？我看，恐怕你也解释不了吧！依我看，倒不必迷信，可为了稳妥一点，我倒不妨顺从那些该死的征兆……咱们还是回去吧！老兄，不管是你还是我，这一次咱们都不会当选的，说不定还会遇到更加倒霉的事。比如说断了车轴，或者输钱什么的……你就走着瞧好了！”

一辆农民的大车赶了过来，正好与四轮马车交错而过，一个矮小衰迈的教士坐在大车上，由于年久日深，他头上的那顶宽边高礼帽的颜色已经发绿了，身上穿的是帆布的法衣。两辆车相遇的一刹那，他摘下了礼帽，弯腰行礼。

“这样做可不好啊，神甫！”施洛赫沃斯托夫摆着手说，“这种恶毒的行径和您的圣职不相符合啊！是啊！临到末日审判时，你会因此而遭到报应的！我们回去吧！”

他转过脸来对加久金说：“就算是白白跑了这么远……”

意想不到的是，加久金却不同意返回。结果这一天的傍晚，两个朋友坐着马车走在回去的路上，两人的脸色通红、神情抑郁，就像天气骤变形成的西天的晚霞一样。

“我本来就告诉你不要去的！”施洛赫沃斯托夫抱怨着说，

“我原本说过的呀，你就是不听我的。你还说我是什么迷信！现在你信不信了！落选倒也罢了，让我感到耻辱的是还要被那些下流痞子们指责、嘲笑，真是一群该死的东西！还说什么酒馆，说‘你在自己的地盘上开酒馆了！’哼，我就是开酒馆啦，又怎么样！这跟旁人又有什么关系？我就是开，就开！谁敢管我？”

“还是算了吧，一个月之后，你就是主席候选人了。”加久金安慰他说，“今天大家是故意没选你的，目的是好让你当选主席……”

“你说的比唱的还好听呢，怎么像夜莺唱歌似的！你总是这样安慰我，真是一个阴险的家伙！而事实上，第一个投我反对票的就是你！今天我一张赞成票也没有得到，一律是反对票，由此可以看出，你，我的朋友也是投的反对票……多谢你啦……”

一个月后，两位朋友坐着同一辆马车、沿着同一条路去参加自治会主席的选举，但这一次他们六点多就上路了。坐在四轮马车里的施洛赫沃斯托夫提心吊胆地望着那条大道……“他怎么也不会想到我们这么早就动身的，”他说，“可是为了保险起见，我们还是快点走……他这个人狡猾极啦，说不定他还有暗探呢！快点赶车吧，米奇卡！快！”

他扭过脸来又对加久金说：“老兄，昨天我派人给奥尼西姆神甫送去了两袋燕麦和一些茶叶……我是想给他点好处，让他软下心来，可谁知他收下礼物后却对费多尔说：‘替我向你家老爷问好，你说我谢谢他送来的礼物，不过，你回去后还要告诉他，就说他的这点礼物是收买不了我的。不要说只送一点燕麦，就算送来的是金条也动摇不了我的想法。他是不是不通人情啊？走着瞧吧……他坐车出门时，弄不好就会撞上一个胖魔鬼的……快点赶车，米奇卡！”

四轮马车快速地驶进了神甫奥尼西姆住的村庄……在经过神甫家的院子时，两个朋友看见大门里的奥尼西姆正手忙脚乱地围着大车转圈呢，他正急于把马套到车上去。只见他一只手扣紧自己的腰带，用另一只手和牙齿把皮套套到马身上……

“你可晚喽！”施洛赫沃斯托夫哈哈大笑着说，“虽然暗探打了报告，只可惜迟了！哈哈！就是让你咬不着！怎么样，这下完蛋了吧？看你还说什么收买不了的话！哈哈！”

四轮马车驶出了村庄，施洛赫沃斯托夫觉得自己已经脱离了险境，不禁大声欢呼起来。“啊，我的老兄，在我的管辖之下，是绝不会有这样的桥梁的！”未来的主席眨了眨眼睛，吹牛说道，“我一定要严加控制那些包工头们！在我的管辖之下，也不会出现这样的学校！只要我发现哪个教师是酒鬼，或者是他是社会主义者，哼，那他就等着走人吧，老兄！我会让他立刻给我走！在我的管辖之下，自治会的医生也绝不敢穿着红衬衫大摇大摆地走在路上！我，老兄……你，老兄……快点赶车，米奇卡，避免再碰到别的什么教士！……啾，看样子我们肯定能顺利到达的……哎呀！”

施洛赫沃斯托夫的脸色突然煞白，像被毒蛇咬了似的跳了起来。他大叫道：“兔子！兔子！兔子横穿道路了！哎，哎，哎！真是见鬼！我恨不得把它撕碎了才好！”

施洛赫沃斯托夫摆了摆手，垂下了头。他沉默了一会儿，伸手摸了摸惨白有汗的脑门儿，小声说道：“运气真是不好啊！看来，我是挣不到那两千四了……还是往回走吧，米奇卡！运气真是不好！”

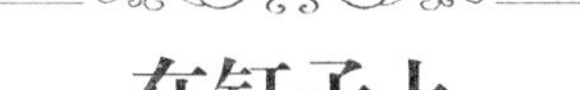

在钉子上

一伙刚刚下班的十二品文官和十四品文官[①]慢慢腾腾地走在涅瓦大街上。过命名日的斯特鲁奇科夫领着他们去自己的家里参加命名日晚宴。

“马上咱们就可以饱餐一顿了，弟兄们，”斯特鲁奇科夫大声地说，“我们可要痛痛快快地吃上一顿！我的妻子已经准备好了大馅饼。是我昨天晚上亲自买来的面粉，我还给大家备好了白兰地酒……可是沃龙佐沃生产的……快走吧，我妻子大概等得不耐烦了！”

斯特鲁奇科夫的家离得很远，他们走了好长时间才好不容易到了他家。他们刚一进入前厅，一股煎大馅饼和烤鹅的香味就扑鼻而来。“你们闻到香味了吗？”斯特鲁奇科夫笑嘻嘻地问道，“快去脱衣服吧，诸位先生！皮大衣放在箱子上就好了！喂，卡佳！你在哪儿呢？我的同事们都来了。阿库林娜，你去帮各位先生把皮大衣放好！”

“这是怎么回事啊？”一位同伴指着墙问道。一枚大钉子正好

① 旧俄官衔分十四品，十四品最低。

在墙上，钉子上挂着一顶崭新的制帽，帽徽和帽舌发出闪亮的光。官员们你看看我，我看看你，惊讶得一个个的脸色都发白了。

“这是他的制帽！”他们小声地说着，“原来……他在这里！”

“是的，他是在这里，”斯特鲁奇科夫咕哝着，“他就在卡佳的房间里……咱们还是走吧，先生们！让我们先到小酒馆里坐一坐吧，等他走了，我们再回来。”

于是，大家赶忙扣上大衣的纽扣，走出了屋子，懒洋洋地走向了小酒馆。

“怪不得你家有一股烤鹅味呢，原来是这只大公鹅在你的家里坐着呢！”档案助理员放肆地说，“他一定是被魔鬼支使来的！他会很快就走吗？”

“肯定会的，他很快就会走的。他在这里的时间从来就没有超过两个钟头过。我真想吃点东西！我们还是先喝杯伏特加吧，然后用鲱鱼当下酒菜……然后再喝一杯，弟兄们……喝完第二杯我们就可以吃大馅饼了，否则就没有胃口了……我老婆烤的大馅饼可是一流的，当然还有菜汤……”

“你买沙丁鱼了吗？”

“买了，买了两盒呢。香肠买了四个品种……大概我老婆也饿了……可他却突然闯来了，真是活见鬼了！”

他们在小酒馆里大约坐了一个半小时，每人装着样子喝了一杯茶，然后又回到了斯特鲁奇科夫的家里。他们一走进前厅，屋里的香味比刚才更浓了。公务员们通过半敞着的厨房门缝看到了一只烤好的鹅和一盘拌黄瓜。女仆阿库林娜刚好从炉子里往外取着什么。

公务员们饿得连肠胃都痉挛了，饥饿可不是闹着玩的，可那个可恶的貂皮帽依然挂在那个钉子上。

“他还没有走呢，弟兄们！”

“这到底是怎么回事啊？”

“这帽子是普罗卡季洛夫的，”斯特鲁奇科夫解释道，“咱们还是走吧，先生们！让我们找个地方再等上一会儿……他是不会坐太长时间的……”

“如此卑贱的一个家伙的家里却有一位漂亮的小娘子！”一个沙哑的低声从客厅里传来。

“这就叫作痴人有痴福吗，我的阁下大人！”一个女人的声音附和道。

“咱们还是走吧！”斯特鲁奇科夫呻吟着说。

他们又来到了小酒馆，这一回要了一些啤酒。

“普罗卡季洛夫，他可是一个有权有势的人物呀！”同伴们开始安慰斯特鲁奇科夫，“如果他在你的家里坐上一个小时，那就保管你……福星高照，官运亨通。你真是幸运呀，我的老兄！你干吗要伤心呢？根本用不着伤心的。”“即使你们不说，我也知道用不着伤心的。问题的关键不在这里！而是我的肚子太饿了！”

一个半小时之后，又回到斯特鲁奇科夫家里的他们依然看到了那顶貂皮帽子，这仍然在钉子上挂着。这次他们只好又次撤退了。

直到晚上七点多钟，那个钉子才闲置下来，没有了帽子。现在我们可以开始吃大馅饼了！可是大馅饼却已经发干，菜汤也不热了，鹅也烤煳了——这一切都弄糟了斯特鲁奇科夫的升官的欲望！不过，大伙却吃得津津有味。

名贵的狗

一个很早当兵、年纪不轻的中尉杜博夫正在和志愿入伍的克纳普斯坐在一起喝酒。

“真是一条好公狗啊！”杜博夫指着自己的狗米尔卡，对克纳普斯说，“这是一条名——贵——的狗哪！您看看它的嘴和脸！凭这副嘴脸就知道它能值大价钱！如果再遇上喜欢狗的人，甩出二百卢布是没有问题的。您不相信吗？这么说您肯定是外行了……”

“我怎么不懂呢，不过……”

“这可是长毛猎狗，纯种的英国长毛猎狗！它发现野物时的神态别提有多漂亮了，还有它那鼻子……真灵！天哪，多灵的鼻子啊！米尔卡还是一条小狗时我就买下了它，您知道我花了多少钱吗？一百卢布！这是一条好狗啊！米尔卡，它是一个机灵鬼来！米尔卡，你这个小坏蛋！过来，过来，上我这儿来……哎呀呀，我的小宝贝啊，我的小乖乖哟……”米尔卡跑了过来，杜博夫在它的头上亲了一下，泪水涌进了杜博夫的眼睛里。

“我不会把你给任何人的……我的小美人……小淘气，你也是爱我的，米尔卡，对不对？……好了，滚一边去吧，”中尉突然喝道，“你的爪子怎么又弄脏了我的军服！告诉你吧，克纳普斯，我花了一百五十个卢布才买下了这条小狗！显然它是很值钱的，可惜我却没有时间去打猎！所以这条狗简直就没有什么用处，它的才能都快荒废了……所以我决定把它卖掉。您买了它吧，克纳普斯！您会一辈子感谢我的！哦，如果您的手头不宽裕的话，我可以给您打五折……五十卢布，你就可以带走它了！和白捡的差不多啊！”

“不，不，亲爱的……”克纳普斯叹了口气，“如果您的米尔卡是一条公狗，我可能会买下它，不过……”

“米尔卡不是公狗吗？”中尉惊诧地说道，“克纳普斯，您这是怎么啦？米尔卡不是公——狗？哈哈！那么您认为它是什么狗？母狗吗？哈哈哈！您这孩子，您可真行！竟然连公狗、母狗都分不清楚！”

“您这样说，好像认为我是瞎子或者是个不懂事的孩子……”克纳普斯生气了，“它当然是母狗了！”

“您是不是还会说我是一位太太吧！唉，克纳普斯，克纳普斯！亏您还在专科学校读过书呢！错啦，完全错啦，我亲爱的，米尔卡可是一条地地道道的纯种公狗！而且它比其他的公狗要强上十倍，而您却说……却说它不是公狗！哈哈……”

“对不起，米哈伊尔·伊凡诺维奇，您……您简直把我当成傻子了……这真是叫人生气……”

“算了……您不买就算了……还生什么气啊？您这个人真是死心眼！等一会儿您还会说这狗的尾巴不是尾巴，而是腿呢……我本来是一番好意的。瓦赫拉梅耶夫，把白兰地送过来。”

勤务兵送来了一瓶白兰地，两位朋友各倒了一杯，沉思了大约半个小时。

“就算是母狗……”中尉打破了沉默，阴沉着脸看着酒瓶，“这真是怪事！这样可能更合算一些，它可以给您下崽，一头小狗崽子就可以卖二十五卢布……谁都乐意买您的。我真搞不懂您为什么这么喜欢公狗！母狗要比公狗强一千倍呢，母狗也比公狗更识好歹，更依恋主人……这样可以吧，既然您这么不喜欢母狗，那您给二十五卢布就可以带走它了。”

“真的不行啊，亲爱的……我连一个戈比也不会出的。第一，我没有钱，第二，我也不需要狗。”“这话您怎么不早说啊。米尔卡，快点从这儿滚出去！”

勤务兵端上一盘子煎鸡蛋，两个朋友吃得津津有味，一会儿就吃光了。

“您真是一个好小伙子啊，克纳普斯，也比较诚实……”中尉擦着嘴说，“您就这么回去了，我心里也不舒服啊，见鬼去吧……你把狗带走吧，我一戈比也不要，白送您了！”

“可是我把它放在哪儿呢？亲爱的！”克纳普斯叹着气说，“再说也没有人能照看它啊？”

“好了，你不要就不要……见您的鬼去吧！既然您不想买，也不想白要……哎，您去哪里呀？您再坐一会儿吗！”

克纳普斯伸了一个懒腰，站起身来，拿起帽子，打着哈欠说：“我该走了，再见了……”

“那您稍微等一下，我去送送您。”

杜博夫穿上大衣，跟着克纳普斯来到大街上，两人默默地走出了一百来步。

“您看我应该把这狗送给谁呢？”中尉开口说道，“您有没有什么熟人想养狗啊？您也看到那条狗了，它的确是条好狗啊，纯种的英国狗，可是……我却一点儿也用不上它呀！”

“我不知道，亲爱的……另外，在这地方我根本就没有什么熟人。”

两人一直走到克纳普斯的住处，他们一直沉默着，谁也没有再开口。

克纳普斯和中尉握了握手，便打开自家的便门。这时，杜博夫干咳了一声，迟疑地说：“您是否知道本地的那些屠夫收不收狗呢？”

“可能会收吧……我也不好说。”

“明天我就让瓦赫拉梅耶夫给他们送去……叫人剥了它的皮……这真是一条该死的狗！真是可恶极了！它不但弄脏了我所有的房间，昨日还偷吃了我厨房里的肉，下——下——贱胚子……如果是纯种狗倒好了，鬼才知道它究竟是什么东西。说不定是看家狗和猪的杂种呢？晚安！”

“再见！”克纳普斯说。

克纳普斯关上了便门，中尉一人留在外面。

苦　恼

暮色一片苍茫，鹅毛大雪慢慢悠悠地飞舞在刚刚点亮的路灯周围，飘落在马背、屋顶和路人的帽子、肩膀上，积起了一层薄薄的轻柔的雪花。车夫约纳·波塔波夫浑身上下已经雪白，宛如一具幽灵一样。他佝偻着脊背，将身子蜷缩到一个活人所能做到的最大限度，呆呆地坐在驭座上。即便是成堆的雪压在他的身上，他也未必会觉得有必要把它抖掉……

车夫的那匹老马同样遍体雪白，岿然不动。即使走近细瞧，它那伫立的身姿、瘦骨嶙峋的体态，还有它那棍子般直挺的细腿，使它活像一块仅值一戈比的马形蜜糖饼干。它显得心事重重，就是任何一匹马都会表现出来的，一旦它被强行卸去犁耙，远离了早已习惯了的单调乏味的种种景象，被抛掷在这光怪陆离的灯火、无休无止的喧嚣以及熙来攘往的人群的大漩涡之中，又怎能不勾起它满腔的心思呢……

约纳和他的瘦马已经很久没有挪动位置了，他们在午饭之前就从大车店出来了，至今也没能揽到一笔生意。但是，眼见暮霭就要笼罩全城了，路灯发出的黯淡的微光让位于璀璨夺目的、流光溢彩的大街变得越来越繁忙越来越越热闹了。

“车夫，我去维堡区！”约纳听到有人在喊他，“车夫！”

约纳猛地打了个哆嗦，透过沾满雪花的眼睫毛，他看见了一个身穿军大衣的军人。

“我去维堡区！”军人又重复了一遍，“你睡着了，还是怎么了？我去维堡区！”

约纳抖动了一下缰绳以示同意，马背上和他双肩上的积雪便纷纷散落下来……军人坐上了雪橇。车夫咂响嘴唇啸使着马，然后就像天鹅般伸长脖子，略略欠起身子，他习惯性地挥舞着鞭子。老马也伸长了脖颈，曲起骨瘦如柴的细腿，迟迟疑疑地挪动着脚步起程……

“真是该死，你这个东西往哪儿闯呀！”从黑压压的过往人流中发出一阵怒吼，“真是见鬼，你这是跑到哪儿来啦？靠右边走！”一辆四轮轿式马车上的车夫破口大骂。

“你怎么不会赶车啊！应该靠右边走的！”军人也生气了。

一个横穿马路的行人的肩膀碰到了马脸上，他恶狠狠地瞪着车夫，不时地抖动着袖子上的雪。约纳在驭座上如坐针毡，局促不安，不时地往两旁架着胳膊肘，眼珠到处乱转，就像中了邪一般，仿佛自己也不明白到底应该往哪里走似的。

“这些人真是浑账呀！”军人挖苦地说，“一个个全都想和你撞个满怀，还有人往马肚子底下钻。他们肯定是事先商量好的。”

约纳转过头望了望这位乘客，嘴唇微微地颤动着……显然他是想说些什么，可是从他的喉咙里只发出了一阵嘶哑的声音，他一个

字也没能说出来。

“你这是怎么啦？”军人问。

约纳咧了咧嘴，露出一丝苦笑，然后便使劲儿清了清嗓子，这才发出沙哑的声音说：“老爷，我那个……儿子，这个星期死啦。”

“噢……他是怎么死的？”

约纳转过身说道：“我也不知道呢！可能是得上热病了……只在医院里躺了三天，然后就没气了……也许这是上帝的旨意吧。”

“你拐拐弯吗，魔鬼！”昏暗之中他猛地听到一声呵斥，“你是瞎了还是怎么的？老狗！睁开眼睛瞧着点儿呀！”

“走吧，我们走吧……”乘客说，“像这样下去，咱们明天也到不了目的地。你快赶赶马呀！”

车夫再次伸长了脖子，欠了欠身，凝重而优雅地挥动着鞭子。随后，每当他回头张望自己的乘客时，那人都闭上了眼睛，这分明是不想听他说话。他把这位乘客送到维堡区之后，便把雪橇停在了一家小酒店的旁边，他躬身坐在驭座上，又纹丝不动了……湿润的飞雪给他和他的马儿涂上了一层白色。一个钟头过去，一个钟头又过去了……

人行道上走过来三个年轻人，他们响亮地跺着套鞋，并彼此对骂着。其中的两人又高又瘦，而第三个却又矮又小，还驼着背。

“车夫，我们去警察局大桥！”驼背的破锣嗓子喊道，“三个人……二十戈比！”

约纳抖动着缰绳，咂嘴嗾使着马。二十戈比的价钱太不合算了，但是，他已经顾不上讨价还价了……一卢布也好，五戈比也罢，眼下只要有乘客就好了……三个年轻人你推我搡，骂骂咧咧地来到雪橇的跟前，三个人一齐拥向了座位。这就有麻烦了，究竟哪两个人坐着、哪一个人站着呢？他们相互吵骂、想到责怪了好半天，最终总算有了结果：因为驼背个子最矮，所以他站着。

“喂，快点赶马呀！”驼背站好后又用他那破锣嗓子发话了，一股股热气喷到了约纳的后脑勺上。“你倒是使劲儿抽呀！我的老兄，瞧瞧你这顶帽子！恐怕全彼得堡也找不到比这更差劲儿的了……”

“嘿嘿……嘿嘿……”约纳笑着说，“有啥就戴啥呗……”

“得啦，你有啥就戴啥去吧，可是，你得快点赶马呀！一路上你都是这么个赶法吗？脖颈子想挨巴掌了是不是？”

“头都疼得快炸啦……”一个瘦高个儿说，“昨天在克马索夫的家时，我和瓦西卡两个人喝了整整四瓶白兰地。”

“我不明白，你为什么要谎话连篇呀！”另一个瘦高个儿发火了，“你在胡说八道，简直猪狗不如。”

“如果我是在撒谎，就让上帝惩罚我好啦，可我说的全是实话吗……”

“连这也算是实话，如果这样，那虱子也会咳嗽了。”

“嘿嘿！”约纳笑了，“你们真是开心的爷儿们！”

“呸，见你的鬼去吧！”驼背勃然大怒道，“你个老不死的，你究竟去还是不去啊？哪有你这样赶路的？你狠狠地抽它一鞭子吗！啊，真是鬼东西！啊！狠狠地抽它！”

约纳感觉到身后那个驼背的肢体在扭动，还有他说话的声浪。他耳朵听着骂自己的话，眼睛望着满街的人，心中的孤寂感才开始

慢慢地消散了。驼背的骂声不绝，他可以说出一串又一串五花八门的脏话，直骂到上气不接下气，连连咳嗽才停了下来。之后，两个高个儿则聊起了一个名叫娜杰日达·彼得罗夫娜的女人。约纳频频回头看着他们，趁着他们谈话中的短暂停顿，他再次回过头去，喃喃地说道：“我那……我那个儿子……这个星期死啦！”

“这有什么，人人都会死的……”驼背咳罢，正在擦着嘴唇，他叹着气说，“喂，快点快点！先生们，我简直无法忍受这么个走法！你要多大会儿才能把咱们拉到啊？”

“那你就给他鼓鼓劲儿……朝他的脖颈上揍呀！”

“真是个老不死的，你听见没有？我可真要给你的脖颈子来上几下啦！跟你们这种家伙客气，还不如自个儿去走路呢！听见没有，你这个老蛇精？你是不是把我们的话当作耳旁风了？”

这时约纳听到了几声脆脆的巴掌声。他笑着说：“嘿嘿……你们真是好开心的爷儿们……上帝会保佑你们长命百岁的！”

“车夫，你结过婚吗？”一个高个儿问他。

“我呀？嘿嘿……好开——好开心的爷儿们！我那老婆早就成了一堆黄土啰……哈哈哈……也就是被埋在坟头里啦。我儿子这不也死了吗，可我倒还依然活着……这真是一件怪事，死神一准认错了人……他本当来是来找我的，可偏偏却找着了我的儿子……”

约纳回过头正想说说自己的儿子是怎么死的，可是正在这时候，驼背却如释重负地舒了一口气，大声地宣布说：“谢天谢地，我们总算到了。”

接过二十戈比的约纳久久地望着那几个浪荡子的背影，直到他们消失在一处黑乎乎的大门口。现在的他又成了孤孤零零的一个人，一片死寂重又包围住了他……刚刚平息没多久的苦恼再次向他袭来，这次更加猛烈地噬啮着他的心。约纳的双眼痛苦地来回打量着街道两旁川流不息的人群，在这成千上万的行人之中，却没有一个人愿意听自己诉说衷肠。人们的步履匆匆，既没有留意到他这个人，也不曾觉察到他的苦恼……他的苦恼是这么深不可测，无边无际。如果约纳的满腔苦恼可以从裂开的胸膛中奔涌而出，那它足以淹没整个世界。可是尽管如此，也没有一个人看得见。他的苦恼深深地埋藏在这样一个微不足道的躯壳里，就是你在大白天打着火把也难以瞧见。

约纳看到一个看门人，他的手里拿着一个小纸包，他便决定找那人去聊聊。

“兄弟，这会儿几点了？”他问道。

“九点多了……你把雪橇停在这儿干什么？快点赶开！”

约纳将雪橇驶到了几步开外的地方，然后猫着腰，任凭苦恼折磨着自己……他觉得再向谁倾诉也已经无济于事了……可是还没有过去五分钟，他就又直起腰来，连连地摇头，仿佛感到了剧痛似的，于是他就抖动起缰绳……他实在无法忍受了。

“回大车店去，”他心里想着，“还是回大车店去吧！”

那匹老马也似乎洞悉主人的心思，一溜小跑起来。一个半小时之后，约纳已经坐在了一个肮脏的大炉炕的跟前了。地板上、长凳上、炉台上全都睡满了人，而且空气恶浊憋闷，鼾声不绝于耳……看着那些熟睡的人，约纳不住地抓耳挠腮，后悔自己回来得太早了……

“连燕麦钱也没能挣够啊……”他寻思着，“所以自己才这么

苦恼。一个人如果非常能干，自己能够吃得饱饱的，马儿也可以吃得饱饱的，那他还有什么可操心的……”

有个年轻的车夫从墙角里翻身站了起来，他一边睡意未消地哼唧着，一边朝水桶伸过手去。“你想喝水啦？”约纳问。

“是呀，想喝了！”

“那你就喝吧……喝个够……我呢，小兄弟，我儿子这个星期死啦……你听说了吗？他是这个星期死在医院里的……真是倒霉！”

约纳想看看他听了自己的话会有什么反应，但是小伙子却径直钻进了被窝，蒙头大睡去了。老人只好搔了搔头皮，喟然长叹一声……他也渴望着和人说话，就像那个小伙子一心想喝水一样。儿子死去眼看就快一个星期了，可是至今他也没有找到一个可以说说话的人……他太需要详详细细、清清楚楚向人诉说一番了……他必须向人们说说儿子是怎么得的病，受尽了怎样的折磨，临死前又都讲了些什么话，是怎么死的……他还需要细细地叙述一番儿子下葬的情形，还有自己又是如何去医院取回死者的衣物的。在乡下，他还有个女儿阿尼西娅……他觉得也需要讲讲她的情况……是呀，这个时候他可以说的话是非常多的，谁听了他的遭遇都会连声惊叹，感慨不已，一洒同情之泪的。他认为要是能跟娘们儿聊聊，那就更好了，她们听不了几句就会大放悲声的。

“我得去瞧瞧我的马了，”约纳心想，“睡觉么，等会儿也来得及……用不着担心的，一定能睡个够的……”

约纳穿好衣服，就朝马圈走去了。他一心牵挂的是干草、燕麦，还有天气……可是，独自一人的时候，他从不去想死去的儿子……只是向别人讲讲倒还是可以，但自个儿去思念他，去回忆他的模样，那就太让人难过了，这实在是无法忍受的……

“你在咀嚼干草吗？”看见马儿的双眼晶莹发亮，约纳就问他的马，“嗯，嚼吧，嚼吧……既然咱们挣不到买燕麦的钱，那就只好吃些干草啦……是呀……要说赶车，我已经有点老啦……本该由我的儿子去赶的，而不是我……他可是一个地地道道的马车夫……要是他还活着，那该有多好哇……”

沉默了片刻，约纳又接着说道：“这么着吧，老伙计，我的小母马儿……库兹马·约内奇已经没啦……无缘无故，猛地就死啦……他已经不在人世啦……也就是说，如果你有一个小马驹儿，你就是这个驹崽子的亲娘……可是突然之间，如果这个马驹儿一下没命啦……你是不是会很心疼？”

那匹瘦马一边倾听着，一边咀嚼着草料，还向主人的双手上连连喷着鼻息……

约纳忘情地诉说着自己的经历，把自己满腔的愁苦都向马儿细细倾吐了出来……

识字的蠢人

阿尔西普·叶里谢伊奇·帕莫耶夫是一个退役的骑兵少尉，他正戴着眼镜、皱着眉头在读一份公文："……某地……某区……民事调解法官等等，等等……请您以被告的身份出席法庭，去参加因暴力侮辱农民格利高利·伏拉索夫一案……民事调解法官彼·舍斯基克雷洛夫"。

"这是谁发来的信？"帕莫耶夫抬起头问送信的人。

"是调解法官彼得·谢尔盖伊奇发来的……也就是舍斯基克雷洛夫老爷……"

"哦……原来是彼得·谢尔盖伊奇发的？他邀请我去做什么呢？"

"大概是受审吧……那公文上不是写着吗，老爷……"

帕莫耶夫又读了一遍传票，诧异地看着送信人，然后又耸了耸肩膀说："去他妈的！……让我以被告的身份出庭……这个彼得·谢尔盖伊奇可真是会戏弄人！哼，好吧，你就回去告诉他说：'行！我会去的！不过你要让他好好给我准备一顿早饭……'请替我向娜达丽娅·叶果罗芙娜和孩子们转达问候！”

帕莫耶夫签了名，就朝他内弟尼特金中尉的房间走去，他是到自己家来度假的。

“你瞧一眼吧，看看彼得·谢尔盖伊奇给我送来了一封什么样的信件，”他说着就把传票递给了尼特金，“他让我星期四去他那里，你能陪我去吗？”

“可是，他并不是邀请你去做客，”尼特金看了看传票说道，“他是把你当作被告传唤的……他是要审问你……”

“他要审问我？去他妈的！他只不过是一个乳臭未干的家伙，他就想审问我？他也就配在浅水坑里打个扑腾……他只不过是随便写写，开个玩笑罢了……”

“不过，我看他根本就不是在和你开玩笑！你难道不明白吗？你看，这儿写得清清楚楚的：暴力侮辱……你打了格利高利，所以要受审。”

“我的天爷啊，你可真是一个怪人！这么跟你说吧，既然我和他是朋友，他又怎么能审问我呢？我们还经常在一起打牌，在一起喝酒，几乎所有的事都是我们一起做的。他怎么倒成了审问我的法官了呢？哈哈！他算得上什么法官？别吉卡竟然能称得上是法官！哈哈哈！”

“你还会笑！你就笑吧！等到他不顾你们朋友的情面，而是依据法律条文把你抓起来时，你就笑不出来了！”

“你简直是太傻了，我的老弟！这跟法律条文是没有什么关系的，既然他是我儿子万尼亚的教父，一到星期四我们会到他那里去，你就可以亲眼看见法律是怎么一回事了……”

“可是，我要劝你压根儿就不要去，不然的话，你和他都会陷入尴尬的处境……还是让他缺席审判好了……”

“不，为什么要缺席呢？我一定会去，我一定要亲眼看看他到底是怎么样审判我的……看看他别吉卡到底出息成了个什么样的法官了，想来一定挺有意思的……再说了，我好久都没有到他那儿去了……不去会不合适的……”

星期四，在尼特金的陪同下，帕莫耶夫动身去见舍斯基克雷洛夫了。他在审讯室里碰到了调解法官，当时他正在审理案件。

“你好呀，亲爱的别吉卡！”帕莫耶夫走到审判桌的前面，一边说一边伸出手来与法官握手，“你审案子就如此从容？是不是在故意刁难别人？你就审吧，审吧……我会等一等，看一看的……我还是来介绍一下吧，这是我的内弟……你太太的身体好吗？”

“好……好……请你们坐在那边……坐在那边的旁听席上……”

他说完时结结巴巴的，而且涨红了脸。刚做法官的人如果在审讯室里遇到熟人，通常都会感到慌乱的。当他们不得不审问熟人的时候，他们给人留下的印象总是六神无主的，真希望能有条地缝钻进去。帕莫耶夫离开了法官，他和尼特金一起坐在了前排的一条长椅上。

“这个滑头倒会装，还一副一本正经的呢！”他凑近尼特金的耳朵，小声地说，“简直有点认不出他来了！笑也不笑一下！还佩戴着金链子！嘿！还真有一套呢！以前在我家的厨房里，倒好像不是他用墨水给正在睡觉的阿加希卡画鬼脸来着。真是可笑，就连这号人也能审案子？我问你，这种人真的能审案子吗？这儿需要的是有官衔的人，是老练的人……你知道吗，只有那样的人才会叫人畏惧。现在倒好，随便找个人就要审案子。”

“格利高利·伏拉索夫！”调解法官大声喊道，“帕莫耶夫先生。”

帕莫耶夫不屑地笑了笑，然后走到了审判桌的前面。从旁听席上走来一个年轻的汉子，他穿着高腰身的旧上衣和带条格的裤子，裤腿被塞在红褐色的短靴筒里。走过来的人与帕莫耶夫并排站在了一起。

“帕莫耶夫先生！”调解法官垂下了眼睛，然后开口说道，“您被指控……这个……说是……您以暴力侮辱了您的仆人……也就是说侮辱了格利高利·伏拉索夫。您承认您所犯的罪吗？”

“瞧你说的！你从什么时候起变得如此严肃了？嘿嘿！”

“难道您不认为自己有罪？”法官打断了他的话，他显得有些局促不安，“伏拉索夫，还是由您来讲讲事情的经过吧。”

“事情是这样的，老爷！您是知道我是在他们家当差的，可是实际上就跟奴才差不多……我们所做的差事就像苦役一样呀，老爷……他老人家八点多钟了都还不用起床，可是，天刚刚亮我就得起来。天晓得他老人家会穿皮靴还是软靴，说不定他一整天都会穿着拖鞋走来走去。可是，我却得把他所有的鞋都擦干净：软靴啊，皮鞋啊，皮靴啊，一双也不能落下……好吧，干活倒是我分内的事，我也不怕。那天一早，他老人家让我给他穿衣服，我通常都是随叫随到的……我给他穿上了衬衫，又穿上了裤子，最后穿上了皮靴……一切都做得妥妥当当的……当我接下来给他穿坎肩时……他老人家开口说道：‘格利什卡，你去拿一把梳子，梳子就在我上衣

旁边的口袋里。’好吧，他说拿，我就去拿……我在他上衣旁边的口袋里摸了摸，真是见鬼，并没有梳子！我摸呀摸，接着告诉他说：‘这儿没有梳子呀，阿尔希普·叶里谢伊奇！’他老人家则皱着眉头走到上衣的跟前，一伸手就掏出了梳子，可是他并不是从他吩咐的口袋里掏出来的，而是从胸口前边的小口袋里掏出来的。‘你看这是什么？难道这不是梳子吗？’说着他就用梳子扎我的鼻子，结果梳子齿儿就在我的鼻子上划来划去，以致我的鼻子整天流血不止。老爷您看，直到现在我的鼻子还肿着呢……我是有证人的，当时大家都看见了。”

“您还有什么话要为自己辩解吗？”调解法官抬起头来，用眼睛盯着帕莫耶夫说。

帕莫耶夫用疑问的目光先看了看法官，又看了看格利高利，然后又看了看法官，他的脸涨得通红，嘟嘟囔囔地说：“我应该怎么理解这件事情呢？你真的是在开玩笑吗？”

“我没有一点儿跟您开玩笑的意思，”格利高利说，“您应该凭良心说话的，不能动不动就随便打人。”

“你给我住嘴！”帕莫耶夫用手杖敲打着地板说，“你个笨蛋！真是一个蠢货！”

调解法官急忙摘下金链子，从桌子后跳了起来，跑到自己的办公室里去了。他一边跑一边大声喊：“审讯暂停五分钟！”帕莫耶夫抬腿就去追他。

“你给我听着，”调解法官一拍双手，开口说道，“你想让我今天当众出丑，是不是？还是你十分乐意听那些厨子和听差的糟践你的供词？你真是一个蠢驴！你为什么要来啊？你以为缺了你我就不能判决了吗？”

“我竟然对他犯罪！”帕莫耶夫的双手一摊，“是你自己安排了这场滑稽戏，还反过来冲我生气！你早干什么了，你把这个格利什卡关起来不就得啦！”

“把格利什卡关起来？我呸！过去你是一个傻瓜，现在依然是一个笨蛋！你告诉我，我怎么可能把格利什卡关起来呢？”

“把他关起来就万事大吉！反正该关的又不是我！”

“怎么，你还以为现在的时代还停留在从前吗？格利什卡被打了，还要把格利什卡关起来！这真是奇怪的逻辑！你究竟对当代的诉讼程序有没有一点儿概念？”

“我从小到大就没有打过官司，我也没有做过法官，在我的头脑中一直是这样理解的：如果这个叫格利什卡的家伙到我这里来控告你，我就会把他从楼梯上推下去，让他回家告诉自己的孙子，不要告状，千万不要告状。反正我是不会像你那样去做，更不允许他胡说八道诬赖好人。总而言之，你是想要嘲笑我，从而来显示一下你的手腕……就是这么回事儿！我妻子也看了传票，她很是吃惊，当她知道你竟然也给那些厨子和那些畜生发了传票，她更是万分惊讶，你这种把戏大大超出了她的意料。你不能这样做的，别吉卡！朋友之间是不能这么干的。”

“你是应该理解我的处境的！”舍斯基克雷洛夫开始向帕莫耶夫解释自己的处境。后来他说，“你先在这儿坐上一会儿，我出去一下，好进行缺席的宣判。看在上帝的面子上，你千万不要出去！你满脑子都充满了陈腐的观念，一出庭你就会乱说乱讲的，弄不好就会被记录在案的。”

舍斯基克雷洛夫走进了审讯室，着手进行审问。帕莫耶夫则坐在舍斯基克雷洛夫的办公室里的一张小桌旁边，刚刚填写好的执行书就放在小桌上，他开始翻看着。他听见了调解法官对格利高利的劝告，可是，格利高利却长时间地固执己见。不过，最后他还是同意了和自己和解，让帕莫耶夫出十个卢布作为他所遭受的屈辱的补偿。

“好啦，上帝保佑你！”舍斯基克雷洛夫宣读完判决词，然后走进了办公室，他庆幸地对帕莫耶夫说，“真是谢天谢地，案子总算了结啦。我的肩头仿佛卸下了千钧的重担。只要你交给格利什卡十个卢布，你就可以平安无事了。”

“让我给格利什卡……十个卢布？”帕莫耶夫吃惊地张着嘴说，“你是不是疯了啊？”

“好，算啦，算啦，还是由我替你出这笔钱好啦，”舍斯基克雷洛夫皱着眉头把手一挥，然后说，“就算为你出一百卢布，我也心甘情愿，只要没有惹出什么麻烦就好了。上帝保佑，千万不要再让我审问熟人了。老兄，与其你把格利什卡打了，倒不如你每次都到我这儿来，把我打一顿好了！对我来说，那倒比现在轻松一千倍。走吧，我们一起到娜达莎那里去吃饭吧！”

十分钟后，他们坐在调解法官的住所里吃着红烧鲫鱼。三杯酒下肚后，帕莫耶夫开口说道：“嗯，好！你判给了格利什卡十个卢布，那么你准备要把他关多少天呢？”

“我并没有关押他。我怎么能关押他呢？”

“什么‘怎么能’？”帕莫耶夫瞪大了眼睛说，“就为他不该胡乱地告状！他有什么理由去告我啊？”

调解法官和尼特金耐心地劝说着帕莫耶夫，但说来说去，帕莫耶夫就是不明白，他仍然固执己见地认为是格利什的错。

“无论怎么说，反正别吉卡是不适合做法官的！”在回家的路上，帕莫耶夫和尼特金边走边聊，他长叹了一口气说道，“其实他是一个善良的人，又受过教育，还能热心地帮助别人，不过……做法官他却并不合适！他根本就不会正儿八经地审案子……虽说我不忍心，不过，在三年以后的调解法官的选举中，我是不会再投他的票啦！我也没有其他的办法，只能这么做了……”

宝贝儿

奥莲卡，她是退休的八品文官普列米扬尼科夫的女儿，此时她正坐在自家院子的台阶上想着心事。天气炎热，在人身边飞来飞去苍蝇着实令人讨厌，从东方奔涌而来了一大片带雨的乌云，它偶尔送来一股潮湿的气味。

戏院的老板库金正站在院子中间仰望着天空，他是季沃里娱乐场的班主，寄住在这个院子的厢房里。

“又要下雨了！”他悲观绝望地说，“怎么又要下雨了！每天都下雨，天天下雨，好像是故意跟我过不去似的！这简直是想让我破产呀！这简直是想要我的命呀！每天我都得赔一大笔钱哪！”

他轻轻一拍举起的双手，接着转向奥莲卡继续说道：“您看，奥莲卡·谢苗诺夫娜，这就是我们所面临的生活。我真想痛哭一场！你天天卖力地工作，累得精疲力竭，夜里也睡不好觉，总是想着怎样才能干得更加出色些。可是结果又如何呢？一方面，观众都是如此愚昧无知的野蛮人，而我却为他们上演场面豪华的幻境剧，最好的小歌剧，还为他们请来了第一流的演唱家，可是，难道他们真是就需要这些吗？难道他们真的能看得懂吗？他们需要的只是一些粗俗的滑稽戏！他们需要只是一些令人发笑的噱头！另一方面，你再去看看天气吧，几乎每个晚上都在下雨。从五月十日开始，一下就下了整整两个月，简直是想要人的性命啊！尽管观众们都不来看戏，可是租金我还是得照样付的啊！演员的工资我也得照样发啊！”

第二天傍晚，天空又是乌云满布，库金不得不歇斯底里地哈哈大笑着说：“我又有什么办法呢？就让老天爷下去吧！如果它能把整个娱乐场都灌满水就好了，这样就可以把我活活淹死了！不论在阳间，还是到了阴间，都不要让我得到幸福吧！让那些演员们把我送上法庭去好啦！法庭算得了什么？干脆把我发配到西伯利亚去服苦役好啦！送上断头台也可以！哈哈……哈哈！”

第三天依然如此……

奥莲卡只能默默地听着库金说话，有时她甚至会禁不住热泪盈眶。到后来，库金的不幸感动了她，使她爱上了他。库金这个人又矮又瘦，脸色有些发黄，头发梳向两边，总是用尖细的男高音说话，说话时还习惯把嘴撇歪，他的脸上总是流露出悲观绝望的神情。虽然这样，但是他仍然在她的内心里激起了一种真正的深厚感情。她总是要爱一个人的，先前，她爱过她的父亲，如今父亲患了病，呼吸困难，整天只能坐在一个昏暗的房间里的一张圈椅上。她还爱过自己的姑妈，每隔一年姑妈都要从布良斯克回来一次。再早一些，也就是在她上初中的时候，她也曾爱过她的法语老师。

奥莲卡是一个心地善良、性情文静、富有同情心的姑娘，她的目光温顺而柔和，身体结实而健康。男人们如果看到她那张粉红的胖脸蛋儿，看到她那生着一颗黑痣的白皙的脖子，看到她那一听见什么愉快的事就浮现在脸上的天真善良的微笑，他们的心里肯定会这样想：“这个姑娘长得真不错……”并且还会向她报之以微笑。同她谈话的女客们，总是情不自禁地抚摸着她的一只手，满心欢喜地说：“宝贝儿！”

奥莲卡住的房屋位于城边上吉卜赛人的居住区，这里和季沃里娱乐场相隔不远，从出生的那天起，她就住在这所房子里，而且她的父亲已在遗嘱中写明把这所房子留给她所有。一到晚上，她就会听见娱乐场乐队的奏乐，响个不停的鞭炮噼里啪啦声。她好像觉得那是库金正在跟自己的命运搏斗，正在向自己的主要敌人——观众的冷漠无情——发起进攻，这时她的心便会甜蜜地缩紧了，一点儿也睡不着了。第二天早晨，当库金回到家来时，她就会轻轻地敲着自己卧室的窗户，隔着窗帘向他露出自己的一个肩膀和挂着亲切微笑的脸庞……

库金向奥莲卡求婚，然后俩人举行了婚礼。当他仔细地望着她那白皙的脖子和她那丰满健美的肩膀时，他举起双手，轻轻拍了一下，说道：“我的宝贝儿！”

结婚后的库金感到很幸福，可是，他结婚的那天昼夜都在下雨，所以那种灰心绝望的表情始终都没有离开过他的脸。

结婚以后，他们的日子过得很不错，奥莲卡坐在他的票房里负责照料娱乐场的内务，记账、发工资之类的活都由她来做。于是她那张粉红色的脸蛋儿，她那神采奕奕、天真可爱的笑容，便不时地闪现在票房的小窗口里，不时地闪现在后台，不时地闪现在小吃部里。她现在会常常对自己的熟人说，世界上最重要、最了不起、最不可或缺的东西就是戏院，只有在戏院里自己才能得到真正的艺术享受，才能变成一个有人情味、有教养的人。

“可是，难道观众能懂得这些吗？”他说，“他们需要的是一些粗俗的滑稽戏！昨天我们戏院上演了改编的《浮士德》，所有的包厢几乎都空着，如果我和万尼奇卡给他们上演一出庸俗戏，您信不信，戏院里肯定会挤得水泄不通的。明天我和万尼奇卡要给大家上演《奥尔菲欧司在地狱》，请您过来看看吧。”

不管库金对剧院和演员们讲了些什么，奥莲卡都要原话重复一遍。她也像库金一样瞧不起观众，认为观众愚昧无知，对艺术麻木不仁。她也参与排演的事情，监督乐师的演奏，纠正演员们的动作。如果本地报纸上发表了对剧院不满意的评论，她就会伤心落泪，然后跑到报社编辑部去询问。

演员们都很喜欢她，称她为“我的万尼奇卡”或“我的宝贝儿”，奥莲卡也怜悯他们，常常借一点钱给他们，如果他们偶尔欺骗了她，她也只是偷偷地抹眼泪、哭鼻子，从不向丈夫发牢骚抱怨。

一个冬天，他们的日子过得都很好。他们在城里租下了一个剧院，可以整整使用一个冬天，只有一个短短的空当，或者让给魔术师，或者让给小俄罗斯剧团，或者让给本地的一些业余爱好者。奥莲卡发胖了，心满意足的生活使得她容光焕发，而库金却变得更加消瘦了，脸色也更加发黄了，他一直都在抱怨亏损太大，即使整个冬天的生意都不错。一到夜间，他就不停地咳嗽，奥莲卡给他喝菩提树花汁和马林浆果汁，还用花露水给他擦拭身体，用她那件柔软的披巾包住他的头。

“你真是我的贴心人啊！”她抚平他的头发，十分真诚地说道，“你真是我的好人！”

大斋节期间，库金到莫斯科去挑选剧团演员了，离开了他，奥莲卡就睡不着觉，会整夜地坐在窗口望着天上的星星。就在这个时候，她就曾把自己比作母鸡，如果公鸡不在窝里，母鸡不是也会烦躁不安，通宵不眠吗？库金在莫斯科被耽搁了下来，他来信说自己要到复活节后的一周才能回来，在信中他还交代了几句有关季沃里娱乐场的事情。

复活节前一周的星期一的深夜，一阵不祥的敲门声突然响起，不知是谁在用力地敲打她家的篱笆门，就像敲击大木桶似的——嘭、嘭、嘭！睡意蒙眬的厨娘光着脚，踩着水洼里的水，发出啪嗒啪嗒的声音跑去开门了。

“快开门，快开门！”门外有个人用低沉的声音说，“有一封你们家的电报！”

以前，奥莲卡也接到过丈夫的电报，可是这一回却不知为什么她是如此害怕。她用发颤的双手拆开了电报，看到电文上写着：“今日伊万·彼得罗维奇突然去世，星期二如何殡葬，请即示下。”

电报上就是这么写的——“如何殡葬”，还有那个令人看不明白的字眼——“请即”，电报的下款是歌剧院导演的署名。

“我的丈夫啊！”奥莲卡号啕痛哭起来，“我亲爱的万尼奇卡，我的丈夫啊！当初我为什么要跟你相遇？我为什么要认识你并爱上你呢！你把我这个可怜的奥莲卡，这个可怜而又不幸的奥莲卡丢给谁去照料啊？”

星期二，库金被葬在了莫斯科瓦冈科沃公墓。

星期三，奥莲卡回到了家里，她一走进卧室，便倒在床上大哭起来，那哭声大得就连邻近院子里和大街上的人都能听见。

“宝贝儿！”邻居们画着十字说，“亲爱的奥莲卡·谢苗诺夫娜，我可怜的宝贝儿，发生这样的事真是太令人伤心了！”

三个月以后的一天，在教堂做完弥撒的奥莲卡走回了家，她身穿着丧服，处于深深的悲痛之中。事也凑巧，她的邻居瓦西里·安德烈伊奇·普斯托瓦洛夫也正好从教堂回来，他是商人巴巴卡耶夫木材场上的经理，他头戴草帽，穿着白色的坎肩，和奥莲卡并排走着，他的坎肩上还系着一条金表链。

“世间的万物都有自己的天数，奥莲卡·谢苗诺夫娜，”他的声音里带着同情的调子，神色庄重地说，“要是我们的某个亲人死了，那这一定是上帝的旨意，在这种情况下，我们活着的人应该控制住自己的感情，听天由命才好啊。”

瓦西里·安德烈伊奇·普斯托瓦洛夫把奥莲卡送到了门口，和她说了声再见就往前走了。在这之后的整整一天里，他那庄重的声音都回荡在奥莲卡的耳际，她 闭上眼睛，就能看到他那黑胡了。奥莲卡十分喜欢他，这显而易见的。同时，奥莲卡也给他留下了较好的印象。没过多久，就有一位上了年纪的太太到她的家来喝咖啡，而实际上奥莲卡并不不认识她，这位太太刚坐在桌旁，就谈起了普斯托瓦洛夫，说他是一个值得信赖的好人，任何一位未出嫁的姑娘都会乐意嫁给他。

三天之后，普斯托瓦洛夫就亲自登门来拜访了，他待的时间并不长，也就有十来分钟的光景，而且说话也不多。但是，奥莲卡却已经爱上他了，并且爱得很深，她一整夜都没有睡好觉，就像害了一场热病似的浑身发烧。第二天一大早，奥莲卡就派人把那位上了岁数的太太请到了家里。她和普斯托瓦洛夫的婚事很快就说定了，随后他们举行了婚礼。他们结婚后的日子过得很好，他平时都会坐在木材场的办公室里，一直工作到吃午饭，然后再出门接洽生意，这时奥莲卡就会代替他坐在办公室里算账、发货，直到晚上才能够回家。

“如今的木材价格一年比一年贵，每年都能上涨两成，”她对顾客和熟人说，“实话告诉你，以前我们出售的都是本地的木材，而现在我们瓦西奇卡每年都要到莫吉列沃省去采购木材，运费可是真贵啊！”她惊恐地用双手捂住自己的脸蛋说，“运费真是贵呀！”

有时，奥莲卡觉得自己已经从事这种木材生意很久了，自己生活中最重要、最不可缺少的东西也是木材。长方木，圆木，薄木板，护墙板，箱子板，板条，托架板，毛板……这些词汇让她听起来都感到亲切，甚至在梦中，她也会常常梦见堆积如山的木板和薄木板，还有一长串看不到尽头的拉货大车，她也会梦见许多十二俄尺长、五俄寸厚的原木，它们就像作战的兵团直挺挺地闯进木材场，她还会梦见那些干燥的原木、长方木、毛板在互相碰撞时发出很响的声音。梦中的它们一会儿倒下去，一会儿又竖立起来，一会儿又互相重叠，堆成一大堆。睡梦中的奥莲卡会突然惊叫一声，普斯托瓦洛夫则赶快用温柔的声调对她说：“奥莲卡，亲爱的，你这是怎么啦？赶快在胸前画十字吧！”

奥莲卡做的可是说是夫唱妇随，丈夫想怎么做，她就跟着做。如果丈夫觉得房间里太热，或者认为眼下的生意很萧条，那奥莲卡也会这么想。她的丈夫不喜欢任何的消遣娱乐，节假日也总是待在家里不出门，奥莲卡也照样这么做。

“你们不能老是待在家里或办公室里的，”熟人们说，“你们也应该去戏院看看戏才好啊，或者是去看看杂技表演之类的。”

“我和瓦西奇卡都没有工夫去戏院看戏，”她老成持重地回答，“我们可都是干工作的人，是顾不上去看那些瞎胡闹的玩意儿的。去戏院看戏也没有什么好处。”

每逢礼拜天，普斯托瓦洛夫和她都会去做通宵的祈祷，在节日时，他们便会去做晨祷。从教堂回来时，他们俩就会肩并肩地走着，脸上一副深受感动的样子，一股好闻的香味从两个人的身上散发出来，她的丝绸连衣裙也会发出悦耳的窸窣声。

回到家以后，他们就会喝茶，吃各种果酱和奶油面包，还会吃馅饼。每天的中午，如果从他们家的大门口经过，人们就会闻到红甜菜汤、烤羊肉或者烤鸭的香味，在斋戒日里还可以闻到煎鱼的香味，这种香味让每个从他们家门口经过的人都垂涎欲滴，恨不得也要进去大吃一顿。办公室的茶炊总是沸腾着的，他们会招待顾客们喝茶，吃面包圈。

每逢星期二，夫妻俩都要去澡堂洗一次澡，他们会肩并着肩回来，并且两个人都是满面红光。

“不错的，我们的小日子过得很好，”奥莲卡经常这样对熟人说，“一切都很顺利。但愿上帝可以让每个人都过上像我们这样的好日子。”

每当普斯托瓦洛夫离开家去莫吉列沃省采购木材时，奥莲卡总是感到非常寂寞，她整夜都会睡不着觉，暗自伤心抹泪。在晚上，军队上的兽医斯米尔宁常到她这里来闲坐，有时他也会寄住在她家的厢房里。兽医陪她聊天、打牌，这让奥莲卡感到很开心。她感兴趣的就是兽医讲述的有关自己家庭生活中的一些事：自己已经结婚了，有一个孩子，但自己却跟妻子分居了，因为她已经变了心，所以自己直到现在仍然憎恨她。不过，自己每月都会寄给她四十卢布，这是给儿子的生活费。奥莲卡一边听他讲这样的事，一边会长吁短叹，不停地摇头她觉得兽医很可怜。

“唉，让上帝保佑你，”分手的时候，她都会这样说，并举着蜡烛把他一直送到楼下，“谢谢你能来给我解闷儿，愿上帝能够保佑你的健康，圣母娘娘啊……”

她喜欢模仿丈夫的模样，脸上总是一副老成持重、通情达理的神情。

兽医已经走到楼下的门外了，她赶忙喊住他说道：“弗拉基米尔·普拉托内奇，您应该跟您的妻子和好才对。就是看在儿子的分上，您也应该饶恕她的！不要看他是个小孩子，也许他心里什么都明白的。”

普斯托瓦洛夫回来了，她就会细声细语地把兽医的事，还有他那不幸的家庭生活讲给丈夫听，接下来两个人就会长吁短叹一阵子，他们还谈到了那个小男孩，说他可能会非常想念父亲。随后，两个人就会站在圣像的面前，双膝下跪叩头，祈求上帝赐给他们一个孩子。就这样，普斯托瓦洛夫夫妇度过了六年和美融洽、相亲相爱、平静安适的生活。

可是，在一年的冬天，瓦西里·安德烈伊奇在木材场喝了一杯热茶，没有戴帽子就出门去售卖木材了，结果却得了感冒，因此病倒了。奥莲卡请来了最好的医生为他治病，可是他的病情却越来越重，四个月后他就死了。奥莲卡又变成了寡妇。

“你把我丢给谁去照料呀，我的亲人？”埋葬了丈夫以后，她痛哭流涕地说，“没有了你，我这个苦命的女人该怎样活下去啊？好心的人啊，你们就可怜可怜我这个无依无靠的女人吧……”

奥莲卡穿着一身黑色的衣服，胳膊上箍着一块白布，她再也不用戴帽子和手套了，因为她从那以后就很少出门了，只是偶尔会到教堂或者丈夫的墓地上去一趟。六个月之后，她才摘掉了胳膊上的白布，并打开了护窗板。有时人们偶尔会看到她早上跟自己的厨娘一起到市场上去采购食品，但是，关于她现在是如何生活的，她的家里都发生了什么事情，人们只有去猜测了。

奥莲卡如果不依恋于某个人，估计她连一年也过不下去，于是，她在自己的厢房里又找到了新的幸福。如果换成别的女人，她准会因此而受到指责，不过对于奥莲卡，任何人都不会往坏处想的，大家对她生活中的一切都是可以谅解的。她和兽医都没有对任何人说过他们两人关系中所发生的变化，相反而是竭力地隐瞒着。但是秘密是隐瞒不住的，因为奥莲卡是一个守不住秘密的人。每当兽医部队上的同事到他这里来做客时，她总是一边给他们端饭上菜，一边谈着牛瘟、家畜的结核病和本地的屠宰场的事，这让他感到十分困窘。客人们走了之后，他便会抓住她的一只手，气吁吁地告诉她说：“我不告诉过你吗？你不懂的事情就不要去谈！当我们这些兽医谈论我们的分内事情时，请你最好不要插嘴。你的这种做

法简直太无聊啦！”

每当这时，奥莲卡就会惶恐不安、惊诧不已地望着他问：“亲爱的沃洛佳，那你让我说些什么呢？”

于是，她就会眼里含着泪花去拥抱他，请求他不要生自己的气，两个人都会感到很幸福。

可是，他们的这种幸福并没有维持多久，兽医就要随着团队开拔了，而且这一去就是永远地离开了，他的那个团队被调到了一个快到西伯利亚的地方。

现在，奥莲卡完全又是孤身一人了。她的父亲早已去世，他的那个圈椅被扔在了阁楼上，落满了灰尘，而且缺少了一条腿。奥莲卡变丑了，变瘦了，大街上迎面走来的熟人再也不像以前那样打量她了，对她也没有了微笑。美好的年华已经逝去，现在要开始过起一种全新的生活，一种她所不熟悉的生活。

每天傍晚，奥莲卡都会坐在台阶上，听着季沃里娱乐场的乐队演奏，那里的鞭炮噼里啪啦地响个不停，但这些都已经不能引起她的任何想法了。她只是漠然地望着空荡荡的院子，什么也不想，什么也不做。夜幕降临之后，她就会上床睡觉。虽然她也吃喝，但好像是不得已而为之。

最糟糕的是她已经没有自己的任何见解了，她看着自己周围发生的一切，也明白发生的是什么事情，但是她却对任何现象和事情都无法形成自己的见解，也不知道自己该说些什么才好。一个人如果没有自己的见解，那会是多么可怕的事啊！例如，你看见天上在下雨，看见一个瓶子，看见一个农夫正赶着大车走过去，可是你却说不出那雨，那个瓶子，那个农夫为什么存在，也说不出它们包含着什么意义，哪怕给她两千卢布，她也什么都说不出来。在和库金、普斯托瓦洛夫、兽医生活在一起的时候，奥莲卡是对任何事情都可以加以解释的，她是对什么事情都可以说出自己的见解的，而现在，她的脑海里和心灵里却是一片空白，就像她那个空空荡荡的大院子一样。生活变得又苦涩又可怕，就像咀嚼苦艾一样。

渐渐地城市向四面八方扩展开来，吉卜赛人的居住区也已经被称作大街了，季沃里娱乐场和木材场的原址上也已经建造起新的房屋和几条新的胡同。时间过得可真快啊！奥莲卡的那座房屋已经变黑了，铁皮房顶也生了锈，板棚歪歪斜斜的，整个院子到处都丛生着杂草和带刺的荨麻。奥莲卡也变老了，变丑了。夏天的时候，她就会坐在台阶上，心里像以前一样空虚、烦闷、充满了苦涩。冬天的时候，她就会坐在窗口，望着天空中飘落的雪花。只要风儿一送来教堂的钟声，只要她一嗅到春天的气息，种种往事的回忆便会突然涌上奥莲卡的心头，她的心便会甜蜜地收紧着，眼里的泪水也便会夺眶而出，不过这样的时刻也就只有一分钟的工夫，之后的她还是内心空虚，根本就不知道自己为什么要活在这个世界上。黑猫布雷斯卡偎依在她身旁，柔声细调地咪咪地叫着，但是猫的这种温存并不能打动奥莲卡的心。她需要的根本就不是这个，她需要的是那种能够攫住她的整个灵魂、整个身心的理智的爱情，她需要的是那种能够给她指明生活的方向、给她以思想，并使她的血液重新温暖起来的爱情。于是，她生气地从衣襟上抖掉那只黑猫，气恼地说：

“走开，快些走开……用不着你待在这儿！”

就这样，一天过去了，一年又过去了，她却没有丝毫的快乐，没有任何的见解。不论厨娘玛芙拉对她说什么，她都会乖乖地听

着。

七月份一个炎热的傍晚，城市里的居民们驱赶着牲口群走在大街上，满院子都是灰尘，院子就像是被云雾笼罩着。忽然听到有人敲门，奥莲卡亲自去开门了，可是在她抬头的一瞬间却惊呆了：原来站在门外的却是兽医斯米尔宁，他头发已经花白，穿着一身便服。这时的奥莲卡突然回想起了以前的一切，她忍不住失声痛哭起来，然后把头偎依在兽医的胸前，激动得说不出一句话来。

后来，两个人走进了屋里，奥莲卡给兽医倒了茶，咕哝着说："我的亲人！弗拉基米尔·普拉托内奇！难道是上帝把你送来的吗？"

"我想定居在此地了，"他说，"我已经退休了，今后我打算凭借自己的才能来谋生，让自己过上一种安定的晚年生活。再说了，我的儿子也已经上中学了，他已经长大了。您要知道，我已经和妻子和好了。"

"你的妻子现在在哪儿呀？"奥莲卡问道。

"她和我的儿子都住在旅馆里，我是出来找房子的。"

"主啊，我的上帝，你们一家人就住在我的房子里好啦！难道我这里不能让你安家吗？唉，主啊，我是不会让你们交房租的。"奥莲卡激动地说，然后她又失声痛哭起来，"你们一家就住在这里吧，我可以搬到厢房去住，见着你们我也就心满意足了。这真是让人感到高兴，主啊！"

第二天，奥莲卡便吩咐人给房顶上漆，又把墙壁刷成了白颜色，她双手叉腰地在院子里走来走去，不时地发出命令。昔日的那种微笑又洋溢在她的脸上了，她这个人又复活了，精神焕发，神采奕奕，好像睡了一个好觉之后刚刚苏醒过来似的。兽医的妻子也来了，她留着短短的头发，是一个相貌丑陋、身材瘦弱的女人，她的脸上还流露出固执、任性的表情。和她一起来的还有他们的儿子萨沙，这是一个刚刚十岁的、胖乎乎的小男孩，他的身材矮小，与他的年龄很不相称，不过，他却生着一双明亮的蓝眼睛，脸蛋上还有两个小酒窝。一走进院子，小男孩就跑着去追赶那只黑猫了，他那喜悦欢快的笑声立刻传了过来。

“大婶，这是您的猫吗？”他问奥莲卡，“等它下了猫崽，您能送给我们一只小猫吗？我妈妈非常害怕耗子。”

奥莲卡陪他说话，斟茶给他喝，她胸腔中的那颗寂寞的心突然又变得温暖了，好像这个小男孩就是她的亲生儿子似的。晚上，萨沙坐在餐室里温习功课，奥莲卡则会怀着温情脉脉地瞧着他，喃喃地说：“我的乖孩子，真是一个漂亮的小伙子……我亲爱的孩子，你长得真是白净，真是聪明可爱。”

“所谓海岛者，”萨沙念道，“就是一片四周都是水的陆地。”

“所谓海岛者，就是一片四周都是水的陆地……”她重复着萨沙的话，经过了多年的沉默寡言和思想空虚之后，这就是她满怀信心地说出来的第一个见解。她终于又有自己的见解了。

吃晚饭时，奥莲卡就会跟萨沙的父母聊天，说现在的中学生学习都很吃力，说古典教育要比实科教育更好些，她认为古典中学毕业之后的出路会很广，想当工程师可以，想当医生也可以。

萨沙开始上中学的时候，他的母亲动身去了哈尔科夫，她是去看妹妹的，结果以后就再也没有回来。兽医每天都要出门去给牲口治病，有时一连三、四天都不回家里住。奥莲卡看到萨沙完全没有人照管，好像是家里多余的人似的，说不定他还会被活活饿死的。于是，奥莲卡就让他搬进了自己的厢房里，并且在那里给他布置了一个小房间。

一转眼半年就过去了，萨沙一直住在奥莲卡的厢房里。每天早晨，奥莲卡都要走进他的卧室去看他，看到他睡得正香，一只手还放在了脸蛋下面，没有一点声息，奥莲卡都不忍心叫醒他。只是不得已时，她才会说："亲爱的萨沙，我的孩子，快点起床吧，我的乖孩子！该去上学了。"

萨沙起床后穿上衣服，向上帝祷告之后就会坐下来喝茶。他一连喝了三杯茶，还吃了两个大面包圈和半个法国奶油面包。他有点心绪不佳，因为他还未完全醒过来。

"你呀，亲爱的萨沙，那篇寓言你还没有背熟呢，"奥莲卡直勾勾地望着他说，仿佛是要送他出远门似的，"我为你操了多大的心啊！亲爱的孩子，你可要好好用功念书呀……而且要听老师的话。"

"哎呀，请您不要管我的事！"萨沙说。

随后，他就走出大门，顺着大街上学去了。萨沙的身材那么矮小，却戴着一顶很大的制帽，还背着一个大书包。

奥莲卡默默地跟在他后面，然后喊住他："萨沙！"

萨沙回过头来，她是塞到他的手里一些大枣和糖块。当萨沙转过弯走进学校所在的那个胡同时，他感到有些不好意思起来，因为自己的身后跟着一位又高又胖的女人。他只好回过头来说："大婶，您还是回家去吧，我一个人就可以的。"

奥莲卡停下了脚步，远远地望着他的背影，两眼一眨也不眨一下，直到他走进了学校的大门。啊，她多么爱他呀！以前的几次爱恋都没有像现在这一次深，她从前也未曾像现在这样如此无私、如此愉快、如此忘我地献出过自己的心灵。现在，她那母爱的情感燃烧得愈来愈烈了：为了他脸蛋上的酒窝，为了他那顶大制帽，为了这个别人的孩子，她心甘情愿地献出了自己的整个生命，而且还是怀着感动的眼泪，怀着喜悦的心情把它贡献出来的。就连奥莲卡也不晓得自己为什么要这样做？

把萨沙送到学校以后，奥莲卡便悄悄地回家去了，她的心中充满了安详、平静，充满了无限的爱意。最近半年以来，她的面孔也变年轻了，而且总是面带微笑，一副喜气洋洋的样子。迎面走过来的人看到她，也会高兴地对她说："您好呀，亲爱的奥莲卡·谢苗诺夫娜！您日子过得不错啊，宝贝儿？"

"如今的孩子在中学念书可难啦，"她在市场上也会对人说，"这可不是闹着玩的，昨天初一的老师就让学生背一篇寓言，又要翻译一篇拉丁文，还要做算术题……唉，一个小孩子怎么受得了呢？"

于是她就讲起了功课、课本和老师——她所说的话，正好都是萨沙说过的。

两点多钟，他们会在一起吃午饭，晚上又会一起温习功课，一起伤心抹泪。她一边打发萨沙上床睡觉，一边在他身上久久地画着十字，并小声地祷告着，很晚了，她自己才会躺下睡觉，幻想着那遥远而蒙眬的未来，到那时，萨沙或许已经毕业了，当上了医生或者工程师，他还会有自己的大房子，还会买马和马车，还要结婚、

生孩子……她一边打盹，一边想着这一切，泪水不由自主地从她那紧闭着的双眼里涌了出来，并顺着脸颊往下流。那只卧在她身边的黑猫，喵喵地叫着。

忽然传来一阵很响的敲门声，奥莲卡被惊醒了，她却惧怕得不敢大声喘气，心也怦怦直跳。大约过了半分钟，敲门声又传来了。

“也许是从哈尔科夫来了电报，”她心里想道，浑身开始打起了哆嗦，“可能是萨沙的母亲要让他到哈尔科夫去……哦，我的上帝啊！”

她悲观绝望了，她的头、胳膊、腿脚都变得冰凉，她觉得整个世界上的人再也没有比她更不幸的了。可是，又过了一分钟却传来了说话的声音，原来是兽医从俱乐部回来了。

“啊，真是谢天谢地。”她这样想着。

压在奥莲卡心头的一块重石终于落了下来，她又感到轻松了。她躺下睡觉时也没有忘记萨沙。

萨沙在隔壁房间里睡得正香呢，偶尔也会说些梦话：“我揍你了！滚开！不要打架啦！”

六号病房

一

医院里有一座附属于它的厢屋，这房子被荨麻、野大麻和刺果植物组成的林子团团包裹住了。房子的顶部已经生了锈，烟囱也倒塌了一半，门廊的台阶已经腐烂，杂草丛生，墙壁上只留下斑驳的痕迹。厢房的正面对着医院，后面则是一片田野，不过它和田野之间还有一堵插着钉子的灰色的医院围墙。这些尖头向上的钉子、围墙和这间厢房，都具有一种凄凉和罪恶的模样，这种模样是医院和监狱之类的建筑物上常常见到的。

如果您不怕被荨麻刺痛，那就让我们沿着通向屋子的狭窄的小路走过去，看看屋子里到底有什么名堂吧。第一道门被打开后，我们就进入了穿堂间，这里的墙脚和炉旁堆放着大堆大堆的医院垃圾，裤子、床垫、毫无用处的破鞋子、蓝条子的衬衫、被撕得粉碎的旧睡袍，所有诸如此类的破烂一堆堆地堆着，彼此挤压，彼此错杂，并正在腐烂，发出难闻的气味。

嘴里咬着烟斗的看门人尼基塔常常躺在这垃圾堆上，他是一个退伍的士兵，衣服上的绦带已退了色，他有一张枯瘦却严厉的脸和一副倒挂的眉毛，这眉毛让他的脸部表情看起来像一只草原上的牧羊犬，他还有一个常年都红彤彤的鼻子。看门人的个子不高，看上去干干瘦瘦的，青筋都暴露了出来，但是他的神色却显得很威严。他属于那种头脑简单、忠于职守、愚顽鲁钝、办事牢靠的人，这些人最喜爱有秩序的世界，他会往人的脸部、胸口、背部和任何一个部位打，相信如果不这样做，人们就没规没矩了。

接着您会走进一个巨大的、宽敞的房间，如果不把穿堂间算在内的话，那这个房间就几乎占据了整座房子。这里的墙壁涂着肮脏的蓝色涂料，天花板也被熏得乌黑，就像没有烟囱的农舍那样，这显然是冬天生炉子时烟熏火燎的，屋里也充满了煤烟味。从里往外钉的铁栅栏让窗子显得十分难看。地板呈灰色，刨得也十分毛糙。臭虫、酸白菜、氨气的臭味和灯芯的烟焦味扑鼻而来，这股臭味让您觉得好像自己走进了一个动物园。

房间里放着一张张用螺丝钉固定在地板上的床铺。穿着医院蓝色睡袍的人坐在或者躺在这样的床铺上，而且都戴着尖顶的帽子。这些人都是疯子。

这个房间里一共有五个人，其中的一人是贵族身份，其余的则都是平民百姓。靠近门口的那个高高瘦瘦的小市民长着亮光光的红褐色的唇须，还有一双泪汪汪的大眼睛，他手托着头坐着，眼睛老是盯着一点。他整日整夜地摇头叹气，面露苦笑，闷闷不乐，他也很少加入别人的闲谈，对别人的提问通常也不做回答。如果送来了食物，他就机械地吃着、喝着。从他那消瘦的模样、痛苦的阵阵咳嗽和潮红的双颊来看，他是染上了肺结核病。

挨着他的是一个活泼、好动的小老头，他蓄着一撮尖尖的胡子，长着一头卷曲的黑发。白天时，他会从一个窗口走向另一个窗口，就这样一直来回地在病房里踱步，或者就像土耳其人那样盘起双腿坐在床上，也会像灰雀一样不停地唱歌、吹口哨、嘻嘻地傻笑。即使在夜间，他这种活泼的性格和童稚般的欢乐也会表现出来。有时他会用拳头捶打自己的胸口，并用手指向门缝里抠，他就是犹太人莫伊谢伊卡，大约二十年前，一把大火烧掉了他的帽子作坊，从此他就精神失常了。

在六号病房内的病人中，只允许他一个人走出这间屋子，甚至可以走出医院的围墙到外面去。他享有这种特权是由来已久的了，大概因为他是一个长年住院的老病号，也是一个安分无害的果子，是一个可以供城里人逗乐取笑的人物，人们看到他被围在街上一群小孩和狗的中间，早已习以为常了。

莫伊谢伊卡身穿睡袍，头戴可笑的尖顶帽，脚上穿着便鞋，有时也会光着脚板，甚至不穿裤子就在街头游来荡去，同时他还会在别人的大门口或小铺子旁停下来，乞讨一点小钱。有时人们会给他喝格瓦斯，有的人会给他吃面包，还有人会给他几个小钱，所以，在他回到屋子里时，他通常都是吃得饱饱的，而且囊中富裕。他随身带回的一切都会被尼基塔搜走，从而成了他的外快。他做这件事时的态度非常粗暴，还装出十分生气的样子，一面把他扯过来，一只一只地翻着他的口袋，他装作呼唤上帝前来作证，说自己以后无论何时也不会放这个犹太佬出门了，还说不守规矩就是世上最坏的事。

莫伊谢伊卡喜欢帮助别人，他会给病友们端水，会在他们睡着时帮他们盖上被子，还会答应他们如果自己能从街上给每人都讨来一戈比的小钱，他就给每个人缝一顶新帽子。甚至他还会给自己左边的一个瘫痪病人用汤匙喂食。他之所以这样做，并非出于同情，也并非出于某种人道本性，而是出于对自己右边邻床格罗莫夫的模仿和不由自主的服从。

伊凡·德米特里奇·格罗莫夫，他出身贵族，曾经当过片警和省城的秘书，是一个大约三十三岁的男人，他患的是受迫害狂[①]。有时他就会把身子蜷缩成一团躺在床上，有时他会从屋子的一头走到另一头，然后再走回来，仿佛是在活动身子骨。他很少有坐着的时候，他总是在兴奋激动中期待着某种捉摸不定、模糊不清的东西。只要穿堂里有一丁点儿的窸窣声，或者从外面传来喊叫声，他就会抬起头，竖起耳朵谛听：会不会是冲着自己来的？该不是来找自己的吧？这时的他，就会出现不安和反感的表情。

我喜欢他那张脸色苍白、颧骨突出的脸庞，他的脸就如同镜子一样，反映出他那被争斗和持久的惊恐所折磨的心灵。他的面相是奇怪而病态的，然而因深沉和内心的痛苦而落到脸上的表情，却是知书达理和通情达理的，而且他的目光也是温和而健康的。他热忱殷勤，彬彬有礼，对所有的人都一样和蔼可亲，不过要除掉尼基塔。如果有人掉了一个纽扣或者调羹，他就会迅速地从床上一跃而起，然后把它捡起来。每天早晨他都要和病友们道早安，就寝时照样会祝他们晚安。

除了经常处于紧张的状态和扮鬼脸之外，他的精神失常还表现

① 一种精神疾患，自以为受人迫害。

在以下方面：

一到晚上时，他就会把自己紧紧地裹在睡袍里，浑身颤抖着，牙齿发出响声，并开始迅速地从房间的一头跑到另一头，或者在病床间来回走动，他那样子仿佛是得了严重的疟疾。他还会突然停下脚步，仔细地瞧着病友们，好像他要对病友们说一件很重要的事似的，但是看他那样子，好像他又认为病友们不会听他的或者根本就听不懂似的，结果他就会烦躁地摇着脑袋，再继续走动。

然而，过不了多久，说话的愿望又压倒了他各式各样的想法，这时他又会率性、热烈、激昂地说起来。他说的话言辞激烈、语无伦次，好像是在说梦话，断断续续地，人们不是他的每句话都能听懂的，但是从他的言辞和声音里还是可以听出某种异常美好的东西的。他那些精神失常的话语是难以通过纸来传达的。他会说到人的卑劣品性，压制真理的暴力，还有将来会在世界上出现的美好生活。一说到窗上的栅栏，就会使他想到施行暴力的人们的愚钝和残忍。

二

大约二十年前，城里的一条主要街道上住着一位官员，他叫格罗莫夫，是一个颇有声望、家境殷实的人。谢尔盖和伊凡是他的两个儿子。谢尔盖在念大学四年级时得了急性肺结核，以至于一命呜呼。谢尔盖的死可以说是格罗莫夫的家庭不幸的开端，谢尔盖下葬后的一个星期，格罗莫夫就因为作伪证和盗用公款而被送上了法庭，不久就因伤寒病而死于监狱的医院里。他家的房屋和一切不动产都被悉数拍卖了，所以伊

凡·德米特里奇和他的母亲就一贫如洗了。

格罗莫夫在世时，伊凡·德米特里奇在彼得堡上大学，他每个月可以得到六七十卢布，根本对贫困两个字毫无概念，如今的他不得不去适应面前发生的急剧的变化。他必须从早到晚都去为菲薄的报酬上课，还要去抄写，但是结果却仍然不能避免挨饿，因为他所有的劳动所得都寄给母亲糊口了。

伊凡·德米特里奇难以忍受这样的生活，他垂头丧气，萎靡不振，最后不得不抛弃了学业，回到了家里。在这座小城里，他托人情谋得了一个在县立学校教书的职位，但是他和同事们相处得并不好，学生们也不喜欢他，因此不久他就丢了这个工作。在这期间，他的母亲也死了。大约有半年的时间他都没有找到工作，只能靠面包和白水糊口，后来他在法院当了庭警，他的这份差事一直做到因病而被解职为止。

伊凡·德米特里奇从来就没有给人留下身体健康的印象，甚至在念大学的期间里也是如此。他总是身体消瘦、面色苍白、吃得很少、睡眠也差，还易受风寒。只要喝上一杯酒，他就会感到头脑发晕，癔病发作。他一直渴望和人们走得近些，但是由于他那易于激动和生性多疑的性格，谁也跟他亲近不起来，他也没有朋友。

他总是对城里的市民不屑一顾，认为他们的粗鲁无知，过着醉生梦死的生活，这让他感到厌恶和反感。他说话时用的是男高音，嗓门很大而且情绪热烈，必定会显出怒气冲冲或者义愤填膺的样子，但他永远都是真诚的。不论他谈起什么，最后都往往归结到一点：城里的生活毫无趣味，人们也没有高尚的情趣，一直过着浑浑噩噩、毫无意义的生活。社会又通过暴力和腐化使这种生活呈现出各种面貌；诚实的人食不果腹，卑劣的人锦衣玉食。他还认为人只有黑白两色，而不承认存在任何的色差，而人类在他那里也只有诚实和卑劣两种，是没有居中者的。在谈到女人和爱情时，他总是很兴奋，很热烈，但自己却一次也没堕入过情网。

尽管他有点神经质，又言辞激烈，人们倒还是喜欢他的，背地里总是亲切地称他为瓦尼亚[①]。与生俱来他就是热心殷勤，作风正派，彬彬有礼的；另一方面他也受过良好教育、博览过群书，在城市居民的眼里他还无事不晓，把他看作是一个类似活词典的人物。

他读书很多，可以一直坐在俱乐部里，神经质地揪着胡子，不断地翻阅着期刊、书籍。从他的面部表情上可以看出，他并不是在阅读，而是稍微有点懂就吞食了下去。阅读可以说是他病态的习惯之一，因为任何在他手边的书籍，甚至是隔年的报纸和历本，他都可以如饥似渴地拿来就读。

三

一个深秋的早晨，伊凡·德米特里奇竖起大衣的领子，沿着街巷踩着泥泞的地面走着，他这是正在按一份法院的执行书去一个市民家收钱。今天的他也像往常一样，每逢早晨他的心情就会闷闷不乐的。在街巷的一角他遇见了两个被拘捕的戴着手铐的人，这两个人被四个带枪的押送兵押解着。以前，伊凡·德米特里奇也多次遇见被拘捕的人，每次他的心里都会被激起同情，同时还有一点不自在的感觉，可是，这次相遇却让他产生了一种独特的、奇怪

① 伊凡的昵称。

的印象。不知为什么他突然觉得自己也有可能被铐起来，自己也会以这种方式踩着泥泞的道路被送进监狱里。从那个市民家里回来时，他在邮局附近遇见了一个熟悉的警监，警监向他问了好，还和他一起在街上走了几步，不知为什么他竟觉得此事有些值得怀疑。

在家里待了一整天，他的脑子里始终忘不了那四个带枪的士兵和两个被拘捕者，一种发自内心的恐惧使他的心思无法集中，也无法进行阅读。到傍晚时分，他没有点灯，夜间也没能入睡，他一直在想着自己可能被逮捕，被戴上手铐，被关进监牢。他清楚自己并没有背上任何的罪名，而且也可以保证在今后也永远不会去放火，去偷窃，去杀人。然而身不由己的犯罪有时也是非常容易的事。再说了，难道就不可能出现因栽赃而最终导致法庭错判的事吗？千百年来民间教诲人们不要发誓说自己永远不会讨饭和坐牢的经验还少吗[①]？这不是没有可能的事。而在如今的司法程序中，法庭错判也是非常有可能的。与他人的苦难具有公务关系的人们，像警察、医生、法官，他们天长日久就会习惯成自然了，也已经磨炼到了随心所欲的地步了，他们对待自己当事人的态度，除了应付就不能有其他的了。从这一方面来说，他们和在农舍后面的荒地里宰羊杀牛而却对满地血污视而不见的农民并没有什么区别。在对人冷漠无情的情况下，如果想让一个无罪的人丧失全部财产权并被判处苦刑的话，法官仅仅需要一样东西，那就是时间，只需要履行某些手续的时间，法官将会执行这些手续而被付给报酬，然后就万事大吉了。然后你就去这个肮脏泥泞的小城，到远离铁路二百俄里以外的地方

① 俄国谚语。

去寻求公正、保护吧！而且当任何一种强权都会被社会作为一种理性的必要性而接受，在这时去思考公正两个字就显得可笑了。

一大早，伊凡·德米特里奇刚从床上起来心中就惊恐万分，直冒冷汗，他好像完全确信自己随时都会被捕。他认为既然自己昨天那么久都没有摆脱那些沉重的想法，那就说明其中应该有点真实的成分，这些想法不可能无缘无故地钻进自己的脑子的。

一个警察从窗外走过，于是，他的怀疑更加重了。于是，对伊凡·德米特里奇来说，难熬的日子来临了。凡是从窗外走过和走进院子的人，他都认为他们是奸细和密探。中午时分，警察局长通常会乘坐双套马车驶过大街，他这是从城郊的庄园去警察局，但是每一次伊凡·德米特里奇都觉得他的行驶速度太快了，而且他的表情非同一般，好像是急着赶去宣布城里出现了一个非常重要的罪犯。每次响起门铃或敲门声时，伊凡·德米特里奇都会吓得心惊肉跳。如果遇到女房东家碰巧来了客人他就不胜苦恼，与警察相逢时他也会面露笑容，口打呼哨，以显示自己根本就不当回事。

每天夜间，伊凡·德米特里奇都会通宵不能入眠，好像在等待着有人来抓自己，但是，他还装着大声打鼾，就像睡熟了似的，他的目的就是想让女房东觉得自己睡着了。因为如果他睡不着，那就表示他在遭受着良心的谴责——这是多么有力的证据！事实和合理的逻辑都在表明他所有的恐惧都是无稽之谈和病态的心理，如果他能把眼光放远一点，从本质上讲被捕和坐牢并没有什么可怕的——只要自己于心无愧。然而他越是理智和逻辑地去思考，他内心的恐惧就越强烈。最后，伊凡·德米特里奇就陷入了绝望和忐忑之中。

他避免与人接触，开始孤立自己。以前他就反感公事，现在则更不堪忍受了。他生怕有人设法陷害自己，有人会在不知不觉中把贿赂放进自己的口袋，然后再去告发他。或者他自己无意间也会在官方文书中犯下与作伪证具有相同后果的错误，或者把别人的钱弄丢了。令人奇怪的是，他的思想在其他的时间里就从来没有像现在这样灵活机敏过，如今他每天都会臆造出成千上万个形形色色的理由，让他为自己的自由和名誉严重担忧着。但是，现在他对外部世界，尤其是对书籍的兴趣却大大降低了，他的记忆力开始严重衰退。

在春天积雪化尽的时候，人们在峡谷里的墓地边发现了两具半腐烂的尸体——一个男孩和一个老太婆，这两具尸体具有暴力致死的特征。关于这两具尸体和尚未查明的凶手的事情在城里传得沸沸扬扬。为了让人们认为这两个人不是自己杀的，伊凡·德米特里奇便在城里的大街上走来走去，脸上面带着笑容，但是每当遇见熟人时，他的脸色却白一阵、红一阵，并且开始说服对方赞同自己关于“罪行的卑劣莫过于杀害弱者和无力自卫的人”的观点。然而，不久他就厌烦了这种生活，经过一番深入地思考，他认为处在自己的地位最好的办法就是躲进女房东的地窖里。

于是，他就在地窖坐了一个白天，然后又坐了一夜和一个白天，他打着冷战，直到天黑时他才像贼一样偷偷地溜回了自己的房里。他站在房间的中央，纹丝不动，侧耳谛听，一直到天明。

一大早，太阳还没有升起，女房东的家里来了几个修炉工。伊凡·德米特里奇明明知道他们是来重砌厨房里的炉灶的，但是内心的恐惧却向他暗示这些人是化装成修炉工的警察。他悄悄地溜出了屋子，心里充满了恐惧，所以既没有戴帽子也没穿外衣就跑到大街上去了。狗在他的身后吠叫着追他，空气也在耳边呼呼直叫，这时的伊凡·德米特里奇觉得全世界的暴力都汇集到了自己的背后，都正在追赶自己。

人们把他拦住了，并把他送回了家，女房东去替他请了医生。医生安德烈·叶非梅奇（关于他以后我们还会说到）吩咐给他的头部冷敷，并桂樱叶滴剂[①]，他告诉女房东说自己不会再来了，因为自己不该去打扰一个发疯的人，说完他就忧郁地摇摇头走了。他的家中既没有赖以生活的条件，又无法进行治疗，伊凡·德米特里奇就被送进了医院，被安置在花柳病房。

伊凡·德米特里奇整夜整夜地不睡觉，还常常使性子，搅得病人们都不得安宁。后来，按照安德烈·叶非梅奇的吩咐，他就被转到了六号病房。

一年后，城里的人已没有谁记得伊凡·德米特里奇了，他的那些书被女房东堆在了遮阳篷下的雪橇上，早已让小孩子们给拖散了。

四

犹太人莫伊谢伊卡是伊凡·德米特里奇左边的邻床，而他右边的邻床则是鼓着一身肥肉、身子几乎呈圆形的一个农民，他的面部表情十分迟钝，简直与痴呆没有什么区别。他是一头贪食、不会动弹、肮脏不堪的动物，早已丧失了思维和感知的能力，他的身上散发出令人透不过气来的刺鼻的臭气。

① 一种镇静剂。

帮他收拾的尼基塔使尽全力狠狠地揍他，也不知心疼自己的拳头。让人感到可怕的并不是他挨打这件事，而是这头迟钝的动物面对挨打却既不吭声也不动弹，就是连眼神也毫无变化，只是像一只沉重的木桶那样微微地晃动着。

住在六号病房内的第五个人，也就是最后一名病人，是一个小市民，他曾是邮局的邮件分拣员，是一个矮小瘦弱、有着淡黄色头发的男子，他长着一张善良却有些调皮的脸。从他那双明朗、愉快的眼睛和聪明而安详的神色可以断定：一个非常重要而愉快的秘密正隐藏在他的心底。他的枕下和褥子下面藏着某种不可示人的东西，但他并不是怕被夺走或者偷走，而是由于不好意思。有时他会走到窗前，转过身背对着病友，然后在自己的胸前戴着什么，低下头去看着。如果此时有人走到他的跟前，他就会显得忸怩不安，赶快把那个东西从胸前摘下来。不过要想猜出他的秘密也并不难。因为他常对伊凡·德米特里奇说："祝贺我吧，我已经被提名呈请授予二级圣斯坦尼斯拉夫带星勋章。二级带星勋章是只授予外国人的，但是不知为什么他们会愿意为我破例。"说这话时，他笑吟吟的，并且不解地耸耸肩膀。

"我对此可是一窍不通。"伊凡·德米特里奇闷闷不乐地说。

"可是您知道我最终会得到什么吗？"前信件分拣员狡黠地眯起眼睛说道，"我一定会得到瑞典'北极星'勋章的。为了得到这枚勋章，我是要忙活一阵子的。白色的十字章，黑色的带子，太漂亮了。"

大概没有什么地方的生活能比这座厢屋里更单调了。早晨，除了瘫痪在床的那位胖农民，所有的病人都从穿堂间的一只双耳大木桶里舀水洗脸，然后用睡袍的里襟擦干，之后就喝锡制把缸里的尼基塔从医院大楼取来的茶，按规定每人只能喝一把缸茶。中午他们吃酸菜做的汤和粥，晚上的饭菜就是中午剩下的粥。这些事之间的空隙里，他们就只能躺在床上睡觉或者从房间的一头走到另一头。天天都是如此，就连前信件分拣员说的也老是关于勋章的那几句话。

六号病房里很难见到新来的人，从很久以前医生就不再接收精神病患者了，而在这个世界上喜欢访问疯人院的人也并不多。剃头匠谢苗·拉扎里奇每两个月就来一趟厢屋，至于他如何给疯子剃头，尼基塔又是如何帮助他做这件事的，以及每当酒醉糊涂、笑容满面的剃头匠出现时，病人又是如何的惶惑不安，我们就不谈了。

除了剃头匠，谁也不愿意往厢屋里瞅上一眼。病人们命中注定只是日复一日地和尼基塔一人照面。但是，一则相当奇怪的流言却早就传遍了医院的大楼。

有人说，似乎医生开始准备光顾六号病房了。

五

真是一个奇怪的流言！

从某种方面来说，安德烈·叶非梅奇·拉京医生确实是一个出色的人。据说他在年轻时代的早期就非常虔诚地相信上帝，时刻准备着担任神职，六三年他中学毕业后就打算进入神学院。但是，他的父亲，一个医学博士和外科医师，狠狠地将儿子嘲笑了一番，并扬言说如果他去当了神父，自己就不认他这个儿子。这件事似乎有几分可信，我却不知道实情。然而安德烈·叶非梅奇本人却不只一次说过觉得自己根本不是搞医学的料，或者说不是搞专门学科的料。可是不管怎么说，医学系毕业后的他并没有专心于宗教。他根本就没有表现出对神的笃信，不管是从医之初而是现在，他都不大像个神职人员。

安德烈·叶非梅奇·拉京的外形敦实、粗犷，很像一个农民。他的脸和胡子，还有一头扁平的头发和结实、笨拙的身材，让他更像一个在大路旁小饭馆里饮食过度、放荡不羁、刚愎自用的老板。他眼睛小小的，鼻子红红的，脸上布满了青筋，显得很严厉。和他宽阔的肩膀和高大的身材相配的是一双大手和大脚，只要他一拳下去，保管叫人一命呜呼。但是他的脚步却十分轻巧，走起来轻手轻脚，小心翼翼的。如果他与人在狭小的走廊里相遇，他也总是先停下来给人让路，而且还会轻细柔和地尖声尖气地说："对不起！"他的脖子上有一个不大的瘤子，因此他是穿不了领子浆硬的衣服的，只是穿一些柔软的亚麻布或印花布衬衫。总之，他根本就不按医生的样子穿着，同一套衣服他也会穿上十年左右，他的新衣服一般都是在犹太人开的铺子里买的，但是这些新衣穿在他的身上总是显得那样陈旧、皱皱巴巴，仿佛是旧衣服似的。他会穿着同一件外衣既去接诊病人，又去用餐，还外出做客。然而，他这么做并非由于吝啬，而是由于他根本就没有把自己的仪表放在心上。

安德烈·叶非梅奇来城里上班时，"慈善机构"的状况还是十分糟糕的，病房、走廊和院子里都臭得让人透不过气来。医院的助理护士、勤杂男工，还有他们的孩子都会跟病人睡在同一个病房里。他们抱怨到处都是蟑螂、臭虫和老鼠，所以没有地方住。在外科的丹毒尚未被消灭干净。整个医院只有两把手术刀，却连一个体温表也没有，马铃薯存放在浴室里。女看门人、总务主任和医士都会勒索病人，大家都说安德烈·叶非梅奇的前任老医生似乎在暗中出售医院的酒精，而且将助理护士和女病人变成了自己的一群妻妾。城里的人们对这种混乱情况是十分清楚的，甚至他们估计的情况比这还要严重，然而大家却都泰然处之。一些人还为此开脱，说医院里住的只是一些小市民和庄稼汉，他们没有不满意的理由，因为他们家里的条件要比医院的差得多。还有一些人则辩解说，如果没有地方自治局的资助，仅仅靠一座城市，是无力维持一家良好的医院的。托上帝的福，虽然不好，但毕竟是有一家了。刚成立的地方自治局则既不在城里开另一家诊所，也不在附近开办任何的诊所，他们的理由是城里已经有一座医院了。

安德烈·叶非梅奇巡视了医院之后，他得出结论说这是一个不道德，并且高度损害住院者健康的机构。他认为最明智的做法就是放病人出院，关闭医院。不过经过他的再三考虑，他认为要做到这一点仅仅自己一个人的意愿是办不到的。如果想从一个地方驱除人在肉体和精神的污秽，那它就会转移到另一个地方，所以，只能等它自行风化了。并且，既然人们开办了医院，又能容忍它的存在，那就表示人们是需要它的，成见和所有生活中的污秽与丑恶现象大家都是需要的，因为随着时间的推移，它们将会转化为其他某种有用的东西，就像粪便可以化为黑土一样。在自己的最初阶段就没有污秽的好东西，在世界上是不存在的。

安德烈·叶非梅奇上任以后，对于医院存在的混乱现象他表面上相当漠然。他只是要求勤杂男工和助理护士不要在病房里过夜，他还添置了两口存放器械的柜子。女看门人、总务主任、医士和外科的丹毒则依然如故。

虽然安德烈·叶非梅奇非常喜欢智慧和诚实，但是如果要让他在自己的身边建立起智慧和诚实的生活，那他还是缺乏坚定的性格和信心的。好像他曾经许诺过永远不会提高嗓门说话和使用命令口气似的，要想让他说“给我”或“拿来”是相当困难的。当他想吃饭的时候，他就会犹豫地咳嗽几声，然后才对厨娘说：“如果我能吃午饭……”或者“我如果能喝点茶”。要是让他禁止总务主任偷东西，或者赶走他，或者完全废除他这个毫无必要、尸位素餐的职务，这会让他感到无能为力的。当别人有意欺骗或者讨好他，或者将一份明显有诈的账单拿到他的跟前让他签字时，他便会面红耳赤，好像他自己做了错事一样，但是账单他还是会照签不误的。当病人向他诉苦说吃不饱或助理护士对他们粗暴时，他就显得局促不安，十分歉疚地喃喃说：“好，好，我停一会儿就去了解一下到底是怎么回事……也许这里面存在误会……”

开始时，安德烈·叶非梅奇工作得十分勤勉。他从清早到午间都在接诊病人，还要做手术甚至接生。女士们都说他细心，能够准确地诊断出病症，尤其是儿科和妇科疾病。但是，由于单调和明显的徒劳无功，他渐渐地感到乏味了。如果今天接诊三十个病人，那明天就会涌来三十五个，后天就会是四十个，日复一日，年复一年，可是城里的死亡率却并未减少，病人也从没有停止过就诊。一上午给就诊的四十个病人认真看病在体力上是不可能的，这也就会不由自主地产生了谎言。也不可能把重病号安置到病房里并按科学的规定对他们加以照料，因为规定虽有，科学却无。如果抛开这些空头议论的话，而像其他的医生那样死死遵照规定办事的话，那么首先要做的就是清洁和通风，而不是满地污秽，应该是健康的食物，而不是用发臭的酸菜做的汤，应该是良好的助手，而不是去做小偷。

而且，为什么要妨碍人们的死亡呢？如果死亡是每个人正常且合法的结局？如果一个商人或者官吏能够多活五年、十年，那结果又会如何呢？如果从葯物能够减轻病痛这一点上可以看到医学的目的，那就不由得要引出一个问题：为什么要减轻人们的病痛？第一，据说病痛能把人引向完善；第二，如果人类真的学会了用丸药和药水减轻自己的病痛，那人们便会彻底抛弃宗教和哲学。而迄今为止，人类在这两者中不仅寻求着借以躲避不幸的庇护，甚至还寻求着幸福。普希金临死前就经受了可怕的折磨，苦命人海涅也曾瘫痪在床数年；为什么那一个马特连娜·萨维什尼娅或安德烈·叶非梅奇就该不生病呢？而且人们的生活真是空虚无聊，如果再没有病痛的话，人们就会变得空无一物，几乎与阿米巴虫[①]的生活一样了。

这样的想法让安德烈·叶非梅奇的心情沮丧，无心工作，因此他也不再每天都去医院了。

六

安德烈·叶非梅奇的日子是这样打发的：他一般情况下会在早晨八点起床、穿衣和喝茶，然后就坐进自己的书房里阅读或到医院去。在医院狭窄幽暗的走廊上，看病的门诊病人坐着等待，勤杂男

① 一种单细胞动物。

工和助理护士快步奔走着经过他们的身旁，也有一些形容消瘦、穿着睡袍的病人走过，还有一些死者和盛污物的器皿被抬过，穿堂风长驱直入。安德烈·叶非梅奇非常清楚，对于结核病患者、疟疾患者和所有敏感气质的病人，这样的环境是会让他们十分难受的，可是这又有什么办法呢?

他在门诊间里遇见自己的是医士谢尔盖·谢尔盖依奇，这个人小小的个子、胖胖的脸部，洗得干干净却有点肿，他从容不迫、举止温和，穿着一件宽大的西服，倒像是一个议员。他在城里私自接诊了大量的病人，戴着白领结，自以为十分精通业务。门诊间的一角的神龛里，一尊大圣像竖立在里面，还吊着一盏沉甸甸的长明灯，旁边则是一个罩着白色套子的大烛台；墙上挂着高级僧侣们的肖像、几个用干矢车菊编的花环和一幅斯维亚托戈尔斯克修道院的风景画。谢尔盖·谢尔盖依奇喜欢壮观的场面，信仰宗教，圣像是由他花钱放置的。每逢星期日，就会有一位病人按照他的吩咐去诵读赞美上帝的颂歌，诵读完毕之后，谢尔盖·谢尔盖依奇就会手提香炉巡视每一个病房，他不停地摇动香炉，好让香气散发出来。

病人很多，而时间却很少，所以医生们只能简单地询问一下，开点氨搽剂或蓖麻油之类的药就草草了事了。安德烈·叶非梅奇用拳头托着腮帮坐在那里机械地发问。谢尔盖·谢尔盖依奇也搓着双手坐着，有时会插上几句话：“我们生病、受穷都是因为没有好好地向仁慈的上帝祈祷。真的！”

在门诊时，安德烈·叶非梅奇是不做任何手术的，这项工作他早已荒废了。而且，现在他一见到血就会心神不宁。当他不得不让婴孩张开口，以便察看他们的咽喉时，婴孩的哭叫声就会让他头晕眼花，甚至会流出眼泪来，每当这时，他就会匆匆开了药，挥挥手让女人赶快把婴孩抱走。

每当给病人看病时，病人的糊里糊涂，外表华丽又近在身旁的谢尔盖·谢尔盖依奇，还有那些一成不变地提了二十多年的问题，都让他感到厌烦了。每次看过五六个病人之后他就走了，剩下的病人就交给了医士来看。

安德烈·叶非梅奇早就不开私人诊所了，因此他也高兴没有人来打搅他，他每次回家时都有这样的念头。回到家后，他立刻就会坐到书房里的桌子前开始阅读。他阅读的东西很多，最喜欢看的是历史和哲学方面的著作，而且总是看得津津有味。他把几乎一半的薪水都花在了购书上，家里的六个房间中就有三个堆满了书和旧期刊。在医学方面，他只订一本《医生》杂志，每当这本杂志送来时，他总是从最后一页读起。他每次阅读时都会不间断地持续几个小时，也不会觉得疲劳。他的阅读是与伊凡·德米特里奇当初的阅读不同的，他的阅读速度不快，也没有激动和不安，而是慢慢地、细细地去体味，还常常在自己喜欢或尚未读懂的地方做些标记。一个装着伏特加的长颈酒瓶总是放在书旁，另外还有一些腌黄瓜或者渍苹果，也不装在盘子里，而是直接放在呢桌布上。每过半个小时，他的眼睛也不离书本，就给自己斟上一杯酒喝干了，然后也不用眼睛看，摸过来一根黄瓜来就咬。

三点钟时，他会小心地走到厨房的门口，咳几下说："达里尤什卡，如果我现在能吃午饭……"吃过相当糟糕而且不干净的午饭后，安德烈·叶非梅奇通常会把双手交叉在胸前，然后在自己的房间里踱来踱去，不停地思索着。钟敲了四下，然后是五下，可是他却还在踱步，在思考。有时厨房的门咯吱一响，达里尤什卡红彤彤、睡眼惺忪的脸从里面探了出来，她关切地问：“安德烈·叶非梅奇，您是不是该喝啤酒了？”

“不，还没到时间……”他答道，“等一会儿……再等会儿……”

傍晚时，邮政支局局长米哈伊尔·阿维里扬内奇一般都会来访，对安德烈·叶非梅奇来说，他是城中唯一与之交往而不会觉得难受的人。米哈伊尔·阿维里扬内奇曾经是一个十分富裕的地主，还在骑兵部队服过役，但是，现在他已经破了产，临近老年时他才进了邮政部门。他长着一副茂密而秀美的灰白色连鬓胡，嗓音洪亮悦耳，举止风度富有教养，从外表上看他是一位朝气蓬勃而健康的人。虽然他心地善良，多愁善感，但是性情却很急躁。如果邮局里的顾客提出一些不同的意见，或者因为不愿意配合而争辩起来，米哈伊尔·阿维里扬内奇就会气得浑身颤抖，涨红面孔，并用雷鸣般的声音喊道：“给我住口！”因此，邮政支局也早就有了“令人害怕的机关”这样的名声。米哈伊尔·阿维里扬内奇喜欢并敬重安德烈·叶非梅奇，因为他有学问，有高尚的心灵。但是如果是对其他的居民，他就会居高临下，就如对待自己的下属一般。

“我来啦！”他走进安德烈·叶非梅奇家门时说道，“您好啊，亲爱的！我的到来该不会让您觉得讨厌了吧，啊？”

“怎么会呢，恰恰相反，我非常高兴，”医生回答他说，“见到您我总是很高兴的。”

两个朋友坐在书房里的沙发上，默默地抽了一阵子的烟。

“达里尤什卡，最好能让我们喝点啤酒！”安德烈·叶非梅奇说。

第一瓶啤酒不声不响地就喝完了，医生若有所思，米哈伊尔·阿维里扬内奇表现出快乐而兴奋的神色，好像有非常有趣的事情要说似的。可是最后总是医生先打开话匣子。

“真是遗憾，”他摇了摇头，也没有正视自己谈话的对手（他是从来不正面看人的），慢条斯理地说，“我真是感到深深的遗憾，尊敬的米哈伊尔·阿维里扬内奇，在我们的城里居然竟没有可以进行聪明而有趣味的谈话的人，而且他们竟然也不喜欢这样的交谈方式。这真让我大伤脑筋，就连知识分子都不能免俗而超然卓立。我告诉您，他们的发展水平比下层人也高不了多少。”

“完全正确，我完全同意。”

“您是知道的，”医生轻轻地、慢条斯理地接着说，“这个世界上的一切都微不足道，都没有趣味，但是要除了人的智慧在高级精神活动中的表现。智慧是动物和人之间的一条鲜明的分界线，暗示着人类的神性，而且在某种程度甚至替代着他并不存在的不朽性。我可以说智慧是快乐的唯一可能的源泉。如果智慧在我们自己的身边是看不见也听不到的，那就意味着我们已经丧失了快乐。不错，虽然我们有书籍，但这却完全不是生动的交谈和交往。如果您能允许我做一个并不完全恰当的比喻，那么我认为书籍就是乐谱，而交谈则是演唱。”

“完全正确。”

又是一阵的沉默，这时达里尤什卡带着迟钝、哀伤的表情从厨房里走了出来，他用握着的拳头支着腮帮，在门口停住了脚步，想听听他们的谈话。

“唉！”米哈伊尔·阿维里扬内奇叹了一口气说，“您真的希望当前的人都有智慧！”

于是，他讲述了自己以前健康、欢乐和有滋有味的日子，讲述了俄国曾有过的知识分子，他们都会把名誉和友谊放到至高的地位，借钱也从来不开借据，如果自己不向有急需的伙伴伸出援助之手，就会感到莫大的耻辱。曾经有过什么样的历险、冲突、征战，有过什么样的女人和同志！高加索是一个多么神奇的地方！一个古怪的女人，一位营长的妻子，她每到夜晚就穿上军官的服装只身进山，也不要向导。据说她还和当地山村里的某个首领有过一段风流韵事。

“真是天仙一般的女皇，一位……母亲……”达里尤什卡赞叹道。

“再来看看他们的豪饮！看看他们的大嚼！这是一群不可救药的自由主义者！”

安德烈·叶非梅奇虽然在听着，但却没有听进去，他好像在想着什么，只是一小口一小口地啜饮着啤酒。突然，他打断了米哈伊尔·阿维里扬内奇的话说道：“我经常会梦见聪明的人，并和他们交谈。我的父亲让我接受了良好的教育，但是，在60年代思潮的影响下，他硬是让我当了一个医生。我觉得如果我当初并没有听从他，那现在的我也许就处于思想运动的正中心了，说不定还会成为某个大学某个系的一分子。当然了，智慧也并不是永恒的，也是容易逝去的，不过您是知道我为什么对它如此偏爱的。生活是一个讨厌的陷阱。当一个会思索的人达到成熟的意识阶段时，他就会情不自禁地感到自己仿佛走进了一个没有出路的陷阱。而事实上他却是违背了自己的意愿，并受到了某些偶然性的引诱，从虚无走向了生活……为什么呢？因为他想知道自己存在的意义和目的，人们并没有告诉他，或者告诉他的却是一些荒诞的东西。即使他叩响了门，但是人们却没有为他打开门。死亡正向他走来，同样这也是违背他的意愿的。在监狱里，由于共同的不幸而相互维系的人们聚集在一起时，大家反而觉得更加轻松了。同样，当生活中喜欢分析和总结的人们聚集在一起，并在交流思想的过程中打发时光时，你并不会发现陷阱。从这个意义上来说，智慧确实是一种不可替代的享受。”

“完全正确。”

安德烈·叶非梅奇没有正视对方的面孔，他轻轻地、说说停停、然后又继续讲述着聪明的人们以及与他们的对话，而米哈伊尔·阿维里扬内奇则专注地听着他的讲述，表示出自己的赞同：“完全正确。”

“您相信灵魂会死吗？”邮政支局局长突然发问。

“是的，我相信，尊敬的米哈伊尔·阿维里扬内奇，而且没有理由不相信。”

“说句实话，我也曾怀疑过。不过，虽然我也曾有这样一种感觉，似乎我永远都不会死。哎哟，我会暗自想道，你这个老东西，该死了！可是在我内心深处却有另一个声音在说：不要相信，你是不会死的……”

十点钟的时候，米哈伊尔·阿维里扬内奇要走了，他来到了前厅，穿上了大衣，然后叹了口气说：“可是命运却把我们引到了这么荒凉的一个地方！最讨厌的是，我们还不得不死在这里。唉！”

七

送走了朋友之后，安德烈·叶非梅奇又坐在案前开始阅读了，周围一片宁静，时间也仿佛停止了，似乎除了书和罩着绿色罩子下的灯火，其他的都不存在了。医生粗犷的脸庞上渐渐映照出欣慰和兴奋的笑容。“哦，人为什么要不死呢？”他忖道，“为什么要有脑回和大脑中枢，为什么要有视觉、语言、自我感觉这一切呢？

新陈代谢！用这种替代不灭的理论来安慰自己的做法，是多么怯懦的行为啊！在自然界发生的毫无意识的过程是比人类的愚蠢行为还要低下的，因为毕竟愚蠢行为中还是有意识和意志的，而那些过程却一点也没有。只有那些对死亡的恐惧超过了自尊的懦夫才会用这样的理论去宽慰自己，才会认为人体将会在岩石、野草和蛤蟆体内得到生存……从新陈代谢中看到自己不灭的理论同样是奇怪的，一把珍贵的小提琴被打碎之后，那装它的盒子就不会有辉煌的前程了。

时钟敲响了，安德烈·叶非梅奇靠到了椅背上，他闭起眼睛想休息上一会儿。可是无意之间，他受到了书中美好思想的影响，而把目光投向了自己的过去和现在。既往是令人厌恶的，最好还是不要去想它了。而现在看到的又与既往的毫无区别。他知道自己的思想和变冷的地球环绕太阳旋转之时，在医生住所旁边的大楼里，人们正在遭受疾病和身体不洁的煎熬，也许有人会无法入睡，正与昆虫搏斗；也许有人染上了丹毒，或者他们会因绷带扎得过紧而呻吟，也许病人会正在和助理护士打牌、喝酒。也许可能在一年度中就有一万两千名就诊的病人受骗。医院的一切工作还和二十年前的一样，仍然是建立在口角、偷盗、徇私的流言蜚语和不可容忍的招摇撞骗之上的，医院依然还是一个没有道德、有害于居民健康的一个机构。他也知道在六号病房的栅栏里，尼基塔会殴打病人，莫伊谢伊卡会天天在城里转悠，并收集施舍物。

从另一个方面来看，安德烈·叶非梅奇清楚地了解最近二十五年内医学发生了神话般的变化。在大学求学时，他就曾感觉医学似乎将要面临炼金术和形而上学一样的遭遇，而现在，经过自己每日夜读之后，医学却使他怦然心动，令他兴奋和惊诧。确实，这真是意想不到的辉煌，真是伟大的革命！由于出现了灭菌法，被伟大的彼罗戈夫[①]认为即使在将来[②]也不可能做的手术，现在都已经在做了。即使是地方自治局派任的一般医生，他们也能做膝关节部分切除的手术，在一百例剖腹手术中才只有一例死亡，结石症则更被认为是不值一提的小事，梅毒也能彻底治愈了。

我们俄罗斯地方自治局属下的医学就有催眠学、遗传理论、卫生学和统计学，巴斯德和科赫的发现，精神病学和它的诊断和治疗法，疾病分类法，简直是一整座厄尔布鲁士山[③]。如今也不再向精神病患者的头上浇冷水了，也不给他们穿热病患者所穿的衬衫了，对待他们的方法也更合乎人道原则了，甚至还像报上所写的为他们演戏和举办舞会。安德烈·叶非梅奇知道，如果按照现在的观点和品味，像六号病房发生的那样可恶的现象只会在远离铁路二百俄里以外的小城里才发生，在那样的地方，市长和议员大都是半文盲的小

---

① 尼·伊·彼罗戈夫（1810—1881），俄国解剖学家，外科学家。

② 原文为拉丁文。

③ 俄国高加索山脉之高峰。

市民，他们一般把医生看成术士，即使医生把熔化的锡灌进人的口里，他们也不会加以批评的。如果换成其他的地方，公众和媒体早就会把这个巴士底狱[1]给砸个稀巴烂了。

“但是这能怎么样呢？”安德烈·叶非梅奇睁开眼后默问自己。“这又有什么结果呢？又是科赫[2]，又是巴斯德[3]，又是灭菌法，可事情的本质却丝毫没有变化。发病率和死亡率依然如以前一样。尽管会为疯子们开舞会、演戏，可依然会把他们关起来。”

然而哀伤和妒意的感情使他难以无动于衷，也许是疲劳所致吧。安德烈·叶非梅奇沉甸甸的脑袋垂向了书本，双手垫在了脸的下面，于是他又想道：“我所做的竟是一项有害的工作，还从被我欺骗的人那里获得薪水，我是一个不诚实的人。不过就本身而言，我却什么也不是，我只是社会上必然存在的坏事中的一分子：县里所有的官僚都是有害于人的，而且他们也是平白无故地获取薪水……即使我不诚实，但是错也并不在我，而在时代……如果我晚出生二百年，也许我就成另一个人了。”

三点的钟声敲响了，他熄了灯走进卧室，却没有睡意。

八

大约两年以前，地方自治局突然变得慷慨起来，它每年都会拨款三百卢布，以作为市立医院医务人员的津贴，拨款一直持续到

① 巴黎监狱，1789年法国大革命期间被群众捣毁。

② 科赫（1843—1910），德国微生物学家，现代细菌学、流行病学奠基人之一。

③ 巴斯德（1822—1895），法国近代微生物学和免疫学奠基人。

地方自治会的医院开张。于是，县医院的医生叶甫盖尼·费奥多雷奇·霍鲍托夫被市里请来协助安德烈·叶非梅奇，他还很年轻（连三十岁都不到），是一个高个子的黑发男子，有着宽宽的颧骨和小小的眼睛，可能他的先人是外国人。他来到城里时只带了一只小手提箱和一个其貌不扬的年轻妇女，却身无分文，他叫年轻的妇女为厨娘。这个女人还有一个吃奶的孩子。叶甫盖尼·费奥多雷奇头戴一顶鸭舌帽，脚穿一双高帮靴，冬天则加上一件短大衣。他很快就和医士谢尔盖·谢尔盖依奇及出纳员交上了朋友。其他的职员都称他为贵族，并对他们避而远之。他的寓所里只有一本《1881年维也纳医院最新处方》。他去给人看病时，就会一直带着这本书。他喜欢每天晚上去俱乐部里打台球，但却不喜欢打牌。在聊天时，他非常喜欢使用诸如“单调无聊的麻烦事”，“带醋的曼蒂福里亚”，“叫你背上恶名”这样的字眼。

他一星期来医院两次，一般会巡视一下病房，再给门诊病人看看病。他对灭菌措施的根本性缺乏和拔血罐十分愤慨，但是他却又不制定新的秩序，生怕自己的做法会使安德烈·叶非梅奇受辱。他把自己的同事安德烈·叶非梅奇看成一个老滑头，怀疑他有一大笔的经费，因此暗中妒忌他，他很想代替他的位置。

九

三月末尾的一个傍晚，地面上已经没有积雪了，椋鸟正在医院的花园里啼鸣，医生正送自己的朋友邮政支局局长出门，这时正好乞讨回来的犹太人莫伊谢伊卡走进了院子，他没有戴帽了，光着脚

穿了一双低帮套鞋，手里还捧着一个装有施舍物的小袋子。

“给个小钱吧！”他的身子冻得瑟瑟发抖，脸上却挂着笑容说道。

安德烈·叶非梅奇从来都不会拒绝他的，他给了一枚十戈比的银币。望着那双赤着的脚和瘦骨伶仃发红的脚踝，他说道：“这多凉啊，都湿了呢。”

在怜悯和厌恶双重情感的驱使下，他跟随犹太人进了侧屋，一会儿望望他的秃顶，一会儿又望望他的脚踝。看到医生来了，尼基塔从垃圾堆上一跃而起，一下子挺直了身子。

“你好啊，尼基塔，”安德烈·叶非梅奇和蔼地说，“最好发给这个犹太人一双靴子，怎么样啊？否则，他会感冒的。”

“好的，大人。我这就去报告总务主任。”

“你去吧。你就以我的名义向他请求吧，就说是我请求的他这样做的。”

从穿堂间到病房的门打开着，躺在床上的伊凡·德米特里奇用臂肘支撑着稍稍抬起的身子，他惊恐地谛听着陌生人的声音，后来他突然认出了医生。他愤怒得全身都颤抖起来，霍地跳了起来，脸涨红了，恶狠狠地瞪着眼，然后跑到了病房的中央。

“医生来了！”他喊道，随即就哈哈大笑起来，“医生终于来了！先生们，祝贺你们啊，医生来了，这是对我们的恩赐啊！该诅咒的恶棍！”他尖声大叫着，异常狂暴地跺了一下脚。“杀了他！杀了这个恶棍！不，杀死他还不够！把他扔进茅坑里淹死他！”

听到这些话后，安德烈·叶非梅奇从穿堂间往病房里瞧了一眼，柔声柔气地问：“这为什么呢？”

“为什么？”伊凡·德米特里奇一副咄咄逼人的样子，他走近医生喊道，“为什么？你还问为什么？简直是小偷！”他厌恶地说，做出想吐唾沫的样子。“骗子！刽子手！”

“您要安静一下，”安德烈·叶非梅奇歉疚地莞尔一笑说，“请您相信我，我从来就没有偷过任何东西，看来您是过分地夸张了。我看您还在生我的气，请您安静下来，我请求您了，如果可以，请您冷静地告诉我，您为什么要生气？”

“为什么要把我关在这里？”

“因为您有病。”

“不错，我是有病，可是有成百上千名的疯子都在自由地游荡，因为你们无知，因为你们无法把他们和健康人区别开来。究竟是为了什么？我，还有这些不幸的人却要当替罪羊？您、医士、总务主任，还有所有医院里的浑蛋，在道德方面甚至没有我们的高，为什么倒要让我们坐在这里？这是什么逻辑啊？”

“在这里倒谈不上道德和逻辑，这里的一切都取决于机缘。被关了的人就坐在这里，没有被关的人就逍遥自在，就这么一回事。而对于我当医生，您有精神病，这其中既无逻辑问题，也无道德问题，只不过偶然罢了。”

“我不懂这种怪论……”伊凡·德米特里奇坐到了自己床上说。

由于医生在场，尼基塔是不便搜莫伊谢伊卡的身的，所以他把一块块小面包、纸币和小骨头摆在自己床上，身子冻得瑟瑟发抖，用犹太语快速地说着什么，就像唱歌一样。

“快放我出去！”伊凡·德米特里奇颤抖着说。

“这是不可能的。”

“可这到底是为了什么？为什么啊？”

“因为这不是由我做主的。您可以想一想，如果我把您放出去，对您又有什么好处呢？您走出去之后，市民或者警察还把您送回来的。”

“是的，不错，这倒是实话……”伊凡·德米特里奇说话的同时擦了擦自己的前额，“这真是可怕！可是我又该怎么办呢？怎么办呢？”

安德烈·叶非梅奇十分喜欢伊凡·德米特里奇的嗓音和他那年轻、聪明的脸，因此他尽量地对他温和些，以给他一些安慰。他坐在了伊凡·德米特里奇的身边，想了想说：“您真想让我告诉你吗？现在最好的办法就是从这里逃走。但是遗憾的是如果您这样，是一点益处也没有的，您将会被抓住。如果社会想把罪犯、精神病患者和所有不合适的人与自己隔离开来的话，那它将是不可战胜的。所以，您能做的也就是心安理得地待在这里。”

“谁都不需要这样做。”

“既然监狱和疯人院存在，那就应当有人被关在里面。不是我，就是您。不是您，就是其他的第三个人。等着吧，当监狱和疯人院不再存在时，无论病人穿的睡袍还是窗户上的栅栏，都将会不再存在了。而且，这样的时代早晚是会到来的。”

伊凡·德米特里奇嘲讽地一笑，然后眯起双眼说：“您在开玩笑吗？像您和尼基塔那样的先生们是与未来毫无关系的，但是，仁慈的先生，您会相信美好的时代终将到来！就算我说的话过时了，您想嘲笑就嘲笑吧，但是新生活的曙光终将会放射出光芒的，真理终将会取得胜利的，而且节日的喜庆也会出现在我们这条街上！我肯定是等不到了，我会死去的，但是总有子孙后代会等到那一天的。我衷心地为他们而感到高兴，为他们高兴呀！前进！愿上帝保佑你们，我的朋友们！”

伊凡·德米特里奇站起来了，带着炯炯有神的目光，他的双手伸向窗口的方向，嗓音里含着激动的情绪，继续说：“我会从栅栏里面为你们祝福的！真理万岁！我感到十分高兴！”

“可是我找不出可以高兴的特殊理由，”安德烈·叶非梅奇说，他认为伊凡·德米特里奇的动作像是在演戏，但是他也非常喜欢，“监狱和疯人院将会不复存在了，真理也如您所说的终将会获得胜利，然而事情的本质却并没有发生变化，大自然的规律依然如故。人们仍然会和现在一样衰老、生病、死亡。无论多么辉煌的曙光照耀着你的生活，您都会被钉在棺材里，再被扔进墓穴中。”

“那么会不朽吗？”

“唉，还是不说了吧！”

“您不相信吗？可是您看，我是相信的。我不记得是在陀思妥耶夫斯基还是伏尔泰的作品里，有人就说过‘如果没有上帝，人们也会臆造出一个上帝’。[①]我深信如果没有不灭，那么人类中伟大的天才早晚有一天会发明一个不灭的。”

“说得太好了，”安德烈·叶非梅奇满意地微笑着说，“您真是有信念，这很好的。有了这样的信念，即使是一个藏在壁龛里的

① 法国作家、哲学家伏尔泰（1694—1778）曾提出“如果上帝不存在，就应当把它造出来”。俄国作家陀思妥耶夫斯基在他的长篇小说《卡拉马佐夫兄弟》中引用了这句话，并补充道：“而且确实，人类造出上帝来了。”

人也会生活得很好的。您一定在哪儿受过教育吧？”

“是的，我上过大学的，但是却没有毕业。”

“您真是一个善于独立思考的人，而且思想也很深刻。在任何情况下，您都会在自己的内心中求得安宁的。追求对生活的理解，追求思考的深刻，蔑视世间无谓的奔忙，这就是一个人的幸福。而您就拥有了这样的幸福，尽管您身处在三重栅栏之内。第欧根尼①只住在一个木桶内，但是他却比世界上所有的君王都要幸福。”

“您那个第欧根尼简直是一个笨蛋，”伊凡·德米特里奇闷闷不乐地说，“您干吗和我说起第欧根尼的事呢？”他突然生气了，霍地一下子跳了起来。“我热爱生活，热烈地爱着它！我患有受迫害狂症，一直受到恐惧的折磨，但是我的内心也有对生活充满渴望的时候，这时我便担心自己会发疯。我非常喜欢生活，非常喜欢！”

他激动地在病房里走了几步，然后压低了声音说：“每当我幻想的时候，幽灵就会来拜访我。我会看到有一些人向我走来，我听到了人声、音乐声，我觉得我好像漫步在某处森林和海岸边，于是我就渴望忙碌、渴望操劳……请告诉我，那里有什么新的东西吗？”伊凡·德米特里奇问道，“那里都有些什么东西？”

“您是想知道有关城市里的事，还是只想知道一般的情况？”

“那您就先讲有关城市的吧，然后再讲一般的情况。”

“有什么好说的呢？城市里的生活乏味得很……没有人可以说话，没有人的话可以听，也没有新人。不过，不久前刚刚来了一个

---

① 第欧根尼，古希腊哲学家，奉行极端的禁欲主义，传说他住在一个大木桶里。

年轻的医生霍鲴托夫。”

“我还在这里时他就来了。怎么样，是不是一个粗鲁无礼的人？”

“是的，真是一个缺少教养的人。您知道吗，我很奇怪的……从各方面来看，我们的大都市里都没有思想停滞不前的现象，它一直在运动，也就是说那里是应该有真正的人的，可是不知为什么每次从那里派给我们的人，我都看不上他们。真是不幸的城市。”

“是啊，真是不幸的城市，”伊凡·德米特里奇叹了口气笑着说，“那么一般情况又怎么样呢？报纸和刊物上都写了些什么呢？”

病房里暗了下来，医生站起身来，开始告诉他有关国外和国内的一些消息，出现什么样的思想动向。伊凡·德米特里奇专心地听着，不时地提出一些问题，突然，他仿佛想起了一件可怕的事，狠狠地抓住自己的脑袋，背对着医生躺到了床上。

“您这是怎么啦？”安德烈·叶非梅奇问。

“您别想再从我这儿听到一句话！”伊凡·德米特里奇粗暴地大声说，“您不要管我！”

“这究竟是为什么呢？”

“我不是告诉您了，不要管我！你这是干吗呀？”

安德烈·叶非梅奇耸了耸肩，叹了口气就走出去了。经过穿堂间时他说：“尼基塔，您能不能把这里打扫一下……气味真是难闻极啦！”

“是的。大人。”

“真是一个讨人喜欢的年轻人，”安德烈·叶非梅奇走回自己

的寓舍，“在我住在这里的全部时间里，他似乎是第一个可以与我交谈的人。他善于思考，关心的也是应当关心的事。”

回到家时，他一直在想伊凡·德米特里奇。翌日清晨，他想到自己昨天结识了一个聪明而有趣的人，于是决定一有时间就去看他。

十

伊凡·德米特里奇双手抱头，双腿紧缩，躺着的姿势和昨天一样，却看不到他的脸。

“您好啊，我的朋友，”安德烈·叶非梅奇说，“您不会在睡觉吧？”

“我要声明一下，首先，我并不是您的朋友，”伊凡·德米特里奇把头埋在了枕头里说，“其次，如果您想从我的口中套出话，那您就白费心机了。”

“奇怪了……”安德烈·叶非梅奇尴尬地自语道，“昨天我们不是谈得很投机吗？可是您却在突然之间觉得受了委屈，一下子就把谈话中断了……也许是我说得不太妥当，或者可能是我说的违背了您的信念……”

“是啊，我一直就这么相信您！”伊凡·德米特里奇稍稍抬起一点身子，嘲笑而惶恐地望着医生说，接着他的双眼就红了，“您完全可以到别的地方去做密探，去打听消息，在我这儿您可没有什么事情要做。我昨天就明白您的来意了。”

“真是奇妙的想象！”医生冷笑一声，“您是说您认为我是密探？”

“是的，我认为……是对我进行试探的密探或者医生，这两者是差不多的。”

“唉，您啊，请您原谅我说句实话，您可真是一个怪人？”

医生坐在了床边的方凳上，责备地摇了摇头，然后说道：“可是我像您说的是一个密探，就算我采用叛徒的手段把您出卖给警察。您会被捕，然后会受审，但是，难道您在法庭上和监牢里的处境会比这里的差吗？即使您被判处永久的流放甚至是服苦役，难道这样会比坐在这间厢屋里更坏？我认为并不比这更坏……您究竟害怕什么呢？”

安德烈·叶非梅奇的话在伊凡·德米特里奇身上起了作用，他安静地坐了起来。这时是傍晚五点，平常的这个时间安德烈·叶非梅奇会在自己的一个个房间里踱步、达里尤什卡会问他是不是该喝啤酒了。今天外面的天气宁静而晴朗。

“我是吃完午饭后出来散散步的，所以就顺便走了过来，这是您都看见了的，”医生说，“完全是春天啦。”

“现在是几月份了？是三月吗？”伊凡·德米特里奇问。

“是的，都三月底啦。”

“外面的地面上还泥泞吗？”

“不了，不太泥泞了。花园里已经露出了小路了。”

“能乘车到城外走走就好了，”伊凡·德米特里奇一边说，一边揉着自己那双发红的眼睛，仿佛刚刚睡醒似的，“然后回到家时，走进温暖舒适的书房，再让一个像样的医生给我治头痛病……我很久都没有过人一样的生活了。我真是讨厌这里，真讨厌！讨厌得让人受不了！”

昨天他太兴奋激动了，所以今天他有些疲倦了，没精打采的，也懒得说话。他的手指颤抖着，从他的脸色可以看出他正头痛得厉害。

“温暖舒适的书房和这间病房其实也没有什么区别，”安德烈·叶非梅奇说，“人的安宁和满足并不在他的身外，而恰恰在他的内心。”

“也就是，怎么说呢？”

“一般人是期望从外部，也就是从马车和书房得到好的或坏的东西，而一个善于思考的人则从其自身获得。”

“您可以到希腊去宣传这套哲学，那里的气候温和，酸橙花到处飘香，这里的气候对它是不合适的。我是不是跟您说过第欧根尼？”

“是的，是昨天。”

“第欧根尼就不需要书房和温暖的房间，没有这些他那里也已经够热的了。他让自己躺在木桶里，嘴里还吃着橙子和油橄榄果。如果他到俄国来生活的话，不用到十二月，恐怕到五月他就要求进屋去了，身子会冷得缩成一团的。”

“不是的。寒冷和一般的疼痛是一样的，人们是可以不去感知它的。马可·奥勒留①说过：‘疼痛只是生命体关于疼痛的一种印象，它是可以通过意志的努力而改变的，如果抛弃它，停止诉苦，疼痛就会消失了。’这种说法是正确的。圣贤或者善于思考的人之所有独特，就在于他们能蔑视苦难。”

“您的意思是说我是白痴，因为我无法忍受苦难，又心怀不

① 马可·奥勒留（121—180），罗马皇帝，斯多葛派哲学家。

满，还对人的庸俗性感到奇怪。”

“您这样想是没有用处的。如果您经常去深入思考，您就会明白，外部那些使我们激动不安的东西真是微不足道。我们需要努力去感悟生活，在感悟中我们就会得到真正的幸福。”

“感悟……”伊凡·德米特里奇皱了皱眉头说，“外部的，内心的……对不起，我不理解这些事，我只知道，”他气呼呼地望着医生说，“我只知道上帝用热血和神经创造了我，是的！有机组织如果真是有生命力的，那么它就应当对各种刺激有反应。我就是有反应的！对下流的行为我会表示愤怒，对卑鄙的事情我会表示反感，对疼痛我会报以叫喊和眼泪。我认为从本义上讲，这就叫作生命。有机体越低级，它的敏感度也就越小，对刺激的反应也就越弱；相反，越高级它对现实的反应也就越敏感、越强烈。您怎么连这个道理也不知道呢？作为一个医生，竟然连这样的小事也不知道！为了蔑视疼痛，保持永远知足和对任何事情不感到奇怪，就需要达到这种状态，”伊凡·德米特里奇说着就指向长满一身肥肉的胖农民，“或者用苦难可以磨炼自己，直到对它失去感觉，换句话说，也就是停止生存。请您原谅，我不是哲学家，也不是圣贤，”伊凡·德米特里奇激动地往下说，“我对此也是一无所知。我不会讲大道理。”

“不是的，恰恰相反，您讲的道理很精彩。”

“您拙劣地效仿的斯多葛派[①]哲学家都是一些杰出的人物，但是他们的学说在两千年前就已经僵化了，没有一点的进步，也是不

① 古代哲学流派，认为智者应顺应自然的冷漠，清心寡欲，晚期宣扬宿命论观点，代表人物有芝诺、马可·奥勒留。

会有进步的，因为它一点不切合实际也没有生命力。这种学说只能在少数人的中间获得成功，这些人会对形形色色的学说进行深入的钻研和细细地品尝，大部分人是不能理解这种学说的。鼓吹是对苦难和死亡不屑一顾、对财富和舒适的生活无动于衷的学说，在多数人看来也是不可理解的，因为大多数人既没有领略过财富，也没有领略过舒适的生活；而让他们对苦难不屑一顾，也就意味着让他们对生命本身不屑一顾，因为人的整个生命体就是由对寒冷、屈辱、丧失、饥饿和哈姆雷特式的面对死亡的恐惧的感觉构成的。整个生命就存在于这些感觉之中，可以对它苦恼，可以为它仇恨，但却不是蔑视。是的，所以我要再说一遍，斯多葛派的学说是永远不会有前途的。从世纪初直至今天，人们一直在鼓吹对斗争、对痛苦的敏感、对刺激反应。”伊凡·德米特里奇好像突然失去了思维的线索，他停了下来，懊丧地擦了擦前额说：“我想说一个重要的话题，可是却有点离题了。”

“我刚才说什么来着？对了！我是想说有一位斯多葛派的学者为了替自己的一个近亲赎身，却将自己卖身为奴了。您看到了，这就说明斯多葛派学者也是对刺激有反应的，因为做出如此舍己为人的行为是需要一个充满激愤之情、富于同情的心灵的。在这里的监牢里。我把曾经教过的一切都忘了，否则我还能记起一些来。基督被捕的事吗？基督对现实的回答是忧伤、愤怒、哭泣、微笑，甚至是怀念；但是他并未含着笑容去迎接苦难，也没有蔑视死亡，而是在客西马尼园里祈祷让这些离开自己。[①]”伊凡·德米特里奇笑了笑，说着就坐了下去。

① 参见《圣经·马太福音》第二十六章三十六节。

“就算满足和安宁不在他的身外，而在他的内心，”他说。“就算他对苦难不屑一顾，对任何东西也都不感到奇怪，可是您是凭什么来宣扬这一点的？您是圣贤，还是哲学家？”

“虽然我不是哲学家，但是每一个人都有责任宣扬这一点的，因为它是合乎情理的。”

“不，我想知道您为什么把自己看作在理解对苦难的蔑视和其他的问题上的行家里手？难道您曾经遭受过苦难吗？您对苦难的概念了解吗？请您告诉我：您小的时候受过鞭打吗？”

“没有，我的父母不从不体罚我的。”

“可是，我的父亲就曾残暴地打过我。我的父亲是一个专横的官员，他有一个长长的鼻子和黄黄的脖子。不过，我们要谈的却是您，在您的一生中，有没有人用手指碰过您一下，有没有人吓唬过您？您是在父亲的羽翼下成长的，靠他的供给来读书，然后得到一个待遇优厚的挂名差事。二十多年来，您都住在免费的公寓里，有仆役、有照明设备，还有取暖装置，还可以随心所欲地工作，即使也没什么事可做。您生来就是一个懒散的、意志薄弱的人，所以一直努力把自己的生活安排得什么也不用自己担心。您可以把事情交给医士和其他的一些浑蛋去做，自己则可以坐在温暖、安静的地方，阅读书籍，积攒钱财，陶醉于各种各样的高雅的荒唐事，而且（伊凡·德米特里奇望了望医生的红鼻子）可以喝啤酒。总而言之，您根本就没有见识过生活，也没有完全认识它，您对现实的认识仅仅停留在理论的层面上。而您能够蔑视苦难，什么也不觉得奇怪，凭的就是尘世的空虚，对生、苦难和死的蔑视与理解——这一切都是最适合俄罗斯懒汉的空头议论。比如当您看见农民殴打他的妻子时，你可能会说：‘管他干什么呢？让他揍去吧，反正人早晚都是会死的，而且打人的人正以他的殴打行为在侮辱自己。’酗酒是愚蠢的，也是有伤大雅的，但是喝酒会死，不喝酒也会死啊。来了一个婆娘，得了牙痛病……这算什么呢？疼痛不过只是关于疼痛的印象，并且在这个世界上，如果没有疾病你就活不下去了，我们是都会死去，所以婆娘你就滚吧，不要来打扰我的思考和喝酒。一个年轻人前来请教应该如何生活，如果换成另外一个人，他在回答之前会思考一阵子，而在他这里却已有现成答案了：努力去理解和追求真正的幸福。而那虚无缥缈的‘真正的幸福’又是什么呢？当然是没有答案的。我们被拘禁在这栅栏，忍受着煎熬，受尽了折磨，而这些却是美好而合乎情理的事情，因为这间病房与温暖舒适的书房并没有丝毫的区别。真是适宜的哲学：既无事可做，良心却又很纯洁，还觉得自己是个圣贤……不，先生，这并不是哲学，也不是视野开阔，也不是思维，而是江湖骗术、是昏睡、是懒惰……是的！”

伊凡·德米特里奇又生气了，他说：“您还是蔑视苦难去吧，说不定您不久就会被门夹了手指，那时您肯定会放开嗓子叫出来！”

“可能我不会叫的。”安德烈·叶非梅奇温和地莞尔一笑说。

“那当然啰！如果是您突然间得了瘫痪症，或者有个傻瓜或无耻之徒利用自己的地位和头衔当众羞辱您，而您也知道他不会因此而受惩罚，这时您也许就真正明白了什么叫‘让别人去寻求理解和真正的幸福’了。”

“您的想法真是独特，”安德烈·叶非梅奇满意地笑了，他搓着双手说道，“您善于总结的天赋让我甘拜下风，而您刚才对我所作的评语也是出色的。说实话，和您谈话是我的一大快事。好吧，我倾听了您的意见，现在就该轮到您听听我的了……”

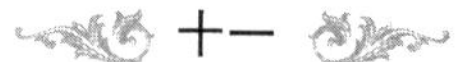

十一

这次谈话大约又延续了一个小时，这次谈话给安德烈·叶非梅奇留下了深刻的印象。从此他每天都往厢屋里去，每天早晨和午后他要都到那里去，而且还经常会和伊凡·德米特里奇一直交谈到黄昏。开始见着他时，伊凡·德米特里奇还有点怕生，在怀疑他居心不良，所以自己就公开表示对他的反感，后来他也就习惯了，从而对待他的态度也由激烈变成了宽容的神态了。

不久一种流言便在医院里传开了，大家都说安德烈·叶非梅奇医生会经常拜访六号病房。任何人——尼基塔、医士，还有助理护士，都无法理解他的这种行为，而且他在那里一坐就是几个小时。大家对他的谈话内容和不开药方觉得有些奇怪。米哈伊尔·阿维里扬内奇经常在他的家里看不到他，这样的情况在以前是从来没有过的，达里尤什卡也觉得为难，因为医生喝啤酒的时间不再固定了，有时连午饭也不准时了。

六月底的一天，霍鲍托夫医生因事前来找安德烈·叶非梅奇，在他的家里也没找到他，于是就来到院子里，正好有人告诉他说老医生去看精神病患者了。他走进了侧屋，在穿堂间停下脚步时，霍鲍托夫听到了这样的对话：“我们是永远也不会取得一致的，如果你想让接受您的信仰这是不可能的，”伊凡·德米特里奇激动地说，“您根本就不了解现实情况，您也从来没有受过苦，而只是在痛苦的他人旁边觅食维生[①]，而我呢，我从一出生就不停地在受苦。所以我实话告诉您：我认为自己比您高明多了，在各方面都比你精通，是轮不到您来教训我的。”

“我并没有要您接受我的信仰的意思，”安德烈·叶非梅奇小声地说，一副因别人不愿理解自己而遗憾的神情，“问题并不在这里，我的朋友。问题是在于您经受过苦难，而我却没有。痛苦和欢乐只是暂时的，咱们还是不要去管它们，它们是和上帝在一起的。问题在于我和您都有思维，我们可以彼此从对方身上看到有能力思维和推理的人，仅仅这一点就能使我们取得一致的意见，不管我们的观点存在多大的区别。如果您知道，我的朋友，我是厌恶狂妄、平庸、迟钝的，而每次和您交谈我又是快乐的，这多么好啊！您是一个聪明的人，您给我带来了快乐。”

霍鲍托夫把门推开了一俄寸宽的缝，向病房里张望了一眼，他看到伊凡·德米特里奇戴着尖顶帽，安德烈·叶非梅奇则和他并排坐在病床上。疯子做着鬼脸，咆哮着用睡袍裹紧着身子，医生坐在那里纹丝不动，他的脸红红的，一副无奈、忧郁的样子。霍鲍托夫耸了耸肩，冷笑一声，然后和尼基塔交换了一下眼色。尼基塔也耸了耸肩以示回应。

第二天医士跟随霍鲍托夫来到厢屋，两个人站在穿堂间里偷听着。

“我们这位老爷子完全被吓破胆了！”霍鲍托夫从厢屋出来时说。

① 指蚂蝗，环节动物，吸食人畜的血液。

“主啊，请您饶恕我们这些有罪的人吧！”衣着讲究的谢尔盖·谢尔盖依奇一面说，一面小心地绕过一片小水洼，以避免自己铿亮的靴子被弄脏了。“说实话，尊敬的叶甫盖尼·费奥多雷奇，出现这种事，我早就料到了！”

十二

从这以后，安德烈·叶非梅奇就发觉周围总是有一种神秘的气氛。助理护士、勤杂男工和病人遇见他时，就会用一种疑问的眼光看着他，然后就一阵窃窃私语。小姑娘玛莎是总务主任的女儿，安德烈·叶非梅奇很喜欢在医院的花园里遇见她，而现在再当他笑吟吟地靠近想抚摸一下她的小脑袋时，她不知为什么很快就从自己的身边逃开了。

在听自己说话时，邮政支局局长米哈伊尔·阿维里扬内奇也不再说“完全正确”了，而是露出难以理解的尴尬表情，只是喃喃地说道：“是的，是的，是的……”同时摆出一副若有所思、神情凄楚的样子。不知什么缘故他开始劝说自己的朋友戒掉伏特加和啤酒了，不过他一向是委婉做事的，所以就没有直说，而是暗示。他有时会讲述一个挺不错营长，有时会讲述一个可爱的神父，他们两个人都是因为喝酒才害了病，但是他们戒酒以后就完全康复了。

同事霍鲍托夫也来看过安德烈·叶非梅奇两三回，他也劝安德烈·叶非梅奇放弃酒精类饮料，但是却没有任何合理的理由。

八月份，安德烈·叶非梅奇接到市长的一封来信，是请他前去商讨一件非常重要的事情。安德烈·叶非梅奇在指定时间来到了市参议会，在那里却遇到了地方军事长官，也就是县立学校的校长、参议员——霍鲍托夫，还有一位头发颜色很浅的胖先生，他是作为医生被介绍的。这位医生有一个难念的波兰姓氏，他住在离城三十俄里的育马场，现在因为顺路而进城了。

“这里有一份与您的科室相关的申请，”互致问候后，全体人员在桌边就座，参议员对安德烈·叶非梅奇说，“现在叶甫盖尼·费奥多雷奇说把药房放在主楼里实在太拥挤了，应当把它迁到一间厢屋里去。这是没有问题的，完全可以搬迁，但是主要问题在于厢屋打算要修理了。”

“没错，不修是不行了，”安德烈·叶非梅奇想了想说，“而且如果把拐角处的那间厢屋改作成药房，我估计至少[①]得花五百卢布左右，这笔开支可是非生产性的啊。”

大家沉默了一段时间。

“我在十年前就打过报告，”安德烈·叶非梅奇轻声说，“不过上司却说按目前的样子这所医院对城里来说是一种与它的设施不相称的奢侈。它建在40年代，可当时的设施并不是这样的。花在不必要的建筑和多余人员上的支出实在太多了。我认为这些钱够造两所样板医院了。”

“那就让我们想想其他的办法吧！”参议员紧接着说。

“我已经有幸打过报告了，请把医疗部门规划给地方自治局管理。”

“是啊，那就把钱也转给地方自治局吧，可是它会把钱偷走

① 原文为拉丁文。

的。”浅色头发的医生笑了起来。

“真有这种情况。”参议员同意地说，他也笑了起来。

安德烈·叶非梅奇一副无精打采的样子，他看看浅色头发的医生说：“您可得秉公办事啊。”

大家一句话也没有说，有人端上了茶水。不知为什么军事长官显得有些不好意思，他越过桌子碰了碰安德烈·叶非梅奇的手臂说：“您完全忘记我们了，医生。不过您可像是一个出家人，既不打牌，也不喜欢女人。让您和我们这号人在一起，你肯定会觉得乏味的。”

大家接下来又谈了生活在这座城市里是多么枯燥乏味。既没有音乐，也没有戏院，而最近一次在俱乐部举办的跳舞晚会上，大约有二十个女士，而却只有两个男舞伴。青年人也不跳舞，总是聚集在小吃部的旁边打纸牌。安德烈·叶非梅奇也不用眼睛看任何人，他开始缓慢地诉说着城里的市民是如何把生命的心思、精力和智慧都浪费在了纸牌和蜚短流长上，他们不会也不想在有趣味的阅读和交谈中度过时光，也不想领略智慧所赋予的享受，他们的做法真是令人可惜，令人遗憾啊！只有智慧才是有趣味的，才是精彩的，而其余的一切都是渺小的、低下的。霍鲍托夫专心地听着自己的同事的发言，他蓦然间发问道：“安德烈·叶非梅奇，今天是几号？”

在得到答复之后，他和浅色头发的医生用以为自己是一个笨拙的考试官的语气向安德烈·叶非梅奇问今天是星期几，一年有多少天，六号病房里是否住着一个了不起的预言家。

关于最后一个问题，安德烈·叶非梅奇有些脸红了，他说道：

“是的，是有这么个病人，不过他是一个有趣的年轻人。”

大家没有再向他提任何的问题。

当安德烈·叶非梅奇在前厅穿大衣时，地方军事长官的一只手搭在了他的肩膀上，他叹息着说：“咱们这些老人真该休息了！”

走出参议会后，安德烈·叶非梅奇突然明白了，这只不过是一个意在检验自己的思维能力的委员会。他一想起了他们向自己提出的问题，他开始脸红，他不知为什么平生第一次开始为医学感到沉痛的惋惜。

“我的天哪，”他在回忆刚才两个医生对自己的盘问时想道，“他们可是才刚刚学过精神病学这门课，刚刚通过了考试——为什么会有这种彻头彻尾的无礼行为呢？他们连一点精神病学的概念都没有呀！”

于是，他平生第一次感到自己受了侮辱，因此非常气恼。

当天傍晚，邮政支局局长米哈伊尔·阿维里扬内奇来到他的家里，他没有向他问好就走到了他的跟前，紧紧地握住了他的双手，用激动的声音说道：“我亲爱的朋友，请您向我证明：您是相信我是对你真诚和敬仰的，您认为我是您的朋友……我的朋友！”安德烈·叶非梅奇没插上嘴，他又继续激动地说道：“我喜欢您高尚的心灵和教养。您听我说，我亲爱的朋友，可能科学的规则要求医生必须对您隐瞒真实的情况，可是我会像个军人那样对您说真话的：您得病了！请您原谅我说了实话，我亲爱的朋友，但这却是真的，关于这一点，周围所有的人早就觉察到了。刚才叶甫盖尼·费奥多雷奇就对我说：‘为了您的健康，您必须马上休息和治疗。’这是完全正确的！真是好极了！这几天我就请了假，想出去换换空气。

请您向我证明，您是我的朋友，咱们两个一起走！一起走吧，还像当年那样生活。”

“我觉得自己很健康，”安德烈·叶非梅奇考虑了一下说，“我是不可能出门去的。请您允许我用其他的方式向您证明我们的友情吧。”

安德烈·叶非梅奇觉得不明原因地就到某个地方去，离开书，离开啤酒，离开达里尤什卡，突然打破自己二十年来建立的生活秩序等等这样的想法简直是一种空想，根本就没法实现。然而，他又想起了在参议院里发生的对话，以及自己从参议院回家时所体验到的那种沉重的心情，还有短期离开那些愚蠢的人们把自己当作疯子的城市的想法，最终他向邮政局长发出了微笑，问道：“您打算去哪儿呢？”

“去华沙，去彼得堡，去莫斯科……在华沙，我曾度过了一生中最幸福的五年。它可是一个迷人的城市！咱们一起去吧，我亲爱的朋友！”

十三

一个星期后，安德烈·叶非梅奇就提交了辞呈，对此他是毫不在意的。又过了一个星期，米哈伊尔·阿维里扬内奇和他坐上了邮局的四轮马车前往最近的一个火车站。那几天的气候凉爽，天气晴朗，天空蔚蓝，虽然到火车站只有两百俄里，他们却行驶了两天两夜，沿途留宿了两次。有时驿站上端来的喝茶的杯子一点也不干净，有时套马用的时间太久，在这时，米哈伊尔·阿维里扬内奇的脸就会涨得通红，浑身打着哆嗦，大声吼道："不要说了！不要强词夺理了！"坐在马车上的他一分钟也没有闲着，不停地在讲述自己在高加索和波兰王国的旅行经历，什么有多少历险，有多少邂逅！他大声地说着话，做出惊讶的表情，凭他那眼神就可以看到他在说谎。另外，他还向安德烈·叶非梅奇脸上喷着气，对着他的耳朵哈哈大笑。他的这种做法使医生很难受，也影响了他的思考。

为了节约，他们乘坐的是三等车厢，一个不能吸烟的车厢。有一半的乘客都是上层人士，米哈伊尔·阿维里扬内奇很快就和他们混熟了，不停地从一张椅子走到另一张椅子，大声地说："真是不该走这条让人生气的路线，这真是一个彻头彻尾的诈骗行为！骑马可就大不相同啦，虽然一天只能赶上一百俄里，但是你会感到身体健康、精力充沛。我们歉收的原因是平斯克沼泽干涸了，各方面也都太混乱了。"他很激动，大声地说话，别人根本就插不上。他这种掺杂着响亮笑声和生动手势的无休止的闲聊让安德烈·叶非梅奇感到特别疲乏。

"究竟我们两个人谁是疯子呢？"他沮丧地想着，"是努力不干扰乘客们的我呢，还是这个自以为为是、不给任何人安宁的自私者？"

到了莫斯科，米哈伊尔·阿维里扬内奇穿上了他那没有肩章的军礼服和镶着红色牙线的裤子，他戴着军官制帽，穿着披风走在街上，见了他的士兵都向他行军礼。现在，安德烈·叶非梅奇感到他是一个曾经有过贵族气质的人，但是好像他却把所有贵族气质中好的作风都给糟蹋尽了，剩下的只是一些坏的习气：他喜欢别人侍候自己，甚至在根本不必要的情况下也是如此，例如他明明看见火柴就放在面前的桌子上，但是他却大声地叫来仆人，让仆人把火柴递给自己；当着女仆的面他就只穿着一件内衣，也没有丝毫的难为情；对仆人也是不加区分地一律都称“你”，甚至连对老人也是这样；他一生起气来就叫别人笨蛋、傻瓜。安德烈·叶非梅奇感觉他的做法总是一种老爷的派头，这是令人厌恶的。

米哈伊尔·阿维里扬内奇带自己的朋友首先去了伊维尔教堂，他由衷地进行了祷告，含着眼泪深深地叩首。祷告完毕，他深深地叹息一声，说道：“虽然你不会相信，但是在你祈祷的时候，你的心里似乎会感到安宁的。去吻吻吧，亲爱的朋友。”

安德烈·叶非梅奇觉得有些难堪，他吻了吻圣像。而米哈伊尔·阿维里扬内奇却撅起嘴，摇着脑袋，又悄声祷告了一会儿，泪水又滚出了他的眼眶。之后，两个人去了克里姆林宫，在那里他们参观了炮王和钟王，还用亲手摸了摸它们。他们还观看了莫斯科河南岸的市区景色，参观了救主教堂和鲁米扬采夫博物馆。

他们在台斯托夫餐馆用了午餐，米哈伊尔·阿维里扬内奇一面捋着络腮胡子，　面看着菜单，以一个美食家的口吻说道：“看看今天您用什么来招待我们，天使！”

十四

医生吃也吃了，喝也喝了，看也看了，走也走了，然而在他的心里却只有一种感觉：对米哈伊尔·阿维里扬内奇十分恼火。他真想撇开他休息一会儿，或者干脆就离开他躲起来。而米哈伊尔·阿

维里扬内奇却认为自己有责任不让他离开自己一步，并向他提供尽可能多的消遣。没有什么可参观的时候，他就用聊天来帮他消遣。安德烈·叶非梅奇苦熬了两天，到第三天时，他便对自己的朋友宣称自己病了，只想待在家里。朋友却说："既然这样，那我也留下来吧。事实上我也该休息休息了，否则腿是吃不消的。"

安德烈·叶非梅奇躺在沙发上，他把脸朝向了里面，咬紧牙关听着朋友的唠叨。而那一位却正兴奋地说法国早晚有一天会把德国打得落花流水的，莫斯科的骗子太多了，光凭马的外表是不可能判断它的优点的。医生的耳朵嗡嗡作响，心跳也开始加快了，但是出于礼貌，他犹豫着并没有请朋友走开或者闭嘴。幸好米哈伊尔·阿维里扬内奇在客房里待腻了，午饭后，他出去溜达了。

只剩下了自己一个人，安德烈·叶非梅奇现在可以尽情地感受休息的滋味了，他一动不动地躺在沙发上，意识到自己独自一人待在房间里，这是多么惬意啊！真正的幸福是不可能没有孤身独处的时候的，天使之所以背叛上帝大概也是想孤身独处吧。安德烈·叶非梅奇一直想思考一下近几天自己看到的和听到的事，但是米哈伊尔·阿维里扬内奇却一直无法离开自己的脑海。这让医生感到有点沮丧，可他转念一想："他可是出于友情、出于博大的胸怀，才请了假和我一起出来的，他看起来好像又善良、又大度、又开心，可是却十分无聊，无聊得叫人有点受不了。"

接下来的日子里，安德烈·叶非梅奇一直自称有病，就没有出过客房。他面对着沙发靠背躺着，在朋友用聊天来替他解闷时，他总是忍受着煎熬，当朋友不在的时候，他才能得到休息。他为自己的出行而恼火，也为朋友的唠叨和肆无忌惮而恼火。他试图将自己的思绪调整到认真的、高层次的状态，可是他却怎么也做不到。

“这就是伊凡·德米特里奇所说的：‘现实对我产生了影响。’”他忖道，同时也为自己对小事的计较而生气，“不过，真是荒唐……反正一回到家就可以一切照旧了。”

在彼得堡的日子他也是同样整天不出客房，而是躺在沙发上，只有在要喝啤酒的时候才起来。

米哈伊尔·阿维里扬内奇总是催着他去华沙。安德烈·叶非梅奇不得不用央求的声音说：“亲爱的，我去那儿干什么吗？还是您一个人去吧，允许我回家吧！我求您了！”

“无论如何也是不行的！”米哈伊尔·阿维里扬内奇反对地说，“这可是一座迷人的城市。我一生中最幸福的五年就是在那里度过的。”

安德烈·叶非梅奇一直缺乏坚持自己意见的性格，所以迫不得已他又去了华沙。在华沙，他从没走出过客房，还是躺在沙发上，他既生自己的气，也生朋友的气，还生仆人的气，因为仆人顽固地不愿听他讲俄语。而米哈伊尔·阿维里扬内奇则和平常一样，心情愉快，身体健康，就知道从早到晚满城地游荡，还去寻找自己的老相识，有几次他都没有回来过夜。有一次，他大清早回来后就一直处于极度兴奋的状态之中，面孔涨得通红，头发也没有梳理，而且久久地在房间里踱来踱去，口里还喃喃地自语着，最后他停下了脚步说道：“名誉第一！”

他又踱了一会儿，然后用双手抓住脑袋，悲哀地说：“是的，名誉是最重要的！这该死的一瞬间让我第一次想到要去巴比伦[①]！

① 古代巴比伦王国首都。借喻混乱的城市，典出《旧约·创世纪》。

亲爱的，”他向着医生说，“您就蔑视我吧！我赌输了！请您给我五百卢布！”

安德烈·叶非梅奇数出了五百卢布，默默地交给了他。可他却因羞愧和愤怒而满脸通红，并说了一些前言不搭后语的无用的誓言，戴上制帽后他就出门去了。大约两个小时后，他回来了，猛地坐在了安乐椅里，大声叹了口气说：“名誉算是捡回来啦！咱们走吧，我的朋友！这该死的城市，我一分钟也不想待下去了。真是骗子！奥地利的奸细！”

两个朋友回到自己的城市时，已经是十一月，街上积满了厚厚的雪。安德烈·叶非梅奇的职位已经被霍鲍托夫霸占了，不过他还住在原来的住所里，他一直在等待安德烈·叶非梅奇回来，回来给他腾空医院的公寓。被他称作他厨娘的那个其貌不扬的女人，也已经住进了厢屋中。

关于医院的新的流言在城市里传播着，据说那个其貌不扬的女人和总务主任吵过架，后者不得不跪着爬到她跟前，请求她的宽恕。

在回来的第一天，安德烈·叶非梅奇就不得不为自己去寻找住所。邮政支局局长却胆怯地对他说：“我的朋友，请你原谅我提个无礼的问题：您还有多少钱？”

安德烈·叶非梅奇默默地数着自己的钱，说道：“八十六卢布。”

“我的意思是，”米哈伊尔·阿维里扬内奇尴尬地说，“是您总共有多少财产？”

“我不是已经告诉您了：八十六卢布……其他我一无所有

了。”

米哈伊尔·阿维里扬内奇一直把医生看作一个诚实、高尚的人，但他仍然怀疑他至少要有大约两万卢布的家产。现在，当他得知安德烈·叶非梅奇只是一个穷人，并无以维生，他突然大哭了起来，并紧紧地抱住了自己的朋友。

十五

安德烈·叶非梅奇搬进了女市民别洛娃的一所有三个窗户的小屋里，不算厨房这间屋只有三个房间，其中医生住在两间临街的房间里，达里尤什卡、女市民和她的三个孩子则住在第三个房间和厨房里。女房东的相好是一个醉汉，他有时会来过夜，所以每到夜里就会大吵大闹，使得孩子和达里尤什卡饱受惊吓。醉汉一来就会往厨房里一坐，并开始要伏特加酒，大家就会变得很拥挤。于是，出于怜悯，医生就会把哭泣着的孩子带到自己房里，把他们安顿在身边的地板上，这给他带来巨大的快慰。

他依旧在早上八点钟起床，喝过茶后就会坐下来阅读旧的书刊，他已经没有钱买新书了。不知是因为旧书，还是是因为环境的改变，阅读已不能深深吸引他了，而是使他觉得疲倦。为了不使自己在无聊中虚度光阴，他为自己的藏书编了详细的目录，并在书脊上贴上了小标签，他觉得这种机械呆板的工作比阅读更有趣，他可以什么也不想，时间却飞快地流逝了。即使是坐在厨房里和达里尤什卡一起洗马铃薯或者是从荞麦米中挑拣杂质，也让他觉得有趣。每逢星期六和星期天他便会去教堂，站在墙边合上眼的时候，他会

一边听着圣歌，一边想自己的父亲、母亲、大学、宗教，这时的他觉得心中安宁、忧郁。在离开教堂时，他会遗憾自己的工作这么快就结束了。

他到医院去看了伊凡·德米特里奇两次，为的是和他聊聊天。但是，两次伊凡·德米特里奇都异常地激动和恼怒，他要求让自己安宁，因为他早已厌倦了空洞的闲聊，他说为了自己所受的苦难，他只求该死的卑鄙小人们给自己一个奖赏——单独拘禁。难道连这一点要求他们都要拒绝自己吗？当安德烈·叶非梅奇向他道别并祝他晚安时，他也总是吼着说："见鬼去吧！"

所以，现在安德烈·叶非梅奇拿不定主意还要不要去看他第三次，而出自内心他是想去的。

往常的午后，安德烈·叶非梅奇都会在各个房间里来回走动走动，想想心思。而如今从午餐到晚茶这段时间，他就一直脸向靠背躺在沙发上，沉浸在无法排遣的无谓思绪中。他感到委屈，自己工作了二十多年，可是竟然既没有养老金，又没有给一次性的津贴。虽然，他工作得并不十分尽心，可是所有的公职人员，不论他们工作是否尽心，都领了养老金啊。现代的公正仅仅在于官阶、勋章和养老金，并不是对道德品质和能力的奖励，而是对所有公职人员的奖励，无论他们尽职得怎么样。为什么偏偏让他一个人成为例外呢？他不好意思地从小铺子的门口走过，不好意思面对女房东。为了能喝到啤酒，他已经欠了小铺子三十二卢布了。他在女市民别洛娃那里也欠了钱。达里尤什卡悄悄地卖掉了旧衣服和旧书，并向女房东谎称医生很快会赚到一大笔钱的。

安德烈·叶非梅奇很生自己的气，因为他在旅行中花光了所有的积蓄，大约有一千卢布。怎么说这一千卢布也能派上一点用场吧！他也恼恨人们不让他安宁一会儿，霍鲍托夫不时地会把看望有病的同事当作自己的责任。安德烈·叶非梅奇讨厌他身上的种种东西：无论是他吃得饱饱的脸色，还是他令人难受的宽容语气，还是他经常用的“同事”这个称谓，还有他那双高筒靴子。最让自己反感的就是他认为有责任给自己治病，而且还自认为确实在看病。但是，每次来访他都只是带来小瓶溴化钾和一些大黄[①]丸。

认为自己有责任看望朋友的还有米哈伊尔·阿维里扬内奇，他每次进屋来看安德烈·叶非梅奇时都故意装出无拘无束的样子，还不自然地哈哈大笑，然后就说他今天的气色很好，说上帝保佑他正往康复的方向发展，由此可以得出，他是认为自己朋友是已经没有希望了。他也没有偿还自己在华沙欠安德烈·叶非梅奇的钱，所以也一直被一种沉重的羞耻感搅得很是苦恼，于是也就努力笑得响一些，并说一些更可笑的话。他的笑话和故事似乎永远没完没了，他的做法无论是对安德烈·叶非梅奇还是对他自己，都是一件很难受的事。他在场的时候，安德烈·叶非梅奇一般都会面向墙壁躺在沙发上。他咬紧牙关听着，一层层的怨愤之情积累在他的心头，每次朋友走了之后，他都会觉得这种怨愤越积越高，仿佛要涌向喉咙口了。

为了压制这种毫无意义的感情，他不得不赶紧去想，无论霍鲍托夫和米哈伊尔·阿维里扬内奇，还是他自己，早晚都要死掉的，不会在自然界留下点滴的痕迹。如果一百万年后有一个精灵从地球旁边飞过，那它看到的也只能是泥土和光秃秃的岩石。一切——无

① 一种药用植物。

论是文化还是道德规范——都没有了，连野草都不长了。

然而这些想法都无济于事，只要他一想到一百万年后的地球，岩石的后面就会露出穿着高筒靴的霍鲍托夫，还有紧张得哈哈大笑着的米哈伊尔·阿维里扬内奇，甚至他还听到了羞答答的细语：“至于在华沙欠的那笔钱，亲爱的，过几天我就还……一定还的。”

十六

一天午后，米哈伊尔·阿维里扬内奇又来了，安德烈·叶非梅奇正躺在沙发上。凑巧的是，这时霍鲍托夫也带着溴化钾来了。安德烈·叶非梅奇吃力地抬起身子，坐了起来，双手支在沙发上。米哈伊尔·阿维里扬内奇说道：“亲爱的朋友，今天您的脸色比昨天好多了啊！看上去您的精神很好！真的，很好！”

“快好啦，快啦，同事，”霍鲍托夫一面打着哈欠一面说，“大概您也厌烦了自己的这档子麻烦事吧。”

“咱们一定会好的！”米哈伊尔·阿维里扬内奇笑呵呵地说，“咱们还要活上一百年呢！一定会的！”

“活一百年倒不一定，但是活二十年倒是绰绰有余的，”霍鲍托夫安慰说，“不打紧的，不打紧的，同事，不要泄气……阴影一定会被带走的。”

“咱们还得让别人看看！”米哈伊尔·阿维里扬内奇大笑着拍了一下朋友的膝头说，“还得让别人看看！明年夏天还要去高加索的，咱们要骑马走它一个遍——咯！咯！咯！从高加索回来，你就瞧着吧，恐怕要到婚礼上去遛遛了。”米哈伊尔·阿维里扬内奇狡黠地眨了眨眼，“我们一定要给您办喜事，亲爱的朋友……一定要给您娶一个媳妇儿……”

安德烈·叶非梅奇突然感到积蓄的怨愤就要涌到喉咙口了，他的心剧烈地跳动着。

“真是庸俗！”他说着迅速地站起来走向窗口，“难道您清楚自己说的话很庸俗吗？”他试图继续用柔和、礼貌的语气说下去，但是却刚刚相反，他忍不住握紧了双拳，高高地举过头顶，涨红了脸，浑身颤抖着说：“不要烦我了！滚！你们两个人都滚，都滚！”

米哈伊尔·阿维里扬内奇和霍鲍托夫带着不解的目光站了起来，怀着惊恐盯着他。

“你们两个人都滚出去！”安德烈·叶非梅奇继续大吼着，“真是两个麻木不仁的家伙！傻瓜蛋！我既不需要你们的友谊，也不需要你们的药，真是麻木不仁的家伙！真是庸俗！真是讨厌！”

霍鲍托夫和米哈伊尔·阿维里扬内奇不知所措地面面相觑，只好退到了房门口，然后到了穿堂间。安德烈·叶非梅奇一把抓起装溴化钾的药瓶向着他们扔了过去，药瓶落在了门槛上，摔得粉碎。

“见鬼去吧！”他用哭腔吼道，同时向穿堂间跑去，“你们见鬼去吧！”

客人离去以后，安德烈·叶非梅奇瑟瑟发抖，就像打摆子一样，他躺到了沙发上，口中还久久地重复着刚才的话：“真是麻木不仁的家伙！真是傻瓜蛋！”

等到他平静下来之后，脑子里想到的首先就是可怜的米哈伊

尔·阿维里扬内奇，想到他现在一定会感到非常羞耻，心情也一定很沉重，他感到这一切都是那么可怕，以前从来没有发生过类似的情况。自己的脑子和分寸都到哪儿去啦？对哲学的冷静和事物的理解又都到哪儿去啦？

由于羞惭和恼怒，医生一宿都没有睡。上午十点左右，他去了邮政支局，向支局长道了歉。深受感动的米哈伊尔·阿维里扬内奇紧握着他的手，同时叹息着说："咱们不去想那过去的事情了，谁再要是提过去的事，就让他瞎眼。留巴甫金！"他突然间大叫一声，这使得邮局的人和顾客都为之一怔，"你端张凳子来。你等一会儿！"他不耐烦地对一个从营业窗递进一封挂号信的女人大声说，"你没看见我正忙着吗？咱们还是不去想过去的事了，"他转向安德烈·叶非梅奇，和气地说，"请您坐下吧，我的朋友。"

他默默地抚摸着自己的双膝，然后说道："我压根儿就没有想要向您抱怨，我理解疾病是无情的。您昨天的表现曾使我和医生都大吃一惊，所以我们后来谈了您好长时间。亲爱的朋友，您为什么不好好地关心一下自己的病呢？请原谅我友善的坦率，"米哈伊尔·阿维里扬内奇小声说道，"您居住的环境是如此的不利：肮脏、拥挤、无人照料、无钱治疗……我亲爱的朋友，我和医生都衷心地恳求您听从我们的建议吧：您还是住到医院去吧！那里有健康的饮食，还会得到照料和治疗。虽然叶甫盖尼·费奥多雷奇说话不好听[①]，但是他却精通业务啊，完全是可以信赖的。他曾向我保证会关心您的。"

安德烈·叶非梅奇被他的真诚和面颊上的泪花感动了。他把

① 原文为法文。

手搁在胸口上说："可敬的朋友，不要相信！不要信他们！这只是一个骗局。我的病原在于二十年来我只在全城找到了一个有头脑的人，但是这个人却是-·个疯子。我什么病也没有，只不过是落入了一个魔圈。而且根本就没有跳出这个魔圈的出口。我倒是无所谓，我已经做好了一切准备。"

"还是去住院吧，亲爱的朋友。"

"我是无所谓的，即使跳进了陷阱。"

"答应我吧，亲爱的，您将在各方面都要听从叶甫盖尼·费奥多雷奇的。"

"好吧，我答应您。不过，我可敬的朋友，我是落进了一个魔圈。现在所有的事情，甚至是我的朋友们的真诚的同情，都只会导致一个结果，那就是我的毁灭。我正在毁灭，而且我有勇气承认这一点。"

"亲爱的，您一定会康复的。"

"您还说这个干吗？"安德烈·叶非梅奇恨恨地说，"很少有人在生命即将结束的时候还能体验到我现在的感受。如果人们说您患了肾脏或者心脏扩大之类的毛病，或者说您是疯子或罪犯，如果人们突然注意到您，那您就肯定会落入一个魔圈的，您休想从中走出来。如果您竭力想走出来，那您就会更加陷入迷途。您还是投降吧，因为任何人的努力都是救不了您的。这就是我真切的感受。"

这时，营业窗口前已经聚集了好多人。为了不妨碍邮局的工作，安德烈·叶非梅奇决定起身告辞，米哈伊尔·阿维里扬内奇一直把他送到了临街的门口。

同一天的傍晚，穿着短大衣和高筒靴的霍鲍托夫突然来到安德

烈·叶非梅奇家里，他说话的语气，好像并没有发生过昨天的事，他说："我是有事才来找您的，同事。我是来请您的，您愿意和我一起进行一次会诊吗？"

他考虑到霍鲍托夫可能是想通过散步让自己散散心，或者真的想让自己挣点钱，安德烈·叶非梅奇就穿好衣服跟他走到了外面。他很高兴能有机会补救自己昨天的过错，并且借机与他和解，所以他在内心里是感激霍鲍托夫的，而霍鲍托夫也只字未提昨天的事，看样子是已经原谅自己了。这个粗野的人竟然会有如此委婉的态度，这是很难期望的。

"您的病人在哪儿呢？"安德烈·叶非梅奇问。

"在医院里。我早就想让您去看看了……这是一个极其有趣的病例。"

两人来到了医院的院子里，他们绕过主楼，走向安置精神病人的厢屋。而不知为什么这一切进行得静悄悄的，他们走进厢屋时，尼基塔照例一跃而起，挺直了身子。

"这儿有一个病人的肺部出现了并发症，"霍鲍托夫悄声说，"您稍等一下，我马上就回来。我去拿一副听诊器。"说着他就出去了。

十七

天色已经变黑了，伊凡·德米特里奇在自己的病床上躺着，他把脸埋进了枕头里。瘫痪的病人纹丝不动地坐在那里，轻声地哭着，嚅动着嘴唇。胖农民和前邮件分拣员都睡着了。病房里静悄悄的。

安德烈·叶非梅奇坐在伊凡·德米特里奇的病床上等着，大约半个小时过去了，走进病房的却是尼基塔，他抱着一捧病人穿的睡袍、内衣和一双便鞋。他轻声地说：“请您穿上吧，大人，这就是您的床，请您到这边来。”他指了指旁边的一张空床说：“没关系的，上帝会保佑您的。”

现在，安德烈·叶非梅奇明白了一切，他一句话也没有说，默默地走到了尼基塔向他指点的病床前，然后坐了下来。他看到尼基塔站在那里等着自己，便脱了个精光，这时的他觉得很是难为情。然后他就穿上病人的内衣，长内裤显得有些短，而衬衫又太长了，睡袍上有着一股熏鱼的气味。

“您一定会好的，上帝会保佑您的，”尼基塔又重复了一遍。然后他就把安德烈·叶非梅奇的衣服抱了起来，走出了病房，并随手关上了门。

“反正都是一样……”安德烈·叶非梅奇想道，他羞怯地用睡袍裹住自己的身子，他觉得穿上这件新的外衣就像一个囚犯似的。“反正都是一样……反正都是一样，不管是长礼服，还是制服，还是这件睡袍……”

可是怀表怎么办呢？还有那个笔记本？卷烟？尼基塔把我的衣服带到哪里去啦？现在看来，到死都不可能再穿上坎肩、西裤和靴子了。刚开始的时候，他觉得这一切似乎有点奇怪，甚至是不可理解的。到这时，安德烈·叶非梅奇才确信六号病房和女市民别洛娃的小屋根本就没有丝毫的区别，世上的万物都是荒诞无稽、空虚无谓的。他的双手在发抖，双脚变冷，一想到伊凡·德米特里奇不久就可能起来看见自己也穿着睡袍，他不免就会心惊肉跳。他站了起来，来回踱了几步，又坐了下来。

就这样。他坐了半个小时，又坐了一个小时，坐得都腻了，坐得都发愁了，难道自己要在这里坐上一天，一星期，甚至一年、几年，就如这些人那样吗？可他坐了一会儿，站起来踱了几步， 又坐下。那么，自己以后怎么办呢？会不会像一个木偶一样一直坐着，想着？不，这恐怕是做不到的。

安德烈·叶非梅奇躺下去，随即又坐了起来，他用袖子擦去额头上的冷汗，觉得自己的整个脸孔都是熏鱼的气味。他又来回踱了几步。他困惑地摊开双手说道：“这里到底发生了什么误会……我应当去说明这里是有误会的……”

这时伊凡·德米特里奇醒了，他坐了起来，用拳头支着双颊吐了口唾沫，然后他懒洋洋地看了看医生，看样子他一下子也没有弄明白是怎么回事。但是，不久他那睡意蒙胧的脸就露出了一副凶相和嘲讽的表情。他眯起一只惺忪的眼，用嘶哑的声音说道：“哈哈，连您也被关到这儿来啦，亲爱的！很高兴见到您。您饮了别人身上的血，现在别人也要饮您身上的血了。”

“其实这是一场误会……”安德烈·叶非梅奇说道，他被伊凡·德米特里奇的话吓了一跳，接着他耸了耸肩又重复了一遍，“其实这是一场误会……”

伊凡·德米特里奇又啐了口唾沫，躺下之后的他发着牢骚说：“该死的生活！这种生活又痛苦又屈辱，到头来可不是对受苦受难的奖赏，也不像歌剧里那样会有一个壮丽的结局，我们的结局只是死亡，来几个汉子就会抓住我们的手脚往地窖里拖。嘣！好，没事了……不过在那个世界上一定会有我们的节日……我会变成鬼影从那个世界里来到这里，吓唬这群败类的。我会让他们吓白头发的。”

莫伊谢伊卡回来了，看见医生后，向他伸出手去说：“请给个小钱吧！”

十八

安德烈·叶非梅奇走到窗前，眺望着田野。天色已经变暗了，天的尽头升起了一轮寒冷、皎洁的圆月。离医院围墙不超过一百俄丈的地方，一座高高的四周被石墙围着的白色房屋耸立着，这是一座监狱。

“这就是现实！”安德烈·叶非梅奇想着心里不由得害怕起来。月亮、监狱，还有围墙上的钉子和远处烧骨厂升起的火焰都让他害怕。安德烈·叶非梅奇转过头去，看见了一个胸前挂着闪闪发光的勋章和星章的人，他微笑着，还狡黠地眨巴着一只眼睛。这景象看起来也很可怕。

安德烈·叶非梅奇试图说服自己相信月亮上和监狱里并没有什么特别的东西，心理健康的人都会佩戴勋章，一切到将来也都会腐朽，化作泥土，但是，蓦然间绝望的情绪充塞了他的心头，他用双手紧紧地抓住栅栏，用尽全身的力气去摇撼它，坚固的栅栏并没有被摇落下来。

后来为了消除自己可怕的想法，他走到伊凡·德米特里奇的床边坐了下来。

“我的精神都快崩溃了，亲爱的，”他喃喃地自语道，同时浑身发抖，不停地擦着冷汗，“精神真的要崩溃了。”

“您发表的真是高见啊。”伊凡·德米特里奇嘲弄地说。

“我的上帝，我的上帝……是的，是的……您似乎说过在俄国根本就没有哲学可言，可是大家却都在高谈阔论，甚至连小人物也是这样。不过小人物的议论可是对别人没有任何危害呀。”安德烈·叶非梅奇仿佛都要哭出来了，他想得到怜悯，“亲爱的，您为什么要这样幸灾乐祸地嘲笑呢？如果这个小人物心有不满，怎么能叫他不发议论？一个聪明的、高傲的、酷爱自由的、受过教育的、像上帝一样的人，除了到一个愚蠢肮脏、的小城里去行医，一辈子和芥末膏、拔火罐、水蛭打交道，是没有别的出路的，只能是招摇撞骗、狭隘浅薄、庸俗低级！哦，我的天哪！”

“您简直在说蠢话。如果您讨厌当医生，您就去当大臣。”

“干什么，干什么都不行的。我们太虚弱了，亲爱的……我曾经觉得什么都无所谓，热情、健康地思索着，但是只要生活一粗暴地触碰到我，我立刻就会失去了勇气……消沉下去了……我们真是太虚弱，我们也真是太糟糕……您也是一样的，亲爱的。您聪明、高尚，还在吃奶的时候就获取了美好的激情，但是一旦您进入了生活，您就会疲惫不堪，生起病来……虚弱，虚弱！”

随着傍晚的来临，安德烈·叶非梅奇感到更加苦恼了，最后他想到了自己想喝啤酒和抽烟。

“我一定要从这儿出去，亲爱的，”他说，“我要让他们把火拿到这儿来……我不能这样做的……但是没办法……”

安德烈·叶非梅奇走到了门口，打开了门，但是尼基塔马上跳了起来挡住了他的去路。

“您要去哪儿？不行！不行的！”他说道，“您该睡觉了！”

“可是我只想出去一会儿，只是在院子里走走！”安德烈·叶非梅奇急忙解释道。

“不行！不行的！没有人吩咐过，您是知道的。”

尼基塔用力关上门，并用背抵住了门。

“但是，如果我从这儿出去的话，会有什么后果呢？”安德烈·叶非梅奇耸了耸肩问道，“我真的不懂！尼基塔，我应当出去的！”他用发抖的声音说：“我需要的！”

“不要搞得没规没矩，这样不好的！”尼基塔坚持说。

“鬼才知道这是怎么回事！”伊凡·德米特里奇突然大喊起来，说着就跳了起来。“他有什么权力不让我们出去？他们为什么要把我们关在这里？法律里明明白白写着，未经审判谁也不可以被剥夺自由！这简直是暴虐！是恣意妄为！”

“当然是恣意妄为了！”安德烈·叶非梅奇说道，伊凡·德米特里奇的喊叫让他鼓足了勇气，“我需要的，我是应当出去。他是无权这样做的！我跟你说，你放我出去！”

“听见了吗，你真是一个笨畜生！”伊凡·德米特里奇大吼道，同时不停地用拳头捶着门，“开门，否则我会从里面把门砸破的！剥皮鬼！”

“开门！”安德烈·叶非梅奇浑身发抖地大吼道，“这是我的要求！”

“你就一直说下去吧！”尼基塔在门外回答，“说吧！”

“至少你应该去把叶甫盖尼·费奥多雷奇叫来！您去告诉他，

我只请他来……一小会儿！”

“明天他自己就会来的。”

“他们是永远也不会放咱们出去的，”这时伊凡·德米特里奇继续说，“他们要让我们在这儿烂掉！哦，天哪，难道在那个世界里真的没有地狱吗？这些坏蛋难道会得到宽恕吗？公正在哪里？开门，你们这些坏东西，我快憋死啦！”他用嘶哑的声音大喊道，同时不断地把身体撞到门上，“我真的不要命了！你们这群杀人凶手！”

尼基塔迅速地打开门，粗暴地用双手和一只膝盖推开了安德烈·叶非梅奇，然后猛地一拳打在了他的脸上。安德烈·叶非梅奇觉得一股巨大的咸浪劈头盖脸地将自己淹没了，并且自己已经被他拖到床边了。他好想游出去，不停地舞动着双手，不知抓住了谁的病床，这时尼基塔在他的背上狠打了两拳。

伊凡·德米特里奇大声叫喊着，想必他也挨了打。

一切复归平静了，疏淡的月光透过窗栅照了进来，在地板上落下一个宛如一张网影子，那样子很是可怕。安德烈·叶非梅奇躺了下去，屏住了呼吸，他惊恐地等待着第二次挨打，仿佛有人正拿镰刀捅进他的身子似的，在他胸腔和肠子里不停地搅动着，因为疼痛，他咬住枕头，咬紧了牙关，突然间一个可怕而难以忍受的想法闪过他那一团乱麻似的脑海，这些在月光下仿佛一个个黑影似的人们以前经受的正是这样的疼痛，而在这连续的二十多年里他竟然毫不了解，而且也没有想要去了解，这样的事情怎么会发生呢？他是不懂的，也没有疼痛的概念，也就是说这根本就不是他的过错，但是尼基塔竟然如此不可通融，如此粗暴，这让他从头冷到了脚。他从床上跳了起来，想竭尽全力大喝一声，想尽快跑过去打死尼基塔，然后就是霍鲍托夫、总务主任和医士，最后还有自己。但是他的胸腔里却发不出一丝声音，而且双脚也不听使唤了。他只能喘着气，猛地揪住了自己胸口的睡袍和衬衫，把它们撕破了，之后倒在床上失去了知觉。

十九

第二天早晨。安德烈·叶非梅奇头痛、耳鸣，觉得浑身上下都不舒服。他回想起了昨天自己的软弱无力，但他并不为此而感到羞耻。昨天他显得十分怯懦，甚至连月光也害怕，但却真诚地说出了以往自己不曾怀疑的感觉和思想。例如关于发表议论的小人物的不满情绪。不过，现在看来好像都一样了。他不吃也不喝，躺在那里也不动弹，不声不响。

“我反正都是一样的，”当别人向他提问时，他就这样想，“我是不会回答……我反正都是一样了。”

午后，米哈伊尔·阿维里扬内奇也来了，他带来了四分之一俄磅[①]的茶叶和一磅的水果软糖。达里尤什卡也来了，整整在他病床边站了一个小时，她脸上的表情木然而悲哀。霍鲍托夫医生也来看他了，他带来了一小瓶溴化钾，并吩咐尼基塔在病房里点上一些有香味的东西熏一熏。

傍晚时，安德烈·叶非梅奇中风死了。起初，他感到冷得很厉害，一直想吐，他感觉有一种很难受的东西透过全身，甚至渗进了

① 一俄磅等于409.5克。

十根手指，又从胃部弥漫到头部，淹没了双眼和耳朵，他的两眼一片漆黑。安德烈·叶非梅奇的心里清楚自己的大限已到，于是想到米哈伊尔·阿维里扬内奇、伊凡·德米特里奇和千百万人都相信的不灭的存在。突然间确实有这样的事情？可是他并不希望自己能够不灭，他只是在一瞬间想过它。一群美丽异常、婀娜多姿的鹿从他的身边跑过，昨天他读到了关于这些鹿的故事；然后是一个拿着挂号信女人向他伸过手来……米哈伊尔·阿维里扬内奇说了点什么。接着一切就都消失了，安德烈·叶非梅奇从此永远失去了知觉。

几个男勤杂工抓住了他的手和脚，把他抬到了小教堂。他睁着眼睛躺在桌子上，夜里的月光洒在了他身上。早晨，谢尔盖·谢尔盖依奇来了，他向着有耶稣像的十字架虔诚地做着祷告，合上了自己前任上司的双眼。

一天以后，安德烈·叶非梅奇下了葬。参加葬礼的只有达里尤什卡和米哈伊尔·阿维里扬内奇。

哼，这些乘客们！

一

“算啦，我以后再也不会喝酒了……无论……如何……我也不喝了！我也该明白一点事理了，应该好好地工作，尽职尽责才对啊……我是很喜欢靠领薪水过日子的，所以我就得诚实热心地凭着良心投入到工作中，而不能只去贪图安逸和睡懒觉。我真的不能再这样胡闹下去了……嘿，老兄，你过去可是一直习惯于只领薪水不干活的，这很不好啊……这简直太不好了……”

在对自己说了这一番类似劝诫的话以后，列车长波德佳金开始感到自己的心中产生了一种不可遏止的想要好好工作的愿望。尽管当时已经是深夜两点钟了，可是他仍然唤醒了列车员们，让他们和自己一起到各个车厢去检查车票。

“请您出示……车票！”他一边大声喊道，一边兴高采烈地弹响了三个手指。

半明半暗的车厢里，乘客们都是一副睡意蒙胧的样子，浑身打着哆嗦，抖动了一下脑袋，就把自己的车票递给了他。

“请您出示……车票！”波德佳金对二等车厢里的一位身体消瘦，青筋暴露的乘客说，那位乘客的身上蒙着皮大衣和被子，周围还垫着几个枕头。“您的……车票！”

那位身材消瘦的乘客并没有回答，他还在沉睡。列车长碰了碰他的肩膀，不耐烦地又说了一遍：“请您出示车票！”

那位身材消瘦的乘客打了一个哆嗦，睁开蒙眬的眼睛，惊恐不安地望着波德佳金说：“什么事呀？你是谁呀？呃？”

“我在问您呢，您的……车票呢？劳驾您拿出来让我们看看！”

“我的天哪！”那个身体消瘦的乘客的脸上露出一副哭丧相，他呻吟道，“天哪，我的天哪！我可是一个患有风湿病的人……我已经有三天三夜没有睡觉了，为了使自己尽快入睡，我还特意服了一片吗啡，可……可是您却把我唤醒……而仅仅是要看车票！这太缺乏同情心了，太冷酷无情了！如果您知道我总睡不好觉就好了，那样的话您也就不会因为这种无关紧要的小事打搅我了……这真是冷酷无情，简直是荒唐透顶！您给我要车票干什么呀？您这个人真是不懂事！”

波德佳金在琢磨着自己要不要发火动怒——最后，他终于发火了。

“您在这里嚷什么啊？这里又不是酒馆，这是火车！”他大叫道。

“就是酒馆里的人也比您有同情心啊……”那位乘客咳嗽了一声说，“实在是对不起，我刚才是第二次入睡！我走遍了各个国家，他们也没有问过我有没有车票啊，你们的举动真是奇怪，您看这节车厢里的人挤得水泄不通，你们还动不动就让人出示车票……”

“哼，既然您喜欢外国，那您就到外国去好了！”

“先生，我说您怎么这么不懂事呀！是的！我且不说这车厢里到处都是煤气味，空气简直让人窒息，还有那过堂风也把人折磨得够呛。现在你们又想出这个鬼主意，你们用得着这么走形式，把人往死里折腾吗？哼，半夜三更的，居然让人出示车票！乘客们，你们都来看看他那股热心劲儿吧！如果他真的是为了检查车票就好了，要知道列车上将近有一半的乘客都没有买票！”

“您听我说啊，我的先生！”波德佳金被他气得面红耳赤，“我告诉您，您是要对您刚才说过的话负责的！如果您再这样大声地嚷嚷，以致打搅了别的乘客，在下一个车站我就要强迫您下车，还会对您的这种行为做出违警记录！”

“这真是太令人气愤了！”乘客们都愤愤不平地说，“您干吗要缠着一个病人不放呢！喂，列车长先生，您总得要有一点同情心吧！”

“可是，是他自己先大声嚷嚷的呀！”波德佳金有点胆怯地说，“好吧，我不再要求看您的车票了　　随您的便吧……不过，我应该让您明白，检查车票可是我的职责……如果不是为了负责，那当然是另一回事了……您也可以去问问站长……您想问谁都是可以的……”

波德佳金耸了耸肩膀，离开了那个病人乘客。刚开始他还感到自己受了委屈，好像被别人训斥了一顿似的。可是，后来当他走过几节车厢之后，他的心里就感到不安起来，似乎受到了良心的谴责。

“是啊，我的确不该把一个病人吵醒，”他思忖道，“不过，这也不能怪我呀……他们也许认为我这样做是因为我已经酒足饭饱，没事可做了，殊不知我这样做正是因为我的职责所在呀……他们如果不肯相信，我完全可以把车站的站长叫来为我做证的。”

列车进站了，在这个车站停留了五分钟。第三遍铃响了之后，波德佳金又走进上面描述过的那个二等车厢，戴着一顶红色制帽的车站站长跟在他身后。

“就是这位先生，”波德佳金开口说，“他说我无权检查他的车票，而且……而且他还很生我的气。我请求您，站长先生，请您向他解释一下，到底检查车票是不是我的职责？喂，这位先生！”波德佳金转身对那个身体消瘦的乘客说，“如果您不相信我，您完全可以问一问这位站长先生。”

那个病人好像被黄蜂螫了一下似的，浑身抖动了一下，睁开了眼睛，脸上露出一副哭丧相，他仰靠在沙发椅的后背上。

“我的天哪！你怎么又来了，刚才您不是来过了吗？为此我又服了一片药，刚刚打了个盹儿，您就又……又来了！我求求您啦，您就可怜可怜我这个病人吧！”

“您可以问问这位站长先生……我到底有没有权力检查车票？”

“这简直让人无法忍受！给您，这是我的车票！拿去吧！只要能让我安静地死去，我宁愿再买五张车票！难道您自己就从来没有犯过病吗？您真是一个冷酷无情的人啊！”

“您这样做纯粹是故意作弄人！”一位穿军装的乘客气愤地说，“否则，我简直无法明白您为什么要这样纠缠不休！”

“算啦……”车站站长皱了皱眉头就拉着波德佳金的袖口走了。

波德佳金耸了耸肩膀，显出很无奈的样子，只好慢吞吞地跟在站长的身后走了出去。

“真是倒霉，我想去满足他们的愿望吧，可是到头来却还得挨他们的骂！”他感到大惑不解，“我把车站站长叫来就是为了让他明白这个道理并能平静下来，而他却骂起人来了。”

下一个车站到了，列车停留了十分钟。第二遍铃响起之前，波德佳金正站在小卖部的旁边喝着矿泉水，正在这时，有两位先生走到了他的跟前，一位穿着军大衣，另一位则是工程师的打扮。

“我要告诉您，列车长先生！”工程师对波德佳金说，“您的言行和您对那位患病乘客的态度，已经引起了所有在场者的公愤。这一位……是上校先生，我是工程师普吉茨基，如果您不向那位患病的乘客赔礼道歉的话，我们就会把这件事汇报给你们铁路管理局的局长，我们都是认识他的。”

“二位先生，你们知道我是……要知道你们都……”波德佳金慌张失措地不知说什么好了。

“您也用不着向我们解释什么，不过我们要警告您的是，如果您不向他赔礼道歉，我们就要对那位乘客施加保护。”

“那好吧，我……我……我去向他赔礼道歉就是了……好的……”

半个小时后，波德佳金想好了赔礼道歉时要说的话，这些话应该既要满足乘客的要求，又不至于太损伤自己的自尊心，他到那个车厢去了。

“先生！”他礼貌地对那位病人说，“请您听我解释，先生。”

病人抖动了一下身子，霍地一下坐了起来，紧张地说：“什么事啊？”

“我刚才做得……刚才做得有点那个……请您不要生气才好……”

“哎哟……这样啊，我想要喝水……”病人用手按住了心窝，气喘吁吁地说，“我已经服过第三遍吗啡了，刚刚打了一会儿盹儿……结果一睁眼他又来了！天哪，我什么时候才能不再遭受这种折磨呀！”

“我做得是有点那个……我请求您的原谅……”

“我告诉您，先生……到下一个站头您就允许我下车吧……我再也无法忍受了，我……我快要死掉了……”

“这也太卑鄙下流了吧！”乘客们气愤地说，“滚开！您一定会为您这种捉弄人的行为付出代价的！快点滚开！”

波德佳金挥了挥手，长叹了一口气，无奈地从车厢里走了出来。他走进了列车员的休息室，筋疲力尽地坐在椅子上，发牢骚道：“哼，这些乘客们！如果您想去满足他们的愿望，结果还得挨他们的骂！本来你是去为他们服务，给他们办事的，可结果还得落他们的埋怨！去你们的吧，我什么事也不管了，我要大口地喝酒……你不干什么事——他们发火生气，你干点事情吧——他们也要发火生气……呸，我干脆去喝酒算了！”

波德佳金一口气喝下了半瓶的酒，从此以后再也不去考虑什么工作、职责和为人诚实的事了。

嫁 妆

一

一生中我见过许许多多的房子，砖砌的和木质的，旧的和新的，大的和小的，但有一所房子却格外鲜明地铭刻在我的记忆里。不过，它并不是高楼大厦，而是一幢很小的房子。它是一座只有三扇窗户的狭小的平房，就像一个弯腰驼背、身材矮小的老太婆。小房子青瓦覆顶，白灰裹墙，烟囱有些破败，整个都掩映在绿荫之中，四周都是现今房子主人的祖父和曾祖父辈亲手种下的桑树、槐树和杨树，苍翠欲滴的树林遮掩着它，从外面根本就看不见它。不过，满目的绿荫并不妨碍它成为城市里的房子。它那宽敞的院子和其他同样宽敞青翠的院子连成一排，构成了“莫斯科街”的一部分。任何驾车的人都不曾在这条街上经过，就连行人也难得一见。

小房子的护窗板半开半掩着，亮光对住户毫无用场，所以窗子从来也就没有敞开过。另外，住在房里的人也并不喜欢新鲜的空气，一直居住在槐树、桑树和牛蒡之间的人，他们对大自然是无动

于衷的。只有那些住在别墅里的人，上帝才会赐予他们理解大自然之美的能力，而其他的芸芸众生，则依然对这类美处于全然蒙昧无知的状态。而且凡是所在之处多有之物，人们便不会看重它。正像所谓的：“自家的东西不在意”，或者是：“自家的东西偏不爱”。

小房子的四周可以堪称人间天堂，一片葱郁的林木，百鸟翔集其中，充满了欢歌。而小房子的里面，夏天时就会灼热难当，冬天则像澡堂般烧得热气腾腾，一股煤气味充斥着小屋，令人烦闷极了……

我第一次造访这座小房子，已经是很久以前的事了，那是受房主奇卡马索夫上校之托，前去探望他的妻子和女儿。至今，我还对那次拜访记忆犹新，而且永远也不可能忘记。

请您想象一下这样的情景：当您从前室走进厅堂时，一个四十来岁、又矮又胖的女人面带着惶恐与惊愕的神情看着您。可是您的手中既无锤头、斧子，也无手枪，而且您还亲切友好地堆满了笑容，可是这还是让人家惶惶不安地来迎接您。

“请问，您是哪位？”上了年纪的女人用颤抖的声音问我，而我却已经认出她就是奇卡马索娃了。

我报上了自己的姓名，并说明了来意。惶恐和惊愕即刻便换成了喜出望外的一声尖叫：“啊！”她的眼珠也同时往上一翻。

这一声“啊”就像回声一样从前室传进了厅堂，然后又从厅堂传进了客厅，接着又从客厅传进了厨房……回声就这样一直传进了地窖，不一会儿，声调各异的快活的“啊”就充满了整座小房子。四五分钟之后，我坐在客厅里又软又热的大沙发上，耳朵里听着整条“莫斯科街”都在“啊”个不停。

除虫粉和新羊皮鞋的气味充斥着整间屋子，那用头巾包着的鞋就放在我身边的椅子上。窗台上摆着一件薄纱女衫和一盆天竺葵。女衫上停着几只吃饱了的苍蝇。墙上挂着的是某位高级人物的油画肖像，画框玻璃的一角已经破损了。人物肖像的旁边，依次排列着列祖列宗的画像，他们个个都长着柠檬色的茨冈人的脸形。桌子上有一个线团、一枚顶针和一只尚未织完的长袜。地板上放着一件草草缝就的黑色女上衣和一张纸样。相邻的房间里，两个老太婆正手忙脚乱地从地板上捡拾起纸样和一块块的棉布……

“请您原谅，我们家里简直乱得一塌糊涂！”奇卡马索娃说。

奇卡马索娃一边和我说话，一边不好意思地不停瞟着房门，门里的那些人还在收拾纸样。房门似乎也有些不好意思，他时而开个缝子，时而又关上。

“喂，你有什么事吗？”奇卡马索娃朝着房门那边问道。

“父亲从库尔斯克寄给我的那条领带放在哪儿了？”有个女孩在门里问。

“哎，难道，玛丽亚，难道……难道可以……眼下我们这儿有一个我们很不熟悉的人……你还是问问露凯丽亚吧……”

“瞧，你们的法语说得多好啊！”我从奇卡马索娃的眼神里看出了她的心思，她得意得满面红光。

不一会儿，房门打开了，一个高高瘦瘦的姑娘走了出来，她大约十八九岁的年纪，身上穿着一件薄纱连衣裙，系着一条金黄色的腰带，我记得她的腰带上还挂着一把珍珠母扇子。她走进客厅后，行了一个屈膝礼，满脸涨得通红。首先变红的是她那生着几点雀斑

的长鼻子，接着她的双眼也红了，然后就是额角。

“这是我的女儿玛涅奇卡！”奇卡马索娃用悠扬悦耳的声音介绍着说，“而这位年轻人，他是……”

我做了自我介绍之后，表示自己对成堆的纸样表示诧异。母女俩只是低下了头说：“每逢耶稣升天节，我们这个地方都是有集市的。赶集时，我们总是会买大量的衣服料子，然后就可以缝制到下一年的集市。我们从不把缝衣裳的活交给外人去做。我家彼得·谢苗内奇挣的钱并不怎么多，所以我们也不敢大手大脚地花钱，只好自己动手缝制衣服。”

“可是你们家里只有两个人呀，这么多的衣服又给谁穿呢？”

“咳……这些衣服哪能现在就穿上呀，这可不是现在就能穿的！这是嫁妆！”

“哎呀，妈妈，您都在说些什么呀！”女儿红着脸说，“这位先生还真会以为……我是永远也不会出嫁的！永远也不！”

她虽然这样说话，可是一提到“出嫁”两个字时，她的眼睛顿时就变得炯炯发亮了。

她们给我端来了茶、果酱、奶油和干面包，随后又给我吃加了凝乳的马林果。傍晚七点，晚饭开始了，总共有六个菜。吃饭时，我听见有个人在隔壁的房间里大声打着哈欠，我惊奇地望了望门外，只有男人才会这样打哈欠呀。奇卡马索娃见我感到惊奇，就解释说：“这是彼得·谢苗内奇的弟弟叶戈尔·谢苗内奇……他从去年就一直住在我们这儿。请您原谅，他腼腆极了，是不能出来见您的……他见了生人，就感觉很难为情……他在公家做事的时候受尽了欺负……打算要进修道院……所以现在他也挺伤心……”

晚饭后，奇卡马索娃给我看了一件神甫用的长巾，那是叶戈尔·谢苗内奇亲手绣制的，他准备日后捐献给教堂。玛涅奇卡一时间竟忘记了羞怯，把自己给爸爸绣的一个烟荷包拿给我看。见我对她的手工大为赞叹，她顿时满面绯红，转向妈妈耳语了些什么。妈妈面露喜色地提出让我随她去一趟储藏室。在储藏室里，我看见了五六口大箱子和许多小盒子、小箱子。

“这些……全都是嫁妆！”母亲轻声地告诉我，“这些都是我们亲手缝制的。”

我瞧了瞧这些阴森的箱子，便开始向两位殷勤好客的女主人告辞。她们邀请我日后再来。

我的这个再次拜访的承诺，一直到七年之后才得以履行。当时，我是奉命来到这个小城的，我充当一桩诉讼案件的鉴定人。当再次走进这座熟悉的小房子时，我又听见了当年那一阵阵惊喜的“啊”声……母女俩一眼便认出了我……不是不容置疑的！我的初次拜访可以称得上是她们生活中十足的大事，而在很少发生大事的地方，遇到大事总是被记得很牢的。我走进了客厅，那位头发已经霜染、身体更加发福的母亲正在地板上爬来爬去，她这是在剪裁一块天蓝色的衣料。女儿则坐在长沙发上绣着花。房间里依然是满地的纸样，依然挂着那幅框角破裂了的画像，依然有一股除虫粉的气味。不过变化也是有的，众多肖像的旁边挂上了彼得·谢苗内奇的肖像，两位女士则身穿着丧服。彼得·谢苗内奇被擢升为将军后刚过了一个星期，便溘然长逝了。

回忆起往事……将军夫人哭了起来。

“我们真是遭受了很大的不幸！”她说，“您知道吗？彼得·谢苗内奇已经去世了，我和女儿成了孤儿寡母，只能自己照顾自己了。叶戈尔·谢苗内奇倒还活着，可是他的事我们简直就没法向外人说。修道院根本就不肯要他，因为……因为他嗜酒如命。现在，因为伤心，他喝得就更厉害了。我准备到首席贵族那儿去告他的状，他都打开那些箱子好几次了……他拿走了玛涅奇卡的嫁妆，却施舍给了朝圣的人。其中的两个箱子都已经被他拿光了！要是这样继续下去的话，到头来我们的玛涅奇卡的嫁妆还会剩得下吗……”

“您都在说些什么呀，妈妈！”玛涅奇卡不好意思地说，“真不知道这位先生会想到哪儿去呢……我是永远，永远也不会出嫁的！”

喜形于色的玛涅奇卡满怀憧憬地望着天花板，看来她并不会实践自己的诺言的。

一个矮小男人的身影闪过前室，他穿着一件棕色的长礼服，已经严重秃顶，脚上穿的不是皮靴而是套鞋。他弄出了一阵阵响声，像是一只耗子。

“也许是叶戈尔·谢苗内奇吧。”我在心里想道。

我端详着这一对母女，母亲满头白发，女儿也面色憔悴，萎靡不振，她俩全都苍老消瘦得厉害。

“我准备到首席贵族那儿去一趟。”老太太竟然忘记了她刚才已经对我说过了这话，“我要去告状！叶戈尔·谢苗内奇几乎拿光了我们缝的衣服，他到处施舍，想借此拯救自己的灵魂。我的女儿玛涅奇卡的嫁妆眼看就没有了！”

玛涅奇卡满面通红，可是再也没有说一句话。

“那些嫁妆只好再要缝了，可是你要知道，我们并不是什么有钱的人哪！我和她只不过是一双孤儿寡母！”

“我们只是孤儿寡母哇！”玛涅奇卡也说了一遍。

去年，命运又一次把我带到了那座小房子。一进客厅，我就看到了身穿黑衣服，缀着丧带的奇卡马索娃，她正坐在长沙发上缝着什么东西。一个穿一件棕色的长礼服的小老头坐在她的旁边，小老头脚上穿的不是皮靴而是一双套鞋。一看见我，小老头就迅速地起身跑出了客厅。

老太太笑着对我说：“很高兴再见到您。”

“您在缝什么呀？”过了一会儿，我才问道。

“这是一件女式内衣。等我一缝好，我就送给神甫，让他替我保存起来。否则，叶戈尔·谢苗内奇又会拿走的。现在，我把一切东西都藏在了神甫那儿。”她悄悄地对我说。

这时，她望了一眼放在面前桌子上的女儿的相片，叹了一口气说：“我们可是孤儿寡母啊！”

可是她的女儿又在哪里呢？玛涅奇卡到底在什么地方？我并没有打听，也不想向一个穿着重丧服的老太太打听这种事情。

无论是我在这所小房子里坐着，还是我离开它的时候，我都没有见到玛涅奇卡的面，我既没有听到她一向轻柔、怯懦的脚步声，也没有听见她说话的声音……一切全都清楚了，我的心中感到无比的沉重。

变色龙

一

穿着新大衣的巡警督察官奥丘蔑洛夫手里提着一个小包从集市的广场上走过，一个棕褐色头发的巡警跟在他的身后，他双手端着堆满了醋栗的筛子。四周鸦雀无声……广场上也没有看到一个人影……小铺子和饭馆的门敞开着，就像一张张饥饿的嘴巴在沮丧地张望着上帝创造的世界，但是这些门口竟然没有要饭的乞丐。

“你竟敢咬人，该死的东西！”突然，奥丘蔑洛夫听到有人喊叫。“伙计们，不要放它走啊！这年月可是不许狗咬人的！一定要抓住它！哎哟——哎哟！”

接着一阵狗的尖叫声传来了，奥丘蔑洛夫朝那边看了看，发现是从商人比丘金的木柴场里跑出来的一只狗，只见它正在用三条腿一瘸一拐地逃窜，还没有忘记不时地扭过头去往后看看。一个人在后边紧随而来，他的上身穿着浆洗过的花布衬衫和坎肩，没有系上纽扣。他正在奔跑着追那只狗，他猛地向前一倾，扑倒在地，一下子就抓住了狗的一条后腿。狗发出一阵尖叫声，一阵呐喊声也传来了：“千万不要撒手！”

从铺子里探出来一些睡意蒙眬的脸，木柴场的四周很快就聚集了一群人，就好像是从地底下钻出来似的。

“不会出什么乱子吧……长官！”巡警胆怯地问道。

奥丘蔑洛夫转向左边，朝人群走去。在木柴场的门口附近，他看见了那个穿着坎肩、敞着怀的男人正举着右手让人们看他那血淋淋的手指头。他一副醉意蒙眬的样子，似乎在说：“你这个小坏蛋，我一定要扒掉你的皮！”而那被血染红的手指仿佛就是一面胜利的旗帜。奥丘蔑洛夫认出了这个人，他正是是金银首饰匠赫留根。

一只脑袋尖尖、背上有块黄斑的白毛小猎狗正是这场乱子的罪魁祸首，只见它前腿叉开趴在人群之中的地上，吓得浑身发抖，还有它那含着泪水的眼睛，流露出一副痛苦和恐惧的神情。

“这里怎么一回事？”奥丘蔑洛夫挤进了人群问道，“你们都在这儿做什么？你怎么举着一个手指头？刚才是谁在叫唤？”

“我正在走路，长官，也没有招惹任何人”赫留根回答说，不时地用手掌捂着嘴咳嗽两声，“我正在和米特里·米特里奇商量买木柴的事情，这只下流坯子就冷不防地咬了我的手指头……您一定要谅解我，我是一个做手艺活的人……而且我干的活也必须很细致。你一定要让他们赔我钱，因为我这个手指头也许一个礼拜都不能动弹了……长官，法律上也没有‘挨了狗咬就得忍着’这一条啊……如果每条狗都随便咬人，那这个世道就真的没法活啦……”

“嗯……好吧……”奥丘蔑洛夫皱起眉头咳嗽了两声，然后严厉地说道，“应该是这样的……这是谁家的狗呀？我是不会轻易放过这件事的。我要让你们看看，我是怎样整治那些放出狗来乱咬人的主人的！有些先生根本不把法规放在眼里，现在是该管管他们的时候了！等到这个浑蛋被罚了款，他就会知道我的厉害的，也会知道让自己的狗到处乱跑的下场的！我一定要整得他哭爹叫娘！叶尔德林，”他对那个巡警说，“你前去了解一下，这是谁家的狗，然后打个报告上来！这条狗呢，你们一定得把它弄死。不要耽误时间了！它很可能是一条疯狗……这到底是谁家的狗呀，你们听到了吗？”

“这好像是西加洛夫将军家的狗！”人群里有个人小声地说。

“西加洛夫将军？哦！叶尔德林，你帮我把大衣脱下来……天气怎么这么闷热呀，真是要了命啦！大概是要下雨了吧……有一点我是怎么也不明白，它怎么会咬着你呢？”奥丘蔑洛夫扭过脸来对赫留根说，“它那么小，而你又长得这么壮实！这条小狗能够得着你的手指头吗？大概是你自己被小钉子划破的吧，结果脑子里却想出了这么一个鬼点子，还跑到这儿来撒谎。我是了解你们这些出了名的人物的！我也认识你们这些鬼东西！”

“长官，是他为了开玩笑拿烟卷去戳狗的鼻子的，结果这个家伙就咬了他一口……这个人只知道胡说，长官！”

“你才胡说呢，独眼龙！你又没有看见当时发生的事情，你怎么能胡说八道呢？我们的长官可是一个明白事理的老爷，他是能够看明白是谁在撒谎，是谁在说实话的……如果我要是说谎了，那就让调解法官①审问我好了。他在法律上不是写得很明白吗……现

① 帝俄时代的保安的法官，只审理小案子。

在大家都平等啦……不瞒你们说，我的兄弟就是穿警服、当宪兵的……”

“你不要说废话！”

“不对，不对的，这根本就不是将军家的狗……”巡警想了想又说道，“将军是不喜欢养这样的狗的，他府上养的狗全都是个子很高的猎犬……”

“你有把握吗？”

“当然有把握，长官……”

“我其实也知道将军府上养的都是名贵的纯种狗，至于这条癞皮狗，鬼才知道它是什么玩意！你看它的样子丑陋，毛色也不好，简直是一个下流的畜生。谁乐意养这种狗呢？你们怎么也不长脑子呢？如果在彼得堡或者在莫斯科碰见这种狗，你们知道它会有什么样的结果吗？那里可是不管什么法律的，一眨眼的工夫它就会被打死的！赫留根呀，你是吃了不小的亏，这种事我是不能不管的……是该整治整治他们的时候了……”

“也许，说不定它是将军家的狗……”巡警一边想，一边说，“狗的脸上又没有写着字……前几天，我好像在他家的院子里见过一条这样的狗。”

“没错，肯定是将军家的狗！”人群里有人附和着说。

“哦……叶尔德林老弟，你还是帮我披上大衣……好像起风了啊……我有点儿冷……你还是带着这条狗去将军府上问问吧。你就告诉将军是我找到后让你送去的……也告诉他们，以后不要再把狗放到街上来了……也许这条狗还挺金贵，万一碰到一个猪猡用烟卷戳它的鼻子，不大会儿工夫就会毁了它。狗可是一种娇贵的动

物……你这个混蛋，还不赶快把手放下来！摆着个蠢指头让谁看！这都是你自己惹的祸！”

“那人不正是将军家的厨师吗？我们去问问他好了……喂，普洛霍尔老兄，请你到这边来一下！你瞧瞧这条狗……它是你们府上的吗？”

“真会瞎说！我们府上从来就没养过这号狗！”

“这样就用不着花费工夫前去府上问了。”奥丘蔑洛夫说道，“可能它是一条野狗！也用不着多说废话了……既然他是条野狗……那就弄死它算了！”

“这不是我们将军家的狗，”普洛霍尔接着解释道，“可这是将军的哥哥家的狗，他最近来看将军时带来的，我们将军根本就不喜欢这种狗，而他的哥哥倒喜欢……”

“莫非是他哥哥来啦？是弗拉基米尔·伊万内奇吗？”奥丘蔑洛夫脸上堆满了逢迎的笑容问道，“哎呀呀，我的天啊！他一定是想弟弟了……我可却一点儿也不知道！这么说来，这条狗就是他老人家的狗啦？真是我的荣幸……你就把狗带走吧……这条小狗挺好的……也够灵巧的……一口就咬破了这个家伙的手指头！嘿嘿嘿……喏，你怎么还在发抖啊？汪汪……汪汪……这条小狗崽儿真不错！”

普洛霍尔叫了一声小狗的名字就带着它离开了木柴场……随后那群人就哈哈大笑起来，他们笑赫留根倒了霉。

“回头我再收拾你！”奥丘蔑洛夫吓唬着他说道。

他不得不裹紧了大衣，穿过集市的广场，径自朝前走去了。